Über den Autor:
Ulf Schiewe wurde 1947 geboren. Eigentlich wollte er Kunstmaler werden, doch statt der »brotlosen Kunst« widmete er sich der Technik und wurde Software-Entwickler und später Marketingmanager für Softwareprodukte.
Seit frühester Jugend war Ulf Schiewe eine Leseratte, die spannende Geschichten in exotischer Umgebung faszinierten. Im Lauf der Jahre erwuchs aus der Lust am Lesen der Wunsch, selbst einen großen historischen Roman zu schreiben, der im »Bastard von Tolosa«, seinem ersten Roman, mündete.
Ulf Schiewe ist verheiratet, hat drei erwachsene Kinder und lebt in München.

ULF SCHIEWE

Bucht der Schmuggler

ROMAN

KNAUR

»Bucht der Schmuggler« ist bei Knaur zuerst als eSerie
unter dem Namen »Gold des Südens« erschienen.

Besuchen Sie uns im Internet:
www.knaur.de

Vollständige Taschenbuchausgabe Juni 2016
Knaur Taschenbuch
© 2015 Knaur eBook
Ein Imprint der Verlagsgruppe
Droemer Knaur GmbH & Co. KG, München
Alle Rechte vorbehalten. Das Werk darf – auch teilweise –
nur mit Genehmigung des Verlags wiedergegeben werden.
Redaktion: Kerstin von Dobschütz
Umschlaggestaltung: ZERO Werbeagentur, München
Umschlagabbildung: FinePic®, München
Satz: Wilhelm Vornehm, München
Druck und Bindung: CPI books GmbH, Leck
ISBN 978-3-426-51693-5

2 4 5 3 1

INHALT

Die Personen

Hauptfiguren

Jan van Hagen – Junger Kaufherr und Seekapitän aus Bremen

Don Miguel Garcia Hernandez – Reicher Pflanzer und Zuckerbaron auf Hispaniola

Doña Maria Carmen de Alvarez y Ortega – Don Miguels junge Gemahlin

Don Alonso Calderón de la Higuera – Neu ernannter Vizegouverneur von Hispaniola

Cornelis van Doorn – Holländischer Kaufmann aus Amsterdam

Martin van Doorn – Seekapitän und Cornelis' Sohn

Padre Anselmo – Franziskanermönch und Don Miguels Bruder

Die Mannschaft der *Sophie*

Hein Köppers – Steuermann und Navigator
Lars Erikson – Bootsmann
Ole Penning – Zimmermann
Hasko Lübben – Schiffskoch

Doctor Emanuel Almeida de Souza – Schiffsarzt, Portugiese
aus Pernambuco
Fiete Boom – Schiffsjunge
Brun Enders – Matrose
Christjan Luttmann – Matrose
Jelle Appelhoff – Matrose
Geerke Buhr – Matrose
Klaas van Hove – Matrose
Piet Möller – Matrose
Johan Hendriks – Waffenmeister
Aart Jonkers – Gehilfe des Waffenmeisters
Elsje Smit – Prostituierte aus Amsterdam

Weitere Personen auf Hispaniola

Don Diego de Oliveira – Pflanzer und Portugiese
Don Rodrigo de Molina – Präsident des Königlichen
Gerichts von Santo Domingo
Doña Ana – Don Rodrigos junge Frau
Doña Matilda – Don Diegos Frau
Pedro Fernandez – Aufseher des Don Diego
Octavio Faustino – Verwalter der *hacienda* von Don
Miguel
Francisco Pérez – Anführer der *vaqueros* auf der *hacienda*
von Don Miguel
Señor Carlos – Aufseher auf der Tabakpflanzung von
Don Alonso
Tom Degger – Jäger und Bukanier, Deutscher
Luis Cabrón – Hafenmeister von Santo Domingo
Coronel Rivera – Kommandant der Truppen von Santo
Domingo

Capitán Morales – Kapitän der Galeone *Santa Trinidad*
Leon – Don Alonsos Diener
Alejandro Mendoza – Händler in Santo Domingo

Die Sklaven

Olu – Heißt eigentlich Jaime Olufemi und ist Doña Marias
   Beschützer
Marta – Köchin auf Don Miguels *hacienda*
Consuela – Dienstmädchen auf Don Miguels *hacienda*
Juan – Schreiner auf Don Miguels *hacienda*
Abeni – Junge schwangere Sklavin auf der *Sophie*
Babatunde – Entlaufener Sklave, ursprünglich von Don
   Diegos *hacienda*
Dada – Babatundes Frau
Maria Benigna – Köchin auf Don Alonsos Tabakpflanzung

Andere

Willem van Hagen – Jans Vater
Der alte Geerke – Sekretär des Vaters
Greetje Hanssen – Jans Verlobte
Hendrikje van Doorn – van Doorns Gemahlin
Katrien van Doorn – Ältere Tochter
Agnes van Doorn – Jüngere Tochter

TEIL 1

Die Flucht

ANKUNFT IN BREMEN

Fast lautlos und nur unter Toppsegel glitt die *Sophie* auf der nachtschwarzen Weser dahin, mehr von der Flut getragen als vom leichten Südwestwind, der über die Landschaft strich.

Ein Halbmond spiegelte sich im Flusswasser, ließ den hellen Ufersand und die Umrisse der vorüberschwebenden Büsche und Bäume erkennen, die Nebelstreifen über den dunklen Wiesen, die gespenstisch in den Himmel gereckten Flügel einer Mühle, das geduckte Dach einer Bauernkate.

An waldfreien Stellen nahm der Wind zu. Dann lehnte sich das Schiff unter leisem Ächzen der Takelage ein wenig zur Seite, und das Gurgeln des Kielwassers war deutlicher vernehmbar. Es brauchte nicht viel, um die *Sophie* in Fahrt zu bringen. Sie war ein schnelles, schlankes Schiff nach holländischer Bauart, eine dreimastige Fleute, mit gutem Stauraum für den Ostseehandel und auf jeder Seite mit zwei leichten Kanonen bestückt.

Trotz des schwachen Windes war es kalt auf dem Achterdeck. Jan van Hagen stand fröstelnd an der Reling, schlug den Kragen seiner Segeljoppe höher und zog die Mütze tiefer ins Gesicht. Es war eine verdammt lange Reise gewesen, und bald schon würde man den ersten Advent feiern. Er freute sich, endlich nach Hause zu kommen und ein paar Tage an Land zu verbringen. Vielleicht sogar über Weihnachten. Besonders wenn die Weser wieder wie letztes Jahr zufrieren würde.

Vor allem freute er sich auf seine Greetje, die gewiss schon sehnsüchtig auf ihn wartete. Er hatte ein Geschenk für sie, ein goldgefasstes Bernsteinamulett. Im Frühjahr wollten sie heiraten, obwohl ihr Vater, der Ratsherr Frithjof Hanssen, strikt dagegen war. Aber sie würden ihn schon überzeugen, da war er zuversichtlich.

Jedenfalls konnte sich der Erfolg der letzten Reise sehen lassen. Auch sein eigener Vater, Willem van Hagen, würde hoffentlich zufrieden sein, denn Jan brachte kostbare Felle aus Narva heim, Honig aus Riga, tonnenweise Pökelfleisch aus Schweden und einen Berg von Stockfisch aus der norwegischen Stadt Bergen. Dazu ein hübsches Sümmchen, das von seiner ursprünglichen Ladung Bier übrig geblieben war. Und das, wie er wusste, auch nötig gebraucht wurde, um dem arg gebeutelten Handelsunternehmen der van Hagens wieder auf die Beine zu helfen. Man konnte nur hoffen, dass dies auch Frithjof Hanssen seinem zukünftigen Schwiegersohn gegenüber gnädiger stimmen würde.

Er starrte aufmerksam voraus, denn unter der mondhellen Oberfläche der Weser verbargen sich so manche Untiefen. Kein Kapitän, der nicht ortskundig war, würde des Nachts die Weser heraufsegeln. Doch Jan kannte jede Meile und jede Biegung. Allerdings war das Flussbett in den letzten fünfzig Jahren, je mehr man sich Bremen näherte, immer seichter geworden. Es war bereits so schlimm, dass die größeren Schiffe gar nicht mehr bis zur Stadt durchkamen und ihre Ladung schon im neuen Vegesacker Hafen löschen mussten.

Nicht so seine *Sophie,* die sich durch einen besonders geringen Tiefgang auszeichnete. Solange sie im Fahrwasser blieben, würden sie keine Schwierigkeiten haben, selbst bei Ebbe nicht. Trotzdem, in der Nacht täuschten die Entfernungen, und im Schlick stecken zu bleiben, das hätte ihm den Hohn und Spott ganz Bremens eingebracht.

Etwas weiter voraus entdeckte er jetzt den kaum sichtbaren Schatten der im Flussbett verankerten Tonne, nach der er Ausschau gehalten hatte. Daneben eine Reihe von Stecken, die eine Sandbank markierten. Er warf einen Blick zu Hein Köppers hinüber. Aber der knorrige, alte Seebär hatte die Tonne schon gesehen und war dabei, eine leichte Kursänderung anzuordnen.

»Zwei Strich steuerbord«, knurrte er dem Rudergänger zu. Und zu den wachhabenden Seeleuten an Deck rief er: »Toppbrassen, Jungs!«

Der neue Kurs, etwas näher am Wind, schien dem Schiff zu bekommen, denn es legte sich bei dichter eingeholten Segeln leicht auf die Seite und nahm Fahrt auf.

Wenn einer den Fluss noch besser kannte als Jan, dann war es Hein Köppers, sein graubärtiger Steuermann. Der hatte schon alle Winkel der Nord- und Ostsee befahren, bevor Jan überhaupt aus den Windeln gewesen war. Karten verachtete er. Die seien alle falsch, war sein Urteil. Er verließ sich auf sein Gedächtnis, auf die Farbe des Meeres und auf sein Gespür für Wind und Wellen und für die Gezeitenströme in den nördlichen Gewässern.

Die *Sophie* war das schönste und beste Schiff, das den van Hagens geblieben war. Zwei andere hatten sie aufgeben müssen. Nur die *Katrine* segelte noch unter der Flagge des Hauses, ein betagter, dickbäuchiger Kahn, für den man nicht mehr viel bekommen hätte. Heutzutage war der Vater gezwungen, Frachtraum auf anderen Schiffen anzumieten. Das war früher ganz anders gewesen. Da hatten sie eine ganze

Flotte besessen, waren ein führendes, angesehenes Handelshaus gewesen. Doch seit Jahren schien alles schiefzugehen. Eigentlich seit dem Tod der Mutter.

Ja, der Niedergang hatte vor sieben Jahren mit Mutters Tod seinen Anfang genommen. Das lange Siechtum seiner geliebten Frau Sophie hatte den Vater schwer belastet, mehr als er ihr und sich selbst hatte eingestehen wollen. Frohsinn und Zuversicht waren ihm nach ihrer langen Krankheit völlig abhandengekommen. Ihr Tod war zuletzt fast eine Erlösung gewesen. Auch Jan versetzte es jedes Mal einen Stich, wenn er an seine Mutter dachte. Sie war der lebenslustige Gegensatz zu seinem eher strengen, kalvinistisch erzogenen Vater gewesen. Und nun war nichts als die Erinnerung an sie übriggeblieben. Und das Schiff, das ihren Namen trug.

Dass die Geschäfte schlecht gingen, war nicht zu übersehen, besonders nicht nach der nordfriesischen Flutkatastrophe im letzten Jahr, die auch seinen älteren Bruder Thomas in den Tod gerissen hatte. Eine weitere Tragödie für die Familie. Besonders für Vater, denn Thomas war ausersehen gewesen, die Geschäfte zu übernehmen. Jan war eben nicht der kühle Rechner wie sein Bruder. Und jedes Mal, wenn er seinem Vater Hilfe im Kontor anbot, wich der aus, wollte alles selbst in der Hand behalten. Auch Fragen nach dem Stand der Geschäfte beantwortete er nicht.

Nun, Jan fand ohnehin keinen Gefallen an der staubtrockenen Arbeit im Kontor und dem Gefeilsche in den Handelsstuben. Nicht wie Thomas. Nein, Jan hatte immer die Freiheit der See geliebt und war bei Hein Köppers in die Lehre gegangen. Er verstand es, mit Schiffen umzugehen und mit den Männern, die auf ihnen fuhren. Als Seekapitän konnte er dem Vater mehr nützen, als wenn er lange Zahlenreihen aufaddierte.

Dennoch wünschte er, Vater würde seine Sorgen mit ihm teilen. Die Vernichtung ihrer Ländereien in Nordfriesland hatte zum Verkauf der Schiffe geführt. Dies und Thomas' Tod waren zu viel für Vater geworden. Er redete nicht darüber, aber sein Gesundheitszustand war beunruhigend. Er schien, besonders in letzter Zeit, immer mehr in sich zusammenzusinken, war erschreckend abgemagert und kränkelte häufig, wie auch Geerke, der alte Sekretär der Familie, bestätigte.

Und doch gönnte sich Willem van Hagen keinen Tag der Erholung, sondern schlich sich jeden Morgen mit gebeugtem Rücken ins Kontor, um die wichtigsten Geschäfte persönlich zu erledigen, Briefe zu schreiben, Anweisungen zu geben. Ein guter Protestant legte sich nicht ins Bett, egal wie krank er war. Das war seine Devise.

Jan atmete tief durch. Trotz der schwierigen Lage des Familienunternehmens war er guten Mutes. Das lag in seiner Natur. Ganz gleich, was geschah, er ließ sich selten von Schicksalsschlägen unterkriegen. Ging etwas nicht wie geplant, versuchte er es auf andere Weise, immer in der Gewissheit, dass ihm über kurz oder lang das Glück wieder hold sein würde. Darin war er wie seine Mutter. Ein Träumer nannte Vater ihn, aber nicht ohne Wohlwollen.

Jan dachte zufrieden an die volle Ladung und den prallen Geldsäckel, den er heimbrachte. Noch ein paar solcher Reisen, und sie würden aus dem Gröbsten raus sein. Er würde Greetje heiraten und eine Familie gründen können. Irgendwann würde Vater ihm die Geschäfte übergeben, und der Name van Hagen würde in neuem Glanz erstrahlen. Wer weiß, vielleicht würde er eines Tages sogar in den Rat der Stadt gewählt werden. Stadtrat Johannes van Hagen! Das wäre es in der Tat. Das hatte Klang. Und einmal im Stadtrat, wüsste er in Bremen schon so einiges zu verändern. Den behäbigen, alten Patriziern würde er Beine machen.

Inzwischen passierten sie das Licht der Hafeneinfahrt von Vegesack. Dahinter ragten ein paar Masten in die Höhe. Noch eine knappe Stunde, dann wären sie in Bremen.

»Wir ankern vor der Schlacht im Fluss«, befahl er Köppers. »Morgen früh suchen wir uns dann einen Liegeplatz und beginnen mit dem Ausladen.«

»Is gut, Käptn«, war die Antwort. »Soll ich das Beiboot klarmachen lassen?«

»Tu das. Ich werde an Land gehen. Behalte die Mannschaft aber an Bord. Sonst müssen wir sie morgen früh wieder aus den Kneipen zerren.«

Jan stieg durch den Niedergang zu seiner engen Kajüte hinab, die direkt unter dem Achterdeck lag, und begann sich umzuziehen. Strümpfe, Kniehosen und Schnallenschuhe. Ein sauberes Hemd mit weitem Spitzenkragen, eine einfache Leinenweste, darüber eine kurze, enganliegende Jacke aus gutem Tuch. Fehlten nur noch Gürtel und sein Rapier, eine feine Waffe, mit der er durchaus umzugehen verstand. In den Hafenstädten, besonders im Osten, trieben sich oft Halsabschneider und Halunken herum. Aber hier in Bremen? Er beschloss, das Schwert an Bord zu lassen.

Als er fertig war, schlug die Schiffsglocke acht Glasen - Mitternacht und Wachwechsel. Fiete, der Schiffsjunge, oder wer gerade oben Wache hatte, würde jetzt zum letzten Mal auf dieser Reise die Sanduhr umdrehen. Jan lächelte zufrieden, während er seinen breitkrempigen Hut vom Haken nahm. In guter Stimmung kletterte er wieder an Deck und setzte den Hut auf.

»Zeit, die Schlafmützen aus den Kojen zu holen, Käptn. Wir sind gleich da«, brummte der alte Hein.

Als Jan nickte, pfiff der Steuermann kurz auf der Bootsmannspfeife, die er immer an einem Lederriemen um den
Hals trug. Kurz darauf hörte man nackte Seemannsfüße
durch das Schiff trampeln. Luken öffneten sich und Männer
kamen an Deck. Die Mannschaft bestand nur aus fünfzehn
Leuten. Eine Fleute ließ sich mit weniger als der Hälfte der
für diese Schiffsgröße sonst üblichen Mannschaft segeln, was
den Seetransport enorm verbilligte. Mit ein Grund, warum
Fleuten so beliebt waren und warum die Holländer anderen
Schiffern das Geschäft stahlen.

Die Männer waren dabei, den Anker vorzubereiten, die
Toppgasten enterten an den Wanten auf, andere standen an
Brassen und Schoten, bereit für das letzte Segelmanöver. Bremens Wall und Graben hatten sie schon passiert. Die Stadt
lag im Dunkeln. Nur ein paar Lichter aus den Hafenspelunken erhellten Teile der Schlacht, dem langen Hauptkai der
Stadt. Hier lagen dicht an dicht Segelschiffe und Flusskähne
vertäut. Hein Köppers leitete die Wende ein, die Segel flatter-
ten mit Getöse, dann rafften die Männer im Topp das Tuch
zusammen, die *Sophie* verlor an Fahrt.

»Anker ab!«, hallte Heins Ruf übers Deck. Gleich darauf
ließ sich das Rumpeln der Ankerkette hören. Die Flut erfasste
noch einmal das Schiff und ließ es langsam rückwärts treiben,
bis die Ankerflunken sich im weichen Flusssand eingegraben
hatten. Ein viel geübtes Manöver. Kein Handgriff zu viel, keiner zu wenig. Es war eine Freude, dieser eingespielten Mannschaft bei der Arbeit zuzusehen.

»Ganz ordentlich«, sagte Jan.

Der Steuermann hielt es für unter seiner Würde, das Lob
seines jungen Kapitäns zu quittieren, gab stattdessen den
Befehl, das Beiboot klarzumachen. Kaum hatten die Männer
es aus der Verankerung gelöst, als ein schwacher Ruf über das

Wasser tönte. Gleich darauf stieß etwas gegen die Bordwand. Jan beugte sich über die Reling und spähte hinunter.

»Geerke!«, rief er. »Was zum Teufel tust du hier? Um diese Uhrzeit?«

Unter ihm schaukelte ein kleines Ruderboot auf dem Fluss. Ein Bootshaken an der Verankerung der Wanten hielt es am Schiffsrumpf fest. Einer der Knechte aus dem Lagerhaus hatte den alten Sekretär des Vaters herausgerudert. Sein schütteres, weißes Haar leuchtete im Mondlicht.

»Es ist dringend, Jan«, rief Geerke herauf. Der Alte schien Atem zu holen, um sich zu stärken für das, was er zu sagen hatte. »Tut mir leid, mien Jung, aber dein Vater liegt im Sterben.«

Jans Herz begann zu hämmern. »Mein Gott«, murmelte er. »Bist du sicher?«

Er griff nach der Strickleiter, die an Deck lag, und warf sie über die Reling. Dann schwang er sich hinterher und begann, zu Geerke hinunterzuklettern. Vorsichtig setzte er einen Fuß ins Boot und ließ sich neben dem Alten nieder.

»Schon seit Tagen halte ich Ausschau nach euch«, sagte der. »Und heute die ganze Nacht. Hab irgendwie gehofft, dass du noch rechtzeitig kommst. Aber ihr dürft um Himmels willen nicht anlegen.«

»Warum nicht?«

»Erklär ich dir gleich.« Er musste plötzlich husten. »Verdammte Kälte«, krächzte er, als er wieder zu Atem kam. »Ich hol mir noch den Tod hier auf dem Wasser.« Er zog fröstelnd den Kragen seiner Joppe höher und bedeutete dem Knecht, an Land zu rudern.

Während der Mann das Boot abstieß, schaute Jan nach oben, wo Köppers' Kopf über die Reling ragte. »Hast du gehört? Alle bleiben an Bord!«, rief er hinauf.

Der Knecht begann gegen die schwächelnde Flut anzurudern, um zur Schlacht hinüberzugelangen. Langsam entfernte sich das Boot vom Schiff. »Nun erzähl schon«, sagte Jan. »Was ist passiert? Wie geht es Vater?«

»Nicht gut, Jan.« Geerke schüttelte den Kopf. »Gar nicht gut. Die Ärzte haben ihn aufgegeben. Und der Priester ist auch schon da gewesen.«

»Mein Gott!«

Der Alte saß mit hängenden Schultern im Boot. »Aber das ist noch nicht alles«, sagte er betrübt.

»Was zum Teufel denn noch?«

Geerke holte tief Luft. »Du weißt, wir hatten so einige Schwierigkeiten in letzter Zeit. Und statt besser ist es schlimmer geworden. Jetzt kreisen die Gläubiger ums Haus wie die Aasgeier. Alles ist verpfändet. Die *Katrine* haben sie schon an die Kette gelegt. Und für morgen wird ein Gerichtsbeschluss erwartet. Dann greifen sie sich das Haus, dein Schiff und den Rest.«

Jans Herz schien für einen Augenblick auszusetzen. »Was sagst du da?«, hauchte er. Dann fiel ihm das pralle Geldsäckel ein, das er dem Vater überbringen wollte. »Ich hatte eine gute Reise«, sagte er. »Mit dem Gewinn könnten wir doch einen Teil der Schulden tilgen.«

Der alte Sekretär schüttelte den Kopf. »Das hilft jetzt auch nicht mehr. Es ist wie ein riesiges schwarzes Loch. Was immer du hineinwirfst, es wird nimmer reichen.«

Einen Augenblick lang glaubte Jan sich in einem Albtraum, aus dem er gleich erwachen würde. Aber es half auch nicht, dass er sich in den Arm kniff. Dies war kein Traum.

»Und was machen wir jetzt?«

»Zunächst mal müssen wir vorsichtig sein, dass uns keiner sieht. Die sind fähig, dich sofort in den Schuldturm zu stecken.«

DOÑA MARIA

Nur wenige Stunden zuvor, in Santo Domingo auf der Insel Hispaniola, saß Doña Maria Carmen im Garten ihres Hauses im Schatten eines großen Sonnensegels und las Cervantes. Sie versuchte es zumindest, denn bei der Hitze fiel es ihr schwer, sich zu konzentrieren.

Mit Unbehagen dachte sie an den langweiligen Empfang am Abend in den *Casas Reales*, zu dem sie mit ihrem Gemahl geladen war. Aber jetzt war es erst früher Nachmittag. Noch durfte sie hier in ihrem kleinen Garten verweilen, umgeben vom süßlich betörenden Duft tropischer Pflanzen und Blüten. Bunte Vögel schwirrten zwischen den Zweigen umher, Eidechsen sonnten sich auf den Mauern. Die Pracht und Fülle der Natur auf dieser gesegneten Insel hatten sie vom ersten Tag an verzaubert.

Mit ihrem Fächer versuchte sie, sich ein wenig Kühlung zu verschaffen. Natürlich waren ihr die heißen Sommer ihres heimatlichen Sevilla vertraut, aber nicht diese feuchtschwüle Hitze, die keine Jahreszeiten zu kennen schien. Auf den Feldern ihrer *hacienda* wehte meist ein angenehmer Wind, aber hier in der Stadt war es unerträglich stickig um diese Tageszeit, weshalb sich niemand ohne Not auf die Straße traute. In der Abgeschiedenheit ihres Hauses durfte sie wenigstens ein leichtes Baumwollgewand tragen, aber ihr graute davor, sich am Abend in die engen Mieder und langen, steifen Röcke zu zwängen, die Mode und Anstand von ihr verlangten.

Santo Domingo, wo sie nun lebte, war kurz nach der Entdeckung der Neuen Welt, vor über hundertvierzig Jahren, die erste Stadtgründung gewesen. Die erste erfolgreiche zumindest, denn ein paar Fehlschläge hatte es zuvor schon gegeben. Von hier aus hatte Rodrigo de Bastidas seine Erforschung der Küsten Kolumbiens und Panamas unternommen, von hier waren Cortez und Pizarro gesegelt, um Mexiko und Peru zu erobern. Auf Hispaniola hatten die ersten Kolonisatoren gesiedelt, die Indianer bezwungen und es nach einigen Anfangsschwierigkeiten zu Wohlstand gebracht.

Zunächst hatten Goldfunde in den Bergen die Gier der Spanier befeuert. Zum Leidwesen Tausender versklavter Indianer, die in den Minen verreckt waren. Wie es überhaupt nur noch wenige ihrer Art auf der Insel gab. Eingeschleppte Krankheiten und brutale Unterdrückung hatten sie dahingerafft. Die meisten Spanier ließ das kalt, für sie waren es nur Wilde. Doch Doña Maria schauderte es bei dem Gedanken. Ein ganzes Volk praktisch ausgelöscht. Sie stellte sich vor, es wäre den Menschen in Spanien so ergangen, einschließlich ihrer eigenen Familie. Wie zu Zeiten der Pest.

Der Goldrausch hatte allerdings nicht lange gewährt. Als Nächstes ließ Europas Hunger nach Zucker große Plantagen in den fruchtbaren Ebenen entstehen. Da es an Arbeitskräften mangelte, begann der Handel mit Afrikanern zu blühen. Bald gab es weit mehr schwarze Sklaven auf Hispaniola als Europäer.

Als die Portugiesen den Markt mit brasilianischem Zucker überschwemmten, verlegten sich viele der Pflanzer auch auf Tabak oder auf die Züchtung gewaltiger Rinderherden im

Inneren der Insel. Denn Leder erzielte gute Preise in der Alten Welt, besonders wenn wie jetzt dieser fürchterliche Krieg in Europa herrschte und kein Ende in Sicht war. Auch die Krone war im Augenblick mehr damit beschäftigt, die Protestanten zu bekämpfen, als sich um die fernen Kolonien zu kümmern.

Lange Zeit war Santo Domingo Hauptstadt des sich rasch ausdehnenden spanischen Kolonialreiches gewesen. Und obwohl Orte wie Havanna oder Panama ihr inzwischen den Rang abliefen, war die Stadt immer noch ein wichtiger Verwaltungssitz. Nach modernen, geometrischen Richtlinien angelegt, kreuzten sich ihre Straßen im rechten Winkel, geradlinig wie ein Schachbrett.

An der Flussmündung stand die wuchtige *Fortaleza de Ozama*, deren Kanonen den lebenswichtigen Hafen sicherten. Diese Festung, nach dem Fluss benannt, hatte den Ruf, uneinnehmbar zu sein, hatte sie doch im Jahre 1586 sogar den Angriffen des berüchtigten Francis Drake widerstanden, El Drake, wie die Spanier ihn nannten, ein Name, mit dem man den Kindern Angst machte, wenn sie nicht gehorchen wollten.

Neben der Festung befand sich der weitläufige Palast der reichen Familie Bastidas, dessen Erbauer nach seinen Erkundungsreisen für das Eintreiben der Zölle verantwortlich gewesen war und sich entsprechend bereichert hatte.

Am gleichen Ufer, etwas weiter nördlich, hatte Diego Colón, Sohn des berühmten Entdeckers der Insel und wie sein Vater ebenfalls Vizekönig von Westindien, einen noch gewaltigeren Palast errichten lassen, den *Alcázar de Colón*, mit seinen fünfundfünfzig Sälen und Gemächern.

Damals waren ihm und seiner Gattin, einer Frau von hohem adeligen Geblüt, zahlreiche Hofdamen nach Santo Domingo gefolgt, wo sie Residenz in feinen Villen gleich hinter der Festung an der *Calle de la Fortaleza* bezogen. Diese war dadurch zur elegantesten Straße der Stadt geworden, überhaupt die erste gepflasterte Straße in der Neuen Welt. Und weil die edlen Damen auf dem Weg zur gerade eben fertiggestellten Kathedrale hier gern flanierten und ihren teuren Putz zur Schau stellten, wurde sie bald in *Calle de las Damas* umbenannt.

Jetzt, mehr als hundert Jahre später, war die Stadt von einer starken Mauer umgeben und von mehreren Forts geschützt, um allen Angriffen von Seeräubern zu widerstehen, zu denen es schon häufig in ihrer kurzen Geschichte gekommen war. Santo Domingo war nach den Verwüstungen durch Drakes Freibeuter wieder gewachsen und hatte erneut seinen Platz als wichtiges Handelszentrum eingenommen. Auf der Hauptgeschäftsstraße, der *Calle de Conde*, waren Schmuck und kostbares Tuch, Schwerter aus Toledo, feines Olivenöl, spanischer Wein und andere begehrte Waren aus dem Mutterland zu haben. Und immer noch war es ein ganz besonderes Privileg, an der *Calle de las Damas* ein Haus zu besitzen.

Und eben ein solches Haus war das der jungen Doña Maria. Sie war sich dieses Privilegs durchaus bewusst. Sie genoss die Annehmlichkeiten, die ihr der Reichtum ihres Gemahls bescherte, maß ihnen aber keine übermäßige Bedeutung bei. Was sie dagegen an der Stellung ihres Mannes störte, waren die gesellschaftlichen Verpflichtungen, die sich nicht vermeiden ließen. Wie der heutige Empfang zu Ehren des frisch ernannten Vizegouverneurs, eines Mannes, den sie nur flüchtig kannte, aber dennoch verabscheute. Der Mensch war Kommandant der kleinen Seestreitmacht der Insel gewesen, ein ehrgeiziger Karriereoffizier, der ihr schon einige

Male auf unangenehme Weise schöne Augen gemacht hatte. Nein, auf diesen Empfang hätte sie gern verzichtet.

Doña Maria ließ das Buch auf den Schoß sinken. Consuela, eine Haussklavin und ihre persönliche Magd, war mit einem Tablett in den Garten getreten und stellte es neben ihr ab.

»Etwas Limonade, Señora?«, fragte sie mit einem Lächeln, in dem die schönen Zähne wie der Schnee auf der Sierra Nevada leuchteten. Überhaupt war Consuela ein hübsches Ding, wenn man davon absah, dass sie schwarz wie die Nacht war.

»Danke, Consuela. Ist Don Miguel schon zurück?«

»Nein, Señora. Kann ich sonst noch etwas für die Señora tun?«

»Du kannst Gott um kühleres Wetter bitten«, seufzte Doña Maria. »Mich scheint er nicht erhören zu wollen.«

»Wenn Ihr wollt, opfern wir heute Abend einen Hahn für die Señora. Das beruhigt die Geister.«

»Untersteh dich. Kein afrikanisches Zauberzeug!«

Consuela lachte und lief ins Haus zurück.

Doña Maria trank ein wenig von der Limonade und stellte dann das Glas neben sich auf einen zierlichen Beistelltisch. Seit fünf Jahren war sie nun in der *Caribe,* und es war ihr immer noch ungewohnt, mit Sklaven umzugehen. Sie sei zu nachgiebig mit ihnen, hieß es, eine feste Hand sei vonnöten. Aber was sollte das sein, eine feste Hand? Musste man schroff sein, sie ständig wie unartige Kinder behandeln, bei jeder Verfehlung bestrafen oder gar auspeitschen lassen? Schlimme Geschichten hatte sie vernommen, wie manche der Pflanzer mit ihren Sklaven umsprangen. Nein, das war nicht ihre Art. Sie mochte ihre afrikanischen Diener, ihre fröhliche Unbekümmertheit, ihre Tänze und Gesänge. Nur ihre dunkle Magie verabscheute sie. Oder war es gar ein wenig Furcht vor diesen Geistern? Ach was, schalt sie sich. Nichts als dummer Aberglaube.

Die Zeilen des Buches tanzten vor ihren Augen. Es war einfach zu heiß zum Lesen. Ein Ausritt auf ihrer Lieblingsstute über die weiten Felder der *hacienda* wäre ihr jetzt lieber, als in der Stadt zu schwelen. Bald war es Zeit für die Zuckererente. Täglich würden die Schnitter über mehrere Monate hinweg die unersättliche *ingenio* füttern, die Zuckermühle ihres Mannes. Dann würde Hochbetrieb auf der *hacienda* herrschen. Das war viel unterhaltsamer, als ihre Tage untätig in Santo Domingo zu verbringen. Sie mochte das Leben auf der *hacienda*, sah gern den Schwarzen beim Schneiden des Zuckerrohrs zu oder dem alten Zuckermeister bei seiner komplizierten Arbeit.

Don Miguel, ihr Gemahl, hatte ihr beigebracht, auf was es bei der Verwaltung des Besitzes ankam, und sie versuchte, sich nützlich zu machen. Am Anfang hatten diese Bemühungen ihn eher belustigt. Welche Frau kümmerte sich schon um Männerangelegenheiten? Doch inzwischen nahm er sie ernster und unterstützte sie sogar dabei. Das war eine der vielen guten Eigenschaften ihres Mannes.

Doña Maria war gerade erst vierundzwanzig Jahre alt. Sie entstammte einem ehrwürdigen Adelsgeschlecht, und ihr voller Name war Maria Carmen Isabella Eugenia de Alvarez y Ortega, ein stolzer Name von historischer Bedeutung. Besonders väterlicherseits waren die Alvarez tapfere Ritter gewesen, die sich in vielen Schlachten gegen die Mauren ausgezeichnet hatten. In der Tat ließ sich die Familie bis zu den Kreuzzügen zurückverfolgen.

Vielleicht war das auch der Grund, warum Doña Maria auf die Bemühungen der feinen Gesellschaft von Hispaniola etwas belustigt herabblickte. Denn im Grunde waren es ungehobelte Kolonialisten, die es in einem wilden Land zu etwas Wohlstand gebracht hatten und sich nun bemühten, der Eleganz des königlichen Hofes nachzueifern. Am lächerlichsten dabei waren ihre Gemahlinnen, meist dicke Matronen mit kichernden Töchtern im Gefolge, die sich als große Damen aufführten und mit Schmuck und Seide ihre bäurische Ungeschliffenheit zu verbergen suchten.

Die Abneigung beruhte allerdings auf Gegenseitigkeit, das konnte sie deutlich spüren. Ihre adelige Herkunft, das reine Kastilisch, das sie sprach, ihre leichte Hand mit den Sklaven – all das rief Misstrauen und Missgunst hervor. Dazu kam, dass Doña Maria eine außergewöhnliche Schönheit war, der die Männer bei jeder Gelegenheit den Hof machten. Wäre sie hässlicher gewesen, hätte man sie gewiss mit mehr Wohlwollen in den Kreis der ersten Damen der Stadt aufgenommen.

Im Grunde gehörte sie gar nicht hierher. Im Grunde hätte sie einen brillanten Edelmann aus guter Familie heiraten sollen, einen mit Aussichten bei Hofe in Madrid oder in der königlichen Verwaltung in Sevilla. Das Elend war nur, dass ihr Zweig der Familie arm war. Ausgerechnet im reichen Sevilla, wo alle sich die Taschen füllten am Handel mit der Neuen Welt, war es ihrem Vater nicht gelungen, den alten Glanz der Familie aufzupolieren. Für die ältere Schwester hatte es noch zu einer bescheidenen Mitgift gereicht. Auch für den Kauf des Offizierspatents ihres Bruders. Der kämpfte jetzt in den fernen deutschen Landen auf der Seite der Habsburger. Nur ihr selbst, der jüngsten der Geschwister, war nichts geblieben als ein erlauchter Name und ihr gutes Aussehen. Daher waren die Eltern nur allzu erfreut und erleichtert gewesen, als ein reicher Pflanzer aus den Kolonien um sie zu werben begonnen hatte.

Don Miguel Garcia Hernandez war nicht adelig, ein Niemand eigentlich. Seine Vorfahren waren einfache Menschen, die sich vor Generationen auf Hispaniola niedergelassen hatten. In Sevilla hätte kaum jemand ihn beachtet – aber er besaß Land, viel Land. Und dazu eine Schar von Sklaven, eine gutgehende Zuckermühle und eine Menge Rinder. Allein diesem Reichtum war es zu verdanken, dass man ihm in Sevilla Zugang zu den guten Kreisen gewährt hatte. Er war vor Jahren Witwer geworden und nach Spanien gekommen, um sich eine Frau zu suchen. Als Mittfünfziger vielleicht schon etwas alt für eine Vermählung, aber mit Geld ließ sich im käuflichen Sevilla immer einiges erreichen. Und da er sein Herz an die junge Maria Carmen de Alvarez verloren hatte, war man sich schnell einig geworden.

Doña Maria wusste nur zu gut, dass man in ihren Kreisen nicht aus Liebe heiratete. Umso glücklicher schätzte sie sich, dass in den Jahren zwischen ihr und ihrem Mann trotz des Altersunterschieds eine innige Verbundenheit entstanden war. Don Miguel war ein gebildeter Mann, der für koloniale Verhältnisse eine große Bibliothek besaß, hervorragend Cembalo spielte, ein elegantes Stadthaus sein Eigen nannte und überhaupt viel Verständnis und Zärtlichkeit für seine junge Frau aufbrachte, die die Freude seiner reifen Jahre war.

Sie dagegen liebte ihn für seine Weisheit und sein freundliches, verständnisvolles Wesen. Sie bewunderte ihn für die Tatkraft, mit der er wie eh und je seine Geschäfte führte, mit Klugheit und einer gewissen, ja, man durfte es wohl so nennen – Gerissenheit. Denn nicht alles, was er unternahm, war im Rahmen der königlichen Gesetze. Aber man war eben Spanier – Gott zuerst, dann die Familie und schließlich der König.

Sie wollte gerade ihre Lektüre fortsetzen, als sie seine Stimme im Haus vernahm und die Begrüßungen der Diener, die herbeigeeilt waren, um ihm den Gehstock und seinen eleganten, breitkrempigen Hut abzunehmen. Gleich darauf trat er in den Garten, immer noch ein stattlicher Mann, dessen langes, welliges Haar und gepflegter Knebelbart – beide inzwischen mehr weiß als grau – in lebhaftem Kontrast zu seiner sonnengebräunten Haut standen.

Lächelnd beugte er sich über seine Frau und küsste sie auf die Wange. »*Mi corazón*. Ich hoffe, du hast dich nicht gelangweilt.« Mit einem kleinen Seufzer ließ er sich neben ihr nieder.

»Nicht mit Cervantes«, erwiderte Doña Maria, legte das Buch aber nun zur Seite und reichte ihm ihr noch halbvolles Glas mit Limonade. »Hier, du musst durstig sein.« Sie rief Consuela und verlangte nach mehr.

»Und etwas Wein«, ließ ihr Mann verlauten.

»Nein, nein«, widersprach sie ihm. »Nicht in der Hitze. Das tut dir nicht gut.«

Don Miguel leerte das Glas in einem Zug und betrachtete wohlwollend seine junge Frau. Es freute ihn, dass sie sich um ihn sorgte. Hier im Haus trug sie das Haar frei und ungebunden, so, wie er es am liebsten hatte. In langen Flechten fiel es ihr bis weit über den Rücken hinunter. Ihre dunklen Augen ruhten lächelnd auf ihm. Wenn man genau hinsah, war ihr Gesicht nicht ohne Makel. Die schlanke Nase war ein wenig zu lang, der Mund ein wenig zu breit geraten, aber alles in allem war der Eindruck wie immer umwerfend.

»Ich hoffe, du wirst dich heute Abend besonders schön machen«, sagte er.

»Damit mich alle Weiber wieder giftig anstarren?«

»Tun sie das?«

»Am liebsten würden sie mich vor der Kathedrale öffentlich verbrennen. So wie sie es in Spanien mit den Ketzern tun.«

Don Miguel lachte herzlich. »Ich bin sicher, du übertreibst.«

»Sag mir, Miguel, müssen wir heute auf diesen Empfang gehen? Können wir den Abend nicht hier verbringen? Du wolltest mir doch das Stück von diesem Frescobaldi vorspielen.«

Girolamo Frescobaldi war ein italienischer Komponist, dessen Stücke gerade in Mode waren.

»Ich fürchte, *querida*, das muss warten. Don Alonso hat vor zwei Tagen die Ernennung des Königs zum stellvertretenden Gouverneur erhalten. Das will er bekanntgeben. Es wäre eine unverzeihliche Kränkung, wenn wir nicht erscheinen würden.«

»Wie kann der König diesen aufgeblasenen Emporkömmling zum Vizegouverneur machen?«

Dass der Kerl ihr schon zweimal auf der *Calle de Conde* unziemliche Avancen gemacht hatte, verschwieg sie. Es hätte Don Miguels Ehre gekränkt, und wer weiß, was aus so etwas entstehen könnte?

»Du hast recht«, sagte er. »Seine Familie ist von niederem Adel und völlig bedeutungslos. Aber er ist ein verdienter Seeoffizier und aufgrund seines Dienstgrades auch Oberbefehlshaber der Garnison, wie du weißt. Bis endgültig ein neuer Gouverneur gefunden ist«

»Aber der Mann ist doch erst seit zwei Jahren auf der Insel. Was versteht der schon von Politik und Verwaltung? Und von Hispaniola? Jedenfalls nicht so viel wie dein Freund Bartolomé Diaz.«

Don Miguel nickte betrübt, als sie ihn an diese Geschichte erinnerte. »Eine Tragödie«, sagte er. »Eine wahre Tragödie.«

Bartolomé Diaz de Balboa war lange Jahre Gouverneur der Insel gewesen. Hatte gut gewirtschaftet, darüber waren sich alle einig. Natürlich hatte er auch so einiges in die eigene Tasche abgezweigt, dazu seinen Neffen, Vettern und Schwiegersöhnen gute Posten zugeschanzt. Aber mein Gott, wer tat das nicht? Und natürlich hatte er beim Schmuggel beide Augen zugedrückt, etwas, das die Krone selbstverständlich missbilligte. Irgendjemand musste ihn bei Hofe angeschwärzt haben. Wie einen Dieb hatten sie ihn in Ketten nach Spanien transportiert, wo er nun auf seinen Prozess wartete.

»Ich vermute mal«, sagte Don Miguel, »dass er Bartolomés unrühmlichen Abgang benutzt hat, um sich bei der königlichen Verwaltung lieb Kind zu machen. Er soll versprochen haben, den Schmugglern das Handwerk zu legen.«

»Ich wette, er selber ist es, der die Anschuldigungen gegen Don Bartolomé in die richtigen Ohren gestreut hat.«

Don Miguels Miene verfinsterte sich noch mehr. »Mag sein. Aber dann verstehst du, warum wir mit dem Mann vorsichtig umgehen müssen.«

Beide wussten, dass das Einkommen der *hacienda* zu großen Teilen vom Schmuggel abhängig war. Auch anderen Landbesitzern ging es ganz ähnlich. Per Gesetz besaßen die Kaufleute von Sevilla und Cadiz das alleinige Handelsrecht mit den Kolonien. Niemand sonst durfte ihnen auch nur eine Schiffsladung Zucker, Tabak oder Leder abkaufen. So ließ sich einfacher der *quinto real* einziehen, das berühmte Fünftel, das bei jedem Handel der Krone zustand. Aber Sevilla kam gar nicht nach, den Bedarf der Kolonien zu decken. Und wenn, dann lieferten sie zu übertreuerten Preisen. Auch umgekehrt erzielten Zucker und Kuhhäute weit bessere Gewinne in Amsterdam, Brest oder London als bei den spanischen Zwischenhändlern. Die Wahrheit war: Ohne Schmuggel lief gar nichts auf Hispaniola.

»Müssen wir uns Sorgen machen, Miguel?«

Ihr Gemahl zog etwas ratlos die Schultern hoch. Dann grinste er beruhigend. »Es heißt, der Mann habe außer seinem Sold nur wenig an persönlichem Vermögen. Eine kleine Tabakpflanzung, das ist alles. Vielleicht bedarf es nur ein paar der üblichen Gefälligkeiten, du weißt schon, hier und da eine kleine Beteiligung an profitablen Geschäften. Möglich, dass es gar nicht so viel kostet, Don Alonso zu beschwichtigen und seine Wachsamkeit ein wenig einzuschläfern.« Er hob sein Glas und trank ihr augenzwinkernd zu.

Natürlich hatte Don Miguel im Prinzip recht. So liefen die Dinge auf Hispaniola und anderswo in der spanischen Welt. Aber der Empfang später am Abend in den ehrwürdigen *Casas Reales* verhieß etwas gänzlich anderes, sehr zur Ernüchterung der geladenen Gäste.

Die *Casas Reales,* im Jahre 1511 in strengem, spanischem Stil errichtet, war ein großes Gebäude und beherbergte zur Hälfte die Amtsräume des Gouverneurs, wo auch der Empfang stattfand. Die andere Hälfte wurde von der *Real Audiencia*, dem königlichen Gericht, beansprucht, eine Einrichtung, die neben juristischen Aufgaben auch dazu diente, den jeweiligen Gouverneuren auf die Finger zu schauen. Zu diesem Zweck besaßen die Richter sogar das königliche Siegel und konnten eigenständig Edikte erlassen.

Vor dieser ehrwürdigen Kulisse hatte am Abend Don Alonso Calderón de la Higuera, wie er mit vollem Namen hieß, seinen großen Auftritt. Hoch aufgerichtet, mit militärisch durchgedrücktem Kreuz, stand er neben dem Vorsitzenden des Hohen Gerichts, Don Rodrigo de Molina, und hörte zu, wie dieser die Proklamation des Königs verlas, die ihn zum vorübergehenden Gouverneur der Insel ernannte. Höflicher Applaus folgte dem Vortrag.

»Hast du gehört? Nur vorübergehend«, raunte Don Miguel seiner jungen Gemahlin zu.

Ein anderer Pflanzer, der diese Bemerkung gehört hatte, flüsterte hinter vorgehaltener Hand: »Das Verflixte an vorübergehend ist, dass es meist dabei bleibt.«

Der neu ernannte Don Alonso, Mitte dreißig und ein hochgewachsener, hagerer Mann, räusperte sich umständlich und bat um Aufmerksamkeit. Sein Blick glitt über die versammelten Mitglieder der feinen Gesellschaft von Santo Domingo, Landbesitzer, Kaufleute und Kolonialbeamte an der Seite ihrer herausgeputzten Damen.

Sie alle waren etwas steif und pompös in dunklen Farben nach Tradition des spanischen Hofes gekleidet. Die Herren trugen lange Strümpfe und Pumphosen, an den Schultern ausgepolsterte Wämser mit engen Taillen, die den Korpulenteren die Luft zum Atmen nahmen, darüber trugen die meisten breite, weiße Spitzenkragen, denn Halskrausen waren aus der Mode gekommen. Was die Damen betraf, so waren sie in steifen, bis ans Kinn hochgeschlossenen Kleidern erschienen, mit langen Ärmeln und Röcken aus schwerem Tuch. Dazu strenge Hauben, die das Haar versteckten. Alles in allem keine passende Kleidung für tropische Breitengrade. Entsprechend müffelte es in den heiligen Hallen nach dem Schweiß ungewaschener Leiber, nur unzureichend übertüncht von schweren Rosenöl- und Lavendeldüften.

Don Alonso dagegen war in einem schlichten, schenkellangen Offiziersrock erschienen, mit Kniehosen und weißen Strümpfen, ganz als wäre er gerade vom Deck eines Kriegsschiffes Seiner Majestät gestiegen. Im Vergleich zu den Versammelten machte er einen geradezu asketischen Eindruck, so dass man sein Äußeres schon fast als eine Vorankündigung dafür deuten konnte, dass von nun an andere Sitten herrschen würden.

Entsprechend war sein kurzer Vortrag. In Europa herrsche Krieg, sagte er, der König benötige alle verfügbaren Mittel, um die gotteslästerlichen Protestanten zu besiegen. Es gehe deshalb nicht an, dass es immer noch einige auf dieser Insel gebe – hierbei sah er sich mit drohender Miene um – die ihre Treuepflichten gegenüber der allerkatholischsten Majestät von Spanien nicht ernst genug nähmen. Durch rechtswidrigen Handel gingen der Krone jährlich immense Summen verloren. Man habe ihn deshalb beauftragt, mit dem Schmuggel und den Bestechungen von hohen Beamten endlich Schluss zu machen. Und um diesen Zweck zu erfüllen, seien weitere Truppen und Kriegsschiffe unterwegs.

Zu diesen forschen Worten nickte unentwegt der brave Richter Don Rodrigo, obwohl alle wussten, dass auch er gewissen Zuwendungen keinesfalls abgeneigt war. Die anderen Versammelten nahmen die Ansprache mit betretenen Mienen zur Kenntnis. Nur aus den vordersten Reihen ließ sich ein halbherziger Applaus vernehmen, der gleich darauf aber unter verlegenem Hüsteln und Räuspern verstummte.

Livrierte schwarze Diener reichten Erfrischungen, und Don Alonso mischte sich selbstbewusst und mit siegesgewissem Lächeln unter die Gäste. Viele hielten sich zurück, andere preschten vor, um zu gratulieren und sich bei dem neuen Mann einzuschmeicheln. Don Alonso ging von Gruppe zu Gruppe, und nach einer Weile hatte er die Stelle erreicht, wo Don Miguel und seine Frau mit zwei anderen Pflanzerehepaaren plauderten. Den Herren nickte er gönnerhaft zu, und von den Damen küsste er allein

Doña Maria die Hand. Dann verneigte er sich höflich vor ihrem Gemahl.

»Ich hoffe, Ihr werdet mich in meinen Bemühungen unterstützen, Don Miguel«, sagte er. »Schließlich seid Ihr einer der bedeutendsten Männer des Landes. Auf Euch hören auch die anderen.«

»Ich werde mich bemühen«, erwiderte Don Miguel etwas steif. »Ich hoffe nur, die neue Strenge wird sich nicht allzu verheerend auf den Wohlstand unserer Insel auswirken.«

Don Alonsos Augen verengten sich. »Wie meint Ihr das?«, fragte er dünnlippig und mit einem gefährlichen Unterton in der Stimme.

Aber Don Miguel achtete nicht darauf, auch nicht auf das Zupfen an seinem Ärmel, mit dem seine Frau ihn zur Zurückhaltung mahnen wollte. Vielleicht war es, weil er sich diesem Ehrgeizling und Habenichts überlegen fühlte, eben weil er selbst schon lange eine gewichtige Stimme in der Gemeinschaft der Insel hatte, doch besonders, weil ihn der hochmütige Ton dieses Kerls geärgert hatte.

»Ich ehre den König wie jeder andere«, sagte er. »Doch was bringt es der Krone, wenn wir hier bald am Hungertuch nagen? Statt mit Kriegsschiffen zu drohen, sollte man lieber das verdammte Monopol von Sevilla brechen. Dann brauchte niemand mehr zu schmuggeln, und es würden auch mehr Steuereinnahmen fließen.« Hitzig deutete er mit dem Finger auf Don Alonsos Brust. »Kümmert Euch lieber um die verdammten Piraten, sage ich.«

Bei diesen Worten war es sehr still im Saal geworden. Aller Augen richteten sich auf die beiden Männer.

»Wollt Ihr etwa andeuten, ich tue nicht meine Pflicht?«, war Don Alonsos scharfe Entgegnung. »Ob es Euch gefällt oder nicht, ich werde den Schmuggel unterbinden.«

Don Miguel lachte auf. »Und wie? Wollt Ihr uns alle einsperren lassen oder unsere Häuser mit Kanonen zusammenschießen?«

Daraufhin wurde der neue Vizegouverneur richtig wütend. Mit rotem Gesicht trat er dicht an Don Miguel heran. »Ich weiß, dass Ihr der größte Halunke unter den Schmugglern seid. Ich kenne die geheimen Buchten, in denen Ihr mit den verdammten Holländern Eure schmutzigen Geschäfte treibt. Aber ich werde Euch erwischen. Und dann gnade Euch Gott!«

Er drehte sich auf dem Absatz um und marschierte in die Mitte des Saals. Aller Augen richteten sich auf ihn, denn offensichtlich hatte er noch etwas zu verkünden.

»Damit es alle wissen«, rief er immer noch voller Zorn und Entschlossenheit. »Mein Vorgänger war viel zu milde mit denen, die Spanien durch diesen verbotenen Handel schaden. Mit Strafzöllen und Beschlagnahmungen ist es nicht länger getan, das schwöre ich. Den nächsten Schmuggler, den wir bei frischer Tat ertappen, werde ich persönlich hängen und seinen Leichnam an der Festungsmauer zur Schau stellen. Als Abschreckung!«

Damit verließ er den Saal. »Das Strafmaß bestimme immer noch ich«, brummelte der Richter Don Rodrigo entrüstet. Aber niemand achtete auf ihn, denn Don Alonsos Worte hatten für große Unruhe gesorgt.

»Was ist nur in dich gefahren?«, zischte Doña Maria ihrem Mann zu. »Jetzt hast du ihn dir zum Feind gemacht.«

»Wenn der es ernst meint, dann ist er unser aller Feind, so oder so.«

JANS FLUCHT

Die Anlegestelle der Bremer Schlacht war schon gegen Ende des letzten Jahrhunderts befestigt worden. Sie bestand aus einer langen Reihe tief in den Ufergrund gerammter Pfähle. Dahinter hatte man aufgeschüttetes Erdreich festgestampft und bepflastert.

Zwischen zwei Schiffsrümpfen kletterte Jan aus dem Ruderboot und über eine kurze, eiserne Leiter zum Kai hinauf. Es roch wie immer nach fauligem Uferschlick, Tran und Fischabfällen und dem Kot der Lasttiere, die tagsüber das Ladegut zu den Speichern schleppten.

»Seit wann geht es ihm denn so schlecht?« Jan reichte Geerke die Hand, um ihm hochzuhelfen.

Der Alte antwortete nicht, denn er hatte einige Mühe, die Leiter zu erklimmen. Endlich oben, holte er tief Luft und sah sich vorsichtig nach allen Seiten um. In fünfzig Schritt Entfernung brannte eine einsame Laterne, die ihr Licht auf den großen Hebekran warf. Keine Nachtwache zu sehen, nur ein paar Betrunkene, die aus einer Schenke getorkelt kamen. Gegenüber auf dem Wasser lag die *Sophie* in tiefer Dunkelheit. An Bord schien sich nichts zu regen.

Den Knecht wies Geerke an, sich nicht vom Fleck zu rühren. Sie würden bald wiederkommen. Und vor allen Dingen habe er den Mund zu halten. Niemand sollte wissen, dass die *Sophie* angekommen war. Zur Belohnung warf er ihm eine Münze zu, die kurz im Mondlicht aufblitzte, bevor der Mann sie fing.

»Los jetzt«, raunte Geerke. »Wir sollten uns beeilen, wenn du deinen Vater noch lebend antreffen willst.« Er hastete voraus, und einige Schritte weiter bog er in eine schmale Gasse ein, die so dunkel war, dass man kaum die Hand vor Augen erkennen konnte. »Komm, hier entlang. Hier sieht uns keiner.«

Es roch nach Unrat und Urin. Irgendwo über ihnen wurden Läden zugeschlagen. Sie tappten sich im Dunkeln vor, bis Jan auf etwas Weiches trat und gleich darauf jemand schrecklich aufjaulte. Der Kerl stank nach Bier und Kotze. Wahrscheinlich ein Obdachloser, der sich für die Nacht hier eingerichtet hatte. Statt einer Entschuldigung knurrte Jan ihn an, er solle sich verdammt noch mal ins Haus der Seefahrt scheren, statt hier im Wege zu liegen. Dafür bezahle man schließlich. Das Haus der Seefahrt war eine Einrichtung für Bedürftige, die von jeder Schiffsladung einen kleinen Beitrag erhielt, um die Not von kranken oder arbeitslosen Seeleuten zu lindern.

Jan stolperte fluchend hinter Geerke her, der an der nächsten Ecke auf ihn wartete. »Müssen wir unbedingt über die Hinterhöfe schleichen?«, fragte er unwirsch. »Glaubst du wirklich, die warten um diese Uhrzeit vor dem Haus?«

Er konnte es irgendwie noch gar nicht glauben, was Vaters Sekretär ihm da von Gläubigern und Pfändungen erzählt hatte. Geerke antwortete nicht, marschierte nur eilig weiter. Der Alte musste den versteckten Weg schon einige Male gegangen sein, denn trotz der Dunkelheit zögerte er nicht im Gewirr der Gässchen, durch die sie eilten.

»Seit wann geht es ihm denn so schlecht? Du hast mir vorhin nicht geantwortet.«

Geerke blieb stehen. »Hör zu, Jan. Wir müssen den Dingen ins Auge sehen, so schrecklich sie sind. Deinem Vater geht es mehr als schlecht, er liegt im Sterben.«

»Aber so plötzlich?«

»Er ist schon lange krank, auch wenn er versucht hat, das zu verbergen. In letzter Zeit ist es rasch schlimmer geworden. Kein Wunder, wenn du mich fragst. Wollte sich nie schonen. Selbst bei Fieber. Vor einer Woche ist er dann im Kontor zusammengebrochen, kam nicht mehr auf die Beine.«

»Habt ihr den Arzt gerufen?«

»Natürlich. Doktor Lukas. Du kennst ihn doch.«

»Und?«

»Ich versteh das Kauderwelsch der Ärzte nicht. Irgendwas von Körpersäften und schwarzer Galle. Täglich hat er ihm Blut abgenommen, aber geholfen hat's nicht. Nur noch Fisch sollte dein Vater essen. Und ungesalzene Suppe. Aber der kriegt seit einer Woche überhaupt keinen Bissen mehr runter. Sagt, die Eingeweide brennen ihm so schlimm wie das Höllenfeuer. Tut mir leid, Jan.«

Geerke wandte sich ab und nahm den Weg wieder auf. Jan folgte ihm. »Leidet er sehr?«

»Doktor Lukas hat ihm Laudanum verordnet, und die Köchin flößt ihm davon wie befohlen alle paar Stunden ein. Seitdem ist er ruhiger.«

»Es geht ihm also besser?«, fragte Jan hoffnungsvoll.

Geerke schüttelte den Kopf. »Den Schmerz scheint es zu lindern, aber jetzt regt er sich fast gar nicht mehr, dämmert nur noch dahin. Manchmal meint man, er habe ganz aufgehört zu atmen. Dann plötzlich röchelt er wieder. Glaub mir, es geht zu Ende mit ihm. Der Arzt sagt, er könne nichts mehr tun.«

Jan war wie benommen. Ein Gefühl der Trostlosigkeit hatte ihn erfasst. Erst war die Mutter von ihnen gegangen, dann sein Bruder Thomas während der großen Flutkatastrophe im letzten Jahr. Da hatte halb Nordfriesland unter Wasser gestanden. Ganze Küstengebiete waren verlorengegangen, Inseln auseinandergebrochen, zum Teil im Meer versunken. Zehntausende hatten in den Fluten den Tod gefunden. Auch an die fünfzigtausend Stück Vieh waren elendig ersoffen. Eine fürchterliche Strafe Gottes und ein unglaublicher Schaden. Auch für die van Hagens, die dort zuvor Getreideland aufgekauft hatten, um billiger an den Rohstoff für ihr Bier zu kommen. Jetzt war der Boden auf Generationen versalzen. Thomas hatte die ganze Nacht mit vielen anderen verbissen gekämpft, um den kostbaren Besitz vor der Flut zu retten. Als der sturmgepeitschte Deich dann schließlich gebrochen war, hatte es ihn mitgerissen. Nicht einmal seine Leiche war auffindbar gewesen.

»Aber wenn Vater stirbt«, murmelte Jan, »dann musst du mir helfen, die Geschäfte weiterzuführen. Er hat mich in nichts eingeweiht.«

»Da ist nichts mehr da, was man weiterführen könnte«, brummte Geerke bitter.

Jan schluckte schwer. Nichts mehr da vom ehrwürdigen Handelshaus van Hagen? Das konnte doch nicht wahr sein. Geerke musste sich irren.

Der Alte öffnete eine kleine Pforte, deren rostige Angeln unangenehm kreischten. Sie traten hindurch, schlichen sich durch einen Küchengarten, öffneten eine zweite Pforte, gingen an einem Abort vorbei und dann in einen dunklen Hof. Plötzlich erkannte Jan, dass sie vor der Hintertür seines Elternhauses standen. Seltsam, dass er den Weg nicht gleich erkannt hatte.

Sie fanden Willem van Hagen im Schlafzimmer der Eltern, ein Ort, den Jan nur selten zuvor betreten hatte. Der Sterbende lag auf einem Berg von Kissen, denn man hatte versucht, es ihm so bequem wie möglich zu machen. Eine Kerze brannte auf dem Nachttisch. In der gediegenen, aber streng eingerichteten Kammer herrschte ein Mief nach Siechtum, als habe man tagelang die Fensterläden nicht geöffnet. Wiebke, die Köchin, stand am Bett und wischte sich verlegen die Hände an der Schürze ab.

»Ich glaube, er schläft«, sagte sie.

»Gut. Geh jetzt«, befahl Geerke.

Jan trat an das hohe, mit vier Pfosten und einem Baldachin versehene Bett und ließ sich vorsichtig auf der Kante nieder. Das Antlitz seines Vaters hatte etwas Skelettartiges. Er war erschreckend abgemagert. Weiße Bartstoppeln bedeckten die fahlen, eingefallenen Wangen. Jan erinnerte sich, dass er ihm auch schon vor seiner Reise magerer als sonst vorgekommen war, dass er sich gebeugt und schlurfend durchs Haus bewegt hatte. Doch nie hatte er über irgendetwas geklagt, hatte immer seine Arbeit im Kontor erledigt. Nun plötzlich schien da ein ausgelaugter Greis vor ihm zu liegen. Dabei war Vater noch gar nicht so alt. Was immer seine Krankheit sein mochte, sie hatte den einst großen, kräftigen Leib ausgezehrt, sämtliches Fleisch von den Knochen gebrannt und nichts als eine zerbrechliche Hülle hinterlassen.

Jan beugte sich vor und näherte sein Ohr dem halboffenen Mund des Sterbenden. »Glaubst du, er atmet noch?«, fragte er erschrocken.

Geerke nahm einen kleinen Spiegel vom Nachttisch und hielt ihn dem Vater vor den Mund. Der Spiegel begann, leicht zu beschlagen. Geerke nickte und zeigte es Jan.

»Er atmet. Aber so geht das schon seit gestern«, sagte er. »Ich glaube, er will nicht sterben, weil er auf dich gewartet hat.«

Jan saß still da und starrte lange ins Gesicht seines Vaters. Er versuchte, ihn im Geiste wieder lebendig werden zu lassen, so wie er einst gewesen war. Ein tatkräftiger, strenger Herr, der ihn zwar nie geschlagen, aber vor dem er sich doch immer etwas gefürchtet hatte. Sein Bruder Thomas hatte in allem dem Vater nachgeeifert, war ein guter Schüler gewesen, hatte ganze Bibelpassagen hersagen können, war auch Geerke früh im Kontor und im Speicher zur Hand gegangen.

Jan dagegen war ein verspielter Junge gewesen, voller Fantasien und verrückter Einfälle, hatte Dummheiten gemacht, sich mit den falschen Jungs herumgetrieben und immer wieder den Zorn des Vaters auf sich gezogen. Wenn er erwischt wurde, hatte er niederknien und Gott um Verzeihung bitten müssen. Als Strafe hatte Vater tagelang nicht mit ihm gesprochen. Das war das Schlimmste für ihn gewesen, denn trotz allem hatte Jan seinen Vater geliebt. Ein Lächeln, eine sanfte Berührung, und es war der Himmel auf Erden. Ja, Willem van Hagen hatte auf seine Art Menschen für sich gewinnen können, auch seine Söhne. Aber nun lag er da, am Ende seines Weges, kaum noch wiederzuerkennen, ein Skelett fast schon.

Mit feuchten Augen ergriff Jan die welke Hand, die auf der Bettdecke lag, beugte sich vor und küsste sie. Da flogen die Augen des Sterbenden auf, blinkten ein wenig, als könnten sie das Licht der Kerze nicht ertragen, und richteten sich dann langsam auf den Sohn. Die Lippen formten sich zu einem Flüstern.

Jan beugte sich vor. »Was ist, Vater?«

»Du bist gekommen«, hörte er jetzt deutlicher.

Gleich darauf verzog sich das Gesicht vor Schmerzen, aber nur einen Augenblick lang, wie ein kurzer Krampf, der wieder verging. Jan war versucht, seinen Vater zu beruhigen, dass es ihm bestimmt bald bessergehen würde, aber es hätte wie Hohn geklungen. Stattdessen drückte er ihm innig die Hand.

»Ja, Vater. Ich bin hier.«

Willem van Hagen öffnete den Mund, doch es fiel ihm sichtlich schwer, einen Ton hervorzubringen. »Du bist wie deine Mutter, Jan«, flüsterte er schließlich nach mehreren Anläufen. »Warst immer mein Liebling.«

Er schaffte sogar den Hauch eines Lächelns. Dann schloss er wieder die Augen. Die Worte schienen ihn erschöpft zu haben. Seine Hand aber erwiderte sanft den Händedruck des Sohnes.

Jan war tief betroffen. Sein Liebling? Hatte er richtig gehört? Dabei war doch Thomas sein Liebling gewesen. Das hatte er jedenfalls immer angenommen. Er wischte sich mit dem Ärmel die Tränen von der Wange. Vater würde ihn doch wohl nicht belügen? Nicht auf dem Sterbebett. Er wollte ihm etwas sagen, aber es fehlten ihm die Worte.

Wieder gab Willem einen Laut von sich. »Es tut mir leid«, glaubte Jan zu hören. »Es tut mir leid.«

»Was tut dir leid, Vater?«

Aber Willem antwortete nicht, warf nur einen verschleierten Blick zu Geerke hinüber auf der anderen Seite des Bettes und nickte unmerklich mit dem Kopf. Dann schloss er die Lider, und ein Zittern ging durch seinen Leib. Aber immer noch hing er am Leben fest, denn Jan spürte weiterhin seinen Händedruck, als wollte er sich an ihm festhalten.

Der alte Geerke hatte Willems Blick als Aufforderung verstanden, alles zu erklären. »Der verdammte Krieg dauert nun schon siebzehn Jahre, wie du weißt«, sagte er. »Mal haben die Katholischen die Oberhand, mal wir Protestanten. Dann hat der verdammte Dänenherzog alles verloren, und es hätte nicht viel gefehlt und Wallenstein hätte sogar Bremen belagert. Zuletzt haben die Schweden eingegriffen und die Katholischen vor sich hergetrieben. Aber was rede ich, das weißt du ja alles selber.«

»Gustav Adolf ist aber inzwischen tot. Ich sehe nicht, was das mit uns zu tun hat.«

»Ja, Gustav Adolf ist tot. Aber die Schweden waren ja noch keinesfalls besiegt, im Gegenteil. Der Herzog von Sachsen-Weimar war einer ihrer siegreichen Feldherrn. Und der brauchte Nachschub, Ausrüstung für seine Männer, Waffen, Kanonen. Eine gute Gelegenheit, viel Geld zu verdienen.«

Jan ahnte fast, was da kommen würde. »Ihr habt euch auf Kriegsgeschäfte eingelassen?« Er warf einen Blick auf Vaters Gesicht, aber da war keine Regung zu erkennen.

»Die Flutkatastrophe im letzten Jahr hatte uns fast das Genick gebrochen. Du weißt es selbst«, erwiderte Geerke. »Das Land hatte dein Vater zum Teil mit Darlehen gekauft. Nun war es unbrauchbar geworden. Ein großer Lieferauftrag für den Herzog hätte uns aus allem retten können. Der Mann war doch ein erfolgreicher Feldherr. Ein gutes Geschäft also. Dein Vater lieh sich nochmals Geld, allerdings zu horrenden Zinsen.«

Jan starrte ihn an. »Aber euer glorreicher Herzog ist geschlagen worden, sein Heer vernichtet. In Riga habe ich davon gehört.«

Geerke fuhr sich mit der Hand übers Gesicht. »Eben«, sagte er leise. »Wir hatten vertragsgemäß geliefert, aber das Geld, das ist jetzt verloren. Nur mit Not ist der Herzog selbst nach Straßburg entkommen, und sein Land in Württemberg, das plündern die Katholischen. Da ist nichts mehr zu holen. Und nun ist es zu spät. Für deinen Vater ohnehin. Und dich werden sie in den Schuldturm stecken.«

»Wieso mich? Ich habe doch gar nichts damit zu tun.«

»Du hast im Namen deines Vaters Geschäfte betrieben, bist sein Erbe und Miteigentümer. Damit hängst du drin.«

In Jan stieg der Zorn hoch. »Aber wie konntet ihr ein solches Wagnis auf euch nehmen, euch so verschulden? Gerade du, Geerke, hättest es besser wissen müssen.«

Der aber zuckte mit den Schultern. »Dein Vater wollte dir ein ordentliches Erbe hinterlassen, deiner Hochzeit mit Greetje nicht im Wege stehen.« Er seufzte. »Es ist, wie es ist. Man kann es nicht mehr ändern. Die *Katrine* ist bereits gepfändet, auch das Warenlager und die Brauerei. Um das Haus wird noch gestritten, aber wenn sie die *Sophie* hier entdecken, ist auch sie verloren.«

Jan starrte ihn an. »Herr im Himmel«, sagte er und schüttelte den Kopf. »Herr im Himmel!«

Mehr fiel ihm im Augenblick nicht ein. Nie hätte er sich so etwas träumen lassen. War er denn blind gewesen? Hätte er es kommen sehen müssen? Vielleicht hätte er sich mehr in Vaters Geschäfte einmischen sollen, statt zu seinem Vergnügen auf den Meeren herumzuschippern.

»Und jetzt?«, stieß er hervor.

Geerke seufzte noch einmal schwer, fuhr sich mit der Hand übers Gesicht. »War deine Reise wenigstens erfolgreich?«

Als habe das noch irgendeine verdammte Bedeutung. Trotzdem zählte Jan auf, was er geladen hatte, und erwähnte auch das Geld, das er gehofft hatte, dem Vater zu übergeben.

Geerke nickte befriedigt. »Das ist gut, Jan. Wenigstens etwas. Jetzt ist nur noch eines wichtig. Du und dein Schiff, ihr müsst euch in Sicherheit bringen.«

»Aber das wäre doch Diebstahl. Wenn die Pfändungen rechtmäßig sind.«

»Das sind sie. Leider. Aber was soll's? Du hast ein gutes Schiff, eine Mannschaft, wertvolle Ladung unter Deck und etwas Geld obendrein. Mach, dass du davonkommst. Jetzt sofort.«

Jan runzelte die Stirn. »Aber ich kann doch Vater nicht allein lassen. Und außerdem, ich könnte mich dann nie mehr in Bremen blicken lassen.«

Plötzlich hörte er Willem stöhnen. Erschrocken sah er ihn an. Der Sterbende hatte zitternd und mit großer Mühe den Kopf gehoben und heftete einen wilden Blick auf seinen Sohn. »Geh, Jan!«, krächzte er. »Weg von hier. So weit du kannst.« Dann fiel sein Kopf auf die Kissen zurück, und er lag da wie tot. Aber er war nicht tot, denn seine Brust hob und senkte sich immer noch, wenn auch nur ganz leicht. Jan war verwirrt. Was sollte er tun? Sein ganzes Leben schien plötzlich aus den Fugen geraten zu sein.

Es war lange still, bis Geerke sich umständlich räusperte. »Dein Vater und ich haben nachgedacht. Die alte Hanse ist zwar nichts mehr wert, aber wenn es darum geht, jemanden zu verfolgen, dann hat sie immer noch einen langen Arm. Ost- und Nordsee solltest du deshalb meiden. Aber in der Neuen Welt ist das was anderes.«

»In der Neuen Welt?«

»Westindien, Virginia, Brasilien. Die brauchen doch Waren aus Europa. Und natürlich umgekehrt. Zucker, Indigo, Häute, Tabak. Das ist die Zukunft, mien Jung. Dagegen ist der Ostseehandel nichts.«

»Aber die Spanier verbieten den Handel mit ihren Kolonien. Und die Engländer auch.«

»Gerade deswegen kann ein gewiefter Händler ein Vermögen machen. Man muss die Kontrollen umgehen.«

Jan hob die Brauen. »Ich soll schmuggeln?«

Dass der alte Geerke ihm einen solchen Vorschlag machen würde, hätte er nie im Leben für möglich gehalten. Und dann auch noch in Abstimmung mit seinem Vater, dem Abbild protestantischer Rechtschaffenheit.

»Die Holländer haben da drüben ihre Finger ganz dick im Geschäft«, fuhr Geerke fort, auf ihn einzureden. »Sie liegen im Krieg mit Spanien, wie du weißt. Vor sieben Jahren hat ihre Westindien-Kompanie bei Kuba die spanische Silberflotte gekapert. Ein gewaltiges Vermögen, sag ich dir. Dann sind sie nach Brasilien und haben den Portugiesen Olinda entrissen und das ganze Umland dazu samt den Zuckerrohrplantagen. Und letztes Jahr die Salzstrände von Curaçao. Du weißt, wie wichtig Salz ist. Mit den spanischen Inseln treiben sie einen florierenden Schmuggelhandel. Ihre Waren aus Indien und aus der Neuen Welt verkaufen sie in ganz Europa. Kein Wunder, dass Amsterdam die reichste Stadt der Welt geworden ist.«

»Aber was hat das alles mit mir zu tun?«

»Da fragst du noch? Du bist Händler. Du hast ein Schiff. Ich sage dir, was die Holländer können, das kannst du auch. Dein Vater möchte, dass du nach Amsterdam segelst und seinen alten Handelspartner aufsuchst. Cornelis van Doorn. Der wird dir helfen. Ich habe schon einen Brief an ihn aufgesetzt. Mach Amsterdam zu deinem Umschlagplatz. Die Stadt gehört nicht zur Hanse. Es kann dich dort also niemand festnehmen, hörst du?«

Er fasste in sein Wams und zog ein versiegeltes Schreiben hervor. Jan steckte es ein, ohne hinzusehen.

»Du meinst, ich soll so mir nichts, dir nichts?«

»Ja, sofort. Es hat keinen Zweck, lange darüber zu grübeln. Es eilt. Wenn du nicht in den Schuldturm willst, musst du gleich los. Eigentlich hätte ich dich gar nicht an Land lassen dürfen.«

»Aber«

»Keine Sorge. Ich kümmere mich um alles. Dein Vater stirbt so oder so. Wir können es nicht ändern. Und er hat seinen Frieden damit gemacht. Ihm können sie nichts mehr antun. Aber du sollst nicht für seine Fehler büßen. Das ist ihm das Wichtigste.« Geerke erhob sich. »Mach dir keine Sorgen um uns. Es ist noch etwas Geld im Haus. Das reicht für eine Beerdigung. Und ich komme bei meiner Schwester unter. Ich habe über die Jahre gespart. Für ein bescheidenes Leben langt es.«

In Jans Kopf drehte sich alles. Fliehen sollte er? In die Neue Welt? Er wusste nicht einmal, wie man dahin kam, außer dass man nach Westen segeln musste. Und würde seine Mannschaft mitkommen? Er musste ihnen doch etwas sagen. Und was war mit Greetje? Mein Gott, Greetje! Wieso dachte er erst jetzt an seine Liebste? Er konnte sie doch nicht einfach sitzenlassen.

»Ich kann nicht gehen, ohne Greetje alles zu erklären. Ich muss zu ihr gehen.«

Geerke schüttelte heftig den Kopf. »Auf keinen Fall! Ihr verdammter Vater ist ja einer der Gläubiger, die hier alles an sich raffen. Schreib ihr einen Brief. Jetzt gleich. Ich überbringe ihn morgen früh.«

Jan fühlte sich immer noch wie in einem schlechten Traum. Er packte die Hand seines Vaters und rüttelte sie. »Vater! Ist das wirklich dein Wille?«

Über van Hagens Gesicht huschte der Hauch eines Lächelns. »Geh!«, flüsterte er. »Geh und werd glücklich. Glücklicher als ich.«

Jan beugte sich über ihn und nahm sein mageres Gesicht in beide Hände. Etwas, das er noch nie in seinem Leben getan hatte. Auch als Kind nicht. Er hätte es nicht gewagt. Lange sah er ihn an, so, als müsse er sich jeden Zug, jede Falte, jede Pore merken. Dann küsste er ihn auf die Stirn.

Plötzlich hörten sie es unten im Haus an die Eingangstür hämmern. Jemand verlangte lärmend Einlass. Geerke stürzte ans Fenster.

»Schiet! Die Stadtwache. Jemand muss ihnen gesagt haben, dass du hier bist.« Er schüttelte den Kopf. »Nein, was sag ich? Sie haben natürlich das Schiff entdeckt. Jeder kennt doch die *Sophie* hier in Bremen.« Er drehte sich um und packte Jan am Arm. »Schnell, durch die Hintertür. Wie wir gekommen sind.«

Jan warf noch einen letzten Blick auf das unbewegliche Gesicht seines Vaters, dann riss er sich los und rannte hinter Geerke die Stufen hinunter, durch die Küche und zum hinteren Ausgang. Geerke öffnete vorsichtig die Tür und sah hinaus.

»Niemand hier. Geh jetzt, Junge.«

Jan fasste in sein Wams und zog das Bernsteinamulett an seinem Goldkettchen heraus und drückte es Geerke in die Hand. »Gib das Greetje. Sag ihr, dass ich sie liebe und dass ich eines Tages wiederkomme und alles geraderücken werde.« Er holte tief Luft. »Ich verlange nicht, dass sie auf mich wartet. Aber es würde mich glücklich machen, wenn sie es trotzdem täte.«

»Ich werde es ausrichten. Jetzt nimm aber endlich die Beine in die Hand. Und geh mit Gott!«

Jan umarmte rasch den Alten und trat ins Freie. Mit schwerem Herzen rannte er über den Hof und zur Hinterpforte hinaus. Plötzlich war da ein Schatten vor ihm.

»Stehen bleiben!«, hörte er den Mann brüllen.

Aber Jan stieß ihn so heftig vor die Brust, dass der Kerl zu Boden stürzte. Noch bevor der sich aufrappeln konnte, war

Jan schon in der Dunkelheit der winzigen Gasse verschwunden. Mein Gott, dachte er, ich bin ein Flüchtiger in meiner eigenen Heimatstadt. Wie konnte es nur dazu kommen? Aber er lief, als würden ihn die Hunde hetzen. Einmal stolperte er, fing sich aber gleich wieder und stürmte weiter. Er konnte nur hoffen, dass der Knecht mit seinem Boot noch an der gleichen Stelle war. Einmal an Bord der *Sophie*, würden sie ihn nicht mehr aufhalten können.

Als er endlich auf dem Weserkai war, merkte er, dass inzwischen die Ebbe eingesetzt hatte, denn die *Sophie* lag jetzt etwas weiter entfernt und mit dem Heck zum Meer. Er rannte zum Boot. Nur war da kein Boot. Verflucht, wo war der Knecht? Hatte der ihn verraten? Für eine Handvoll Geld?

Jan überlegte. Sollte er zur *Sophie* hinüberrufen, damit sie ihn mit dem Beiboot holen kämen? Aber das würde dauern und Aufmerksamkeit erregen. Und dann sah er hundert Meter weiter unter der einsamen Laterne, wie drei Männer von der Stadtwache aus einer Gasse gelaufen kamen. Zwei von ihnen trugen lange Hellebarden, deren Spitzen gefährlich im Schein der Laterne glänzten. Jetzt hatten sie ihn auch schon entdeckt und liefen auf ihn zu.

»Jan van Hagen«, brüllte einer. »Stehen bleiben! Im Namen des Gerichts.«

Jan überlegte nicht lange. Er warf seinen Hut zur Seite und hechtete in die Weser. Der Schock des kalten Wassers ließ sein Herz beinahe stehen bleiben. Er kam an die Oberfläche und begann mit kräftigen Schlägen zu schwimmen. Was er nicht sah, war, dass der dritte der Wachmänner eine Muskete von der Schulter genommen hatte und sorgfältig zielte. Er hörte nur den Knall und spürte den Einschlag der Kugel im Wasser, die ihn knapp verfehlte. Verflucht, jetzt schießen sie auch noch auf mich. Er versuchte verzweifelt, schneller zu schwimmen. Zumindest würde es eine Weile dauern, bis der Mann nachgeladen hatte. Bis dahin musste er an Bord sein.

Zum Glück trugen ihn Weser und Ebbe schneller ans Schiff als gedacht. Er hob kurz den Kopf aus dem Wasser und sah zur Schlacht hinüber. Da war noch ein vierter Wachmann aufgetaucht. Auch der zielte mit einer Muskete. Doch in diesem Augenblick donnerte ein Schuss von der *Sophie*. Der Mann brach zusammen. Die drei anderen zogen sich hastig zurück.

Jan war an der Bordwand, griff zur Strickleiter und zog sich triefend aus dem Wasser. Kräftige Hände packten ihn und zerrten ihn über die Reling. Keuchend fiel er aufs Deck.

»Ankertrosse kappen!«, brüllte Köppers.

Neben ihm stand Brun Enders, die rauchende Muskete noch über der Schulter. Er war der beste Schütze an Bord. Schon hörte man, wie das dicke Ankertau mit Äxten bearbeitet wurde und dann ins Wasser klatschte, denn zum Ankeraufholen war keine Zeit. Schon schwang die *Sophie* frei und begann mit dem Heck voraus im Fluss zu treiben. Da füllte sich der Klüver vorn am Bugspriet und half, das Schiff zu drehen.

»Hart backbord«, rief Köppers dem Rudergänger zu. Dann formte er die Hände zum Trichter. »Toppsegel!«

Jan sah hoch. Männer waren bereits aufgeentert und ließen die Toppsegel fallen. Einen Augenblick lang stand das Schiff quer zum Fluss, seitlich getrieben von der Strömung. Dann zerrten die Männer an Deck die Rahen auf die andere Seite, der Wind stieß in die Segel, und die Schoten wurden dichtgeholt. Das Ruder biss, und die *Sophie* nahm Fahrt auf. Jan rappelte sich auf und blickte zurück. Etwas verloren standen die Männer der Stadtwache auf dem Kai und sahen ihnen nach.

»Danke, Hein«, murmelte er und wischte sich das Wasser aus dem Gesicht.

»Schade um den schönen Anker«, erwiderte der nur.

»Wie kommt es, dass du segelbereit warst?«

»So wie der alte Geerke sich aufgeführt hat? Da musste doch was im Busch sein.«

»Ich hoffe nur, wir haben den Wachmann nicht getötet.«

Köppers zuckte gleichmütig mit den Schultern und gab den Befehl, das Besansegel zu setzen. Dass Köppers so unaufgeregt auf den Wachmann hatte schießen lassen, machte Jan sprachlos. Wie Geerke mit seinem Vorschlag, dass er Schmuggler werden sollte. Das hätte er weder dem einen noch dem anderen zugetraut.

Der Mond war fast untergegangen. Sie hatten nur die Sterne, um den Weg durchs Fahrwasser zu finden. Aber Köppers hatte einen Ausguck auf dem Vordeck und einen anderen im Mastkorb. Und niemand kannte die Weser besser als er.

Jan zitterte vor Kälte. Jemand brachte ihm eine Decke, die er sich um die nassen Schultern legte. Lange stand er auf dem Achterdeck und sah zurück, bis die dunklen Umrisse der Stadt kleiner wurden und schließlich ganz verschwanden. Nun gab es kein Zurück mehr. Mit der Ankertrosse war auch seine Verbindung zu Bremen gekappt. Ein beklemmendes Gefühl lag ihm auf der Brust. Der Gedanke an seinen Vater erfüllte ihn mit Trauer und Bedauern. Es wäre noch so viel zu sagen gewesen. Und Greetje. Seine Greetje. Wann würde er sie wiedersehen?

Doch dann spürte er die Brise, wie sie stärker wurde und das Schiff sich etwas auf die Seite legte. In der Takelage summte und vibrierte es, als habe die *Sophie* ihre helle Freude an dem auffrischenden Wind. Auch die Männer lachten, als sie sich von ganz oben an den Wanten entlang aufs Deck rutschen ließen.

»Wo soll's denn hingehen, Käptn?«, rief einer. Piet Möller hieß er.

Jan starrte ihn an. »Na, was denkst du wohl«, knurrte er schließlich, auf einmal in besserer Laune. »Ans andere Ende der Welt natürlich.«

TEIL 2

Der Wind der Freiheit

Auf der Nordsee

Kaum hatten sie die Wesermündung hinter sich gelassen und das offene Meer erreicht, da war das Wetter umgeschlagen. Ein zunehmend steifer Südwest blies ihnen ins Gesicht und ließ die *Sophie* mit halb gerefften Segeln gegen die kabbelige See ankämpfen. Die friesischen Inseln linker Hand waren im Nebel eines beständigen Nieselregens verschwunden. Schiefergraue Wellen rollten unermüdlich heran und brachen mit weißer Gischt am Bug der Fleute, deren nasses Deck sich jedes Mal ruckartig hob und senkte. Rumpf und Masten ächzten, wenn sich das Schiff auf die Seite legte, in der Takelage pfiff der Wind.

Jan stand neben dem Rudergänger und hielt sich an der Reling fest, um nicht über das schlingernde Achterdeck zu rutschen. Der Wind peitschte ihm ins Gesicht, dass die Augen tränten. Die Luft roch scharf nach Salz und Seetang. Steuerbord voraus waren ein paar Segel zu erkennen, Heringsfischer vermutlich, die trotz des Sturms ihre Netze draußen hatten. Harte Kerle, die bei jedem Wetter auf Fang gingen, sonst würde es für die Familien an Land nicht zum Leben reichen.

Jan trug wie alle, die an Deck waren, eine unförmige Jacke aus geteertem Leinen, die aber kaum die Feuchtigkeit abhalten konnte, noch weniger die winterliche Kälte. Er hatte sich ein dickes Tuch um den Hals geknotet, damit ihm das Wasser nicht in den Nacken lief. Wer keinen Wachdienst hatte, durfte im Vorschiff, in warme Decken gehüllt, in der Hängematte schaukeln. Die anderen, um den heulenden Wind und die Gischt, die regelmäßig über das Deck fegte, zu vermeiden, hockten im Windschatten des Beiboots oder wärmten sich ein wenig beim Smutje in der Kombüse. Obwohl ihm das Kochen bei diesem Wetter untersagt war.

Wieder donnerte eine heftige Woge gegen den Bug. Tonnen von Spritzwasser flogen über die Reling des Vorschiffs, ergossen sich übers Hauptdeck und versickerten gurgelnd in den Speigatts der Leeseite. Dort stand mittschiffs einer der Matrosen auf der Reling, es war der junge Christjan Luttmann, und klammerte sich mit einer Hand an die Wanten. Er war der beste Mann im Topp, aber ein wilder Bursche, der gern die Fäuste fliegen ließ, wenn man nicht auf ihn achtgab.

Jetzt warf er das hölzerne Log ins Meer. An jeder der drei Ecken war eine Schnur befestigt, die alle drei in einer dünnen Leine endeten. Durch den Wasserwiderstand blieb das Log an der gleichen Stelle, während die *Sophie* sich weiterbewegte und Christjan die Leine durch die Finger laufen ließ, in der in regelmäßigen Abständen Knoten angebracht waren. Einen Knoten für jede Seemeile, die das Schiff pro Stunde durchs Wasser fuhr. Hein Köppers derweil maß mit der Sanduhr in der Hand die Sekunden und rief nach einer Weile »Stopp!«. Christjan brüllte ihm zu, wie viele Knoten ihm durch die Finger gelaufen waren, und Köppers notierte es auf einer kleinen Schiefertafel.

Der Matrose sprang zurück an Deck und holte das Log wieder ein, während der Steuermann sich die kurze Leiter zum Achterdeck heraufrangelte. Gesicht und Bart troffen vor Nässe. »Halt deinen verdammten Kurs!«, schnauzte er den Rudergänger nach einem Blick auf die Segel an. »Westnordwest und hart am Wind, hab ich gesagt.«

»Jawoll, Baas!«, kam die Antwort. Es war Jelle, der am Ruder stand. Nicht der Hellste in der Mannschaft, aber steuern konnte er.

»Kaum fünf Knoten«, rief Köppers in Jans Richtung. »Und das bei ungünstigem Wind. Schätze, wir brauchen vier bis fünf Tage, wenn das Wetter nicht besser wird.«

»Danke, Hein.«

Sie duzten sich seit jener Zeit, als Jan, kaum vierzehnjährig, bei dem alten Seebären das Navigieren gelernt hatte. Doch für die anderen an Bord war er Baas Köppers oder schlicht Stüürmann, und niemand hätte gewagt, ihn beim Vornamen zu nennen.

Fünf lange Tage noch auf dieser grauen, kalten See, dachte Jan, bevor sie endlich in Amsterdam festmachen konnten. Dabei war er es eigentlich gewohnt, bei jedem Wetter auf dem Achterdeck zu stehen. Aber seit der Flucht aus Bremen hatte sein Hirn ihm Bilder einer anderen, wärmeren Welt vorgegaukelt, von grünen Inseln auf einer blauen See, von fremdartigen Pflanzen bewachsen und den seltsamsten Tieren bewohnt, auch von nackten Menschen, die die Spanier Indios nannten. Was man in den Hafenkneipen eben so von Seeleuten hörte, die angeblich dort gewesen waren. Vielleicht waren es nur fantasievolle Schwärmereien, die keiner Wirklichkeit entsprachen.

Aber wie die Dinge standen, würde er es bald selbst herausfinden. Jedenfalls war es das, was sein Vater ihm auf dem Sterbebett geraten hatte, und was auch sein Verstand ihm sagte, schließlich hatte er kaum eine andere Wahl. Nur sein Herz war noch nicht bereit, daran zu glauben. Er fühlte sich von den Ereignissen überrumpelt. Sollte sein Leben als Bremer Seekapitän und Kaufmann so plötzlich ein Ende haben? Wann würde er seine Heimatstadt wiedersehen? Und vor allem Greetje? Sie zu verlassen, das war das Schmerzlichste. Er erinnerte sich an ihr letztes gemeinsames Treffen, in der Laube ihres Gartens, ihre Hand in der seinen, ihre heimlichen Küsse. Sie hatten sich ewige Liebe geschworen und Pläne gemacht. Wie war es möglich, dass ihr Vater die eigene Tochter so schamlos hintergangen hatte, indem er die van Hagens ruiniert und ihn selbst beinahe in den Schuldturm gebracht hätte, wenn es dem alten Geerke nicht gelungen wäre, ihn rechtzeitig abzufangen.

Nein, auf Greetje zu verzichten, dazu war er keinesfalls bereit. Er würde sich mit aller Kraft in dieses Abenteuer stürzen, nach Westindien segeln und dort, egal wie, sein Vermögen machen. Und dann würde er seine Schulden abzahlen und Greetje heiraten, wie er es ihr versprochen hatte. Und sollte das Geld nicht reichen, würde er sie in die Neue Welt entführen. Ja, auch dazu war er bereit. Die Holländer hatten schon Inseln besetzt, auch die Franzosen und Engländer. Irgendwo dort würde er mit ihr leben können.

Aber zunächst musste er nach Amsterdam und Vaters Geschäftsfreund aufsuchen, Cornelis van Doorn. Sein Haus befand sich am Oudezijds Voorburgwal, nahe der Oude Kerk, der alten Kirche, hatte Geerke gesagt.

Eine besonders heftige Welle hob den Bug und ließ die *Sophie* mit Wucht in das nachfolgende Wellental krachen. Rumpf und Masten knirschten unter dem Aufprall, und das Schiff legte sich einen Augenblick auf die Seite. Jan musste sich an die Reling klammern, um nicht den Halt zu verlieren. Kaum war das Deck wieder eben, da zupfte ihn jemand am Ärmel.

»Smutje schickt mi, Käptn.« Es war Fiete Boom, der Schiffsjunge, der eine irdene Tasse balancierte. »Wat Warms to drinken.«

Jan nahm ihm die Tasse ab. »Du hast ja die Hälfte verschüttet, Bengel. Ist kaum noch was drin.«

Der schlug kurz die Augen nieder. »Deit mi leed, Käptn. Is de vertrackte Seegang.«

»Du sollst nicht fluchen, Fiete«, sagte Jan, musste aber doch grinsen beim Anblick dieses sommersprossigen Kerlchens mit den kecken, wasserblauen Augen. Der arme Bursche lief barfuß übers Deck, genau wie die anderen Matrosen auch. Davon ließ er sich nicht abbringen. Dabei hatte er nicht unrecht, denn mit Schuhen konnte man auf den nassen Planken leicht ausrutschen. Doch bei diesem Wetter hatte er blaue Lippen und zitterte vor Kälte, auch wenn er es nie zugegeben hätte.

»Ab marsch in die Kombüse mit dir!«, knurrte Jan. »Damit du wieder warm wirst.«

Das ließ der Junge sich nicht zweimal sagen. Jan sah ihm nach, wie er geschwind wie eine Katze über das schwankende Deck lief und im Vorschiff verschwand. Fiete war ein Waisenkind und hatte sich vor ihrer letzten Ostseereise an Bord geschlichen. Wollte Seemann werden und eines Tages Steuermann, hatte er selbstbewusst behauptet. Jan vermutete, dass er ausgebüxt war. Aber da keiner nach ihm zu suchen schien, hatte er ihn mitgenommen. Wäre schließlich nicht der Erste, der auf diese Weise ein Leben auf See begonnen hatte.

Jan nahm einen Schluck aus der Tasse. Minzaufguss und nicht einmal besonders warm. Aber besser als gar nichts bei dem miesen Wetter.

CORNELIS VAN DOORN

Die Oude Kerk im alten Stadtkern war ein beeindrucken-
des Bauwerk, das die Häuser der Nachbarschaft um
vieles überragte, sie geradezu winzig erscheinen ließ. Die
Kirche lag an einem der wichtigsten Kanäle von Amsterdam.
Auf ihm herrschte reger Verkehr an Booten und Lastkähnen,
die Waren aus aller Welt von und zu den Schiffen im nahen
Hafen transportierten, wo auch die *Sophie* neben einem großen Ostindienfahrer lag. Überhaupt schien es in dieser Stadt
mehr Wasser- als Landwege zu geben, besonders nachdem
man in den letzten zwanzig Jahren den Grachtengürtel er-
weitert hatte. Die meisten Häuser standen auf Pfählen, wie
Jan wusste, mindestens achtzehn Fuß in den sumpfigen Boden gerammt. Erstaunlich, dass ausgerechnet hier die reichste
Stadt des Nordens entstanden war.

Obwohl zum ersten Mal in Amsterdam, hatte er im
Augenblick keinen Blick für Sehenswürdigkeiten. Im Hafen
hatte man ihm Auskunft gegeben, wo die van Doorns zu finden waren. Eilig betrat er jetzt die Brücke, die über den Kanal
führte, und näherte sich einem Eckhaus mit hohem, verzier-
tem Giebel, ganz aus dunklem Backstein gemauert.

Das musste es sein. Er blickte an der Fassade empor.
Schlicht, aber von gediegener Eleganz. Bleigefasste Butzen-

fenster, Rahmen hell gestrichen, alles sauber und in vorzüglichem Zustand. Ähnlich wie auch die anderen Häuser beiderseits des Kanals. Hier schienen die wohlhabenden Familien zu wohnen. Und dann entdeckte er ein kleines Messingschild neben der Tür. »Cornelis van Doorn & Sohn« stand darauf in schöner Antiqua-Schrift geschrieben. Im Erdgeschoss befand sich zweifellos das Kontor. Jan betätigte den bronzenen Türklopfer in Form eines Löwenkopfes, dem ein schwerer Ring aus dem Maul hing.

Lange hatte er nicht zu warten. Die Tür wurde aufgerissen, und ein junger Mann, ganz in Schwarz mit einem weißen Kragen auf den Schultern, steckte den Kopf heraus. Vermutlich ein Schreiber, denn an den Fingern hatte er Tintenflecke. Jan nannte seinen Namen, erklärte, dass er gerade aus Bremen eingetroffen sei und den Herrn des Hauses zu sprechen wünsche, in geschäftlichen Angelegenheiten. Mijnheer van Doorn sei im Augenblick nicht zugegen, war die Antwort, würde aber in Kürze zurück sein. Man möge doch eintreten und auf ihn warten.

Das Kontor war in mehrere Räume unterteilt, die ineinander übergingen bis in den hinteren Bereich des Hauses, wo auch Waren gestapelt waren, verschiedene Tuchballen, Kisten und Fässer aller Größe. Die Häuser in dieser Stadt waren seltsam schmal. Aber was ihnen an Breite fehlte, machten sie in Tiefe und Höhe wett. Man wies ihm einen Stuhl zu. Jan setzte sich. Ob man ihm etwas zu trinken anbieten dürfe. Er verneinte dankend und sah sich um.

Die Decke wurde von schweren, dunklen Balken getragen. Eine schmale Stiege führte in die oberen Stockwerke. Das Mobiliar dieses vordersten Raumes, offensichtlich die Schreibstube, war schlicht, aber von vorzüglicher Handarbeit. Einige Schränke, vermutlich voller Geschäftsbriefe und

Rechnungen, ein Tisch mit einer Münzwaage und anderen Utensilien, darüber ein schlichtes Kreuz an der Wand, eine Reihe Schreibpulte, an denen zwei weitere Schreiber saßen und Einträge in Handelsbüchern machten oder Schriftstücke aufsetzten. Es roch nach Papierstaub und Dielenwachs, Vaters Kontor in Bremen nicht unähnlich. Bei dem Gedanken durchzuckte es ihn schmerzlich. War Vater inzwischen gestorben? Vielleicht schon beerdigt? Er kam sich wie ein Feigling vor. Einer, der geflüchtet war.

In diesem Augenblick öffnete sich die Tür, und ein älterer Herr trat ein, beleibt, aber würdevoll, mit grauem Knebelbart und roten Wangen. Er nahm seinen Umhang ab und reichte ihn dem Schreiber, der herbeigeeilt war. Der Mann trug elegante Stulpenstiefel, einen dunklen Rock aus gutem flandrischem Tuch, darüber ein breiter Kragen aus zarter Spitze, auf dem Kopf einen breitkrempigen Hut mit Federbusch. Er warf einen neugierigen Blick auf Jan, der sich hastig erhoben hatte.

»Mijnheer van Doorn?«

»Der bin ich. Mit wem habe ich die Ehre?«

Jan verbeugte sich höflich, stellte sich vor und erwähnte seinen Vater, bei dessen Namen der Holländer aufhorchte und freudig lächelte.

»Willem van Hagen, ja, natürlich. Wir haben uns gut gekannt, aber das ist Jahre her.« Er unterzog Jan einer freundlichen Musterung. »Und Ihr seid sein Sohn? Willkommen in meinem Haus. Was führt Euch zu mir?«

Jan sprach kein Holländisch, aber zwischen diesem und seiner norddeutschen Mundart war die Verständigung nicht allzu schwer. »Mein Vater ist leider kürzlich verstorben.«

»Willem ist tot?« Van Doorn machte ein betroffenes Gesicht. »Das tut mir leid. Er war doch noch gar nicht so alt.«

»Eine Krankheit.«

»Tja, wenn der Herrgott uns ruft« Van Doorn seufzte. »Und Ihr, junger Mann, seid dann wohl sein Erbe?«

»Eigentlich mein Bruder, aber der« Jan unterbrach sich und beschloss, besser gleich zur Sache zu kommen. »Ich bin hier, um Euch in einer etwas heiklen Angelegenheit um Unterstützung zu bitten.«

Van Doorn hob die Brauen. »Unterstützung?«, fragte er etwas gedehnt. »Aber gewiss doch. Dann kommt doch am besten erst mal in die gute Stube.«

Damit wandte er sich zur Stiege und bedeutete Jan, ihm zu folgen. Oben angekommen, öffnete er die Tür zu einem großen, gemütlich eingerichteten Raum. Gebohnerte Dielen, dunkle, schwere Möbel, eine Vitrine mit Delfter Porzellan, darunter bemerkte Jan auch einige chinesische Stücke, an den Wänden ein paar holländische Landschaften in sanften Braun- und Grüntönen und an der Rückwand ein großer Kamin, in dem die Glut eines sterbenden Feuers schwelte. Der Hausherr bat ihn, an einem Tisch Platz zu nehmen, dann rief er laut nach Wein für seinen Gast.

»Ich habe da einen ganz besonderen Tropfen aus Porto. Möchtet Ihr probieren?« Ohne auf Antwort zu warten, rief er laut nach Portwein und zwei Gläsern. »Und, Doortje!, auch etwas von der Hasenpastete!«

»Ist denn der Handel mit Spanien nicht verboten?«, fragte Jan, der natürlich wusste, dass zwischen beiden Nationen Krieg herrschte und dass Portugal seit 1580 zur spanischen Krone gehörte und damit den Handelsbeschränkungen unterlag.

»Verboten ist vieles«, erwiderte van Doorn mit einem listigen Augenzwinkern. »Aber es gibt doch immer Wege, solche Verbote zu umgehen, nicht wahr?«

Jan musste bei diesen Worten unwillkürlich grinsen. Der Mann gefiel ihm, ein gemütlicher Mensch, hatte Lachfalten um die Augen und sah aus, als habe er Freude an den schönen Dingen des Lebens.

»Nun, das führt mich geradewegs zu meinem Anliegen«, sagte er deshalb ohne weiteres Zögern.

Van Doorn grinste fröhlich. »Dem Portweinschmuggel?«

»Nein, natürlich nicht. Oder vielleicht doch.« Was stammele ich nur so blöde herum, dachte Jan und zog Geerkes Schreiben aus der Tasche. »Dieser Brief wird einiges erklären. Er ist von unserem Sekretär Geerke im Namen meines Vaters aufgesetzt, kurz vor dessen Tod. Ich muss mich entschuldigen, Mijnheer, dass er so zerknittert ist und die Schrift zum Teil verwaschen. Aber als ich Bremen in aller Eile verlassen musste, war ich leider gezwungen, mein Schiff schwimmend zu erreichen.«

Erstaunt sah van Doorn ihn an, enthielt sich aber weiterer Fragen und nahm den Brief entgegen. Während er las, trat eine Dienstmagd mit einem vollen Tablett in den Raum, goss jedem ein Gläschen Portwein ein, stellte die Karaffe daneben, eine Terrine mit der verlangten Hasenpastete, ein Messer und etwas Brot. Anschließend stocherte sie im Kamin, legte frische Scheite auf und blies in das Feuer zu neuem Leben. Schließlich verschwand sie mit dem leeren Tablett, ohne ein Wort geäußert zu haben. Jan hatte all dies beobachtet in banger Erwartung dessen, was der fremde Kaufherr, auf dem seine Hoffnungen ruhten, zu Geerkes Schreiben sagen würde.

Van Doorn legte den Brief auf den Tisch und schüttelte den Kopf. »Das Handelsunternehmen van Hagen am Ende? Ich kann es kaum glauben. Und alles soll gepfändet sein?«

»Außer meinem Schiff ist mir nichts geblieben. Und selbst das gehört mir streng genommen nicht mehr.«

Jan erzählte, wie es ihm ergangen war, als er von seiner Ostseereise heimgekehrt war, vom Sterbebett des Vaters, von seiner Flucht in letzter Minute.

»Herr im Himmel!«, rief der Holländer. »Schlimme Sache das. Tut mir aufrichtig leid. Ich wünschte, ich hätte etwas für Euch tun können. Aber trinken wir erst mal auf den Schreck.« Er hob sein Glas. »Auf Euren Vater, Gott hab ihn selig.«

Der Wein war süßherb und dickflüssig. Wie Samt. Und doch auch kräftig. Man spürte gleich die Wirkung. Jan nahm noch ein Schlückchen und stellte das Glas ab.

»Ihr habt um Unterstützung gebeten«, sagte van Doorn. Er brach etwas Brot ab, beschmierte es dick mit der Hasenpastete, biss hinein und begann zu kauen. Dabei winkte er Jan zu, sich ebenfalls zu bedienen. »Also raus mit der Sprache, junger Herr. Womit kann ich dienen? Sucht Ihr eine Anstellung? Wollt Ihr für mich segeln?«

Jan schüttelte den Kopf. »Ich bin mit Mühe und Not dem Schuldturm entkommen. Wo immer die Hanse Einfluss hat, kann ich mich nicht sehen lassen. Nein, ich will nach Westindien, in die spanischen Kolonien, um dort Handel zu treiben.«

Van Doorn hob die Brauen. »Nach Westindien wollt Ihr«, sagte er nachdenklich. »Und was genau habt Ihr da im Sinn?«

»Ich habe ein schnelles Schiff und eine gute Mannschaft. Und in Westindien sollen sich vortreffliche Gewinne erzielen lassen. Ich will alles tun, um mein Vermögen wiederherzustellen und die Schulden meines Vaters abzutragen. Und wenn Gott es will, mich an denen rächen, die uns dies angetan haben.«

Cornelis van Doorn mochte den Eindruck eines gemütlichen, den guten Dingen des Lebens zugewandten Mannes erwecken, doch er war ein erfolgreicher Kaufherr und besaß einen scharfen Verstand. Wenn er bis zu diesem Augenblick den unerwarteten Besuch nicht allzu ernst genommen hatte, so beschloss er nun, da von Westindien die Rede war, der Sache seine ganze Aufmerksamkeit zu schenken.

Während Jan von seinen Plänen sprach, beobachtete er den jungen Mann, der vor ihm saß, um zu ergründen, aus welchem Holz er wohl geschnitzt sei. Was er sah, fand er zunächst nicht übel. Dieser Jan van Hagen war hochgewachsen, schlank, fast schlaksig, doch seine Bewegungen waren die eines Kerls, der zupacken konnte. Auch sein gebräuntes Gesicht zeigte entschlossene Züge, eine kräftige Nase, ein markantes Kinn. Ein blonder, etwas wilder Haarschopf fiel ihm bis auf die breiten Schultern. Aber wie jung er doch war, mein Gott! Daneben kam sich van Doorn schon ziemlich alt vor. Aber der Jugend gehört die Zukunft, hieß es doch immer.

»Darf ich fragen, wie alt Ihr seid, Mijnheer van Hagen?«, fragte er, als Jan mit einem kurzen Bericht über Schiff, Mannschaft und Ladung geendet hatte.

»Vierundzwanzig.«

»Seit wann fahrt Ihr zur See?«

»Seit meinem vierzehnten Lebensjahr.«

»Und als Schiffsführer?«

»Nun, es werden wohl fünf Jahre sein, dass ich Kapitän der *Sophie* bin. Meistens Ostseehandel, aber auch nach Norwegen hoch. Ich habe schon so einige Stürme überwunden, wenn Ihr das meint.«

Van Doorn lächelte. Dieser junge Mann gab sich bescheiden und doch selbstbewusst. Nicht wie ein Bittsteller. Auch der feste Blick aus seinen wachen, hellblauen Augen gefiel ihm. Erinnerte ihn ein wenig an Martin, seinen eigenen Sohn.

»Ich glaube es gern. Doch der weite Atlantik ist sicher noch eine ganz andere Sache«, gab er zu bedenken. »Ich glaube, Ihr stellt Euch das etwas zu einfach vor.«

»Wie meint Ihr?«

»Es ist eine ziemlich lange Reise. Wisst Ihr überhaupt, wie Ihr dahingelangt?« Van Doorns Stimme nahm einen schärferen Ton an. »Oder wie die Verhältnisse dort sind, mit wem Ihr es zu tun bekommt, welche Waren man wo zu welchen Preisen handelt? Außerdem ist es nicht ungefährlich. Schon so manches Schiff ist in den gewaltigen Orkanen der *Caribe* verloren gegangen. So nennen die Spanier diesen Teil der Welt, nach den Wilden, die es noch auf den Inseln gibt. Menschenfresser sollen sie sein. Auch vor Piraten muss man sich in Acht nehmen. Nicht zuletzt ist da die spanische Marine. Werdet Ihr erwischt, verliert Ihr Euer Schiff, wenn nicht mehr. Mit einem Wort, Mijnheer, kann es sein, dass Ihr die Sache ein wenig blauäugig angeht?«

Jan runzelte die Stirn. Ihm war etwas ungemütlich bei dem durchdringenden Blick des Holländers. Der Mann hatte sicher recht, trotzdem wollte er sich weder von seinen Worten noch von dem spöttischen Lächeln einschüchtern lassen, das sie begleitete.

»Gerade deshalb bin ich zu Euch gekommen. Um Euren Rat einzuholen. Geerke hat mir gesagt, dass Ihr Handelsbeziehungen zu den Westindischen Inseln pflegt. Wenn Ihr bereit wäret, mir etwas unter die Arme zu greifen, könnten wir uns das Geschäft teilen.«

»Bietet Ihr mir etwa eine Partnerschaft an?«

»Vielleicht findet Ihr es vermessen.« Jan sah ihn mit aufrichtigem Blick an. »Aber ja, eine Partnerschaft. Ihr helft mir, das Schiff für diese Reise auszurüsten, und stellt mir etwas Kapital zur Verfügung. Und ich bringe Euch die Waren, die Ihr am einträglichsten veräußern könnt.«

Van Doorn goss sich etwas von dem Wein nach, schlürfte genüsslich und schnalzte anerkennend mit der Zunge. »Ein göttlicher Tropfen«, sagte er. »Findet Ihr nicht auch?«

Jan nickte, sagte aber nichts weiter, sondern wartete auf van Doorns Antwort. Auch der blieb eine Weile stumm, sah ihn nur abschätzend an.

»Könnt Ihr mit Waffen umgehen? Habt Ihr Kanonen an Bord?«

»Nur vier leichte Geschütze. Warum?«

»Weil Ihr Euch möglicherweise verteidigen müsst. Musketen, Pistolen, Entersäbel. Ein paar mehr Kanonen wären auch nicht schlecht.«

»Die *Sophie* ist ein Handelsschiff, kein Kriegsschiff.«

»Eben. Und das ist schade. Denn für ein Kriegsschiff wäre es ein Leichtes, Kapital aufzutreiben. Ich kenne so einige, die gerne einen Anteil erwerben würden, denn mit Kaperfahrten ist das meiste Geld zu verdienen.«

»Kaperfahrten?«

»Natürlich. Gegen Spanien. Ich könnte Euch einen Kaperbrief besorgen. Dann wäret Ihr für die Republik auf offizieller Mission unterwegs, könntet spanische Handelsschiffe entern und als Prisen beschlagnahmen.«

Jan runzelte die Stirn. »Aber das ist Piraterie.«

»Von der Republik genehmigte Freibeuterei. Schließlich herrscht Krieg.« Van Doorn zuckte bedauernd mit den Schultern. »Aber ich sehe schon, das ist nichts für Euch.«

Jan wusste nicht, warum, aber irgendwie fühlte er sich auf den Arm genommen. Er war doch kein Soldat und würde auch nie auf Kaperfahrt gehen. Das konnte der Mann doch nicht im Ernst von ihm glauben.

»Ich will Handel treiben, keine Schiffe kapern«, sagte er. »Schließlich bin ich kein Marineoffizier und wüsste nicht einmal, wie man es angeht.«

»Das ist eine ehrliche Antwort. In der Tat fehlt Euch die Kriegserfahrung. Und man brauchte dazu auch etwas anderes als eine Fleute.« Van Doorn nahm noch etwas von der Pastete. »Das Nächstbeste wäre dann Sklavenhandel«, sagte er. »Wir Holländer besitzen ein paar Festungen an der Westküste Afrikas. Dort kann man Neger einschiffen und nach Westindien bringen. Auf den Pflanzungen dort reißt man sich darum, denn es werden Arbeitskräfte gebraucht, und ihren eigenen Händlern verbietet die spanische Krone den Sklaventransport. Die Sache ist also äußerst gewinnträchtig.«

Jan traute seinen Ohren nicht. Er sollte mit Menschen handeln? Das war ja noch schlimmer. Langsam stieg ihm das Blut ins Gesicht. So hatte er sich eine Partnerschaft nicht vorgestellt. In diesem van Doorn hatte er sich wohl getäuscht. Ohne weiter nachzudenken, erhob er sich.

»Ich glaube, Ihr missverstecht mich, Mijnheer.«

Van Doorn musterte ihn berechnend. Dann zuckte er mit den Schultern. »Ich bedaure, mein Guter«, sagte er. »Ein kleines Schiff, eine Handvoll Seeleute und dazu ein unerfahrener Kapitän, der keinen Magen für die rauhe Wirklichkeit des Überseehandels hat, da kann ich mein Geld besser in Tulpen anlegen.«

Jan sah ihn verständnislos an. »Tulpen?«

»Wisst Ihr nicht, dass Tulpenzwiebeln derzeit in ganz Europa einen reißenden Absatz finden? Da kann man ein Vermögen machen.«

»Ich glaube nicht, dass ich mich zum Gärtner eigne.«

Van Doorn erhob sich ebenfalls. »Natürlich nicht. Wir sollten auch nichts überstürzen und die Sache am besten überschlafen. Auf jeden Fall müsst Ihr mit uns zu Abend essen. Meine Frau wird entzückt sein, den Sohn meines alten Freundes kennenzulernen.«

»Nein danke«, erwiderte Jan etwas steif und fragte sich, welchen Wert diese Freundschaft hatte, so kläglich, wie das

Gespräch verlaufen war. Er verbeugte sich höflich. »Ich möchte Euch nicht länger zur Last fallen. *Goedendag*, Mijnheer.« Er wandte sich zum Gehen.

Aber van Doorn gab sich damit nicht zufrieden. »Nicht so eilig, mein Lieber«, rief er. »Es tut mir leid, wenn ich Euch gekränkt haben sollte. So will ich Euch jedenfalls nicht gehen lassen. Seid geduldig. Ich bin sicher, es wird sich etwas ergeben. Für einen tatkräftigen, jungen Kapitän gibt es immer etwas Passendes. Aber zuerst müsst Ihr mein Gast sein. Ich bestehe darauf. Es ist ohnehin schon Zeit fürs Abendmahl. Lasst uns den Abend in fröhlicher Gesellschaft genießen.«

Jan wusste nicht recht, was davon zu halten war, aber er mochte nicht unhöflich sein und sagte deshalb, wenn auch widerstrebend, zu.

Das Abendessen

Der Abend bei der Familie des holländischen Kaufherrn gestaltete sich angenehmer und unterhaltsamer, als Jan erwartet hatte. Besonders Mevrouw van Doorn ließ mit ihrer mütterlichen Herzlichkeit die Verstimmung schnell vergessen und sorgte dafür, dass Jan sich wohl fühlte. Die Dame war noch runder als ihr Ehemann und mit einem gewaltigen Busen gesegnet, versteckte aber ihre Leibesfülle unter strenger protestantischer Kleidung. Umso lockerer und warmherziger war ihr Benehmen. Mitfühlend tätschelte sie Jans Hand, als sie von den unglücklichen Umständen erfuhr, die ihn in ihr Haus gebracht hatten.

»Cornelis, du musst etwas für diesen armen Menschen tun«, sagte sie sofort, nachdem man im Speisezimmer der Familie Platz genommen hatte.

»Wir werden sehen«, brummte van Doorn und rief nach der Magd. »Wein oder Bier?«, erkundigte er sich bei Jan.

»Ein Bier würde mir gefallen«, erwiderte Jan bescheiden.

»Was soll das heißen, wir werden sehen?«, entrüstete sich Mevrouw van Doorn.

»Hendrikje, mein Herz«, erwiderte ihr Gemahl geduldig, aber bestimmt. »Es heißt, was es heißt. Morgen reden wir

73

weiter, der junge Herr und ich. Aber jetzt will ich nichts mehr davon hören.«

Hendrikje van Doorn zwinkerte Jan verschwörerisch zu, als wisse sie besser, wer in dieser Sache das letzte Wort haben würde.

Während die Magd den beiden Männern Bier einschenkte und der Dame des Hauses ein Glas mit verdünntem Rotwein, erschienen die Töchter der Familie. Beide Mädchen waren blond, das Haar wie Mevrouw van Doorn unter einer strengen Haube versteckt, und nicht besonders hübsch. Die Ältere, sie musste etwa zwanzig sein und hieß Katrien, schlug in ihrer Statur nach der Mutter, wenn sie auch dank ihrer Jugend noch vergleichsweise schlank war. Sie saß steif auf ihrem Stuhl und ließ den ganzen Abend kaum ein Wort vernehmen, starrte nur ab und zu mit großen Kuhaugen zu Jan hinüber. Sobald der aber ihren Blick erwiderte, sah sie errötend weg.

Die Jüngere war höchstens fünfzehn oder sechzehn und im Gegensatz zu ihrer Schwester zierlich gebaut und flach wie ein Brett. Ihr Name war Agnes, und sie lachte und schwatzte gern. Manchmal auf etwas vorlaute Weise, woraufhin die Mutter sie jedes Mal wohlwollend zurechtwies.

Es gab angeblich noch einen Sohn, Martin mit Namen und etwas älter als Jan. Der war auf einem der Handelsschiffe des Familienunternehmens unterwegs, und zwar zurzeit in Brasilien, wo die Niederländische Westindien-Kompanie sich eingenistet hatte. Wie van Doorn nicht ohne patriotischen Stolz erzählte, waren die Holländer vor vier Jahren mit einem kleinen Heer an der sumpfigen Flussmündung des Capibaribe in Pernambuco gelandet, hatten das portugiesische Fort überwältigt und das Städtchen Olinda eingenommen. Um Nieuw Holland zu schützen, wie die Kolonie nun hieß, war man eiligst dabei, Festungen entlang der Küste zu errichten.

Weite Landstriche befanden sich nun unter holländischer Verwaltung mitsamt den vielen gewinnträchtigen Zuckerrohrplantagen der Region. Der Hafen wurde ausgebaut, und eine neue Siedlung war im Entstehen.

»Besser geht es kaum«, begeisterte sich van Doorn, dessen Gesicht nach reichlich genossenem Bier gerötet war. »Wir liefern Kapital und Werkzeug für die Zuckermühlen, kaufen den Pflanzern günstig den Rohzucker ab, bringen ihn nach Holland zum Raffinieren und verkaufen ihn dann teuer in ganz Europa. Und dazu liefern wir auch noch die nötige Arbeitskraft für die Plantagen – Sklaven aus Afrika. Gewinn also an allen Enden des Zuckermarktes.«

»Jetzt ist aber Schluss mit deinem Gerede über Geschäfte, mein Lieber. Noch dazu über Menschenhandel. Und das beim Essen. Wie abscheulich!« Mevrouw van Doorn schob den leeren Teller von sich.

»Die Welt ist, wie sie ist, *meisje*, und du wirst sie nicht ändern.« Van Doorn gönnte sich noch einen kräftigen Schluck aus seinem Humpen und lehnte sich dann mit einem zufriedenen Seufzer zurück.

Es hatte reichlich Schweinebraten mit Wirsing und gedünsteten Zwiebeln gegeben. Nach der einfachen Verpflegung auf dem Schiff hatte Jan gut zugelangt, aber jetzt, trotz mehrfacher Aufforderung der Hausherrin, konnte er keinen Bissen mehr herunterkriegen.

Die erzählte nun, dass die Familie eigentlich gar nicht aus Amsterdam stamme, sondern vor fünfzehn Jahren aus den spanischen Niederlanden, genauer gesagt aus Antwerpen, umgesiedelt war. Wie viele andere wohlhabende Kaufleute hatten auch sie es vorgezogen, ihr Handelsunternehmen und ihr Geld in die freie Republiek der Zeven Verenigde Nederlanden zu verlegen, die aus dem blutigen Aufstand gegen die Habsburger entstanden war. Seit fünfundfünfzig Jahren lagen die Niederländer schon im Krieg gegen die verhassten Spanier, nur 1609 durch einen zwölfjährigen Waffenstillstand unterbrochen.

»Selbst während des Waffenstillstandes war es schlimm«, sagte Hendrikje mit kummervoller Miene. »Aber als der enden sollte, war uns klar, dass wir nicht bleiben konnten. Ihr könnt Euch gar nicht vorstellen, was wir unter diesen Spaniern zu leiden hatten, Mijnheer. Benachteiligungen und Niederträchtigkeiten, nur weil wir Protestanten waren. Es kam so weit, dass man sich gar nicht mehr in die Kirche traute. Verdächtigungen und Verfolgungen waren an der Tagesordnung. Man wurde bezichtigt, mit den Aufständischen gemeine Sache zu machen. Nicht wenige unserer Bekannten wurden in der Nacht verhaftet und gefoltert, ihr Vermögen eingezogen.«

»Nicht zu vergessen die elenden Steuern«, fügte ihr Mann hinzu. »Die haben uns fast ruiniert.«

»In Amsterdam haben unsere Kinder jetzt endlich eine Zukunft«, sagte Mevrouw van Doorn und strich ihrer ältesten Tochter liebevoll über die Wange. »Keine Sorge, mein Kind, hier wird sich ein guter Ehemann für dich finden.«

Bei diesen Worten flog Katriens Blick unwillkürlich zu Jan hinüber. Dabei schoss ihr das Blut in die Wangen, und sie schlug beschämt die Augen nieder. Jan hatte es bemerkt, und um ihr aus der Verlegenheit zu helfen, deutete er auf die Gemälde und Zeichnungen, die an der Wand des Speisezimmers hingen.

»Ich sehe, Ihr seid ein Kunstsammler, Mijnheer. Was sind das für Bilder?«

Bei der Frage leuchtete van Doorns Gesicht auf. Er erhob sich schon leicht schwankend von seinem Stuhl und deutete zunächst auf ein kleines Landschaftsgemälde. Es sei ein früher Pieter van Asch, sagte er, und das daneben die herrliche Flusslandschaft eines van Goyen. Jan stand ebenfalls auf, um sich die Bilder genauer anzusehen. Auch einige Federzeichnungen waren darunter, eine gefiel ihm besonders, das Gesicht einer jungen Frau. Nicht nur die sichere Federführung beeindruckte ihn, sondern wie es dem Künstler gelungen war, die Dame in ihrer Bewegung festzuhalten, dazu der kecke Blick, mit dem sie den Betrachter ansah, als sei sie aus dem echten Leben geschnitten.

»Ah, junger Freund, Ihr habt ein gutes Auge«, lobte van Doorn erfreut. »Die Zeichnung ist von dem jungen Rembrandt van Rijn, erst seit kurzem in Amsterdam, aber schon berühmt. Malt wunderschöne Porträts. Leider kann ich mir mehr als ein paar Zeichnungen von ihm nicht leisten. Er ist bereits zu teuer geworden.«

»Dann lass Käptn van Hagen für dich segeln, Cornelis«, hakte seine Frau gleich ein. »Vielleicht macht er so viel Gewinn für dich, dass du dir einen Rembrandt leisten kannst. Ein schönes Porträt unserer Katrien wäre wunderbar.«

Und würde natürlich auch ein paar reiche Heiratsanwärter auf sie aufmerksam machen, dachte Jan belustigt. Aber wenn es half, van Doorns Meinung ihm gegenüber zu ändern, dann wollte er der Dame des Hauses keinesfalls widersprechen.

Schließlich neigte sich der beschwingte Abend dem Ende zu, und Jan verabschiedete sich. Agnes, die Jüngste, schüttelte selbstbewusst seine Hand, Katrien nickte ihm verlegen, aber mit glühenden Wangen zu, und Mevrouw van Doorn ließ es sich nicht nehmen, ihn zum Abschied herzlich zu umarmen. Der Hausherr selbst begleitete seinen Gast noch bis vor die Tür.

»Ich verspreche nichts, junger Freund«, sagte er zuletzt. »Aber morgen Vormittag will ich mir Euer Schiff ansehen.«

Der Auftrag

Jan verbrachte eine unruhige Nacht in seiner kleinen Achterkajüte, voller Ungewissheit, wie sich seine Zukunft gestalten würde. Er hoffte, einen guten Eindruck bei Mevrouw van Doorn hinterlassen zu haben und dass sie ihren Ehemann bewegen würde, ihm zu helfen.

Als er jedoch erwachte und den schweren Kopf nach all dem Bier ins Freie steckte, begrüßte ihn ein feuchter, kalter Morgen, der seine Stimmung endgültig in den Keller rutschen ließ. Ein schneidender Wind pfiff ihm um die Ohren und kräuselte die Oberfläche des Wassers. Der Hafen war voller Schiffe, die ihre nackten Masten und Rahen in den grauen Himmel streckten. Möwen stürzten sich gierig auf die Küchenabfälle, die ein Matrose auf dem Nachbarschiff in den Hafen kippte. Die ersten Lastkähne waren schon unterwegs. Und auf dem Kai standen zwei frierende Hafenhuren, die selbst am frühen Morgen schon bei der Arbeit waren.

Jan zog sich schaudernd in seine Kajüte zurück und pinkelte ausgiebig in den Nachttopf. Dann kroch er noch einmal unter die Decke. Einzelheiten der Gespräche vom Vorabend über van Doorns Unternehmen kamen ihm in den Sinn. Dessen Neuanfang in Amsterdam hatte sich mehr als gelohnt. Der Mann besaß Schiffe, die für ihn die Welt bereisten, hielt Anteile an der Ostindien-Kompanie und war zudem an diversen Schiffsfrachten partnerschaftlich beteiligt, vom Ostseehandel bis zum Mittelmeer und der Neuen Welt. Was zum Teufel hatte Jan einem Mann wie diesem schon zu bieten, was er nicht bereits besaß? Außerdem hatte van Doorn ganz recht, er war unerfahren, was die Neue Welt betraf, würde ohne fremde Hilfe nicht einmal den Weg dorthin finden. Er würde sich irgendwie Karten und Navigationsberichte besorgen müssen, wenn es überhaupt welche gab. Die Spanier und Portugiesen versuchten, so etwas geheim zu halten.

Es klopfte an seine Kajütentür, und Köppers steckte den Kopf herein. »Auf ein Wort, Käptn, wenn's recht is.«

Jan wies auf die Bank an der Backbordseite. Köppers trat ein und setzte sich. Der Platz in der Kajüte war beschränkt, und ganz aufrecht stehen konnte man auch nicht. Steuerbordseitig befanden sich Jans Koje und sein Spind. In einer Ecke ein Klapptisch, auf dem eine Nordseekarte lag.

Jan setzte sich auf. »Was ist?«

Köppers räusperte sich. »Die Jungs sind etwas unruhig. Wollen wissen, wo es hingehen soll. Falls Westindien das Ziel ist, sind ein paar dabei, die vielleicht nicht mitwollen. Die haben Familie daheim.«

»Wer?«

»Klaas van Hove und Piet Möller. Was soll ich denen sagen? Gibt es Neues?«

Jan schüttelte den Kopf. »Bis jetzt nicht. Sie sollen sich verdammt noch mal gedulden. Lass sie lieber das Deck schrubben oder Taue spleißen, damit sie nicht auf dumme Gedanken kommen. Überhaupt, mach das Schiff klar. Van Doorn hat seinen Besuch angekündigt. Nicht, dass was rumliegt und ich mich schämen muss.«

Köppers nickte und erhob sich. »Is gut, Käptn. Ich schick dann den Jungen mit Frühstück rein. Gibt heute grünen Hering.« Damit verließ er die Kajüte.

Grüner Hering. Auch das noch. Jan hatte in seinem Leben schon tonnenweise Hering gefressen, gesalzen, geräuchert oder gebraten. Manchmal konnte er keinen Fisch mehr sehen. Ein Stück von dem gestrigen Schweinebraten wäre ihm lieber gewesen. Er sprang auf und steckte den Kopf aus der Kajüte.

»Sag dem Smut, er soll zum Mittagessen ein paar Hühner braten. Keine Lust auf seinen verdammten Hering!«

Ob der Steuermann ihn gehört hatte, wusste er nicht. War am Ende auch egal. Genervt legte er sich wieder in die Koje.

Gegen Mittag tauchte tatsächlich van Doorn auf. Er stand, auf einen Gehstock gestützt, auf dem Kai und ließ einen fachmännischen Blick über die *Sophie* gleiten. Einer seiner Schreiber begleitete ihn. Noch zwei andere Männer standen daneben. Die waren einfach, aber nicht ärmlich gekleidet. Kräftige Kerle, doch wie Seeleute sahen sie nicht aus.

»Schönes Schiff«, sagte van Doorn, nachdem er an Bord geklettert war.

Seine Begleiter stellte er als Angestellte seiner Firma vor, den Älteren als Johan Hendriks, Waffenmeister, ein mittelgroßer, dunkelhaariger Mann mit kantigem Gesicht und ruhigen, stahlgrauen Augen. Der Zweite war dessen Gehilfe, Aart Jonkers mit Namen, ein blonder, zurückhaltend wirkender junger Mann, etwas größer als Hendriks. Jan fragte sich, wozu van Doorn diese Männer mitgebracht hatte, ausgerechnet auch noch einen Waffenmeister.

Nun wandte sich van Doorn den Schiffsoffizieren zu. Er schüttelte Hein Köppers die Hand und nickte Lars Erikson und Ole Penning freundlich zu. Alle drei waren neben Jan zur Begrüßung angetreten. Erikson war Däne, ein großer, vierschrötiger Kerl und als Bootsmann nach Köppers der zweite Mann an Bord. Er befehligte die Mannschaft an Deck und war auch für das laufende Gut des Schiffes zuständig, Segel, Leinen, Brassen, Schoten. Ole war Segelmacher und Zimmerer der *Sophie*. Rumpf, Steuerung, Pumpen und andere mechanische Einrichtungen gehörten in seine Zuständigkeit.

Im Hintergrund lungerte neugierig der Rest der Mannschaft herum. Sie hatten den ganzen Morgen geschuftet, um alles sauber und ordentlich hinzubekommen. Das Deck war blitzblank gescheuert, alle Leinenenden aufgeschossen und über Belegnägel gehängt, Rahen gleichmäßig ausgerichtet, Segel gefaltet und die Ankerkette geölt. Sogar den Schiffsnamen hatte Köppers mit Goldfarbe auffrischen lassen.

Van Doorn sah sich neugierig um. »Alles in gutem Zustand, wie ich sehe. Wie alt ist die *Sophie*?«

»Zehn Jahre«, erwiderte Jan.

»Beplankung aus bester schwedischer Fichte, Mijnheer«, fügte Ole Penning eilfertig hinzu. »Der Rumpf ist solide. Weder Holzwürmer noch Fäulnis. Und vor einem Jahr sind Segel und laufendes Gut vollständig ersetzt worden. Sie ist ein schnelles Schiff. Das kann der Steuermann bestätigen.«

»Sehr schön. Dann wollen wir uns mal umsehen, wenn Ihr erlaubt. Meester Hendriks wird sich Geschütze und Bewaffnung ansehen. Mein Schreiber und ich die Ladung.«

Jan bedeutete Erikson, dem auch die Waffen an Bord unterstanden, Meester Hendriks alles zu zeigen, während er und van Doorn zusammen mit dem jungen Schreiber und dem Steuermann in die dunklen Laderäume hinabstiegen. Köppers hielt eine Laterne hoch, während alles begutachtet und peinlichst notiert wurde. Bei den Fässern mit Pökelfleisch ließ sich der Kaufherr ab und zu ein Fass öffnen, um die Qualität zu prüfen, ebenso verfuhr er mit den Säcken von Stockfisch und einzelnen Pelzen aus Riga. Selbst den Honig in der Ladung kostete er persönlich.

Van Doorn klopfte mit seinem Gehstock an die mächtigen Spanten. »Wann wurde sie zuletzt gereinigt und kalfatert?«

»Zuletzt vor zwei Jahren.«

»Sollte man wiederholen, bevor Ihr in die Tropen segelt. Ein Rumpf voller Muscheln und Algen nimmt Euch ganze Knoten an Geschwindigkeit.«

Jan nickte. Da erzählte ihnen der Kaufherr natürlich nichts Neues. Aber warum redete der Mann davon? Hieß das etwa …? Jan begann, sich Hoffnungen zu machen.

»Das Schlimmste da drüben ist der Schiffswurm«, fuhr van Doorn fort. »Wenn Ihr Pech habt, frisst er Euch das ganze Schiff unter den Füßen weg. Einziger Schutz wäre, den Rumpf mit Kupferblech zu verkleiden. Aber das ist für ein kleines Handelsschiff zu teuer.«

Sie kletterten über Leitern und Luken zum Hauptdeck hinauf. Für einen Mann seiner Statur und seines Alters war van Doorn überraschend gelenkig. Oben angekommen, schlug er den Staub von den Beinkleidern.

»Wohin können wir uns ungestört zurückziehen, Käptn? Nur wir zwei.«

»Am besten in die Schiffsmesse.« Jan ging voran, öffnete die Kajütentür zur kleinen Messe im Achterschiff und ließ van Doorn als Ersten eintreten. »Ist zwar schon fürs Mittagessen gedeckt, aber das sollte uns nicht stören.«

Jan schloss die Tür und bot seinem Gast ein Glas Wein an. Dann ließ er sich ihm gegenüber nieder. Er versuchte, es sich nicht anmerken zu lassen, aber sein Herz klopfte heftig. Es war, als hinge seine ganze Zukunft von dieser Unterredung ab.

»Meine Frau hat ein gutes Gespür für den Charakter eines Menschen«, begann der Holländer ohne viel Umschweife. »Und Ihr habt ihr ausnehmend gut gefallen. Meinen beiden Mädels übrigens auch. Ich selbst schließe mich dem Urteil an. Und auch die *Sophie* macht einen guten Eindruck.« Er hob sein Glas, nickte Jan zu und nahm einen Schluck. »Das heißt aber nicht, dass ich meine Meinung über Eure Unerfahrenheit geändert habe. Ihr habt noch nie den Atlantik überquert. Das ist nicht das Gleiche wie ein bisschen in der Ostsee herumschippern.«

»Einmal muss jeder anfangen«, erwiderte Jan. »Selbst ein Francis Drake ist nicht als Bezwinger der Ozeane auf die Welt gekommen.«

Van Doorn lächelte nachsichtig. »Nun, das ist richtig. Aber Navigation ist das eine. Darüber hinaus müsst Ihr Euch den Realitäten und Gepflogenheiten des Westindienhandels anpassen und vor allem die Gefahren kennen, sonst ist es schnell mit Euch vorbei. Was das angeht, habe ich weiterhin Bedenken.«

»Ihr solltet mich nicht unterschätzen«, sagte Jan. »Auch nicht meine Mannschaft.«

»Nun, ich traue Euch schon einiges zu, sonst würden wir hier nicht sitzen. Um es kurz zu machen, ich will es mit Euch versuchen. Zumal ich mich in einer Zwangslage befinde, denn ich habe überfällige Verpflichtungen. Schon seit Monaten schulde ich der Armee eine große Lieferung Leder. Das Problem ist, ich kann nicht liefern. Auf der Insel Hispaniola aber gibt es Kuhhäute in Mengen und sehr günstig zu erwerben, denn die Pflanzer dort haben sich neben Zucker auch auf Rinder verlegt. Die Herden zählen in die Zigtausende. Aber momentan habe ich kein Schiff zur Verfügung. Deshalb kommt Ihr mir gelegen.«

Hispaniola also, dachte Jan, das war doch die erste Insel, die Kolumbus entdeckt hatte. Nun sollte es also wirklich losgehen. Herr im Himmel, welch ein Abenteuer! Er musste sich zusammenreißen, um sich die Aufregung nicht anmerken zu lassen.

»Falls wir uns einig werden, schließen wir noch heute einen Vertrag«, fuhr van Doorn fort. »Mein Schreiber hat schon die Eckpunkte aufgesetzt. Ich kaufe Euch die Ladung zu üblichen Preisen ab. Das Schiff geht zu meinen Kosten für ein paar Tage in die Werft. Ich schieße Euch etwas Kapital für den Handel vor und rüste Euch mit allem Nötigen aus. Besonders auch mit Waffen, denn die werdet Ihr brauchen. Deshalb ist übrigens Hendriks hier. Er und sein Gehilfe werden mitsegeln.«

Jan sah ihn erstaunt an. »Wollt Ihr mir etwa Aufpasser an die Seite stellen?«

»Keine Widerrede! Ich bestehe darauf. Die beiden sind Kriegsveteranen und erfahrene Männer, schon seit Jahren in meinen Diensten. Die verstehen ihr Handwerk. Sie sind Euch natürlich unterstellt, keine Frage, aber Ihr tut gut daran, ihrem Rat zu folgen, falls es zu Auseinandersetzungen kommen sollte.«

»Solange sie sich auf ihr Geschäft beschränken, soll's mir recht sein.«

Van Doorn nickte und nahm noch einen Schluck Wein, um die Kehle zu befeuchten. »Uns läuft die Zeit davon, denn eigentlich müsstet Ihr schon vor drei Wochen in See gestochen sein, um zu vermeiden, in einen *huracán* zu geraten.«

Jan runzelte die Stirn. »*Huracán*?«

»Das ist ein Indiowort für die gewaltigen Orkane der Region. Diese Stürme können tödlich sein. Sie toben hauptsächlich zwischen Juni und November. Ihr werdet also spätestens ab Mai die Heimreise antreten.«

»Und wie komme ich an die Häute?«

»Offiziell ist der Handel natürlich verboten. Aber es wird nicht sehr streng überwacht, denn auch die Spanier profitieren davon. Selbst der Gouverneur und die Beamten bekommen ihren Teil ab. Ich weiß von geheimen Buchten, wo der Austausch stattfindet. Keine Sorge, Karten kann ich Euch besorgen. Hauptsächlich Kopien von solchen aus gekaperten spanischen Schiffen. Überhaupt werde ich Euch alles noch genauestens erklären. Die Frage ist, ob Ihr grundsätzlich einverstanden seid.«

Jan musste nicht lange überlegen. Das war alles noch besser, als er sich erhofft hatte. »Natürlich wäre ich prinzipiell einverstanden. Sehr sogar. Nur, wo ist der Haken? Irgendetwas sagt mir, dass Ihr noch etwas in der Hinterhand habt.«

Van Doorn lachte grimmig. »Vielleicht seid Ihr doch nicht so blauäugig, wie ich dachte. Es gibt in der Tat eine Bedingung für meine Hilfe. Und auf der muss ich bestehen.«

Oha! Jetzt kommt's, dachte Jan. »Und die wäre?«

»Ich fürchte, Ihr müsst Eure edlen Prinzipien ein wenig zurückstellen. Zumindest für diese Reise, denn Ihr werdet einige Sklaven erwerben müssen. Zwar nicht in Westafrika, dazu haben wir nicht die Zeit, aber in Lissabon.«

»Sklaven? Aber ich sagte doch schon«

Van Doorn unterbrach ihn. »Es müssen nicht viele sein, aber genug, dass man Euch in Santo Domingo anlegen lässt. Das ist die einzige Ware, mit der Ihr in den Kolonien einen spanischen Hafen anlaufen dürft. Außerdem solltet Ihr wie gewohnt unter hanseatischer Flagge segeln. Wir Niederländer sind ein rotes Tuch für die Spanier, aber Bremen, das hat wenig Bedeutung für sie.«

»Aber warum Santo Domingo? Da werde ich doch wohl kaum Eure Häute erwerben können.«

Van Doorn lehnte sich zurück. »Es geht um Folgendes: Einer meiner Kapitäne ist verschollen. Und zwar derjenige, der mir die Häute aus Hispaniola schon vor Monaten hätte liefern sollen. Was könnte ihm geschehen sein? An Schiffbruch glaube ich nicht. Sein Schiff ist neu und er selbst ein zu guter Seefahrer. Ich vermute eher, er ist von der spanischen Marine aufgebracht worden und sitzt im Gefängnis. Ihr müsst ihn da rausholen.«

»Ich soll einen Mann aus dem Gefängnis holen? Wie stellt Ihr Euch das vor?«

»Mit Geld. Wäre nicht das erste Mal. Die Richter dort sind alle bestechlich. Deshalb auch die Sklaven. Während Ihr sie verkauft, könnt Ihr Euch frei bewegen, nach meinem Mann forschen und die richtigen Leute bestechen.«

»Und was ist mit seiner Mannschaft?«

Van Doorn zuckte mit den Schultern. »Wir können nicht alle freikaufen. Es ist immer ein Risiko dort drüben. Die Männer wissen das. Deshalb werden sie auch gut bezahlt.«

Einen Mann aus dem Gefängnis holen. Das war also die Giftpille dieses Unternehmens. Die sollte er schlucken, um die gewünschte Unterstützung zu bekommen. Sklavenhandel und direkt in die Arme der Spanier segeln. War es das wert?

»Und wenn Bestechung nicht reicht, dann kommt wohl Meester Hendriks zum Einsatz, oder wie habt Ihr Euch das gedacht? Sollen wir dann Euren Mann mit Gewalt befreien?«

Van Doorn schüttelte den Kopf. »Das wird wohl kaum möglich sein. Nein, Hendriks ist allein zu Eurem Schutz da. Er war schon in den spanischen Kolonien und kennt sich ein wenig aus«.

»Spricht er Spanisch?«

»Nur ein paar Worte. Aber gut, dass Ihr das erwähnt, denn darum werde ich mich auch noch kümmern müssen.«

»Und wie heißt der Mann, den ich loskaufen soll?«

Der Holländer sah ihn einen Augenblick lang schweigend an. »Martin van Doorn«, sagte er leise und rieb sich dann die Schläfen.

Jan fuhr zurück, als hätte ihn jemand ins Gesicht geschlagen. »Euer eigener Sohn? Ich dachte, der ist in Brasilien.«

»Das habe ich seiner Mutter erzählt. Die arme Hendrikje bringt sich sonst um vor Sorgen. Ihr versteht jetzt, warum mir das alles so wichtig ist. Auch die genaue Planung und Vorbereitung.«

Jan starrte ihn lange an. »Aber das Ganze ist doch irgendwie verrückt. Vielleicht nehmen mich die Spanier auch gefangen, trotz Eurer verdammten Sklaven. Habt Ihr daran gedacht?«

Van Doorn nickte. »Vielleicht. Aber ich halte die Gefahr für gering. Ihr brecht doch keines ihrer Gesetze. Natürlich kümmert Ihr Euch um die Häute erst, nachdem Ihr meinen Sohn glücklich an Bord habt.«

»Wenn ich es recht verstehe, sind die Kuhhäute doch wohl zweitrangig.«

»Für mich. Aber nicht für Euch. Denn wenn es Euch gelingt, meinen Sohn heimzubringen, dürft Ihr den gesamten Gewinn dieser Reise für Euch allein beanspruchen. Und ich gebe noch einen Bonus obendrauf. Das dürfte genügen, um Euch als selbständiger Westindienhändler zu etablieren. Wir erweitern dann unsere Partnerschaft. Ihr werdet ein geschätzter Freund des Hauses van Doorn.«

»Und wenn es mir nicht gelingt?«

»Dann bekommt Ihr den üblichen Kapitänsanteil. Das ist nicht viel, aber zumindest geht Ihr nicht leer aus.«

»Was hindert mich eigentlich, auf Eure Hilfe zu verzichten und eine Westindienreise auf eigene Faust zu versuchen?«

Van Doorn hob die Schulter und seufzte. »Nichts. Das steht Euch natürlich frei.«

Jetzt hob auch Jan sein Glas und nahm einen Schluck Wein zu sich. Es war nur billiger Bordwein, nicht zu vergleichen mit van Doorns feinem Porto. Was sollte er tun? Das Angebot ablehnen? Dann wäre er auf sich allein gestellt. Wäre die Gefahr dann geringer? Wahrscheinlich nicht. Er sah van Doorns feines Haus vor sich, die kostbaren Möbel und Gemälde. So etwas wollte er auch besitzen, irgendwann. Dafür musste man etwas wagen im Leben. Was hatte er schon zu verlieren? Er, der mit dem halben Fuß im Schuldturm steckte.

Van Doorn beobachtete ihn und schien zu erraten, was ihn beschäftigte. »Schlagt ein, Jan«, sagte er eindringlich, »und holt mir meinen Sohn nach Hause. Es soll wahrlich Euer Schaden nicht sein.«

Jan nahm noch einen kräftigen Schluck. Dann stellte er das Glas auf den Tisch und blickte dem Holländer ins Gesicht. »Also gut. Einverstanden.« Er reichte van Doorn die Hand. »Und jetzt seid bitte mein Gast. Leider nur ein bescheidenes Mahl hier an Bord zusammen mit meinen Offizieren. Es gibt Huhn, hab ich mir sagen lassen.«

DER GEJAGTE

Der Mann hastete durch den Dschungel, blieb kurz stehen, sah sich um und rannte weiter. Über ihm die Wipfel der Bäume. Sie bildeten ein dichtes Dach, durch das nur vereinzelt Licht drang. Darunter umgestürzte, moosbewachsene Stämme und halb verfaultes Laub, Nahrung für Ameisen und Käfer, für neue Triebe, für Unterholz und Dickicht, manches so dicht, dass ohne Machete kein Durchkommen war und er sich einen anderen Weg suchen musste. Die Luft war süß und feucht und schwer. Sein Atem keuchte. Schweiß troff ihm von der Stirn, strömte über Brust und Rücken. Und wo es in seine Wunden lief, brannte es wie Feuer.

Der Mann war schlank und sehnig, hatte breite Schultern, eine gute Muskulatur. Er lief barfuß. Daran war er gewöhnt. Eine Hornhaut wie Leder bedeckte die Fußsohlen. Auch ein Dschungel wie dieser war nicht viel anders als der Wald in seiner fernen Heimat. Vielleicht hatten sie ihn deshalb noch nicht gefunden, weil er sich im Dschungel auskannte und wusste, wie man seine Spuren verwischte.

Einst war er ein Krieger gewesen, Babatunde sein Name, ein ehrenwerter Name. Doch die Weißen hier nannten ihn nur Baba, zu faul, sich den ganzen Namen zu merken. Das Unglück seines Lebens war, dass ein feindlicher Stamm ihn gefangen genommen und an die Weißen verkauft hatte. Ihn und andere. Für ein paar Musketen und etwas Blei und Pulver. Auf einem Schiff hatten sie ihn übers weite Meer in dieses Land gebracht. Nicht alle hatten die Reise überlebt. Ja, das war sein Unglück. Und dass er sich heute aufgelehnt und einen Aufseher verprügelt hatte.

Er blieb einen Augenblick stehen, um zu Atem zu kommen. Vor ihm tanzten bunte Schmetterlinge in dem goldgrünen Zwielicht. Seine Oberschenkel brannten. Er hätte sich gerne ausgeruht. Doch das aufgeregte Gebell in der Ferne und die Rufe der Aufseher, die die Hunde an der Leine führten, sagten ihm, dass er nicht stehen bleiben durfte.

Vorsichtig betastete er seinen Rücken, wo sie ihm mit einer Ochsenpeitsche die Haut in Fetzen gerissen hatten. Wie schlimm die Wunden waren, konnte er nicht sagen, aber die Hand war voller Blut, als er sie zurückzog. Schweiß und Blut. Die Tropfen, die er beim Laufen verlor, würden unweigerlich die Hunde zu ihm führen. Er musste weiter, immer weiter. Aber wohin? Vielleicht den Fluss hinauf bis in die Berge? Dort gab es wilde Schweine und frei laufende Rinder, hatte er gehört. Wenn er nur eine Waffe hätte, eine Muskete wie die Weißen. Oder einen guten Speer. Doch nicht einmal ein Messer hatte er dabei.

Wieder hörte er die Hunde aufgeregt jaulen. Er rannte weiter, zwängte sich durchs Gebüsch. Zweige schlugen ihm ins Gesicht und über den wunden Rücken. Er biss sich auf die Lippe, bis sie blutete, nur um nicht vor Schmerz laut aufzuheulen. Dann überquerte er eine kleine grasbewachsene Lichtung, tauchte auf der anderen Seite wieder in den dunklen Blätterwald ein. Plötzlich ließ ihn das Aufflattern eines Vogelschwarms erschrecken. Ein entrüstetes Kreischen aus hundert kleinen Vogelkehlen hallte durch den Wald. Er blieb stehen und horchte. Hatten sie das gehört? Aber außer den üblichen Urwaldgeräuschen war es wieder still geworden. Nur sein aufgeregtes Herz hämmerte ihm in Brust und Ohren. Nicht den Mut verlieren!

Er sandte ein Stoßgebet zu Shangó, dem Gott des Donners und der Krieger, so wie er einer war. Shangó würde ihm Kraft geben, ihm beistehen. Er lief weiter. Eine Baumratte schreckte hoch und flüchtete den nächsten Stamm hinauf. Er achtete nicht auf sie, suchte nur eine Lücke im Gestrüpp, durch die er seinen Weg bahnen konnte. Schließlich kam er an eine Böschung. Unter ihm floss Wasser. Er sprang hinunter und planschte hinein, folgte dem schmalen Wasserlauf. Den hatte ihm Oshún geschickt, Shangós Frau, da war er sicher. Es würde die Hunde verwirren.

Der Bach floss gen Süden. Er watete durch Schlamm, über glitschige Steine und modrige Äste, hielt kurz die hohle Hand ins Wasser, um seine ausgedörrte Kehle anzufeuchten, rannte weiter. Das Hundebellen klang nur noch gelegentlich zu ihm herüber und aus weiter Ferne. Hatten sie ihn verloren? Aber selbst wenn, sie würden alles absuchen, seine Spur finden und die Verfolgung wieder aufnehmen. Sie gaben nie auf, das wusste er. Vor kurzem war ein anderer davongelaufen. Drei Tage hatte es gedauert, aber dann hatten sie ihn gefunden, auf die *hacienda* geschleppt und vor aller Augen zu Tode geprügelt. Zur Abschreckung.

Vor ihm öffnete sich der Wald. Er blieb stehen und starrte auf den Fluss, der von Westen kam und an dieser Stelle nach Süden abbog und seinen Weg zur großen Stadt der Weißen fortsetzte und dort ins Meer floss. Río Isabela, so nannten sie ihn. Vorsichtig ging er ein paar Schritte weiter, blieb hinter einem Busch stehen, starrte in alle Richtungen. Eigentlich waren es zwei Flüsse. Denn von Osten kam der Río Ozama, und links vor ihm, wo sie sich vereinten, war eine kleine, grüne Insel, die Isla Ozama. Er wusste, dass es eine Insel war und nicht das gegenüberliegende Ufer, denn er war hier schon öfter vorbeigekommen, wenn sie auf Frachtkähnen den Zucker von der Pflanzung in die große Stadt gebracht hatten.

Oshún war die Herrin der Flüsse. Ihr würde er vertrauen und hinüberwaten, denn der Fluss war nicht tief. Niemand würde ihn auf der Insel vermuten. Und die Hunde würden ihn im Wasser nicht riechen können. Er sah sich nach allen Seiten um. Kein Mensch, kein Boot zu sehen. Langsam ließ er sich in den Fluss gleiten. Die Kühle tat seinem geschundenen Rücken gut. Seine Füße versanken in weichem Schlamm. Obwohl das Wasser ihm nur bis zur Brust reichte, begann er zu schwimmen. Langsam, um nur kein Geräusch zu machen. Dabei blickte er sich ängstlich um. Die sanfte Strömung tat ihr Übriges, ihn hinüber zur Insel zu tragen. In der Ferne sah er ein Boot. Aber das war zu weit weg. Das Inselufer kam immer näher. Noch war kein Hundebellen zu hören. Niemand hatte ihn entdeckt. Als er das flache Uferwasser erreichte, erhob er sich. Triefend schlich er an Land, verschwand zwischen den Büschen. Fürs Erste sicher, dachte er und kroch in ein Dickicht, um sich auszuruhen.

Warum nur hatte er den Aufseher angegriffen? Ausgerechnet diesen Pedro Fernandez, dieses brutale Schwein. Aber er hatte sich nicht helfen können, als er gesehen hatte, wie der Kerl sich über seine Dada hermachen wollte, seine kleine Dada, das Liebste, was ihm noch in diesem elenden Leben geblieben war. Schwanger war sie, trug sein Kind im Leib. Und dieser Fernandez meinte, er müsse sein verdammtes Ding in sie stecken, seinen bleichen Spanierschwanz. In seine Dada. Da hatte er sich nicht beherrschen können, hatte einen Knüppel aufgelesen und den Kerl verprügelt. Bis die anderen Weißen ihn gepackt und weggezerrt hatten.

Aber was hatte es genützt? Ausgepeitscht hatten sie ihn. Zum Glück hatte er sich befreien und fliehen können. Aber nun war er ein Verfolgter und seine Dada ganz allein. Wie würde es ihr ergehen, wer sollte sich um sie kümmern? Er musste sich auf Oshún verlassen. Sie würde ihr helfen. Hatte sie ihn nicht gerade eben sicher durchs Wasser geleitet? Sie war die Herrin der Flüsse und der Liebe und des neuen Lebens. Sie würde Dada beschützen. Er würde zu ihr beten. Und Dada würde einen prächtigen Sohn gebären. Einen Sohn beseelt vom Geist seines Großvaters, der ein mächtiger Krieger und Häuptling gewesen war.

Babatunde lag auf den Knien, um die Geister seines Volkes zu beschwören, murmelte Gebete und Zaubersprüche, alles, was ihm einfiel und nützlich schien. Immer wieder flehte er Oshún um Hilfe an. Es war ihm egal, ob er selbst sterben würde, solange Dada lebte. Und ihr ungeborenes Kind.

Mit einem Mal schreckte er hoch. Eine laute Stimme hatte ihn aus seinen Beschwörungen gerissen, eine spanische Stimme, am Nordufer des Flusses. Er bog ein paar Zweige zur Seite und spähte hinüber. Ja, da stand ein Spanier am Ufer und starrte in beide Richtungen den Fluss entlang. Babatunde kannte ihn. Es war einer der Aufseher der *hacienda*. Der führte die Hundemeute. Die Tiere schnüffelten etwas verloren im Ufergras. Sie hatten seine Spur wohl verloren. Jetzt trat ein zweiter Spanier aus dem Wald. Es war der verfluchte Fernandez. Er hatte ein Bandelier um den Oberkörper geschlungen, trug die Machete an der Hüfte und eine Muskete unter dem Arm. Jetzt nahm er den breitkrempigen Hut ab und wischte sich mit dem Ärmel über die Stirn. Im Gesicht hatte er blutige Schrammen, wie Babatunde mit Genugtuung feststellte.

Fernandez setzte den Hut wieder auf und deutete zur Insel, wo Babatunde im Gebüsch lag. Sie redeten miteinander. Der andere Spanier winkte ab, doch Fernandez zeigte noch einmal zur Insel herüber. Dann stieg er in den Fluss und watete los. Mit einem Fluch auf den Lippen folgte der andere Aufseher und zerrte die Hunde hinter sich her.

Babatunde hatte genug gesehen. Dieser Fernandez war schlauer, als er vermutet hatte. Vorsichtig zog er sich aus dem Gebüsch zurück und schlich quer über die kleine Insel, bis er ans andere Ufer kam. Gegenüber lag eine andere *hacienda*. Sie gehörte einem der reichsten Grundbesitzer der Gegend, einem Mann mit vielen Sklaven. Und seine Frau war gut zu ihnen, gab ihnen genug zu essen, pflegte sie, wenn sie krank waren. Davon hatte er gehört. Bestimmt war sie eine mächtige Frau, sonst würde man es ihr nicht erlauben. Vielleicht würde sie ihm helfen. Lautlos ließ er sich ins Wasser gleiten, um hinüberzuschwimmen.

BRENNENDE FELDER

Don Miguels Pflanzungen grenzten an die feuchten Niederungen des Río Ozama. Hier war der Boden feucht und besonders fruchtbar, vorzügliche Bedingungen, um die *caña de azúcar* gedeihen zu lassen. Vorausgesetzt, es regnete nicht allzu sehr während der Sommermonate, der Zeit der wilden Stürme, die oft über der Karibik tobten, denn zu viel Wasser konnte ebenso schädlich sein wie zu wenig.

Ein ganzes Jahr lang hatte man die weiten Felder gepflegt. Zehn bis zwölf Fuß war die grüne Pracht in die Höhe geschossen. Die langen, schilfähnlichen Blätter waren scharf wie Rasiermesser, oben dicht und grün, und unten, wo nur noch wenig Licht hinreichte, grauweiß und vertrocknet. Aber gerade dort, in den dicken Strünken, steckte der Saft. Nun war die Zeit der *zafra*, der Zuckerrohrernte, gekommen, die Zeit der Schnitter und der *ingenios*, wie man die gefräßigen Zuckermühlen nannte, die den Rhythmus der Erntearbeit bestimmten und die unermüdlich die von den Blättern befreiten Strünke schluckten und den süßen Saft aus ihnen pressten. Saft, den man einkochte, und aus dem der Stoff gewonnen wurde, nach dem Europa lechzte – Zucker.

Doña Maria Carmen saß auf ihrem Grauschimmel und beobachtete die Männer bei der Arbeit. Sie trug weite Hosen, kalbslederne Reitstiefel und eine bequeme Leinenbluse mit langen Ärmeln. Gegen die Sonne schützte ein Hut mit breiter Krempe, darüber ein feines Netz, um sich der Mücken zu erwehren, die auf Hispaniola eine Plage waren, besonders in den feuchten Gebieten.

Ein paar Schritte hinter ihr, ebenfalls zu Pferde, befand sich Jaime Olufemi, ein Sklave von gewaltigen Körpermaßen und pechschwarzer Haut. Sein breites Gesicht mit den aufgeworfenen Lippen lag im Schatten eines alten Schlapphuts, dessen ursprüngliche Farbe mit den Jahren in ein fleckiges Grau übergegangen war. Jaime war sein christlicher Taufname, den er aber nicht besonders mochte, weshalb ihn alle Welt Olu nannte. Er war schon als Kind auf die Insel gekommen und hier aufgewachsen. Er gehörte praktisch zur Familie des Pflanzers.

Seine tiefe Stimme hörte man nicht oft, denn er hielt sich meist zurück, wenn andere redeten. Doch niemand legte sich mit Olu an. Und das nicht nur wegen seiner Körperkräfte, sondern auch wegen seiner Klugheit. Sogar die Weißen respektierten ihn. Außerdem war er der jungen Herrin sehr ergeben, was mit ein Grund dafür war, warum Don Miguel ihn als ihren Leibwächter abgestellt hatte. Mit Machete und Pistole am Gürtel und einer Muskete über dem Rücken war er immer an ihrer Seite, wenn sie über die Felder ritt. Nicht, dass es auf der Pflanzung besonders gefährlich war, aber gelegentlich trieben sich wilde Kerle und fragwürdige Gesellen herum, Landvermesser, Jäger aus den Bergen, bettelnde Indios, ja sogar Goldsucher, die immer noch daran glaubten, dass es irgendwo auf der Insel das gelbe Metall zu finden gäbe. Und Doña Maria Carmen war eine begehrenswerte Frau. Entsprechende Vorsicht war geboten.

Octavio Faustino, der Verwalter der *hacienda*, näherte sich ihr und zog den Hut. »Die Señora sollte vielleicht etwas Abstand nehmen«, sagte er. »Wir stecken jetzt das Feldstück in Brand.«

»Keine Sorge, Señor Octavio«, erwiderte sie unbekümmert. »Macht nur und achtet nicht auf mich.«

Faustino zog ein Sacktuch aus der Hosentasche und wischte sich den Schweiß ab. Er war ein zäher Graubart und schon seit Ewigkeiten auf der *hacienda*. Er und Don Miguel arbeiteten seit vielen Jahren zusammen und hatten gemeinsam so manches Abenteuer überstanden, als es darum ging, den Besitz zu erweitern und mit der Waffe in der Hand gegen Eindringlinge und Glücksritter zu verteidigen. Ihn schreckte so schnell nichts, weder Sturm noch Pestilenz, und schon gar nicht aufmüpfige Sklaven oder diebische Bukaniere. Er konnte hart durchgreifen, aber nie auf grausame oder ungerechte Weise. Er und zwei andere Aufseher trugen Ochsenpeitschen am Gürtel. Aber soweit Maria Carmen sich erinnern konnte, waren diese noch nie gebraucht worden. Don Miguel hielt nichts von unnötiger Brutalität. Seine Arbeiter waren sein Kapital. Und zufriedene Männer leisteten mehr, davon war er überzeugt.

»Na, dann wollen wir mal«, sagte Faustino und setzte den Hut wieder auf.

Die Pflanzung war kreuz und quer von breiten Wegen durchzogen. Und je nachdem, wie die Ernte voranschritt, wurden einzelne Feldstücke in Brand gesteckt, um das Ungeziefer zu vertreiben und den Sklaven die Arbeit zu erleichtern. Doña Maria liebte den Anblick der brennenden Felder. Es hatte etwas aufregend Infernalisches. Trotzdem lenkte sie den Grauschimmel ein paar Schritte zurück. Olu folgte ihr. Gefahr, dass sich das Feuer unkontrolliert ausbreiten würde, bestand nicht, denn in weitem Umkreis war sämtlicher Wald gerodet. Man musste nur auf den Wind achten, aber der blies beständig aus nordöstlicher Richtung.

Señor Faustino gab Anweisungen, und drei der schwarzen Arbeiter zündeten Pechfackeln an, verteilten sich am Wegrand und begannen, an verschiedenen Stellen die unteren ausgetrockneten Blätter der reifen Pflanzen in Brand zu stecken. Wie Zunder fingen sie knisternd Feuer. Vom Wind getrieben, hüpften die Flammen von Pflanze zu Pflanze, erst noch zögerlich, dann griffen sie immer schneller um sich. Vögel flogen auf und flüchteten, ebenso Insekten und Kleingetier. Der Grauschimmel warf den Kopf hoch und scheute, als eine große Ratte geradewegs auf ihn zugelaufen kam, dann aber im nächsten Feld verschwand. Er tänzelte nervös, und Doña Maria musste ihn beruhigen.

Die Flammen hatten schnell an Kraft gewonnen und sich zu einer riesigen Lohe vereinigt, die sich auf breiter Front durchs Feld fraß. Dichter schwarzer Rauch quoll auf, wurde vom Wind erfasst und über die Felder getrieben. Obwohl sie den Wind im Rücken hatte, spürte Doña Maria die Glut auf den Wangen. Der Qualm, die lodernden Flammen, der Brandgeruch, es hatte etwas von Endzeitstimmung. Ein gewaltiges Knistern und Rauschen war zu hören, dazwischen das feine Fiepen von Mäusen, Echsen, Ratten, die jetzt der Feuersbrunst zum Opfer fielen, nicht zuletzt Schlangen, die gern im Zuckerrohr nisteten und den Schnittern gefährlich werden konnten.

Aber so begierig das Feuer aufgeflammt war, so schnell verpuffte es auch wieder. Die grünen Blätter und die saftgefüllten Strünke waren zu feucht, um zu brennen, und so starb es aus Mangel an Nahrung. Nachdem der Rauch sich verflüchtigt hatte, blieb eine Wüste von rußgeschwärzten Strünken zurück, die nackt im Feld standen, nur noch am oberen Ende von angekohlten Blättern gekrönt. Hier und da züngelte es noch ein wenig, dann war das Feuer erloschen.

Während sie warteten, dass der Wind das Feld genügend abkühlte, schliffen die Schwarzen ihre Macheten. Dann machten sie sich an die Arbeit. In langer Reihe und in gebührendem Abstand zueinander schwangen sie die Buschmesser, schnitten die dicken Halme zwei Handbreit über dem Boden ab, entfernten die verbliebenen Blätter und warfen die Strünke hinter sich. Sklavenkinder sammelten sie auf und schleppten sie zu den Erntewagen, wo die Frauen sie stapelten.

Doña Maria stieg vom Pferd und ließ sich auf einem Feldstuhl nieder, den man ihr von einem der Wagen gebracht hatte. Ein Hausdiener hielt ihr den aus Stroh geflochtenen Sonnenschirm über den Kopf. Sie nahm den Hut samt Netz ab, betupfte sich die Stirn mit ihrem Halstuch und nahm einen Schluck Wasser aus der Feldflasche. Señor Faustino gesellte sich zu ihr, und sie sprachen über das Wetter, die Ernte und die zu erwartende Ausbeute an Rohzucker. Es war ein gutes Jahr gewesen, nicht zu trocken, nicht zu feucht.

»Don Miguel wird zufrieden sein«, sagte Faustino. »Drüben beim Fluss müssen wir allerdings neu setzen.«

Eine Zuckerrohrpflanze brachte fünf oder sechs, manchmal sogar acht Ernten hervor, dann fiel der Ertrag rapide ab, und das Feld musste mit Setzlingen neu bepflanzt werden. Dazu genügte es, in regelmäßigen Abständen die Strünke einzugraben und zu bewässern. Sie würden neue Wurzeln schlagen.

Während sie sich unterhielten, behielt Doña Maria die Arbeiter im Blick. Sie trugen Strohhüte, ansonsten nichts als einfache Leinenhosen, die meist an den Knien abgeschnitten und ausgefranst waren. Der Stahl der Macheten blitzte regelmäßig in der Sonne auf, während sie sich langsam voranarbeiteten. Es war harte Arbeit, und ihre muskulösen Rücken glänzten vor Schweiß, die Füße dagegen waren grau von Staub und Asche.

Einige der Weiber standen oben auf den Wagen, um die Ladung sorgfältig zu schichten, andere hoben das Rohr zu ihnen empor. Dabei sangen sie eines ihrer rhythmischen Lieder. Die mit der besten Stimme sang vor, die anderen folgten im Chor. Auch die Frauen waren leicht bekleidet, manche arbeiteten mit nacktem Oberkörper und entblößten Brüsten. Doña Maria musste plötzlich lächeln bei der Vorstellung, die feinen Damen von Santo Domingo müssten hier halbnackt vor fremden Männern in der Hitze schuften. Die würden vor Scham sterben. Bei den Schwarzen war das für die meisten Spanier etwas anderes. Die waren schließlich Wilde. Die vermehrten sich ohnehin wie Kaninchen, wenn sie nicht frühzeitig starben, so die landläufige Meinung.

Ja, es gab Verluste unter der schwarzen Bevölkerung. Wegen Erschöpfung, Krankheit, schlechter Nahrung oder gar Misshandlung. Letzteres zum Glück nicht auf dieser *hacienda*, dachte Doña Maria. Das Schneiden des Zuckerrohrs war allerdings nicht ungefährlich. Es kam vor, dass sich einer der Männer mit der Machete verletzte, aber häufiger waren Schnittwunden von den langen, scharfkantigen Blättern, die das Feuer nicht verzehrt hatte. Doña Maria hielt in ihren Satteltaschen immer Verbandzeug bereit, ebenso wie Nadel, Schere und Seidenfaden. Sie hatte schon mehr Wunden vernäht, als man ihren schlanken Händen zugetraut hätte.

»Señor Octavio«, rief sie zu ihm hinüber. »Ich glaube, die Männer könnten eine Pause vertragen, was meint Ihr?«

Der nickte, steckte zwei Finger in den Mund und gab einen gellenden Pfiff von sich. Die Sklaven unterbrachen ihre Arbeit und versammelten sich bei den Frauen, wo ein Fass voll Wasser bereitstand, um den Durst zu stillen. Einige legten sich einen Moment lang in den Schatten der Wagen, andere schwatzten fröhlich mit den Weibern in ihrer klangvollen Sprache, vielfach durchsetzt mit spanischen Brocken. Fast alle nutzten die Pause, um auf einem Stück von dem frisch geschnittenen Rohr zu kauen. Nicht nur die Kinder waren wild danach.

Plötzlich rief einer etwas, und alle schauten in die Richtung, in die er deutete. Zwischen den Feldern war eine schlanke Gestalt aufgetaucht. Zweifellos ein Afrikaner. Der Mann lief wie eine Gazelle mit ausholenden, gleichmäßigen Schritten und näherte sich rasch. Die Leute murmelten verwundert. Es schien keiner von Don Miguels Pflanzung zu sein. Doña Maria erhob sich erstaunt.

Jetzt war der Mann heran und verlangsamte seinen Lauf. Er unterschied sich kaum von den anderen Sklaven, trug eine zerrissene Hose, der Oberkörper war nackt. Sein Atem ging schwer, die Brust glänzte vor Schweiß. Er musste schon eine ganze Weile gelaufen sein. Als er die Herrin der *hacienda* gewahrte, ging er auf sie zu und warf sich vor ihr auf die Knie. Immer noch heftig atmend und mit weitaufgerissenen Augen hob er flehentlich die Hände und stammelte etwas, das Doña Maria nicht verstand. Die anderen Sklaven umringten ihn. Kaum hatten sie einen Blick auf seinen Rücken geworfen, schrien sie vor Entsetzen auf, besonders die Frauen. Als auch Doña Maria hinsah, wurde ihr beinahe schlecht.

»¡Madre mía!«, stieß sie hervor. »Was um Gottes willen hat man dir angetan?«

Der ganze Rücken war eine einzige offene Wunde. Blutige Striemen lagen kreuz und quer übereinander. Sie hatten die Haut aufplatzen lassen, so dass das rohe Fleisch zum Vorschein kam. Immer noch trat an vielen Stellen Blut aus, an anderen war es dunkel verkrustet.

Faustino war hinzugetreten. »Ein Entflohener«, sagte er mit grimmiger Miene. »Wahrscheinlich sind sie hinter ihm her.«

»Señora!«, stammelte der Schwarze. Er war sichtlich erschöpft. Wieder hob er die Hände, bettelte um Hilfe. Langsam beruhigte sich sein Atem, genug jedenfalls, um ein paar Worte hervorzubringen. »Helfen, Señora, bitte! Bringen mich um.«

»Wer will dich umbringen?«

»Hunde. Señor Fernandez. Sind hinter mir her.«

»Der Bursche muss von Don Diegos *hacienda* sein«, knurrte Faustino. »Ich kenne diesen Fernandez. Unangenehmer Kerl. Wäre nicht das erste Mal, dass der einen seiner Neger totschlägt.«

»Und das lässt Don Diego zu?«

Faustino hob nur vielsagend die Schultern.

»Ist es wahr, du gehörst Don Diego?«, fragte sie den Sklaven.

Der nickte, aber seine Miene war voller Jammer und Verzweiflung. Er redete wirres Zeug, das Doña Maria nicht recht verstand. Etwas von einer Dada. Dann wies er hinter sich. »Señor Fernandez. Mich töten.«

»Hier tötet dich keiner. Sag mir erst mal, wie du heißt?«

»Babatunde, Señora.«

»Babatunde«, wiederholte sie. »Und wer ist Dada?«

Er deutete auf seine Brust. »Frau. Babatunde Frau.«

»Wahrscheinlich hat dieser Fernandez sich an seinem Mädchen vergriffen«, meinte Faustino mit einem Kopfschütteln. »Und der Bursche hier ist ihr beigesprungen. Hätte er nicht tun sollen.«

»Wir müssen dem armen Kerl helfen«, sagte Doña Maria.

Faustino schüttelte den Kopf. »Ihr könnt ihn gern verbinden, Doña Maria. Mehr aber nicht. Dann muss er zurück.«

Sie starrte in Faustinos graugrüne Augen. Sie waren von tausend Fältchen umgeben. Dieser Mann hatte schon alles gesehen und alles erlebt. Sicher hatte er recht. Man durfte sich nicht einmischen. Und dennoch.

Bevor sie antworten konnte, hörten sie Hundegebell in der Ferne, dort, wo die Pflanzung an den Fluss grenzte. Die Frauen begannen, zu jammern und zu wehklagen, und die Männer machten besorgte Gesichter. Auch Doña Maria war sich darüber im Klaren, was das Gebell zu bedeuten hatte. Was sollte sie tun? Der Mann gehörte Don Diego, einem guten Nachbarn, und durfte hier nicht bleiben. Sie biss sich unschlüssig auf die Unterlippe. Aber dann warf sie erneut einen Blick auf die grausamen Wunden des armen Kerls. Das konnte man nicht zulassen. Sie musste etwas unternehmen.

»Schnell!«, rief sie den Schwarzen zu. »Auf den Wagen mit ihm. Versteckt ihn unter dem Zuckerrohr. Und deckt ihn gut zu, damit man nichts sieht.«

»Das könnt Ihr nicht tun, Señora«, sagte Faustino leise, aber nicht weniger eindringlich. »Es setzt ein schlechtes Beispiel. Und vor allem, es ist gegen das Gesetz.«

»Wenn das Gesetz erlaubt, einen Menschen so zu misshandeln, dann pfeife ich auf das Gesetz«, rief sie, und ihre Stimme war plötzlich scharf geworden. »Also tut gefälligst, was ich sage!«

Doña Maria Carmen mochte jung sein, aber sie war nicht schüchtern oder unentschlossen und als Adelige durchaus befehlsgewohnt. Señor Faustino hatte schon öfter ihre scharfe Zunge zu spüren bekommen, wenn ihr etwas gegen den Strich ging. Wortlos packte er also den Entlaufenen am Arm und zerrte ihn zu einem der Wagen hinüber. Auf dem standen schon zwei Frauen bereit und schichteten Zuckerrohr auf die Seite, um eine Vertiefung zu schaffen. Babatunde kletterte hinein, und sie deckten ihn zu. Doña Maria selbst überzeugte sich, dass nichts zu sehen war. Dann schickte sie alle wieder an die Arbeit und ließ sich auf ihrem Stuhl nieder, als sei nichts gewesen.

Señor Faustino schüttelte den Kopf, enthielt sich aber weiterer Bemerkungen. Wenn die Señora Streit mit ihrem Nachbarn vom Zaun brechen wollte, sollte es ihm recht sein. Das ging ihn nichts an. Auch die beiden anderen Aufseher sagten nichts.

Es dauerte nicht lange, und zwei Männer tauchten auf. Sie waren bewaffnet, wie Doña Maria bemerkte. Der eine kümmerte sich um die drei Hunde. Und die hatten ganz offensichtlich eine Spur in der Nase. Aufgeregt zerrten sie an ihren Leinen und wollten keine Ruhe geben. Die Schwarzen auf dem Feld hielten inne und schielten neugierig herüber, bis Faustino Befehle brüllte und sie wieder zur Arbeit antrieb. Während sein Begleiter damit beschäftigt war, die Hunde ruhig zu halten, war der Anführer der beiden näher getreten und vor Doña Marias Feldstuhl stehen geblieben. Er rückte die Muskete über der Schulter zurecht und zog dann höflich den Hut.

»Gott zum Gruß, Doña Maria. Mein Name ist Fernandez. Ich arbeite bei Don Diego, drüben auf der Nordseite des Río Isabela.«

»Ich kenne Don Diego.«

Señor Fernandez schien die kurz angebundene Antwort nicht zu stören. Er nickte Faustino zu und sah sich aufmerksam um. Sein Blick wanderte über die Sklaven bei der Arbeit, über die Frauen bei den Wagen und zurück zu Doña Maria.

»Ein schöner Tag für die Ernte«, sagte er.

»In der Tat«, erwiderte sie kühl. »Seid Ihr gekommen, mir das zu sagen, oder führt Ihr nur Eure Hunde spazieren, Señor Fernandez?«

Er grinste über die Bemerkung. »Uns ist ein Sklave entlaufen.«

»Oh, das tut mir leid«, erwiderte sie schnippisch.

Dieser Fernandez war nicht groß, aber breit und kräftig. Er hatte schwarze Haare, die ihm bis tief in die Stirn wuchsen, einen harten Zug um den Mund und listige Augen. Pockennarben verunstalteten seine Wangen. Doña Maria entschied auf Anhieb, dass sie den Kerl nicht mochte. Und daran änderte auch nicht, dass seine Braue blutete und das linke Auge zugeschwollen war. An der Unterlippe klebte ebenfalls verkrustetes Blut. Geschah ihm nur recht, diesem Schinder.

Der stand jetzt mit dem Hut in der Hand vor ihr und wusste anscheinend nicht recht, was er sagen sollte. Denn dass der Flüchtige hier durchgekommen sein musste, war durch das Verhalten der Hunde recht offensichtlich. Aber der geringschätzige Blick der jungen Herrin schien ihn zu verunsichern. Er leckte sich verlegen die Lippen.

»Ihr müsst ihn aber gesehen haben, Señora.«

»Hier ist niemand, der nicht hierhergehört.« Sie wandte sich an Faustino. »Señor Octavio!«, rief sie zu ihm hinüber. »Habt Ihr vielleicht einen flüchtigen Sklaven gesehen?«

Faustino brummte etwas Unverständliches und schüttelte den Kopf. Dann wandte er sich wieder seinen Arbeitern zu.

»Seht Ihr? Hier sind nur meine Leute. Sonst niemand.«

Señor Fernandez kratzte sich am Schädel. »Aber die Hunde, Doña Maria, die Hunde.« Er deutete auf die aufgeregten

Viecher, die immer noch wild anschlugen und sich nicht beruhigen wollten, bis ihr Führer laut fluchend mit der Leine nach ihnen schlug. »Sie haben seine Spur in der Nase. Er muss hier irgendwo sein. Die Señora müsste ihn gesehen haben.«

Aber Doña Maria ließ sich nicht beirren. »Wenn ich es doch sage, guter Mann. Hier ist niemand, der nicht hierhergehört.«

Unmut blitzte in seinen Augen auf. »Vielleicht sollte ich besser mit Don Miguel reden.«

»Don Miguel ist bei seinen *vaqueros* und erst in einigen Tagen zurück.«

»Ah ja, die Rinderzucht. Don Miguel besitzt große Herden.«

»So ist es. Ihr müsst also schon mit seiner Frau vorliebnehmen.« Sie hob ihr Kinn und starrte ihn herausfordernd an. »Wenn es nicht unter seiner Würde ist«, fügte sie hinzu.

»O nein! Ich bitte tausendmal um Vergebung. Meine Frage war nicht respektlos gemeint.«

»Gut, dann soll er uns jetzt in Ruhe arbeiten lassen!«

Ihr scharfer Ton ließ Señor Fernandez zusammenzucken. Auch dass sie ihn von oben herab mit »er« anredete, so wie man in Spanien einen Knecht ansprach.

»Wie Ihr meint, Señora. Aber vielleicht erlaubt Ihr …«

»Nein, ich erlaube nicht. Ich bin nicht in der Stimmung, mir noch weitere Störungen gefallen zu lassen. Er soll gefälligst seine Hunde nehmen und sich von meinem Land entfernen. Wir haben zu tun.«

Jetzt hatte sie ihn zornig gemacht. Seine Brauen zogen sich zusammen, und er war kurz davor, ihr eine anmaßende Antwort zu geben. Doch dann fiel sein Blick auf Olu, der seine Faust am Griff der Machete hatte und ihn mit ausdrucksloser und doch irgendwie bedrohlicher Miene fixierte. Das machte Señor Fernandez noch wütender.

»Man soll die Neger nicht auch noch bewaffnen, Doña Maria. Wo soll das hinführen?«, presste er hervor und deutete auf ihren Leibwächter.

Aber die junge Frau hatte nur einen kalten Blick für ihn übrig. »Das reicht jetzt. *¡Buenas tardes, Señor!*«

Señor Fernandez zögerte noch einen Augenblick, aber dann gab er sich vorläufig geschlagen. »Wie belieben, Señora.« Er setzte den Hut wieder auf und tippte mit zwei Fingern an die Krempe. »Aber ich weiß, dass Ihr den Bastard hier irgendwo versteckt. Das wird ein Nachspiel haben, das kann ich Euch schwören.«

Er wandte sich zum Gehen und bedeutete seinem Gehilfen, ihm zu folgen. Der musste die Hunde mit Gewalt hinter sich herziehen. Noch lange drehten die sich um und bellten frustriert. Doña Maria sah ihnen nach, wie sie davongingen und langsam kleiner wurden, bis der Weg eine Kurve beschrieb und sie zwischen den Zuckerrohrpflanzen verschwunden waren.

»Dreh den Wagen um«, sagte sie zu Olu und stieg aufs Pferd.

Der wusste, was gemeint war, band seinen Gaul hinten an den Wagen, in dem der Flüchtige versteckt lag, und stieg auf den Bock. Er löste die Bremse und schlug mit den Zügeln auf den Rücken der Maultiere, um zu wenden. Dann trieb er die Tiere an, die nun in flottem Trab den Weg zur *hacienda* einschlugen. Doña Maria folgte ihm auf dem Grauschimmel.

Das großzügige Anwesen lag im Schatten hoher Bäume und bot einen eindrucksvollen Anblick. Auf dem Hof hinter dem Haupthaus angekommen, ließ sie sich vom Pferd gleiten, nahm ihr Verbandszeug aus der Satteltasche und übergab das Tier dem Stallknecht. Olu kletterte auf den Wagen, um Babatunde zu befreien. Der Stallknecht machte große Augen, als er die Wunden des Mannes sah.

»Bring ihn in die Küche, Olu«, sagte sie.

Sie führten Babatunde in die große Küche und setzten ihn auf einen Stuhl. Nun waren es Marta, die Köchin, und Consuela, die beim Anblick des Blutes und der zerfetzten Haut entsetzt aufschrien.

»Bring sauberes Wasser und einen Schwamm«, befahl Doña Maria ihrer Magd.

»Es wird nichts nutzen«, grollte Olu in seinem Bass.

»Was meinst du?«

»Sie werden kommen und ihn holen.«

»Vermutlich hast du recht. Aber jetzt kümmern wir uns erst mal um den armen Kerl.«

Mit aller Vorsicht wusch sie dem Mann die Wunden aus, strich eine Salbe darauf und wand ihm einen weichen Verband um den Oberkörper. Babatunde ließ es ohne einen Laut über sich ergehen, auch wenn ihm vor Schmerzen manchmal Tränen in die Augen stiegen.

Nachdem er verarztet war, befahl Doña Maria der Köchin, etwas zu essen zu bringen. Dabei ließ sie sich noch einmal genauer berichten, was ihm widerfahren war. Während er aß und in gebrochenem Spanisch erzählte, sah sie sich den Schwarzen genauer an. Er war ein gutaussehender Mann, schlank und hochgewachsen. Er hatte ein schmales Gesicht und mandelförmige Augen, lange, feingliedrige Finger. Doña Maria wusste, dass es nicht klug war, sich zu sehr von den Nöten der Schwarzen einnehmen zu lassen, und doch rührte ihn seine Geschichte. Immerhin war eine schwangere Frau involviert.

Sie versprach ihm, alles zu versuchen, ihn vor der Rache dieses Fernandez zu beschützen. Sie würde mit Don Diego reden, oder besser noch, sollte Don Miguel einverstanden sein, würde man ihn und seine Dada dem Besitzer abkaufen und hier auf der *hacienda* behalten. Aber er müsse versprechen, nicht wegzulaufen. Zu seiner eigenen Sicherheit. Dies versprach Babatunde feierlich. Und Olu, der das Gespräch mit zweifelnden Blicken verfolgt hatte, richtete ihm danach einen Unterschlupf ein, im Pferdestall in der hintersten Ecke des Heubodens.

In der Abenddämmerung rumpelten die restlichen Erntewagen vorbei auf ihrem Weg zur nahe gelegenen Zuckermühle. Dort würde man ihre Fracht abladen, denn schon morgen sollte das Auspressen beginnen. Zu lange durfte man nicht warten, sonst fing das Rohr an zu gären und verlor schnell seinen Zuckergehalt. Auch die Feldarbeiter kehrten zurück. Die Aufseher nahmen ihnen die Macheten ab und schlossen diese in der Werkzeugkammer neben der Schmiede ein. Nicht, dass man ihnen misstraute, aber manchmal gab es Streit unter den Männern. Meistens ging es dabei um ihre Weiber.

Doña Maria hörte die Schwarzen laut schwatzend zu den in diskreter Entfernung gelegenen Hütten gehen, wo sie nach Männern und Frauen getrennt wohnten. Das Mundwerk stand bei ihnen selten still, und nun hatten sie in dem entflohenen Sklaven noch einen besonderen Anlass zum Reden. Die Frauen würden bald ein einfaches Abendmahl zubereiten. Das meiste davon zogen sie selbst auf einer kleinen Ackerfläche hinter den Hütten. Bohnen, Mais, Maniok und Süßkartoffeln. Als Nachtisch Papaya, Guanábana, Ananas oder ein Stück der von den Europäern eingeführten Melonen. Sie hielten sich Hühner und Ziegen. Gelegentlich kam auch ein Fisch aus dem Río Ozama auf den Teller oder Flusskrebse. Außerdem gab es Zuteilungen von dem Pökelfleisch der Rinderherden, das für den Verkauf in Santo Domingo in Fässern lagerte. Niemand musste hungern auf der *hacienda,* schließlich brauchten die Männer alle Kräfte für die schwere Arbeit, die sie zu verrichten hatten. Und an den religiösen Festtagen ließ Don Miguel ein paar Schweine oder einen Ochsen schlachten. Dann wurde getanzt und gesungen, und die Trommeln klangen bis spät in die Nacht.

Dieses Hispaniola war für Doña Maria Carmen, verglichen mit ihrem heimatlichen Sevilla, eine immer noch fremde Welt, fast so, als lebe sie in Afrika. Sie dachte an den entlaufenen Babatunde, an sein fast kindliches Vertrauen in sie, und hoffte inständig, dass sie ihm nicht zu viel versprochen hatte. Aber es war ihr unmöglich gewesen, den Mann diesem Tier, diesem Fernandez auszuliefern. Wahrscheinlich fand der Kerl nichts dabei, eine hübsche Sklavin zu bespringen, noch dazu eine Schwangere. Es wurde nie offen zugegeben, aber jeder wusste es. Die Negerinnen waren Freiwild für die weißen Männer. Man musste sich nur ihre Kinder anschauen. Viele davon waren Mischlinge.

Ob Don Miguel wohl auch? Er hatte nie etwas über das Thema verlauten lassen. Nun, welcher Mann würde schon darüber reden? Sie fragte sich, ob sie eifersüchtig wäre, sollte sich herausstellen, dass es den einen oder anderen kleinen Bastard ihres Gemahls auf der *hacienda* gab. Nein, wirklich eifersüchtig wohl nicht, beschloss sie. Sie schlief mit Don Miguel, wenn ihm danach war, denn sie liebte ihn sehr. Aber eher wie einen weisen Freund oder einen älteren Bruder.

Oder war es doch mehr? Sie wusste es nicht genau. Don Miguel war jedenfalls ein verständnisvoller Ehemann und ein zärtlicher Liebhaber, dennoch war sie sich ihrer Gefühle für ihn nicht ganz im Klaren. Aber welche Frau hatte schon das Glück erfüllter Leidenschaft in der Ehe? Das gab es wohl nur in diesen Ritterromanen, die sie sich gelegentlich erlaubte. Im Grunde war sie zufrieden und überzeugt, den allerbesten Ehemann zu haben, auch wenn er doppelt so alt war wie sie.

Don Miguel kehrt heim

Drei Tage später, es war in der Abenddämmerung, wenn es langsam still wird und die Hitze des Tages einer lauen Luft gewichen ist und man auf der Veranda sitzt mit einem Glas Ananassaft in der Hand und an nichts denkt als an das kommende Abendmahl, da tauchten Reiter auf und störten die Ruhe. Plötzlich war der Hof voller Männer, Pferde und hoch bepackter Maultiere. Don Miguel war heimgekehrt.

Er und seine *vaqueros* hatten an die hundert Rinder geschlachtet, die Häute abgezogen, sorgfältig von Fleischfetzen befreit und in der Sonne getrocknet. Vom frischen Fleisch und den Häuten brachte er höchstens den vierten Teil zur *hacienda* zurück. Der war für den legalen Verkauf in Santo Domingo bestimmt. Damit die Beamten des Königs keine Fragen stellten.

Den Großteil der Häute aber hatte er seinen geheimen Verstecken hinzugefügt, wo er sie für die Schmugglerkapitäne sammelte. Und auch die überschüssigen Kadaver blieben in der Wildnis zurück. Sie würden die Mägen der vielen wilden Hunde, Füchse und Geier füllen. Eine schreckliche Verschwendung, wenn man es recht bedachte, aber bei der Rinderzucht auf Hispaniola kam es allein auf das Leder an. Leder für Europa, für Sättel, für Gürtel und Schnallen, für Riemen oder Stiefel, und das meiste natürlich für die unersättlichen Heere, die sich in diesem elenden Krieg zwischen Katholiken und Protestanten täglich aufs Neue zerfleischten.

Wie immer, wenn er von solchen Ausflügen heimkehrte, stank er nach Schweiß, Blut und Tod. Doña Maria verordnete ihm als Erstes ein ausgiebiges Bad, um sich wieder menschlich zu machen.

»Ist alles gut verlaufen?«, fragte sie ihn beim Abendessen. Eine angenehme Brise strich durch die offenen Fenster und ließ die Kerzen flackern.

Don Miguel nickte und nahm einen Schluck Wein. »Alles bestens. Wir haben jetzt genug für eine ganze Schiffsladung zusammen. Ich hoffe nur, es kommt auch wirklich bald wieder ein Schiff aus den Niederlanden. Seit der Beschlagnahmung der *Albatros* vor einigen Monaten war keines mehr hier. Man muss fürchten, dass sie uns nicht mehr anlaufen. Verdenken könnte man es ihnen nicht. Schließlich gibt es auch Leder in Puerto Rico und Kuba.«

Die *Albatros* aus Amsterdam war zufällig ein paar spanischen Kriegsschiffen unter Don Alonsos Führung in die Hände gefallen. Das war noch vor seiner Ernennung zum Vizegouverneur gewesen. Trotz der Proteste aus den Reihen der Bürger hatte sich das Hohe Gericht gezwungen gesehen, Schiff und Ladung zu beschlagnahmen.

»Was ist eigentlich aus der Mannschaft geworden?«

»Man hat sie zu fünf Jahren Zwangsarbeit verurteilt. Und unser neuer Vizegouverneur lässt sie auf seinen kürzlich erworbenen Tabakpflanzungen arbeiten. Kostet ihn keinen Heller. Billiger, als sein Geld in Sklaven anzulegen. Und er nutzt sie bis zum Letzten aus, hab ich gehört. Gibt ihnen nicht mal genug zu essen. Würde mich nicht wundern, wenn die das Jahr nicht überleben.«

»Aber das ist ja schrecklich!«

»Dagegen haben unsere Sklaven es gut.« Er lachte grimmig. »Dieser Alonso Calderón ist ein übler Bursche. Der schwingt große Reden, was er alles besser machen will, aber am Ende …«

Er vollendete den Satz nicht, doch Doña Maria wusste schon, wie er es meinte. Auch Don Alonso war nur ein Schinder und Profiteur. Sie dachte an den verwundeten Schwarzen über dem Pferdestall und fühlte sich nicht wohl in ihrer Haut. Besser, ich sage es ihm gleich, dachte sie.

»Ich habe einen entlaufenen Sklaven versteckt.«

Don Miguel starrte sie erschrocken an. »Was hast du?«

»Ja. Schon vor drei Tagen.«

»Das kann nicht dein Ernst sein.«

Sie senkte den Blick. »Ich wusste, dass du darüber nicht erfreut sein wirst.«

»Nicht erfreut? Das ist aber wirklich zu milde ausgedrückt, mein Herz. Weißt du nicht, dass das verboten ist?«

Sie sah ihn an. »Natürlich weiß ich das. Aber anscheinend ist es nicht verboten, Menschen zu Tode zu prügeln.«

»Was ist geschehen?«

Sie erzählte ihm alles, was sich an jenem Tag zugetragen hatte, von Babatundes Flehen um Hilfe, von seinen schrecklichen Wunden und von Pedro Fernandez, diesem Schinder und Vergewaltiger. Don Miguel hörte ihr ruhig und aufmerksam zu. Dann stand er auf, ging um den Esstisch herum, setzte sich neben sie und nahm sie in die Arme.

»Weißt du«, sagte er. »Das ist, warum ich dich liebe. Du hast nicht nur Verstand, sondern auch ein großes Herz.«

Sie sah ihn misstrauisch an. »Aber?«

Don Miguel antwortete nicht gleich, sondern entnahm einem Behälter auf dem Esstisch eines dieser zusammengerollten Tabakblätter, die man *cigarro* nannte, und zündete es sich an einer Kerze an. Eine Angewohnheit, die Doña Maria nicht besonders schätzte, aber ihrem Mann nicht verwehren wollte. Er blies genüsslich den Rauch in die Luft und lehnte sich zurück.

»Diese Insel, so schön sie ist, *querida*, bietet im Grunde wenig, mit dem sich Geld verdienen lässt. Außer mit Rinderherden oder großen Pflanzungen. Und die lassen sich ohne viele Arbeiter einfach nicht wirtschaftlich betreiben.«

»Ich glaube, den Vortrag hast du mir schon mehrmals gehalten«, erwiderte sie ungeduldig. »Wir sind auf die Sklaven angewiesen, das ist mir klar. Aber zu Tode schinden muss man sie nicht.«

»Ich, für meinen Teil, versuche, meine Sklaven ordentlich zu behandeln, das weißt du. Hast du bei mir schon mal gesehen, dass einer unnötig ausgepeitscht wurde? Oder dass sie nicht genug zu essen bekämen? Ich habe keine Gitter vor den Hüttenfenstern, keine Fußeisen oder Ketten. Im Grunde könnten sie alle weglaufen. Aber sie tun es nicht. Weil wir sie gut behandeln, und weil sie es bei anderen Herren wahrscheinlich schlechter hätten. Denn die traurige Wahrheit ist, dass es den meisten Sklaven auf dieser Insel verdammt dreckig geht. Entschuldige, wenn ich mich so unchristlich ausdrücke, aber das, was deinem Babatunde geschehen ist, ist das Normale. Leider.«

»Wir müssen ihm helfen, ihn freikaufen.«

Don Miguel schüttelte den Kopf. »Das geht nicht. Du kannst nicht jeden Schwarzen freikaufen, der schlecht behandelt wird. Stell dir vor, für jeden Weißen auf dieser Insel gibt es fünf Schwarze. Wir hätten hier bald mehr zugelaufene Sklaven, als wir ernähren könnten. Wir würden uns den Zorn aller Weißen zuziehen. Ganz abgesehen davon, was das Hohe Gericht in Santo Domingo dazu zu sagen hätte. Vielleicht würde man uns sogar enteignen.«

»Du übertreibst.«

»Nein, ich übertreibe nicht. Außerdem möchte ich nicht, dass man seine Nase zu sehr in meine Geschäfte steckt. Du weißt, warum.«

»Du willst ihn also zurückschicken.«

Don Miguel seufzte resigniert. »Es geht nicht anders.«

Doña Maria kamen die Tränen, als sie bedachte, was das für Babatunde bedeuten würde. »Sie werden ihn umbringen«, flüsterte sie tief bewegt. »Ist dir das egal?«

»Natürlich nicht. Ich werde mit Don Diego reden. Dieser Fernandez scheint es zu übertreiben. Das ist am Ende auch für Don Diego nicht gut.« Er nahm die Klingel in die Hand und läutete nach den Bediensteten. Als Consuela den Kopf hereinsteckte, trug er ihr auf, Olu zu rufen.

»Hör zu, Olu«, sagte er, als der Schwarze das Speisezimmer betrat. »Wir können es uns nicht erlauben, dass dieser Babatunde nicht doch noch davonläuft. Ich will, dass du ihn einschließt. Am besten in die Milchkammer. Die hat keine Fenster. Und morgen Vormittag werden wir ihn zu Don Diegos Pflanzung hinüberbringen.«

Olu warf einen kurzen Blick auf Doña Maria. Die aber saß mit feuchten Augen und versteinerter Miene auf ihrem Stuhl und hatte dem anscheinend nichts hinzuzufügen.

»Is gut, Señor«, brummte er und verließ den Raum.

»Es tut mir leid, *querida*«, sagte Don Miguel.

»Nenn mich nicht so«, erwiderte sie plötzlich gereizt und ließ ihn mit seinem stinkenden *cigarro* allein.

Don Miguel war sich bewusst, dass er seine Frau enttäuscht hatte. Sie hatte mehr erwartet. Er seufzte und goss sich Wein nach. Gern hätte er für sie den Helden abgegeben, aber es war nicht möglich.

Am nächsten Morgen musste er zunächst nach seinem *ingenio* sehen, um sicherzustellen, dass die Herstellung dort reibungslos lief, das Pressen des Zuckerrohrs und das Kochen des Saftes in den großen Kupferkesseln. Die Mühle lag direkt am Fluss und konnte so mit Wasserkraft betrieben werden. Sein Zuckermeister war wie jeden Tag schon seit dem Morgengrauen bei der Arbeit. Die Schwarzen fütterten die Mühle, die Pressen ratterten, der Saft floss, die Kessel dampften. Alles war, wie es sein sollte. Er ritt zurück zum Anwesen.

Dort angekommen, war er erstaunt, am prachtvollen Vordereingang des Hauses einen bewaffneten Fremden vorzufinden, der mit seiner Ochsenpeitsche am Gürtel wie ein Sklavenaufseher aussah. Der Mann hatte ein blutunterlaufenes Auge und eine geplatzte Lippe, die noch nicht verheilt war. Er lehnte lässig am hölzernen Geländer, an dem zwei Pferde angebunden waren, eines davon ein edles Ross und kostbar aufgezäumt. Als Don Miguel vom Pferd stieg, sah der Kerl es nicht für nötig an, seine entspannte Haltung aufzugeben, sondern tippte nur kurz mit dem Finger an den Hutrand. Nicht ohne ein unverschämtes Grinsen.

Don Miguel stürmte grußlos an ihm vorbei ins Haus. Er konnte sich denken, wer da zu Besuch gekommen war. Und richtig, im Empfangszimmer saß Don Diego de Oliveira, bestens ausstaffiert, mit einem Glas Wein in der Hand und die Beine übereinandergeschlagen. Er belegte einen der schönen Stühle, die Don Miguel aus Sevilla hatte kommen lassen, und ihm gegenüber saß Doña Maria, steif und mit finsterer Miene. Sie schienen sich bisher wenig zu sagen gehabt zu haben.

Dieser Diego de Oliveira war Portugiese, ein Emporkömmling von zweifelhafter Herkunft. Eines Tages war er, etwas abgerissen und nur mit einem Koffer und einem Rapier bewaffnet, in Santo Domingo gelandet und hatte sich dem Gouverneur als Sekretär angeboten. Nicht ungeschickt soll er bei dieser Arbeit gewesen sein, erinnerte sich Don Miguel, aber kaum waren zwei Jahre vergangen, da hatte er Doña Matilda, eine kinderlose, aber reiche Pflanzerwitwe geheiratet. Die Frau war eine unscheinbare graue Maus mit schiefen Zähnen, aber immerhin Erbin einer einträglichen Zuckerrohr- und Tabakpflanzung. Seitdem bewegte sich dieser Oliveira nur noch in den besten Kreisen. Und immer in Samt und Seide gekleidet.

Als Don Miguel den Raum betrat, sprang er auf. »Miguel, mein Guter«, rief er, als wären sie alte Freunde, und stellte hastig das Weinglas ab. »Ich hoffe, Ihr gehabt Euch wohl.« Mit einer kurzen Verbeugung in Doña Marias Richtung säuselte er: »Eure Teuerste war so freundlich, mich zu empfangen. Was für ein herrliches Anwesen Ihr doch besitzt. Ihr seid ein wahrer Glückspilz, mein Lieber. Und noch dazu mit einer so edlen Blume vermählt.«

Die edle Blume runzelte unmutig die Stirn, was Don Miguel keinesfalls entging. Am Vorabend hatte sie sich in ihr Zimmer eingeschlossen und seinem Klopfen keinerlei Beachtung geschenkt.

»Nun ja, willkommen in meinem Haus, Don Diego. Ich nehme an, Ihr kommt wegen dieses Ausreißers.«

»In der Tat. Ich muss mich bedanken, dass Ihr ihn geschnappt habt. Die verdammten Neger werden immer unverschämter. Hat meinen Aufseher übel zugerichtet.«

»Übel zugerichtet hat man wohl eher den Sklaven, wie ich höre.«

Don Diego lächelte ungerührt. »Die Peitsche ist leider die einzige Sprache, die diese Kreaturen verstehen.«

Doña Maria öffnete den Mund, um zu protestieren, aber Don Miguel machte ihr ein beschwörendes Zeichen, jetzt doch bitte nichts zu sagen. Sie holte tief Luft und beherrschte sich, verschränkte aber wütend die Arme vor der Brust. Das ließ Don Miguel vermuten, dass auch der kommende Abend einsam für ihn enden würde. Aber was konnte er tun? Er rief nach Consuela. Sie solle Olu Bescheid sagen, den entflohenen Sklaven vor die Haustür zu bringen und seinem Aufseher zu übergeben.

»Es tut mir leid, dass Ihr Euch herbemühen musstet«, sagte er zu seinem Gast. »Ich hatte vorgehabt, selbst zu Euch hinüberzureiten und den Mann abzuliefern.«

»Nun, es sind ein paar Tage vergangen seit dem Vorfall, da beginnt man, sich Sorgen zu machen, was aus ihm geworden sein könnte. Aber nun ist ja alles gut.« Don Diego lächelte gütig aus blauen Augen.

»Ich möchte mich nicht einmischen, aber vielleicht solltet Ihr Eurem Aufseher auf die Finger sehen, dass er ein wenig sanfter mit Euren Leuten umgeht. Ich habe damit die besseren Erfahrungen gemacht.«

Don Diego hob erstaunt die Brauen. »Sanfter?«

In diesem Augenblick kehrte Consuela zurück. »Señor«, flüsterte sie, aber laut genug, dass alle es hören konnten. »Olu hat Euch etwas zu sagen. Er wartet im Hof.«

»Entschuldigt mich einen Augenblick«, sagte Don Miguel und folgte der Magd hinters Haus.

Dort stand Olu und hielt verlegen den Hut in der Hand. »Er ist weg, Señor«, sagte er.

»Weg?«

»Ja. Verschwunden.«

»Aber wie kann das sein? Du warst für ihn verantwortlich, verdammt noch mal.«

Olu hob hilflos die Schultern. »Die Köchin hat ihm heute früh das Morgenmahl gebracht. Da war er noch da.«

»Und jetzt ist er weg?«

Olu nickte. »Jetzt ist er weg.«

»*¡Puta mierda!* Das hat gerade noch gefehlt.«

DIE BISKAYA

Von den Winterstürmen in der Biskaya, vor denen man sie gewarnt hatte, war bis jetzt nichts zu spüren. Im Gegenteil. Es war ein kalter, aber strahlender Januartag mit guter Sicht und kaum einer Wolke am Himmel. Tiefblau, mit weißen Wellenkronen verziert erstreckte sich das Meer von Horizont zu Horizont. Ein kräftiger Westwind füllte die Segel, und mit leichter Neigung pflügte die *Sophie* durch die ruhige See. Die Sonne, der gleichmäßige Rhythmus der Schiffsbewegungen und das Knarren der Taue und Masten wirkten einschläfernd, obwohl es erst früher Morgen war und Jan van Hagen tief und fest geschlafen hatte.

An Deck war alles ruhig, die Mannschaft hatte wenig zu tun, außer dem Rudergänger, der das Schiff auf Kurs hielt. Heute Morgen war es Geerke Buhr, ein großer, bulliger Kerl mit riesigen Pranken und einem Gesicht wie ein Preisboxer. Mit einem Schal um den Hals gewickelt und seiner Mütze tief in die Stirn gezogen, stand er mit der Pinne in der Faust breitbeinig im Ruderstand und glich die Bewegungen der *Sophie* aus, immer mit einem Auge auf die Segel und mit dem anderen auf den Kompass.

Erst vor Wochen war er in Lübeck an Bord gekommen, als Ersatz für einen Matrosen, der krank geworden war. Obwohl noch neu in der Mannschaft, gehörte er zu denen, die sich gleich für die Reise um die halbe Welt begeistert hatten. Ihn hielt nichts an Land. Andere dagegen waren lange unschlüssig gewesen, besonders die beiden Verheirateten, Klaas van Hove und Piet Möller. Doch am Ende hatten auch sie zugestimmt. Piet, die treue Seele, weil es ihm schwergefallen wäre, die Kameraden im Stich zu lassen, und Klaas, weil er Schulden hatte und das Geld brauchte, das der Käptn ihnen allen versprochen hatte, eine Beteiligung am Gewinn der Reise. Der Steuermann hatte für die beiden Briefe geschrieben und ihnen geholfen, die Heuer über die Kaufmannsgilde heimzuschicken.

Auch Jan hatte geschrieben, an seine Greetje natürlich, hatte versucht, ihr die hastige Abreise zu erklären, ihr versprochen, alles zu tun, um sie beide bald zu vereinen. Dennoch waren ihm die Worte seltsam hohl erschienen. Wer konnte schon sagen, was die Zukunft bringen würde. Wenn er an Greetje dachte, überfiel ihn immer ein Anflug von Schwermut.

Aber nicht für lange. Dafür war die abenteuerliche Reise, die sie begonnen hatten, viel zu aufregend. Jetzt stand er an der Reling des Achterdecks und blickte zur felsigen Küstenlinie hinüber, die an Backbord gerade noch sichtbar war. Dahinter lag Frankreich. Vor vier Tagen hatten sie Amsterdam verlassen und waren bald darauf durch die Meerenge gesegelt, die auf den holländischen Karten als Engelse Kanaal eingezeichnet war. Dort, vor der flandrischen Küste, hatten John Hawkins und Francis Drake mit ihren schnellen Schiffen und schweren Geschützen die spanische Armada vernichtet. Nicht einmal fünfzig Jahre war das her.

Überhaupt, dieser Drake. Was für ein Kerl! Um ganz Südamerika herum war er gesegelt, hatte die silberbeladene

Cacafuego gekapert, spanische Kolonien ausgeraubt, sogar Santo Domingo, das Reiseziel der *Sophie* hatte er überfallen. Furchtlos war der Mann in kaum bekannte Gewässer der Neuen Welt vorgedrungen und hatte mit seinen Unternehmungen ein Vermögen angehäuft. An so einem sollte man sich ein Beispiel nehmen, dachte Jan. Obwohl, Freibeuter werden, das hatte er nicht vor.

Trotz der Unwägbarkeiten einer Reise ins Unbekannte war Jan guten Mutes. Mit van Doorn hätte er es nicht besser treffen können. Er war dem Holländer dankbar für die kapitalkräftige Unterstützung, mit der die *Sophie* ausgerüstet worden war. Der Rumpf war in der Werft sauber gekratzt, und die Kalfaterung, wo nötig, ausgebessert worden. Ein paar Ersatzsegel hatte sie bekommen und Rundhölzer, falls eine Rah oder Spiere zu ersetzen war. Nicht zu vergessen einen neuen Anker. Auch für die Verpflegung der Mannschaft war gesorgt. Tief unten im Laderaum lagen Fässer mit Wasser, Dünnbier, Salzhering und Pökelfleisch, genug für eine lange Reise. Auch ein paar Fässchen Wein für den Kapitän. Dazu Schiffszwieback, Bohnen, Kohl, Rüben und Äpfel.

Doch der meiste Stauraum blieb den teuren Waren aus europäischen Manufakturen vorbehalten, die in den Kolonien begehrt waren. Feine Stoffe wie Brokat und Seide, hauchdünne Spitzen, Schmuck und allerlei kostbaren Tand für die Damen, teure Waffen für die Herren, Hüte und Stiefel aus feinem Leder. Delfter Porzellan, Teppiche, Elfenbeinschnitzereien, sogar einige gut verpackte Möbel. Nicht zu vergessen ein Spinett und ein paar andere Musikinstrumente, für die man hoffte, Liebhaber zu finden. Und natürlich Gewürze, Wein aus Frankreich und eine besondere Rarität – ein paar Zentner Kaffeebohnen. Kaffee war Mode geworden in den feinen Häusern von Amsterdam. Und seitdem der

Papst das muslimische Gebräu für christentauglich erklärt hatte, hatte es auch unter Katholiken immer mehr Anhänger gefunden. All das war gut verstaut und fest verzurrt. Dafür war Erikson, der Bootsmann, zuständig. Nur, wo man auch noch Sklaven unterbringen sollte, das war Jan im Augenblick schleierhaft. Aber Erikson würde schon was einfallen.

Bei Proviant und Waren hatte van Doorn es nicht belassen. Sein Mann, Johan Hendriks, hatte die *Sophie* mit zusätzlichen Waffen, Kanonenkugeln und Pulver ausgerüstet. Die kleinen Geschütze würden zwar nicht viel ausrichten können, hatte er gemeint, aber zumindest abschreckend wirken. Dazu waren vorn und achtern jeweils ein paar Drehbassen montiert worden, die mit kleingehacktem Schrot schossen, auch Hagel genannt, als Abwehr gegen enternde Piraten. Hendriks hatte auch ein Dutzend Musketen an Bord gebracht, nicht die üblichen, sondern solche mit Bohrung. Man brauchte zwar länger, um sie zu laden, dafür waren sie aber auf Entfernung besonders treffsicher. Auf die Frage, wozu so viele Waffen nötig seien, hatte Hendriks nur mit den Schultern gezuckt. Es sei immer gut, auf alles vorbereitet zu sein.

Obwohl den Mann so etwas wie eine verschwiegene Aura umgab, mochte Jan diesen Hendriks. Ein ruhiger, besonnener Kerl, der sein Handwerk zu verstehen schien. Ebenso sein Gehilfe, Aart Jonkers. Er war froh, die beiden an Bord zu haben. Besonders, wenn er an die geheime Mission dachte, die van Doorn ihm auferlegt hatte, eine Mission, die ihn mit einiger Unruhe erfüllte. Doch heute schien die Sonne, die Luft war prickelnd kalt, und die *Sophie* machte gute Fahrt. Er beschloss fürs Erste, nicht weiter darüber nachzudenken. Die Dinge würden sich schon finden.

Hein Köppers, der Steuermann, kam aus der großen Achterkajüte, die als Messe für die Offiziere diente, wo sich aber auch der Kartentisch befand. Er kletterte aufs Achterdeck und gesellte sich zu Jan an die Reling. Mit einer Hand an der Stirn und zusammengekniffenen Lidern spähte er zur fernen Küste hinüber, über der die frühe Morgensonne stand. Die hellgrauen Stoppeln seines unrasierten Kinns hoben sich von der wettergegerbten Haut ab und den dunklen, buschigen Brauen. Es war ein hartes Männergesicht, doch nicht ohne Lachfalten um die Augen. Köppers' oft ruppige Art war nur die halbe Seite seines Wesens, wie die Mannschaft wohl wusste.

»Das wird die Insel Ouessant sein«, brummte er und deutete auf die Küste. Dann wies er Geerke Buhr an, eine leichte Kursänderung vorzunehmen, um gleich darauf zu Erikson hinunterzubrüllen, die Segeltrimmung anzupassen.

»Liegen wir jetzt auf Kurs nach Spanien?«, fragte Jan.

Köppers nickte. »Quer über die Biskaya bis zum Cabo Finisterre.«

Köppers tat sich noch schwer mit den fremden Namen. Es war ihm auch ungewohnt, seinen Kurs nach der Karte zu plotten, er, der ein Leben lang Seekarten als unzuverlässig verachtet und sich lieber auf seine Beobachtungen, persönlichen Kenntnisse und Erfahrungen verlassen hatte. Aber nun segelten sie in fremden Gewässern, bald auch fernab der Küsten. Der Alte würde sich also daran gewöhnen müssen, den Fortschritt des Schiffs, an Kurs und Geschwindigkeit gemessen, abzuschätzen und in der Karte einzutragen. Zum Glück hatte van Doorn sie mit allerlei Kartenwerk ausgerüstet, darunter Kopien von spanischen und portugiesischen Seekarten des Atlantiks und der Neuen Welt. Sie würden sich schon zurechtfinden.

»Und wie lange bis Finisterre?«

»Wenn der Wind hält, zwei Tage, Käptn.«

Jan nickte. Von dort würde es dann nach Süden gehen bis Lissabon. Er blickte nach achtern. Die *Sophie* schleppte ihr Kielwasser wie einen langen Schwanz hinter sich her. Möwen folgten dem Schiff, begierig auf die Küchenabfälle, die der Smutje gerade über Bord warf. Bei dem Anblick verspürte auch Jan plötzlich Hunger.

»Wo bleibt der Junge mit dem Frühstück?«

Köppers grinste und deutete zum Hauptmast hinauf. Jan legte den Kopf in den Nacken und tatsächlich, da oben, in schwindelnder Höhe über dem Deck, turnte der verflixte Bengel im Toppmast. Jan formte mit den Händen einen Trichter vor dem Mund.

»Fiete!«, brüllte er hinauf. »Wo ist mein verdammtes Frühstück? Wenn du nicht sofort runterkommst, setzt es was!«

»Aye, Käptn!«, klang von weit oben die helle Jungenstimme, kaum zu hören im Wind.

»Und brich dir nicht den verdammten Hals.«

»Nee, Käptn.«

Unbekümmert kletterte der Junge am Toppmast herunter und rangelte sich dann an den Wanten herab, bis seine nackten Füße auf dem Hauptdeck landeten. Aber da hatte der Bootsmann ihn schon am Wickel und gab ihm eine schallende Ohrfeige.

»Da oben hast du nichts zu suchen, Bürschchen. Wie oft soll ich dir das noch sagen?« Er schubste ihn in Richtung Vorschiff. »Jetzt ab und tu deine Pflicht!«

Mit einer Hand an der brennenden Wange stürmte Fiete zur Kombüse, wo Hasko Lübben, der Schiffskoch, sein Reich hatte. Ein kräftiger Kerl mit Bauch und teigigen, tätowierten Oberarmen, dunklem Bart und einem silbernen Ring im Ohr. Jemand musste ihm bei einer Kneipenprügelei mal die Nase zerquetscht haben, was seinem Humor aber keinen Abbruch tat.

»Na, Fiete, hat der Bootsmann dich mal wieder zurechtgekloppt?« Hasko fuhr dem Jungen mit der Hand durch die strubbeligen Haare. »Jetzt mach man zu! Der Käptn wartet.«

Das Frühstück nahm Jan für gewöhnlich allein ein, während er mittags mit den Offizieren in der Messe aß. Diesmal schaffte es der Junge, das einfache Morgenmahl ganz ohne Unfall bis zu seiner Kajüte zu bringen. Geräucherter Hering, zwei Scheiben vom letzten frischen Brot aus Amsterdam mit einem Stück Butter dazu. Nicht einmal den dampfenden Kaffeepott hatte Fiete heute überschwappen lassen.

Neben einem guten Glas Wein war Kaffee der einzige Luxus, den Jan sich gönnte. Heiß und schwarz und gut gesüßt. Daran hatte er sich schnell gewöhnt, nachdem er vor einem Jahr in Rostock zum ersten Mal davon gekostet hatte. Kaffee weckte die Lebensgeister und sollte angeblich auch gegen allerlei Krankheiten gut sein.

Nach dem Morgenmahl sah Jan zu, wie die Leinen säuberlich aufgeschossen und das Deck mit Seewasser geschrubbt wurde. Köppers hielt auf Ordnung an Bord und Disziplin. Faulheit oder Widerworte wurden vom Bootsmann auf der Stelle mit dem kurzen Seilende geahndet, das er immer bei sich trug und an dem sich ein Knoten befand. So ein Hieb konnte empfindlich weh tun.

»Capitán! Erlaubt Ihr, dass ich mich zu Euch geselle?«

Es war der Portugiese, der in Amsterdam an Bord gekommen war. Hatte sich als *medicus* ausgegeben und wollte nach Hispaniola. Statt Bezahlung für die Überfahrt wollte er als Schiffsarzt dienen. Jan hielt nicht viel von Ärzten, aber da der Mann versprochen hatte, ihm und den Offizieren Spanisch beizubringen, das er neben seiner Muttersprache vorzüglich beherrschte, hatte Jan eingewilligt.

»Nur zu, Señor Doctor, nur zu.«

Der Mann kletterte etwas umständlich die Leiter zum Achterdeck herauf. Seine Pumphosen und Stulpenstiefel schienen ihn dabei zu behindern. Er war aufwendig ausstaffiert, auch wenn die Kleidung schon wesentlich bessere Tage gekannt haben musste, denn sein Wams war abgewetzt, und die Hosen fransten an den Borten. Seinen breiten Hut mit dem prächtigen Federbusch ließ er inzwischen vorsorglich unter Deck, seitdem das gute Stück bei einem kräftigen Windstoß beinahe über Bord gegangen war.

»Was meint Ihr dazu, Doctor?«, stellte Jan ihm die Frage, mit der er sich eben noch beschäftigt hatte. »Ist Kaffee heilsam?«

»Oh, ganz gewiss. Darüber ist sich die Wissenschaft einig. Der Kaffee stellt das Gleichgewicht der Säfte wieder her. Hilft besonders gegen Magenverstimmungen. Und gegen Melancholie.«

»Das erklärt, warum ich nach einer guten Tasse Kaffee immer so ausgezeichneter Laune bin«, lachte Jan und schlug dem Doctor auf die Schulter.

»Nun, guter Laune scheint Ihr aber meist zu sein, Capitán, auch ohne Kaffee. Wenn ich mir die Bemerkung erlauben darf.«

»Auf See immer, mein Guter. Mit Schiffsplanken unter den Füßen geht es mir immer bestens. Ärger gibt's meist nur an Land.«

»Dann befindet Ihr Euch in diesem Augenblick wie der sprichwörtliche Fisch im Wasser.«

»Ganz genau«, nickte Jan. Und um zu zeigen, dass er beim Unterricht aufgepasst hatte, fügte er noch das spanische Wort dafür hinzu. »*Cierto! Es cierto*, Señor.«

»Ich sehe, wir machen Fortschritte«, erwiderte der Portugiese, und sie lachten beide.

Doctor Emanuel Almeida de Souza, wie sich der gute Mann nannte, war aus den portugiesischen Kolonien in Brasilien. Pernambuco, genauer gesagt. Die scharfe Seeluft hatte ihm das Rot in die Wangen getrieben. Er war Anfang dreißig, hatte langes dunkles Haar, dessen Locken jetzt im Wind wehten, einen gezwirbelten Schnurrbart auf der Oberlippe und trotz seiner etwas melancholischen Augen ein einnehmendes Wesen, nicht selten zu Scherzen aufgelegt. Angeblich hatte er auf der Universität von Coimbra Medizin studiert und in Madrid die Jurisprudenz. Daher sein gutes Spanisch. Und jeden Tag nach dem Mittagessen, wenn das Wetter es erlaubte, unterrichtete er Kapitän, Steuermann, Bootsmann und Zimmerer in der edlen Sprache Kastiliens. Und das, obwohl er die Spanier gar nicht mochte. Sie seien ein hochmütiges Pack und meinten, die ganze Welt beherrschen zu können.

»Warum wollt Ihr eigentlich nach Hispaniola?«, fragte Jan. »Hätte eher angenommen, Ihr würdet nach Brasilien heimkehren.«

Doctor Almeida zuckte mit den Schultern. »Seit die Holländer Pernambuco besetzt halten, gibt es dort nichts für mich. Meine Familie hat alles verloren.«

»Aber dann müsstet Ihr doch eher auf die Holländer zornig sein als auf die Spanier.«

»Unser Verlust ist nicht den Holländern geschuldet, leider eher der Dummheit meiner eigenen Familie. Nein, die Holländer sind ein fleißiges Volk und vielleicht sogar gut für Pernambuco. Sie haben begonnen, Dämme zu bauen und die Sümpfe an der Flussmündung auszutrocknen, etwas, das wir schon vor hundert Jahren hätten tun sollen.«

»Ich nehme an, dort habt Ihr auch Euer Holländisch gelernt«, sagte Jan.

»So ist es. Und natürlich auch in Amsterdam, wo ich einige Zeit verbracht habe.«

»Und was treibt Euch jetzt ausgerechnet nach Hispaniola?«

»Nichts Besonderes, Capitán. Ich reise gern. Es trägt zur Bildung des Menschen bei. Und Hispaniola soll eine schöne Insel sein. Cristóbal Colóns erste Entdeckung in der Neuen Welt.«

Jan glaubte den Worten nicht ganz. Da steckte gewiss noch etwas ganz anderes dahinter. Aber das ging ihn ja nichts an. Jeder hatte das Recht auf seine Geheimnisse. Er würde dem guten Doctor schließlich auch nicht erzählen, dass er vor kurzem erst dem Schuldturm entronnen war.

Bevor sie den Gesprächsfaden wieder aufnehmen konnten, tönten Fußstampfen und wüstes Gebrüll aus dem Vorschiff. Hörte sich nach einer Prügelei an.

»Erikson!«, rief er. »Sieh mal nach, was da los ist.«

Aber der große Däne war schon auf dem Weg und verschwand im Vorschiff. Noch mehr Geschrei ließ sich vernehmen, dann brach es plötzlich ab, und Erikson zerrte den jungen Christjan Luttmann hinter sich her. Dessen Gesicht war rot angelaufen, und er starrte wütend auf den gleichaltrigen Matrosen Jelle Appelhoff, der hinter ihm aufs Deck trat. Auch ein paar andere folgten und redeten auf Jelle ein. Der wischte sich Blut aus dem Gesicht. Anscheinend hatte er bei dem Gerempel den Kürzeren gezogen.

Jan sprang die Leiter zum Hauptdeck hinunter, gefolgt von Köppers. »Was zum Teufel ist hier los, Christjan?«, rief er. »Du weißt, ich dulde keine Prügeleien an Bord.«

»Ich hab die nicht an Bord geholt«, stieß Christjan hervor und zeigte auf Jelle. »Der war's. Und jetzt denkt er, sie gehört ihm allein.«

»Wovon redest du, verdammt noch mal?«

»Na, von der Hure, die der Appelhoff an Bord geschmuggelt hat.«

»Si is keen Hoor!«, brüllte Jelle.

Jan machte große Augen. »Du hast ein Weib an Bord gebracht? Wie kommst du dazu?«

Jelle senkte die Augen. Der Bursche war noch ein halbes Kind, obwohl nur wenige Jahre jünger als Jan. Aber er war schüchtern und nicht sehr schlau. Kam von einem kleinen Hof an der Küste. Die anderen hänselten ihn manchmal, nannten ihn einen dummen Bauern.

»Dat is so, Käptn, dat wi uns leev hebben und heiraden wüllt«, stammelte er verlegen.

»Heiraten? Und da bringst du sie einfach an Bord?«

»Wat sollt ick denn anners maken?«

Christjan lachte gehässig. »Lieben tut er sie, heiraten! Dass ich nich lache. Ne Hure is dat. Die hat er in Amsterdam aufgelesen. Aber die Kumpels auch mal dran lassen, dat will er nich.«

Jan und Köppers wechselten einen erstaunten Blick.

»Denkt ihr blöden Kerle, das ist ein Hurenhaus hier?«, brüllte der Bootsmann. »Wo ist das Weib?«

»Ganz vorn im Kabelgatt bei der Ankertrosse«, rief Christjan.

»Ist das wahr, Jelle?«, fragte Jan.

Der nickte verlegen und wusste nicht, wo er hinschauen sollte.

Es war ein gutes Versteck. Vielleicht etwas feucht von der Ankertrosse und ungemütlich bei starkem Seegang. Aber mit dem Schiff auf hoher See würde da niemand reinschauen.

»Dann geh sie auf der Stelle holen!«

»Aye, Käptn«, murmelte Jelle und flüchtete im Laufschritt ins Vorschiff. Die anderen Matrosen standen neugierig herum und feixten vor Vergnügen. Die Sache versprach unterhaltsam zu werden. Doch als sie Köppers' drohende Brauen bemerkten, erstarb das Grinsen auf den Gesichtern.

»Habt ihr etwa davon gewusst?«, fragte Erikson mit trügerischer Ruhe, aber einem gefährlichen Ton in der Stimme.

Die Jungs machten betretene Gesichter. Erikson war kein Schinder. Im Gegenteil. Er war bei der Mannschaft durchaus beliebt. Aber sie hatten Respekt vor ihm. Und hier war eine Grenze mächtig überschritten worden. Ein Weib an Bord, noch dazu eine billige Hafenhure, wenn es stimmte, was der Christjan gesagt hatte. So was konnte man nicht durchgehen lassen, das sahen sie ein. Aber nein, sie hätten nichts davon gewusst, ließen sie vernehmen und taten unschuldig.

»Und das soll ich euch glauben, ihr Hurenböcke?« Erikson starrte sie angriffslustig an. »Wahrscheinlich steckt ihr alle mit dem Jelle unter einer Decke. Wenn ich das herausfinde, werde ich euch allesamt gewaltig das Fell über die Ohren ziehen. Das ist ein Versprechen.«

»Wir haben sie ja erst gestern entdeckt«, murrte Christjan.

»Und habt natürlich das Maul gehalten. Wolltet wohl selbst euren Spaß haben auf der Reise, was? Nun, wir werden sehen. Der Käptn wird sich der Sache annehmen. Und gnade dem Gott, der dem Appelhoff geholfen hat.«

Der Doctor hatte sich jetzt ebenfalls auf dem Hauptdeck eingefunden und verfolgte den Vorfall mit unverhohlener Neugierde, allerdings nicht ohne ein Schmunzeln auf den Lippen.

Als Jelle wieder auftauchte, zog er eine junge Frau hinter sich her, die ihm widerwillig folgte und ängstlich um sich blickte, als sie sich auf einmal mit der ganzen Mannschaft konfrontiert fand. Besonders die unfreundlichen Blicke der Offiziere schienen sie einzuschüchtern. Aber dann ließ sie Jelles Hand los und schob trotzig das Kinn vor.

»Wie heißt du, Deern?«, fragte Jan nicht unfreundlich.

»Elisabeth, Herr Kapitein. Elisabeth Smit.« Sie versuchte es mit einem Lächeln. »Aber alle nennen mich Elsje.«

»Na schön. Elsje also.«

Gegen den kalten Wind an Deck hatte sie eine Decke über die Schultern geschlungen. Ihr Rock war schmutzig, wahrscheinlich von der Ankertrosse, auf der sie die letzten Tage verbracht haben musste. Auch ihr rundes Gesicht hätte Wasser und Seife vertragen können. Aber es war nicht zu übersehen, dass sie recht hübsch war auf eine Art, die die meisten Kerle schätzten. Rothaarig war sie, etwas mollig, mit großen Brüsten, die trotz der Decke nicht zu übersehen waren. Ja, ganz ansehnlich. Einzig, dass ihre oberen Schneidezähne ein klein wenig vorstanden. Alles starrte die plötzliche Erscheinung in ihrer Mitte neugierig an, die Mannschaft nicht ohne erneutes Grinsen, auch wenn sie es zu verbergen suchten. Davon ermutigt, lächelte das Mädel den Männern zu. Dabei fuhr sie sich mit der Hand übers Haar, drückte das Kreuz durch und stellte sich ein wenig so, dass ihre Vorzüge besser zur Geltung kamen. Das bewegte den Koch, eine schlüpfrige Bemerkung zu machen, auf die allgemeines Kichern folgte.

»Das reicht jetzt, Lübben«, wies der Steuermann ihn barsch zurecht.

Doch Jan konnte sich nicht helfen, es zuckte ihm ebenfalls verdächtig um die Mundwinkel. Im Grunde ging es ihm nicht anders als den Männern, und er musste sich beherrschen, nicht laut loszulachen. Es kam schon mal vor, dass ein

Schiffseigner seine Gemahlin mit auf die Reise nahm. Aber eine Hure an Bord? Das war schon ein starkes Stück.

»Mensch, Jelle«, sagte er. »Was hast du dir nur dabei gedacht?«

Der junge Kerl machte ein tief unglückliches Gesicht, fast als erwarte er sein Todesurteil. Es war recht offensichtlich, wer hier wen überredet haben musste. Jan kannte schließlich seinen Jelle, eine herzensgute Seele, aber nicht gerade mit Klugheit gesegnet und viel zu schüchtern, um sich selbst ein Mädel zu angeln.

»Bringt sie in die Messe«, sagte er. »Ich will mit ihr reden.«

Christjan, der wohl begierig war, seine Prügelei wiedergutzumachen, wollte sie am Arm packen, als sie blitzschnell zurückwich, ein gefährlich aussehendes Messer aus den Kleidern zog und es ihm fuchtelnd unter die Nase hielt.

»Keiner rührt mich an«, schrie sie. »Und du schon gar nicht, Jungchen!«

Christjan trat erschrocken zurück. Elsje blickte sich angriffslustig um, ob ein anderer es wagen würde, Hand an sie zu legen.

»Was haben wir denn da für 'ne kleine Teufelin?«, lachte der Koch. »Und rothaarig ist sie auch noch.«

»Niemand wird dir etwas tun, Elsje«, versuchte Jan, sie zu beruhigen. »Hier an Bord trägt niemand eine Waffe. Auch du nicht.«

»Eine Frau muss sich verteidigen können«, zischte sie und ließ ihren Blick über die Mannschaft wandern. »Besonders bei einem wie dem da.« Sie zeigte mit dem Messer auf Christjan. »Denkt, er kann mit mir machen, was er will.«

»Die Männer werden dir nichts tun. Also sei ein gutes Mädel und gib dem Bootsmann das Messer. Du bekommst es auch bestimmt wieder.«

Sie kaute auf der Unterlippe und sah ihn unschlüssig an. Doch sein ruhiger Ton hatte Wirkung. »Wer ist der Bootsmann?«

»Der lange Kerl da mit den gelben Haaren.«

Sie holte tief Luft und reichte Erikson das Messer, der es in den Gürtel steckte.

»Wir sprechen uns später, Jelle«, sagte Jan zu dem jungen Matrosen. Und zu Christjan gewandt: »Mit dir rede ich auch noch ein Wörtchen. Aber zuerst ist unser neuer Gast an der Reihe. Ab in die Messe mit ihr.«

Erikson fasste Elsje am Arm und bugsierte sie in die Achterkajüte. Jan und Köppers folgten. Ole Penning war aus seiner winzigen Werkstatt aufgetaucht, wo er an einem Segel genäht hatte. Auch der gute Doctor ließ es sich nicht nehmen, an dem Verhör teilzunehmen. Die Männer setzten sich, zumal die Deckenhöhe für Lars und Jan ohnehin nicht ganz ausreichend war. Das Mädchen dagegen stand jetzt doch etwas ängstlich vor ihnen und wagte nichts zu sagen. Ganz allein in Gegenwart der versammelten Schiffsoffiziere, hatte ihr Mut sie verlassen.

»Nun, Elsje«, sagte Jan. »Was verschafft uns die Ehre deiner Gegenwart an Bord?«

Sie rang verlegen die Hände vor dem Leib. »Der Jelle hat gesagt, er will mich heiraten.«

»Eine Hure?«, fragte Ole. »Das kannst du uns nicht erzählen.«

Da funkelte es in Elsjes Augen. »Eine Hure mag ich sein. Aber bin ich etwa weniger wert als andere Weiber? Etwa solche, die ihre Beine für ungeliebte Ehemänner breit machen?«

»Beruhige dich, Elsje«, sagte Jan. »Wie lange kennst du ihn denn schon, den Jelle?«

»Nicht lange, Herr.«

»Ich wette, du hast ihn erst in der Nacht vor unserer Abfahrt getroffen«, grollte Köppers. »Oder etwa nicht?«

»Es war Liebe auf den ersten Blick.«

Darüber lachten die Männer.

»Der Jelle hat doch gar kein Geld, um sich eine Frau zu nehmen«, sagte Jan, nachdem sich die Heiterkeit gelegt hatte. »Der käme auch gar nicht auf den Gedanken. Wir werden uns viel besser verstehen, wenn du uns die Wahrheit sagst, Elsje. In Wirklichkeit warst du es doch, die ihn überredet hat, dich an Bord zu schmuggeln, oder etwa nicht?«

Sie wand sich unter den strengen Blicken der Männer, besonders vor Köppers' drohender Miene schien sie Angst zu haben. Aber es war am Ende Jans freundlicher Ton, der sie überzeugte, die dumme Ausrede mit der Liebe fallenzulassen.

»Ich wusste mir nicht anders zu helfen«, sagte sie zögerlich. »Sie waren hinter mir her.«

»Wer war hinter dir her?«

Da schwieg sie wieder und wollte nichts sagen. Aber Köppers drohte, sie würden es schon aus ihr herausprügeln, wenn sie nicht bald das Maul aufmache.

»Die Stadtmiliz«, hauchte sie schließlich.

»Was hast du denn ausgefressen?«

»War nicht meine Schuld«, muckte sie auf. »Der Kerl wollte mich umbringen. Ein Scheusal war der, ein Hurenbock, ein verdammter Zuhälter. Der wollte mich in die Gracht werfen und ertränken. Ich hab mich nur verteidigt.«

Köppers hob die Brauen. »Du hast einen Mann umgebracht?«

»Er hat mich gewürgt. Da hab ich mit dem Messer zugestoßen und bin weggelaufen. Ob er tot ist, weiß ich nicht. Aber die Miliz hat überall nach mir gesucht.«

Nach diesem Geständnis herrschte einen Augenblick lang Stille, während die Männer verdauten, was sie gehört hatten. Vielleicht lügt sie, dachte Jan. Andererseits wusste auch er, wie gefährlich das Leben einer Hafenhure war. Auch in Bremen war es nicht selten, dass man frühmorgens eine Frauenleiche aus der Weser fischte. Diese Elsje Smit wusste sich wenigstens zu verteidigen. Er war geneigt, ihr zu glauben.

»Und da hast du gemeint, auf einem Schiff wärst du in Sicherheit.«

»Ihr fahrt doch nach Westindien, Herr Kapitein. Der Jelle sagt, da kann man reich werden.«

»So, sagt er das?« Jan musste schmunzeln. Er wandte sich an die anderen Männer. »Und was sollen wir jetzt mit ihr machen? Ich habe keinesfalls vor, umzukehren.«

»Aber ein Weib an Bord, das bringt Unglück, Käptn«, murrte Ole. »Am besten sollte man sie über Bord werfen.«

Natürlich wussten alle, dass er das nicht so meinte. Nur Elsje wusste es nicht und erschrak zutiefst bei diesen Worten. Sie warf sich vor Jan auf die Knie.

»Bitte nicht, Herr Kapitein! Ihr werdet mir doch nichts antun«, jammerte sie. Ihre Augen waren plötzlich voller Tränen. »Ich tu auch alles, was Ihr wollt, bin zu jedem Dienst bereit.« Sie ließ ihre Decke von den Schultern fallen, als wollte sie es auf der Stelle den Herren beweisen.

»Keine Angst«, sagte Jan. »Wir werden dich nicht über Bord werfen. Aber dem Koch wirst du zur Hand gehen, hast du gehört?« Sie nickte eilfertig und wischte sich mit dem Handrücken über die feuchte Augen. »Und in Lissabon werden wir dich an Land setzen«, fügte er hinzu.

»Ist das in Westindien, Herr?«

»Nein, das ist in Portugal.«

»Portugal? Aber was soll ich denn dort?« Sie machte ein enttäuschtes Gesicht. »Der Jelle hat mir Westindien versprochen.«

»In Lissabon kannst du deinem Gewerbe genauso gut nachgehen wie in Amsterdam. Und es ist sogar ein bisschen wärmer dort.«

»Wenn Ihr meint, Herr.« Sie schien nicht überzeugt.

»Und noch eins.« Jan beugte sich vor. »Hier an Bord lässt du die Männer in Ruhe, hast du gehört?« Er grinste sie schalkhaft an. »Sonst werfen wir dich doch noch über Bord.«

Sie legte sich hastig die Decke wieder um die Schultern und nahm eine würdevollere Haltung ein. »Ist doch umgekehrt, Kapitein«, sagte sie und zog einen Schmollmund. »Es sind doch die Kerle, die mich nicht in Ruhe lassen.«

»Das will ich dir gerne glauben. Aber wenn ich einen von denen mit dir erwische, dann hab ich nicht mehr so viel Geduld mit dir. Dann geht's euch beiden schlecht. Und jetzt raus mit dir!«

Dem Christjan Luttmann drohte Jan später zwanzig Stockhiebe an, sollte er sich noch einmal prügeln. Und Jelle Appelhoff wurde eine Woche lang angekettet zu Wasser und Brot verdonnert. Schließlich musste die Disziplin an Bord gewahrt bleiben. Lars Erikson hatte ein wachsames Auge auf Elsje Smit, wann immer sie sich an Deck zeigte. Der Rest der Mannschaft ging ihr vorsichtshalber aus dem Weg, um nicht den Zorn des Bootsmanns herauszufordern, denn alle wussten, dass der Jelle mit einem blauen Auge davongekommen war.

SKLAVENKAUF

Die Reise der *Sophie* über die Biskaya, am Cabo Finisterre an der Nordwestspitze Spaniens vorbei und weiter nach Süden bis nach Lissabon verlief ohne besondere Zwischenfälle. Jan und Köppers beschäftigten sich täglich zur Mittagszeit mit dem Astrolab, um den Winkel zwischen Horizont und Sonne zum Zeitpunkt ihres höchsten Standes zu messen und so den Breitengrad der Schiffsposition zu bestimmen. So konnten sie selbst weit draußen auf hoher See ihren Fortschritt entlang der Küste bestätigen, eine Übung, die ihnen später bei der Überquerung des Atlantiks nützlich sein würde.

Während der letzten beiden Reisetage hatte sich der Himmel allerdings zugezogen, so dass der Gebrauch des Astrolabs unmöglich war. Dennoch war es keine Schwierigkeit, die weite Mündung des Tejo zu finden, wo ein Lotse an Bord kam, um sie zu ihrem Ankerplatz zu führen, direkt vor der schönen Kulisse Lissabons. Dass sie nicht unter englischer oder holländischer, sondern hanseatischer Flagge segelten, beruhigte das Misstrauen der Zöllner und Hafenbeamten. Und da Jan nicht vorhatte, Waren in Lissabon zu landen, waren die Inspektionen schnell beendet.

»Nun trennen sich unsere Wege, Elsje«, sagte Jan zu der jungen Hure, nachdem er sie in die Messe hatte kommen lassen. »Wir werden dich hier an Land setzen, und nun musst du sehen, wie du zurechtkommst. Wir können dich nicht weiter mitnehmen. Aber Lissabon ist eine große, reiche Stadt. Es sollte dir nicht schwerfallen, deinen Weg zu machen.«

Sie hockte vor ihm auf einer der Bänke und ließ missmutig die Schultern hängen. »Is recht, Kapitein. War ja so abgemacht.«

Jan hatte den Eindruck, dass sie gern noch etwas gesagt hätte, denn sie machte kurz den Mund auf, verschloss ihn aber gleich wieder. Danach starrte sie nur trotzig ergeben auf ihre Fußspitzen. Fast kam es Jan vor, als würde er etwas Unrechtes tun, sie so einfach wegzuschicken. Besonders, als sie sich mit dem Handrücken auch noch über die feucht gewordenen Augen wischte. Doch was zum Teufel konnte er dafür, dass das Mädel sich an Bord geschlichen hatte? Er war doch nicht hier, um Huren nach Hispaniola zu transportieren. Außerdem würde es ihr dort bestimmt nicht besser ergehen.

»Hör zu, hier ist noch etwas Geld für dich.« Er drückte ihr einen kleinen Beutel mit Münzen in die Hand. »Das sind spanische Silberreale. Das dürfte für Unterkunft und Essen reichen, zumindest für einige Wochen.«

»*Bedankt*, Kapitein«, sagte sie, ohne ihn anzuschaucn. »Und mein Messer? Ihr habt es mir versprochen.«

»Richtig. Aber ich hab's mir anders überlegt. Nicht, dass du wieder in solchen Schlamassel gerätst wie in Amsterdam. Versuche, ein ordentliches Leben zu führen. Vielleicht findest du eine Anstellung als Dienstmagd.«

Sie sah ihn zweifelnd an. Aber dann nickte sie, wischte sich eine Träne von der Wange und stand auf. »Wie komm ich an Land?«

»Erikson wird dir ein Boot rufen.«

Ohne ein weiteres Wort packte sie ihr Bündel und verließ die Kajüte. Lars Erikson wartete schon auf sie. Er beugte sich über die Bordwand und winkte mit gellendem Pfiff eines der Mietboote heran, die die Schiffe auf der Reede bedienten. Die Matrosen unterbrachen ihre Arbeit und beobachteten stumm, wie der kräftige Geerke Buhr ihr über die Reling und ins Boot half. Erikson warf den Bootsmännern ein Silberstück zu. Dann blickten die Männer Elsje nach, wie man sie zu den Kais hinüberruderte. Sie saß hinten im Boot und sah sich nur ein einziges Mal um. Alle blieben stumm und dachten sich ihren Teil. In den letzten Tagen der Reise hatten die Männer sich an sie gewöhnt, an ihre fröhliche Art und freche Klappe. Elsje hatte ihnen ihr Essen ausgeteilt, und irgendwie hatte es deshalb besser geschmeckt als sonst. Sie spürten, dass das Mädel ihnen fehlen würde. Besonders Jelle machte ein betrübtes Gesicht.

»Na, Jelle«, grinste Lübben, der Koch, und legte ihm die Hand auf die Schulter. »Da hast du dir was entgehen lassen. Hättest die Deern man doch lieber heiraten sollen.«

Auf Jans Frage hin bestätigte Doctor Emanuel, dass es kein Problem sei, Sklaven in Lissabon zu erwerben, wo sie oft als Arbeiter oder Hausdiener eingesetzt wurden. Also machte man sich an die Arbeit, mit Holzplanken eine notdürftige Unterkunft unter Deck einzurichten. Es würde eng werden, aber Erikson ließ einen Teil der Ladung neu verstauen, um Platz zu schaffen, und unter Ole Pennings Leitung entstand so etwas wie ein Pferch. Löcher für Ringschrauben wurden gebohrt, und Hendriks öffnete eine Kiste mit Ketten und Fußeisen, die er mitgebracht hatte. Er schien sich auszukennen.

Jan wollte mit der ganzen Sache so wenig wie möglich zu tun haben. Er ließ sich zwar mit Köppers, Hendriks und dem

Doctor an Land rudern, aber auf den Kais trennten sich ihre Wege. Während die anderen mit Hilfe des Portugiesen auf Sklavenkauf gingen, besah sich Jan zunächst die unzähligen Kontore, Warenlager und Schiffswerften, die einander am Flussufer abwechselten. Dann wanderte er durch die hügelige Hauptstadt Portugals mit ihren zahlreichen Kirchen und prächtigen Häusern. Die Sonne hatte sich wieder gezeigt, und die Stadt leuchtete im strahlenden Licht des Südens.

In den Straßen der Wohlhabenden waren die Fassaden mit bemalten Keramikfliesen, den *azulejos,* bedeckt, ein Erbe der Mauren, die hier einst geherrscht hatten. Manche stellten nur Muster dar, andere ganze Bildmotive in zarten Blautönen gemalt. Dies waren nicht nur die Häuser von Adeligen, sondern auch die erfolgreicher Seefahrer und Entdecker, wagemutiger Militärs oder Handelsherren, die besonders im indischen Goa oder im chinesischen Macao ihr Vermögen gemacht hatten, einige auch in Brasilien mit dem berühmten Brasilholz, aus dem der begehrte rote Farbstoff zur Einfärbung von Stoffen gewonnen wurde.

Auf den Märkten gab es eine Menge Kostbares zu erstehen. Porzellan und Seide aus China, Gewürze aus Indien, Kaffee aus Arabien, Zucker aus Brasilien, Tabak und Indigo aus Westindien, Silberschmuck aus Peru. Der Anblick und zum Teil auch die Gerüche dieser fremden Waren befeuerten Jans Fantasie. Es war, als stünde er hier am Tor zu dieser weiten, ihm noch unbekannten Welt, aber die auch er nun bald kennenlernen und sich zu seiner eigenen machen würde. Bremen mit seinen dunklen, muffigen Gässchen erschien ihm auf einmal kleinbürgerlich und beengt.

Er kletterte zum Castelo de São Jorge hinauf, um von dort die wundervolle Aussicht über die Stadt mit ihren unzähligen Kirchtürmen und roten Dächern zu genießen und über den breiten Fluss zu blicken, der von Fähren, Fischerbooten, spanischen Galeonen und großen Ostindienfahrern nur so wimmelte. Lissabon, die Hauptstadt eines noch jungen Kolonialreichs, beeindruckte ihn. Wie erst musste Madrid sein, die Stadt, die die halbe Welt beherrschte?

Auf dem Rückweg bummelte er noch einmal durch Arkaden und Markthallen und erstand ein samtenes Wams für sich selbst und einen neuen Hut mit Federbusch, da er den alten bei seiner Flucht aus Bremen in der Weser verloren hatte. Bei einem anderen Stand kaufte er ein paar Fässchen Wein aus Porto, und für Köppers und Erikson, die beide ein Pfeifchen nicht verachteten, einige Rollen gedrehten Tabaks von guter Qualität. Der Händler versprach, Wein und Tabak aufs Schiff zu liefern. Zurück an Bord, berichteten Köppers und Hendriks, dass sie zehn Sklaven erworben hatten. Am nächsten Morgen würden sie diese bezahlen und abholen.

»Ihr macht ein Gesicht wie drei Tage Regen, Capitán«, sagte Doctor Emanuel. »Was behagt Euch nicht?«

»Wenn ich ehrlich bin, ist es die Sache mit den Afrikanern. Das liegt mir unangenehm im Magen.«

»Weil es eng wird auf der *Sophie?*«

Jan schüttelte den Kopf. »Nein, es ist der Gedanke, Menschen, auch wenn es Wilde sind, wie Tiere in Ketten zu halten.« Er sah den Portugiesen an. »Versteht Ihr? Leider bestand mein Kaufherr darauf. Angeblich könnten wir nur auf diese Weise Santo Domingo unbehelligt anlaufen.«

Doctor Emanuel lächelte nachsichtig. »Für Euch ist dies vielleicht ungewohnt, aber überall in der Neuen Welt werden Arbeitskräfte gebraucht. Die wenigen weißen Aussiedler reichen nicht aus. Der Handel mit Sklaven ist deshalb zum Normalsten der Welt geworden. Viele holländische Kapitäne transportieren Afrikaner über den Atlantik. Und die Engländer leeren sogar die Gefängnisse aus, um ihr Lumpenpack nach Virginia zu verfrachten. Auch die müssen Sklavenarbeit leisten, wenn auch nur auf Zeit. Habt also keine Skrupel, Capitán.«

Am nächsten Morgen zählte Jan dem Steuermann das nötige Geld in holländischen und spanischen Golddukaten ab. Dann ließen sie das Beiboot zu Wasser, um die Sklaven zu holen. Ein trauriger Anblick war es, als diese schließlich an Bord kamen. Sieben Männer und drei Frauen, die meisten in schmutzige Lumpen gehüllt, alle mit Eisen an den Füßen. Die Mannschaft der *Sophie*, Jan inbegriffen, hatte noch nie Afrikaner gesehen, und starrte die Neuankömmlinge unverhohlen an. Einer von ihnen, ein großer, kräftiger Kerl, war schwarz wie Kohle, die anderen etwas heller in der Hautfarbe. Vielleicht stammten sie aus unterschiedlichen Gegenden. Zwei hatten Narben auf den Wangen, rituelle Zeichen, erklärte Doctor Emanuel, obwohl er nicht wusste, was es zu bedeuten hatte. Und eine der Frauen, ein junges Weib, war hochschwanger.

»Warum die da?«, fragte Jan. »Wer will die uns abkaufen? Mit einem Säugling an der Brust wird sie kaum arbeiten können.«

Doctor Emanuel lächelte. »Wohl wahr. Aber habt Ihr gesehen, was für ein hübsches Ding das ist? Keine Sorge, die wird einen guten Preis erzielen. Schließlich sind nicht alle nur zum Arbeiten bestimmt.«

Jan starrte ungläubig, zuerst auf den Portugiesen, dann auf das schwangere Mädchen. Sie war wirklich hübsch für eine Wilde. Ein schlanker Leib, zarte Glieder, große, dunkle Augen. Aber was er da gehört hatte, verstieß gegen alles in seiner strengen calvinistischen Erziehung. Sollte dieses Geschöpf wirklich nur als Hure zur Ergötzung irgendeines Landbesitzers dienen?

»Nun schaut nicht so schockiert«, lachte Doctor Emanuel. »In den Kolonien mangelt es schließlich an Frauen.«

»Aber das ist …«, Jan rang nach Worten.

»Eine Sünde, meint Ihr? Das Schlimme an Euch Protestanten, Ihr seht hinter allem den Teufel. Was für ein freudloses Leben Ihr doch führt.«

Jan wollte ihm eine scharfe Antwort geben, aber dann machte er den Mund zu und beschloss, sich über nichts mehr zu wundern.

Die Schwarzen wurden unter Deck gebracht und in ihrem Pferch angekettet. Darin war zu wenig Platz, als dass sie alle gleichzeitig liegen konnten. Zum Schlafen würden sie sich also abwechseln müssen. Jan starrte in die stumpfen Gesichter, obwohl die meisten seinen Blick vermieden. Es heißt, diese Wilden hätten keine Seele, dachte er. Aber war das überhaupt wahr?

Einige Stunden später, am Nachmittag, kam Köppers zu Jan, der gerade zum Sklavenkauf einen Eintrag ins Logbuch machte. »Bald setzt die Ebbe ein, Käptn. Wir haben noch mal Wasser an Bord genommen und könnten jetzt auslaufen.«

Jan richtete sich vom Kartentisch auf und grinste. »Dann geht's jetzt endgültig los, was, Hein?«

»Sieht so aus.«

»Und die Schwarzen unter Deck? Ist da alles in Ordnung?«

Köppers nickte verlegen. »Ein bisschen unheimlich sind sie mir schon. Starren einen nur an mit ihren großen Augen.«

»Mir geht's ähnlich«, sagte Jan und verließ die Kajüte. »Also, Hein, dann lass den Anker lichten.«

Während die Matrosen die Trosse um das Ankerspill wanden, blickte Jan noch einmal zur Stadt und den nahen Kais hinüber. Aber war da nicht was? Er blickte genauer hin. Tatsächlich!

»Hein!«, rief er. »Sie sollen noch warten mit dem Anker.«

»Was ist denn los?«

Jan deutete auf ein Ruderboot, das sich näherte. Köppers unterbrach die Vorbereitungen zum Ankerlichten und trat zu Jan an die Reling. Das Boot hatte die *Sophie* inzwischen erreicht. Die Rudermänner hielten es mit Bootshaken am Schiffsrumpf fest. Und hinten im Boot saß Elsje. Sie sah schrecklich zugerichtet aus. Beide Augen zugeschwollen, die Lippe aufgeplatzt, Blut rann ihr aus einer Kopfwunde. Und einen Arm hielt sie gegen die Rippen gepresst. Sie schien auch ihr Bündel verloren zu haben.

»Mein Gott!«, rief Jan. »Was ist geschehen?«

»Diese Stadt mag mich nicht«, rief sie herauf und machte ein so jämmerliches Gesicht, dass Jan sofort Geerke und Piet, die ebenfalls über die Bordwand lugten, anwies, das Mädel aus dem Boot zu holen. Elsje stöhnte dabei und schrie einmal auf, als die beiden Männer sie etwas ungeschickt über die Reling hoben. Dann stand sie an Deck und starrte Jan aus blutunterlaufenen Augen an.

»Ihr hättet mir das Messer lassen sollen, Kapitein.«

»Wenigstens lebst du noch. Und was ist mit deinem Geld?«

»Geklaut.«

Doctor Emanuel beugte sich über sie und betrachtete ihr übel zugerichtetes Gesicht. »Sieht schlimmer aus, als es ist«, bemerkte er trocken. »Ich wette, die Stadthuren hatten was gegen Konkurrenz aus den Niederlanden. Ist es nicht so?«

Elsje nickte finster.

»Wir können sie nicht hierlassen«, meinte Köppers.

»Nein, können wir wohl nicht«, bestätigte Jan.

Kaum hatte er das gesagt, hellte sich Elsjes Miene trotz ihrer Verwundungen auf. »Ich will mich auch nützlich machen«, sagte sie. »Werde niemandem zur Last fallen, Kapitein. Ich schwöre es beim Haupte meiner Mutter.«

»Also gut«, sagte Jan. »Du wirst dich um die Schwarzen unter Deck kümmern. Ich will, dass sie gut genährt und gesund in Hispaniola ankommen.«

»Aye, Kapitein«, grinste sie. »Ich will sie mästen, als wären es meine eigenen Kinder.«

Die Männer an Deck stießen sich gegenseitig in die Rippen und feixten einander zu.

»Gibt nix zu gaffen, ihr faulen Hunde!«, brüllte Köppers. »Und holt endlich den verdammten Anker hoch!«

Sie ließen es sich nicht zweimal sagen. Vier Mann steckten die langen Hölzer ins Spill und stemmten sich dagegen, während Klaas van Hove auf der Fiedel den Takt dazu spielte und der kleine Fiete tanzte. Die anderen kletterten die Wanten hoch, um das Segelsetzen vorzubereiten. Köppers selbst stellte sich an die Pinne.

Während die Seeleute das Spill drehten und Meter um Meter die Ankertrosse einholten, stand Bootsmann Ole Penning etwas abseits und machte ein kummervolles Gesicht. Jan ging zu ihm hinüber.

»Was ist los, Ole?«

»Nichts für ungut, Käptn. Aber 'n Weib an Bord. Dat bringt Unglück.«

Jan deutete auf die Decksplanken unter seinen Füßen. »Und da unten sind noch drei Weiber. Da macht das Elsje den Kohl auch nicht mehr fett.«

Ole nickte bekümmert. »Eben. Bringt Unglück.«

Jan schlug ihm auf die Schulter. »Ach was, nun hör mal auf mit den düsteren Gedanken.«

»Wollt's nur gesagt haben, Käptn.«

Als endlich der Anker aus dem Seegrund brach, begann das Schiff, nach achtern abzufallen und dem Wind die Breitseite zuzuwenden. Schon fielen auf Köppers Befehl die Toppsegel herab. Der Wind stieß hinein, Brassen und Schoten wurden dichtgeholt, und die *Sophie* nahm langsam Fahrt auf. Mehr Tuch wurde gesetzt, die Masten knarrten, als das Schiff nach Backbord krängte und Köppers die *Sophie* vorsichtig zwischen den anderen Schiffen hindurch von der Reede lenkte.

Bald schon gurgelte es aufgeregt im Kielwasser, die Männer zurrten den Anker am Bug fest und blickten nach getaner Arbeit zurück auf die Stadt, die langsam kleiner wurde. Möwen verfolgten die *Sophie* noch eine Weile, dann gaben sie auf. Die Reise über die Weiten des Ozeans hatte begonnen.

TEIL 3

Die Bucht der Schmuggler

DON ALONSOS PLÄNE

Don Alonso Calderón de la Higuera war durch und durch Offizier. Klugheit, Frugalität und Selbstdisziplin zeichneten ihn aus, Wagemut und Zielstrebigkeit. Aber auch ungeheurer Ehrgeiz und eine gewisse Skrupellosigkeit, wenn es darum ging, seine Ziele zu erreichen. Den Aufstieg in der Marine Seiner Majestät verdankte er diesen Eigenschaften und nicht etwa dem Geld oder Einfluss einer adeligen und reichen Familie, wie es sonst bei Karriereoffizieren üblich war. Denn Don Alonsos Herkunft war bescheiden. Seine Familie besaß nicht die Mittel, ein wichtiges Offizierspatent käuflich zu erwerben, noch weniger, den Einfluss, bei Hofe etwas zu bewirken.

Er wäre also niemals über den Rang eines unbedeutenden Seekapitäns hinausgekommen, hätten da nicht einige glückliche Umstände geholfen, ein paar Liebschaften mit einflussreichen Frauen, vor allem aber eine Reihe erfolgreicher Aktionen gegen maurische Korsaren, in denen er durch Draufgängertum und Tapferkeit die Aufmerksamkeit der Admiralität auf sich gezogen hatte.

Nach weiteren erfolgreichen Einsätzen in der Neuen Welt, die ihm ein bescheidenes Vermögen eingebracht hatten, war ihm schließlich der Rang eines *vicealmirante* über die Schiffe und Truppen von Hispaniola verliehen worden. Dass es ihm schließlich gelungen war, den vormaligen Gouverneur auszubooten und seinen Platz einzunehmen, erfüllte ihn mit besonderer Befriedigung. Auch wenn man ihn zunächst nur zum Vizegouverneur bestellt hatte, war er nun doch endlich in einer Position mit genügend Macht, um sich ernsthaft zu bereichern. Vorausgesetzt, er stellte es klug genug an.

Vor allem musste er der Krone Erfolge gegen den Schmuggel vermelden können. Dann würde er gewiss den leidigen »Vize« in seinem Titel bald loswerden. Sobald das erreicht war, würde er seine Macht durch die Besetzung wichtiger Posten festigen können. Er nahm sich vor, schon mal eine Liste solch möglicher *hombres de confianza* aufzustellen. Verwandte oder andere Männer, deren Treue er sich erkaufen könnte.

Natürlich würde es auch nötig sein, die Richter der *Real Audiencia*, des Königlichen Gerichts auf Hispaniola, auf seine Seite zu bringen, denn diese hatten eine Aufsichtsfunktion und waren fast ebenso mächtig wie ein Gouverneur. Aber er hatte munkeln hören, dass Don Rodrigo de Molina, der Präsident des Gerichts, ein habgieriger Mann war. Es sollte möglich sein, ihn zu bestechen. Das heißt, wenn er erst mal die Mittel dazu hatte. Vieles war ihm bisher im Leben gelungen, warum nicht auch dieses? Er sah schon den Namen Calderón de la Higuera über der *Caribe* erstrahlen.

So liefen seine Gedanken, während Leon, sein Diener, ihn für die morgendliche Rasur einseifte. Leon war schon seit Ewigkeiten an seiner Seite und kümmerte sich um die Uniformen, Waffen und Pferde seines Herrn, um Botengänge und andere vertrauliche Dienste. Es war kurz nach Sonnenaufgang, die übliche Stunde, in der Don Alonso seinen Tag begann. Als Seeoffizier war er an eine spartanische Lebensweise gewöhnt. Der übermäßige Genuss von Speisen und Trank gehörte ebenso wenig dazu wie langes Schlafen in weichen Daunen. Und als Junggeselle kam er sich in den ausgedehnten Zimmerfluchten des Gouverneurspalastes fast verloren vor. Die halbe Dienerschaft hatte er entlassen und ein paar der schwarzen Hausdiener auf seine *hacienda* geschickt, wo sie sich wenigstens nützlich machen konnten.

Während Leon ihn rasierte, gedachte er mit Ungeduld seinem Schreiben an die Admiralität in Cadiz, in dem er schon vor Monaten seiner Forderung nach weiteren Marineeinheiten Ausdruck verliehen hatte. Dass immer noch keine Antwort eingetroffen war, ärgerte ihn. Mit den paar Schiffen, die ihm zur Verfügung standen, würde es kaum gelingen, den Schmuggel, wie die Krone es erwartete, nachhaltig zu unterbinden.

Und dann war da noch dieses Pack, das sich auf der Insel Tortuga angesiedelt hatte. Engländer, Franzosen, Holländer. Allesamt Abenteurer und Halsabschneider, Verbrecher, die vor dem Gesetz geflohen waren. Angeblich fristeten sie ihr Dasein als harmlose Jäger. Nannten sich Bukaniere und stellten den Rindern und Schweinen nach, die im Norden Hispaniolas wild herumliefen. Aber Don Alonso wusste, dass einige von denen nebenbei Piraterie betrieben, und das immer häufiger in letzter Zeit. In versteckten Buchten lagen die Kerle auf der Lauer, um sich dann in der Nacht mit kleinen Booten, manchmal sogar nur in indianischen Kanus, arglosen Handelsschiffen zu nähern, an Bord zu klettern und die Mannschaft zu überwältigen. Häufig geschah das im *Paso de los Vientos*, der Windpassage, wie die beliebte Schiffsroute zwischen Kuba und Hispaniola genannt wurde. Erst vor ein paar Tagen hatte er einen Brief des Gouverneurs von Havanna erhalten, der ihn inständig bat, das Seine zu tun, um diesem

Treiben ein Ende zu setzen. Aber dazu brauchte er mehr Schiffe und Soldaten.

Leon redete kein Wort, während er seinen Herrn rasierte, wusste er doch, dass dieser die Zeit nutzte, um in Ruhe nachzudenken. Schließlich wischte er ihm den Rest des Seifenschaums ab, bürstete ihm das lange Haupthaar, schnipselte ein wenig an überstehenden Härchen seines gepflegten Schnurrbarts herum, dann war er fertig und entfernte das Tuch, mit dem Don Alonsos Hals und Schultern bedeckt gewesen waren.

Der erhob sich, ließ sich von seinem Diener noch kurz den Rock bürsten und den Uniformkragen richten, dann gürtete er sein Schwert und machte sich auf den Weg zu den morgendlichen Fechtübungen in der Fortaleza. Don Alonso war ein Meister mit dem Rapier, und keiner seiner Offiziere konnte ihm auch nur im Entferntesten das Wasser reichen. Jeden Morgen musste ein anderer gegen ihn antreten, und es war ihm ein Vergnügen, sie zu demütigen.

Nach dem Fechten kehrte er in die Residenz zurück, wusch sich, ließ sich ein frisches Hemd reichen, das andere war durchgeschwitzt, und frühstückte. Er war inzwischen durchaus an das einfache Essen der Indios gewöhnt. Er fand es nahrhafter und gesünder als Pasteten, Törtchen und süßes Gebäck, die der Koch ihm ständig aufzuschwatzen suchte. Zuerst nahm er ein großes Stück Papaya zu sich, dann *casabe de yuca*, eine Art Pfannkuchen aus Maniokmehl, heiß gegessen mit etwas Butter und Honig darüber. Dazu ein Glas mit frisch gepresstem Fruchtsaft. So gestärkt, machte er sich, wie häufig am Morgen, auf den Weg, ein wenig durch die wohlhabenderen Straßen der Stadt zu spazieren, um sich dem guten Volk von Santo Domingo zu zeigen. Dabei begleiteten ihn zwei Marinesoldaten. Nicht, weil in der Stadt Gefahr drohte, aber es schien seiner neuen Würde als Vizegouverneur angemessen zu sein.

Der Leinenmarkt war heute besonders gut besucht. Gestern war ein Schiff aus Cadiz eingetroffen und hatte unter anderem edle Tuche, Brokate und Spitzen gebracht. Mit aufgespannten Sonnenschirmen und begleitet von ihren schwarzen Hausdienerinnen, begutachteten die Damen der Stadt die neue Ware, die auf den Ständen zur Auswahl lagen. Statt diesen Firlefanz sollte man lieber Sklaven herschaffen, dachte Don Alonso. Er betrachtete es als Fehler der Regierung, spanischen Schiffen den Sklaventransport zu verbieten. Das diente nur dazu, die Preise steigen zu lassen. Bald würde sich niemand mehr neue Sklaven leisten können.

Er nickte einigen der Damen freundlich zu. Die meisten hielten inne, wenn er vorüberschritt, grüßten ehrerbietig oder warfen ihm neugierige Blicke zu. Es war natürlich bekannt, dass er noch Junggeselle war und in einem Alter, in dem es höchste Zeit wurde, eine Familie zu gründen. Und so wurde er seit seiner Ernennung immer häufiger von Matronen mit heiratsfähigen Töchtern umgarnt und zu gesellschaftlichen Anlässen eingeladen. Nicht, dass ihn das gestört hätte. Im Gegenteil. Denn einige dieser ehrbaren Damen nutzten die Gelegenheit, ihm heimlich anzudeuten, dass sie selbst auch nicht abgeneigt wären, intime Bekanntschaft zu machen. Natürlich in aller Diskretion.

Es war schon erstaunlich, ein wenig Macht, und schon flogen sie wie Motten zum Licht. Er hatte mal gelesen, dass Julius Cäsar sich einen Spaß daraus gemacht hatte, die Ehefrauen politischer Gegner zu verführen. Ein erheiternder Gedanke. Vielleicht sollte er das auch probieren. Der gute Richter Don Rodrigo de Molina, selbst ein alter Knacker, hatte eine hübsche junge Frau. Diese reife Frucht zu pflücken, würde ihm durchaus gefallen. Obwohl, dem Molina Hörner aufzusetzen, wäre natürlich unklug. Der Mann konnte einem gefährlich werden.

Auf einmal fand er sich Doña Maria Carmen gegenüber, begleitet von ihrer schwarzen Magd, die einen mit Einkäufen gefüllten Korb trug. Hinter ihnen stand ein hochgewachsener, muskulöser Afrikaner, der ihn mit gleichmütiger Miene, aber wachen Augen betrachtete. Beide Sklaven waren gut gekleidet, wie es sich für Doña Marias Stand gehörte.

Doch Don Alonso achtete natürlich nicht auf die Schwarzen, denn wie immer, wenn er Doña Maria irgendwo begegnete, traf ihn die Schönheit und Eleganz dieser Frau wie ein Blitz des Entzückens und ließ sein Herz höherschlagen. *¡Madre de Dios!,* was für eine Frau! Dagegen waren die anderen Weiber der Stadt die reinsten Provinztrampel. Ihre stolze Haltung, überhaupt alles an ihr, wies sie als Dame von Geblüt aus. Die schmalen Handgelenke, eine Taille, von der man nur träumen konnte, und dann dieser Blick aus dunklen Augen, der einem durch und durch ging. Wenn er eine heiraten würde, dann diese. Eine Frau, für die man töten könnte.

»*Buenos días, Don Alonso*«, hörte er sie höflich sagen.

»*Buenos días, Doña Maria*«, beeilte er sich, den Gruß zu erwidern, leicht verunsichert über die plötzliche Begegnung. Aber dann lächelte er breit, zog schwungvoll den Hut und verbeugte sich galant vor ihr. »Ich hoffe, Ihr gehabt Euch wohl, Doña Maria.«

Den umstehenden Damen dürfte die besondere Aufmerksamkeit, die er Miguel Garcias Gemahlin schenkte, natürlich nicht entgangen sein. Es würde den Tratsch der nächsten Tage bestimmen. Aber das war ihm egal. Einer solchen Frau musste man einfach den Hof machen. Die Magd grinste, der große Afrikaner runzelte die Stirn. Doña Maria aber schien nicht sonderlich beeindruckt zu sein.

»Es geht mir ausgezeichnet, Don Alonso«, sagte sie kühl. »Danke der Nachfrage. Leider muss ich jetzt gehen. *¡Adiós!*« Sie nickte ihm kurz zu und machte Anstalten, sich zu entfernen.

»So wartet doch einen Augenblick, Verehrteste.«

Sie wandte den Kopf und blickte mit hochgezogenen Brauen zurück. »Ist noch etwas?«

»Nun ja. Ich wollte fragen, wie es mit Eurer Ernte steht. Ich habe gehört, sie ist in vollem Gange. Man sagt, es war ein gutes Jahr für Zucker.«

»Wir können nicht klagen, Don Alonso.«

»Das ist gut, denn Zucker erfreut sich immer größerer Beliebtheit in Spanien, wie wir alle wissen. Die Händler in Sevilla werden sich freuen.«

Er hatte etwas mehr als nötig die Betonung auf Sevilla gelegt. Und so, wie sie seinen Blick erwiderte, war deutlich, dass sie diese Andeutung durchaus verstanden hatte. Denn wahrscheinlich würde wieder nur ein Teil der Ware den Weg nach Sevilla finden.

»Und wir sind stolz, unseren Beitrag zum Glanz der Krone zu leisten.«

»Schön gesagt, Doña Maria!« Don Alonso lächelte anerkennend. »Überhaupt, dieses Geschäft mit dem Zucker ist äußerst faszinierend. Dabei muss ich gestehen, dass ich noch nicht einmal gesehen habe, wie so ein *ingenio* überhaupt arbeitet. Für einen Gouverneur von Hispaniola ist das nicht gerade eine Empfehlung, was?« Er lachte ausgelassen. »Heute ist ein schöner Tag, Doña Maria. Möchtet Ihr mich nicht einladen, Euch zu begleiten? Ihr könntet mir Eure *hacienda* zeigen, mir alles erklären. Es wäre mir eine große Ehre.« Und eine Gelegenheit, sich mal auf Don Miguels *hacienda* umzusehen und wie viel Zucker der Mann eigentlich herstellte.

Die Frage traf Doña Maria unerwartet. Sie zögerte einen Augenblick. Doch dann fing sie sich und lächelte höflich. »Ich bin sicher, Don Miguel, mein Gemahl wird Euch gerne alles zeigen. Vielleicht in den nächsten Wochen, wenn er mehr Zeit hat«, sagte sie. »Ich bin nur eine Frau und verstehe wenig von solchen Dingen. ¡*Adiós*, Don Alonso!« Sie nickte ihm noch einmal zu und entschwand eiligen Schrittes, gefolgt von ihren Dienern.

Don Alonso spürte, wie ihm das Blut in die Wangen stieg, denn dass sie ihm gerade eine ziemliche Abfuhr erteilt hatte, war sicher allen klar, die zugehört hatten. Und dies von einer Frau, die er heimlich bewunderte. Stirnrunzelnd blickte er sich um. Die Damen in nächster Nähe taten natürlich, als hätten sie nichts bemerkt, und widmeten sich betont der Ware auf den Ständen. Was zum Teufel erlaubte sich das Weib? Genauso hochmütig wie ihr verdammter Ehemann. Aber er würde es ihnen schon zeigen.

»Genug getrödelt. Zu den Casas Reales, marsch!«, blaffte er seine beiden Leibwachen an, als wären die verantwortlich für den Vorfall. Die Männer gingen voraus und bahnten ihm den Weg durch die Menge, während er in schlechter Laune folgte, ohne noch weiter nach rechts oder links zu blicken. Auch wenn Leute grüßten, tat er, als bemerkte er es nicht.

In seinem Arbeitszimmer in den Casas Reales erwartete ihn eine weitere unangenehme Angelegenheit. Das Schiff aus Cadiz hatte auch einen Brief von der Admiralität für ihn an Bord gehabt, den ihm sein Sekretär jetzt reichte. Er erbrach das Siegel und überflog den Inhalt. Den schnörkelhaften Formulierungen und Höflichkeitsbekundungen zum Trotz war die Mitteilung kurz und eindeutig. Man würde ihm weder weitere Schiffe noch zusätzliche Truppen gewähren. Die Krone habe genug in Europa zu tun, der Krieg gegen die protestantischen Ketzer verlange alle Anstrengungen, er müsse sich mit dem begnügen, was er habe. Dennoch habe man volles Vertrauen in seine Fähigkeiten, bla, bla, bla.

Wütend knallte er den Brief auf den Schreibtisch und ließ sich in seinen Sessel fallen. Diese elenden Idioten! Die hatten doch keine Ahnung, was hier los war. Wie sollte er mit vier armseligen Schiffen die Insel sichern, dazu Piraten und Schmugglern das Handwerk legen? Nur zwei seiner kleinen Flotte waren gut bewaffnete Galeonen. Die anderen nicht mehr als kleine Küstensegler, gut, um ein paar Freibeuter zu jagen, aber sonst zu nichts nütze. Doch dann fiel ihm das Schiff der Holländer ein, das sie vor Monaten durch Zufall aufgebracht hatten. Eine dreimastige Pinasse. Ein schnelles Schiff und gut mit Kanonen bestückt.

Er sprang auf und verließ sein Arbeitszimmer. Im anderen Flügel des Gebäudes, dem Sitz des Königlichen Gerichts, ließ er sich von den Schreibern nicht abwimmeln, sondern stürmte ohne Ankündigung in Richter Rodrigos Arbeitszimmer. Der verschluckte sich fast an dem Gläschen Wein, das er sich gerade gönnte.

»Was zum Teufel wollt Ihr, Calderón«, knurrte er gereizt.

»Ihr müsst das verdammte Schiff freigeben. Und zwar sofort!«

»Was für ein Schiff?«

»Die holländische Pinasse.«

»Wozu?«

»Weil ich Kriegsschiffe brauche, verdammt noch mal. Die Pinasse ist gerade richtig. Ein bisschen umrüsten, und sie wäre für meine Zwecke äußerst brauchbar.«

»Eure Zwecke sind mir, ehrlich gesagt, so ziemlich schnurzegal«, erwiderte der Richter. »Das Schiff wird höchstbietend versteigert.«

»Aber das könnt Ihr nicht tun. Ich brauche Schiffe.«

Don Rodrigo sah ihn gleichmütig an. »Ich habe Euch nicht gefragt, mein Lieber, was Ihr mit der Ladung dieser Holländer gemacht habt. Und wie ich höre, erlaubt Ihr Euch, die Mannschaft auf Eurer *hacienda* arbeiten zu lassen. Doch bei dem Schiff hört meine Geduld auf, Don Alonso. Es wird versteigert, und der Erlös kommt in die Gerichtskasse. Auch wir haben Kosten zu decken.«

Wütend verließ Don Alonso die Räume des Gerichts. Was die Ladung der Pinasse betraf, so war sie ebenfalls beschlagnahmt worden. Auch sie hätte öffentlich versteigert werden sollen, hatte dann aber auf dunklen Wegen private Aufkäufer gefunden, ein Vorgang, den Don Alonso vom Gericht ungern hätte untersuchen lassen wollen. Weshalb er nicht weiter darauf bestanden hatte, mit Don Rodrigo zu streiten. Er würde schon noch einen Weg finden, das verdammte Schiff in die Hände zu bekommen.

In seinen eigenen Räumen warteten zwei wichtige Kaufleute mit Forderungen sowie einige lästige Bittsteller, die ihn für Stunden beschäftigten. Das war der unangenehme Teil seines neuen Amtes. Leider nicht zu vermeiden. Sobald es ihm möglich war, floh er von den Casas Reales, ließ sein Pferd satteln und ritt zu seiner *hacienda* hinaus, wo er eine Verabredung hatte. Die Erinnerung an den Vorfall auf dem Leinenmarkt ließ ihn noch nicht los und füllte ihn mit Zorn. Sein ganzes Leben lang hatte er es ertragen müssen, sich von reichen und adeligen Vorgesetzten schikanieren zu lassen, hatte vor ihnen gebuckelt, um seine Karriere nicht zu gefährden. Aber jetzt sollte endgültig Schluss damit sein.

Don Alonsos Besitz war nicht groß und lag auf höherem, trocknerem Gelände, nicht für Zuckerrohr geeignet. Deshalb wurde hier Tabak angebaut. Er hatte das Land vor etwa einem Jahr aus dem Nachlass eines verstorbenen Pflanzers günstig erworben. Er selbst hatte keine Ahnung von der Sache, aber sein Verwalter schien sich auszukennen. Er hatte noch vor Ende der Regenzeit gepflanzt, und jetzt, über die nächsten Wochen, konnte geerntet werden.

Langsam ritt er an den hohen Pflanzenreihen entlang. Es war heiß und schwül, obwohl schon später Nachmittag. Die Hälfte der Arbeiter waren mit dem Pflücken der Blätter beschäftigt, jeweils die untersten, sobald diese gelb geworden waren. Andere sammelten sie vorsichtig auf, um sie nicht zu beschädigen, und brachten sie zum Trockenschuppen, wo sie zuerst ein paar Tage ausgelegt und dann an Fäden aufgehängt wurden. Es waren die Männer der *Albatros,* die hier schufteten. Fußeisen scheuerten ihnen die Knöchel blutig und machten das Gehen zur Qual. Trotzdem teilten die zwei Aufseher Schläge aus, wenn sie sich zu langsam bewegten oder unachtsam mit den Tabakblättern umgingen. Denn beschädigte Blätter minderten die Qualität. Hosen und Hemden der Männer waren nicht mehr als zerschlissene Fetzen, sie selbst so abgemagert, dass die Rippen hervortraten. Ihre weiße Haut hatte unter der tropischen Sonne gelitten, und Schorf bedeckte die Wunden, die die Reitgerte der Aufseher hinterlassen hatte. Wie Jammergestalten wankten sie durch die Pflanzung.

Geschieht den Bastarden recht, dachte Don Alonso. Er hasste diese verdammten Holländer. Ketzer und Aufrührer, die sich gegen ihre allerkatholischste Majestät erhoben hatten. Und das auch noch mit Erfolg. Zumindest im nördlichen Teil der spanischen Niederlande. Eine Republik wollten sie sein. Und jetzt machten ihm auch noch ihre Schmugglerkapitäne das Leben schwer. Mitten in seinen Gedanken bemerkte er, wie einer der Kerle mit finsterer Miene zu ihm herüberstarrte. Er erkannte ihn. Das war ihr Anführer, der ehemalige Kapitän der *Albatros*, ein gewisser Martin van Doorn.

Don Alonso war bei einem seiner Aufseher angekommen und deutete auf den Mann. »Señor Carlos«, grollte er. »Nehmt Euch mal diesen aufsässigen Hund vor. Diesen van Doorn.«

Er saß im Sattel und sah zu, wie sein Aufseher den Mann züchtigte. Mit der Reitpeitsche schlug er ihn blutig, immer wieder auf Rücken, Schultern, Gesicht und Brust. Aber der verdammte Kerl hob nicht mal die Arme, um sich zu schützen, sondern starrte nur mit Mordlust in den Augen zu ihm herüber. Don Alonso lachte und gab seinem Gaul die Sporen.

Am Haupthaus angekommen, sah er, dass sein Besucher auf der Veranda saß und auf ihn wartete. Er ließ sich aus dem Sattel gleiten, übergab die Zügel dem schwarzen Stallknecht, der herbeigeeilt war, und begrüßte seinen Gast. Der Hausdiener brachte Gläser, Wein und einen Krug Brunnenwasser, von dem Don Alonso sich gleich bediente, denn der Ritt hatte ihn durstig gemacht.

Der Mann, der ihm gegenübersaß, fächelte sich etwas Luft mit seinem breitkrempigen Hut zu, einem ausgesuchten Stück aus feinem Filz. Überhaupt war er im Gegensatz zu Don Alonso kostbar und nach der jüngsten Mode gekleidet. Edle Spitze an Hals und Handgelenken, ein perlenbesticktes Wams und Pumphosen aus bester Seide. Seine Hände waren beringt, der Bart makellos gestutzt, und sein rechtes Ohrläppchen zierte ein kleiner Diamant. Die tropische Sonne schien ihm wenig anzuhaben, denn seine Haut war von elegantem Weiß.

»Ich sehe, Ihr schindet Eure holländischen Arbeiter noch mehr als ich meine schwarzen«, bemerkte er und lächelte Don Alonso aus unschuldigen blauen Augen an. »Die meinen sind wenigstens gut genährt.«

»Ihr habt ja auch viel Geld für sie bezahlt, Don Diego. Diese hier kommen zwar umsonst, aber nur auf Zeit. Lohnt sich nicht, sie ordentlich durchzufüttern. Und sollten sie krepieren, kräht kein Hahn nach ihnen.«

Don Diego lachte. »Das sind die Privilegien eines Gouverneurs.«

»Eines Vizegouverneurs.«

»Ich wette, der Vize ist nur vorübergehend, mein Guter.« Don Diego hob sein Glas und trank seinem Gastgeber zu. »Da wir von Sklaven sprechen, mir ist kürzlich einer ausgerissen. Hat sich zur *hacienda* dieses Garcia Hernandez geflüchtet.«

»Don Miguel?«

»Genau der. Und der Teufel will mich holen, aber der Mann hat den verdammten Neger laufen lassen. Schwört, er hätte ihn eingesperrt, sei ihm aber irgendwie entwischt. Und Ersatz will er mir auch nicht zahlen. Ich wette, er selbst hat ihn in die Berge geschickt.«

»Hab schon gehört, dass sie dort ihre Schwarzen mit Samthandschuhen anfassen. Setzt ein schlechtes Beispiel. Ihr seid nicht der Erste, der sich darüber beklagt.«

Don Alonso sah vor sich das Bild der stolzen Doña Maria, die ihm heute eine Abfuhr erteilt hatte. Es hatte ihn geärgert, aber die Frau in seinen Augen nicht weniger begehrenswert gemacht. Im Gegenteil. Eines Tages würde die hochmütige Dame sich um seine Gunst reißen, ihm demütig zu Füßen liegen. Das heißt, wenn er mit ihrem verdammten Ehemann erst einmal fertig war. Mal sehen, ob sie ihn dann noch schneiden würde. Überhaupt war der viel zu alt für so ein Rasseweib. Eine solche Stute brauchte einen jüngeren, ausdauernderen Reiter. Das Bild des Reiters, der eine hübsche Stute zähmt, gefiel ihm. Es ließ ihn fast die Demütigung vergessen, die er am Morgen empfunden hatte.

»Es setzt in der Tat ein schlechtes Beispiel«, sagte Don Diego. »Aber Ihr seid ja jetzt an der rechten Stelle, um etwas dagegen zu unternehmen.«

»*Cigarro?*«, fragte der und hielt ihm eine offene Kiste hin. »Aus eigener Herstellung. Das heißt, noch von meinem Vorgänger.«

Der Diener brachte Feuer, und sie zündeten ihre Zigarren an. Don Alonso überlegte einen Augenblick, wie er die Sache am besten angehen sollte. Dieser Oliveira war einer der Männer, die er für sich vorgemerkt hatte, einer, der ihm helfen konnte, seine Ziele zu erreichen. Arm wie eine Kirchenmaus war der nach Hispaniola gekommen. Und wer weiß, vor welchen Schwierigkeiten er daheim davongelaufen war. Aber das war Don Alonso egal. Hinter der Fassade höfischer Manieren war der Kerl gerissen, hatte den alten Gouverneur um den Finger gewickelt und diese wohlhabende Witwe geheiratet. Doch so, wie er seitdem mit ihrem Geld um sich warf, musste er hungrig sein nach mehr. Es gab auch Gerüchte, dass der Mann ein Spieler sein sollte. Nun, Geldgier war immer noch das beste aller Motive.

»Der Grund, warum ich Euch herbestellt habe, Don Diego«, sagte er schließlich, »ist der Schmuggel, denn natürlich seid Ihr selbst ja auch daran beteiligt.«

Diego de Oliveira erschrak und hob abwehrend die Hand. »Um Gottes willen, wie kommt Ihr darauf?«

Don Alonso sah ihn streng an. »Leugnet es nicht, ich weiß es. Alle Pflanzer und alle Händler der Stadt haben ihre Finger in dem dreckigen Geschäft, auch Ihr. Der faule Gestank dieser korrupten Machenschaften ist bis nach Madrid gedrungen. Wir müssen etwas unternehmen.«

»Wir?«, fragte Don Diego sichtlich erleichtert, denn der Vizegouverneur hatte offensichtlich nicht vor, ihn festzunehmen.

»Dieser Miguel Garcia Hernandez, von dem gerade die Rede ist, ist der größte Landbesitzer der Insel, wie Ihr wisst. Und der reichste.«

»Und dazu hat er auch noch ein verdammt hübsches Weib«, lachte Don Diego. »Manche scheinen alles Glück der Welt zu haben.«

»Nicht mehr lange, wenn es nach mir geht, Don Diego. Nicht mehr lange. Denn der Mann ist auch der größte und bedeutendste der korrupten Schmugglerbande. Der Strippenzieher sozusagen. Ich kann ja nicht die ganze Insel in den Kerker werfen, aber wenn ich diesen Kerl auf frischer Tat erwische, dann ist ein großer Schritt getan.«

»Oh, ganz gewiss«, pflichtete Don Diego ihm bei. Dabei fragte er sich, warum dieser neue Gouverneur nur so versessen darauf war, den Schmugglern das Handwerk zu legen. Es ging doch allen gut damit. Aber wenn schon, dann sollte es lieber diesen Garcia Hernandez treffen als ihn, dachte er erleichtert und nickte zustimmend. »Ganz gewiss.«

»Und Ihr, mein lieber Diego, werdet mir dabei helfen.«

»Ich?«, fragte der mit erstauntem Stirnrunzeln. »Was zum Teufel hätte ich davon, außer Scherereien?«

Don Alonso schenkte ihm ein listiges Lächeln. »Wer eines schweren Verbrechens gegen die Krone überführt ist, dessen gesamter Besitz kann von der Verwaltung Seiner Majestät eingezogen werden.«

Don Diego verstand nicht. »Und?«

»So stellt Euch doch nicht dümmer, als Ihr seid, mein Lieber. Wer ist denn die Verwaltung Seiner Majestät?«

»Ihr natürlich.«

»Eben. Der Gouverneur und das Hohe Gericht von Hispaniola. Um die Zustimmung des Gerichts werde ich mich persönlich kümmern. Was Euch betrifft, so gehe ich doch sicher recht in der Annahme, dass Ihr nicht abgeneigt wäret, Eure Ländereien ein wenig zu erweitern, nicht wahr? Was soll die Krone schließlich mit so vielen Zuckerrohrfeldern anfangen?«

»Ah!« Jetzt dämmerte es Don Diego. »Ich verstehe. Und was müsste ich dafür tun?«

»Nicht mehr, als was Ihr ohnehin schon tut. Euch am Schmuggel beteiligen, und vor allem, Don Miguels Vertrauen gewinnen.«

MANN ÜBER BORD

Es herrschten sonniges Wetter und klare Sicht, wenn auch ein starker, böiger Westwind zerrissene Wolken über das Himmelsblau jagte. Die *Sophie* wälzte sich durch ein unruhiges Meer. Es heulte und pfiff in der Takelage, und der Wind riss dünne Schlieren von den weißen Schaumkronen der Wellen. Köppers hatte schon vor Stunden ein Reff einlegen lassen. Von Steuerbord her rollten steile Seen heran, brachen sich an der Bordwand, hoben ruckartig den Rumpf und bewirkten, dass das Schiff sich für einen Augenblick unangenehm zur Leeseite neigte, bevor sie unter dem Kiel hinwegglitten.

Jan van Hagen stand breitbeinig auf der Wetterseite des Achterdecks neben Jelle, dem Rudergänger, und sah aus, als hätte er seine Freude an dem wilden Ritt. Doctor Emanuel dagegen klammerte sich an Reling und Wanten fest, um nicht das Gleichgewicht zu verlieren. Er war bleich um die Nasenspitze und machte ein unglückliches Gesicht.

»Verdammter Seegang«, fluchte er vor sich hin. »Da wird einem ganz anders.«

»Ich hätte gedacht, Ihr wäret inzwischen seefest, Doctor«, sagte Jan mit breitem Grinsen.

»Bin ich auch. Nur dieses verfluchte Rollen.« Wieder legte sich das Schiff auf die Seite, und Doctor Emanuel wäre fast gegen Jan getaumelt. »¡*Puta mierda!*«, fluchte er und suchte neuen Halt. »Verzeiht meine unhöfliche Sprache, Capitán.«

Jan lachte. »Solange Ihr nicht mein Achterdeck versaut, verzeihe ich alles.«

»Kann für nichts garantieren«, stöhnte der Doctor und hielt sich die Hand vor den Mund.

»Brun!«, brüllte Jan einem der Seeleute zu. »Bring mal 'nen Eimer für den guten Doctor her!«

Brun Enders, ein hagerer Bursche mit einer langen Narbe im Gesicht, band einen hölzernen Eimer los, den sie zum Deckschrubben nutzten, und brachte ihn zum Achterdeck hinauf. Gerade noch rechtzeitig, um Doctor Emanuels Mittagessen aufzufangen, bevor er es über den Rudergänger kotzen konnte. Er würgte ein weiteres Mal, dann richtete er sich heftig atmend wieder auf und lehnte sich, Eimer fest im Griff, mit dem Rücken an den Besanmast.

»Ich glaube, jetzt geht's mir besser«, stöhnte er. Aber dann musste er sich noch ein paarmal übergeben, bis nur noch grüne Galle kam.

Jan ließ seinen Blick über die dunkelblaue See wandern. Südwestlich von ihrer Position glitzerte die Sonne auf den Schaumkronen. Und dort am Horizont waren die Umrisse einer spanischen Galeone erkennbar. Schon eine ganze Weile hatte er das Schiff beobachtet. Sie schienen auf gleichem Kurs Richtung Kanaren zu liegen.

»Wir haben ziemlich aufgeholt in der letzten Stunde«, sagte er zum Bootsmann, Lars Erikson, der Wache hatte und sich ebenfalls auf dem Achterdeck befand. Köppers hatte sich für ein paar Stunden schlafen gelegt.

Erikson nickte. »Bei dem Wetter läuft die *Sophie* trotz Reffs wie ein Windhund. Wir machen gerade zwölf bis vierzehn Knoten. Und der Spanier, schätze ich, höchstens acht.«

»Von mir aus kann's so weiterblasen, auch wenn unser Doctor das anders sieht.« Beide lachten, während Doctor Emanuel ein Gesicht zog und sich den Mund abwischte.

Brun nahm ihm den Eimer ab und leerte ihn über die Leereling aus. Dann gab er ihn mit unterdrücktem Grinsen zurück. Jan bemerkte, wie Elsje Smit, in eine dicke Seemannsjoppe gehüllt, auf das Vorschiff kletterte. Ihr machten die Schiffsbewegungen nichts aus. Im Gegenteil, sie schien das Naturschauspiel zu genießen, wenn die Wellen gegen die Bordwand krachten und der Wind die Gischt übers Deck peitschte. Jan winkte zu ihr hinüber, dass er sie sprechen wolle.

»Wie geht's den Schwarzen unter Deck?«, fragte er, als sie nahe genug war, dass man nicht mehr gegen den Wind anschreien musste.

»Schlecht, Kapitein«, sagte sie. Sie hielt sich an der Leereling fest. »Sie kotzen alles voll. Jeder Bissen kommt wieder hoch. Am schlimmsten geht's der Schwangeren. Es stinkt da unten wie in einem Schweinekoben. Die müssen mal an die frische Luft, Kapitein.«

»Nicht bei diesem Seegang. Sonst geht uns noch einer über Bord. Vielleicht sollte der Doctor mal nach ihnen sehen.«

Der schüttelte vehement den Kopf. »Da kriegt mich keiner runter, Capitán«, stöhnte er. »Hier oben kann man wenigstens atmen.« Und dann musste er sich noch mal übergeben.

»Gut, Elsje, dann sag dem Smutje Bescheid, er soll mir Kaffee machen.«

Sie nickte und machte sich breitbeinig, aber sicheren Fußes auf den Weg zur Kombüse.

Die marschiert über das schaukelnde Deck wie ein echter Seemann, dachte Jan. Eine Holländerin eben. Fürs Meer geboren.

Bisher hatte es keine Klagen über das Mädel gegeben. Die Männer schäkerten gutmütig mit ihr, ließen sie aber ansonsten in Ruhe. Nicht zuletzt wegen ihres schlagfertigen Mundwerks. Nur den Christjan, den mochte sie nicht. Die beiden schlichen umeinander wie zwei angriffslustige Raubkatzen. Das war das einzige unangenehme Element in einer ansonsten gut eingelebten Mannschaft.

Elsje kümmerte sich mit Hingabe um die Schwarzen in ihrem Pferch, brachte ihnen Essen und frisches Wasser, schleppte Latrineneimer weg und versuchte, ihnen mit Decken die Enge und den harten Boden einigermaßen erträglich zu machen. Sie hatte sich darüber beschwert, dass ihre Schützlinge die meiste Zeit im Dunkeln sitzen mussten. Aber Kerzenlicht hatte Jan wegen Feuergefahr verboten. Vielleicht war Elsje so fürsorglich, weil sie selbst zu den Ärmsten in Amsterdam gehörte und diese armen Seelen es noch schlimmer hatten. Das heißt, wenn die Wilden überhaupt Seelen besaßen. Jan nahm sich vor, bei nächster Gelegenheit mit dem Doctor darüber zu reden.

In diesem Augenblick erfasste eine starke Böe das Schiff. Gleichzeitig prallte eine Welle besonders heftig gegen die Bordwand. Gischt und Spritzwasser fegten übers Deck, der Rumpf knirschte, die Masten bogen sich, und die *Sophie* legte sich weiter als sonst auf die Seite. Plötzlich ein dünner Schrei von oben, und etwas fiel von der Großsegelrahe und klatschte backbords in die dunkle See. Erikson und Jan waren sofort an der Leereling und starrten in die aufgewühlten Wasserstrudel unter ihnen. Nichts zu sehen. Doch da kam ein Kopf an die Oberfläche, ein Arm, schon fast am Schiff vorbei. Für einen Augenblick gewahrten sie das schreckstarre Gesicht des Schiffsjungen, der wild nach Luft schnappte. Dann war er achteraus im Kielwasser verschwunden.

Jan reagierte als Erster. Er riss die Hände an den Mund. »Mann über Bord!«, brüllte er. »Bereit zur Halse.«

Erikson war schon bei Jelle und schrie ihm zu, sich an die Achterreling zu stellen und Fiete nicht aus den Augen zu lassen, während er selbst das Ruder übernahm und sofort einen Strich nach Backbord auf Kurs quer zum Wind ging. Dabei merkte er sich den Stand der Sanduhr neben dem Kompass. Füße trampelten an Deck, als die Männer zu ihren Posten liefen. Auch Jan stürzte an die Achterreling, wo Jelle versuchte, Fietes Kopf in den Wellen zu entdecken.

»Hast du ihn?«

»Eben konnte ich ihn noch sehen, Käptn. Aber jetzt«

Das Kielwasser hinter dem Schiff beschrieb wegen der Kurskorrektur eine leichte Kurve, verlor sich aber in kurzer Entfernung schon in den heranrollenden Wellenbergen. Außerdem machte die *Sophie* zu viel Fahrt. Die Stelle, wo Fiete ins Meer gestürzt war, lag schon weit zurück. Unmöglich, ihn noch zu entdecken. Jan spürte, wie Schreck und Verzweiflung ihm das Herz abdrückten. Mensch, Fiete! Das durfte doch nicht wahr sein!

»Was ist los?«, rief Doctor Emanuel, der sich immer noch an seinen Eimer klammerte.

»Fiete ist über Bord gefallen.«

»Oh, mein Gott! Dann ist der Junge verloren. Den findet doch niemand in dieser See.«

»Wahrscheinlich nicht!«, rief Jan gegen den Wind. »Aber wir müssen es versuchen.«

»Beiboot bereit!«, brüllte Erikson.

Während mittschiffs das Beiboot klargemacht wurde, steuerte Erikson die *Sophie* durch eine scharfe Halse. Die Männer an Deck, die an den Brassen und Schoten standen, ließen die Segel folgen, so dass das Schiff sich kurze Zeit später nach Steuerbord überlegte und nun auf genauem Gegenkurs lief. Jemand enterte zum Vormars auf, um von oben besser sehen zu können. Jan sprang zum Hauptdeck hinunter, raste an der Reling entlang und kletterte aufs Vorschiff. Am Bugspriet vorbei starrte er voraus, konnte aber in der tosenden See von dem Jungen nichts entdecken. Verdammt, verdammt, verdammt! Was musste der Bengel auch wieder in der Takelage klettern! Unmöglich, seinen winzigen Kopf zwischen den Wellenbergen auszumachen. Das heißt, wenn er überhaupt noch an der Oberfläche war. Konnte Fiete eigentlich schwimmen? Jan wusste es nicht.

»Bereit zum Beidrehen!«, hörte er Erikson auf dem Achterdeck rufen und merkte, wie die *Sophie* leicht in den Wind drehte.

Die Seeleute zerrten unter Getöse die Rahen des Fockmastes herum, bis dessen Segel gegen den Wind standen und das Schiff abbremsten. Bald schien es wie eine Möwe im Sturm auf der Stelle zu schweben. Alles beruhigte sich an Bord, während die Segel von Fock- und Großmast sich in ihrem Antrieb gegenseitig aufhoben und die *Sophie* relativ sanft auf den Wellen schaukeln ließen. Jan hoffte, dass Erikson die Zeit an der Sanduhr richtig abgelesen hatte. Wenn ja, dann musste der Junge irgendwo in der Nähe im Wasser treiben. Wenn nicht, würde Fiete sein frühes Seemannsgrab gefunden haben.

Auch Köppers war inzwischen an Deck und ließ in aller Eile das Beiboot im Lee des Schiffsrumpfes ausbringen, wo keine Wellen waren. Sechs Mann sprangen hinein, bevor es überhaupt im Wasser war. Ohne zu zögern, folgte Jan ihnen ins Boot.

»Wir müssen systematisch suchen«, rief er den Männern zu, die die Riemen packten und von der *Sophie* abstießen.

»Zwei- oder dreihundert Faden in eine Richtung, dann etwas versetzt zurück, und so weiter, wie auf einem Schachbrett. Wenn's nicht reicht, vergrößern wir den Abstand. Los jetzt!«

Er saß hinten im Boot und packte die Ruderpinne. Sie lösten sich von der *Sophie,* und sofort wurde es ungemütlich. Jan steuerte Nord bei Nordwest, schnitt aber jede der anrollenden Wellen schräg an, damit sie nicht das Boot vollschlugen. Es wurde ein wilder Ritt. Das Boot wurde hin und her geschleudert, und die Männer waren bald von Gischt und Spritzwasser völlig durchnässt. Die *Sophie* hinter ihnen wurde langsam kleiner. Jan hielt schützend die Hand ans Gesicht, um seine Augen gegen die fliegende Gischt abzuschirmen, und starrte voraus, suchte rechts und links die Wellenkämme ab. Doch entdecken konnte er nichts. Das Boot hob und senkte sich im Seegang wie ein Korken, und nur wenn sie einen Augenblick lang oben auf dem Wellenkamm ritten, hatte er einigermaßen Sicht. Dann versanken sie wieder im nächsten Wellental, und er hatte nur noch grünes Wasser vor Augen. So würden sie den Jungen nie finden, dachte er verzweifelt. Es war vergebliche Mühe.

Jan blickte zurück. Klein ragten die Masten und Segel der *Sophie* aus den windgetriebenen Wogen. Er schätzte, sie waren jetzt weit genug entfernt. Auf dem nächsten Wellenkamm begann er eine langsame Wende. Sie ruderten ein kurzes Stück nach Westen, dann in entgegengesetzter Richtung des ursprünglichen Kurses. Nun hatten sie die See von hinten. Eine riesige Welle türmte sich hinter ihnen auf und hob mit mächtiger Kraft das Heck. Einen Augenblick lang schien es, als würde die weiße Schaumkrone über sie hereinbrechen und das Boot mit Seewasser fluten. Doch dann hob sich auch der Rest des Rumpfes, die Welle glitt unter ihnen hindurch und rauschte majestätisch davon.

»Weiter, Jungs! Nicht nachlassen.«

Bald waren sie wieder nahe der *Sophie* angekommen, wo die gesamte Mannschaft besorgt über die Reling stierte. Jan wendete erneut das Boot, und sie ruderten wieder in entgegengesetzter Richtung. Unzählige Male wiederholten sie die Kehren, immer ein Stück weiter nach Westen, weg von der *Sophie*. Das Boot hatte inzwischen so viel Wasser genommen, dass zwei von ihnen wie wild schöpfen mussten. Die Männer waren durchnässt und nur dank der harten Ruderarbeit nicht völlig durchgefroren. Jan ließ nicht ab, sie immer wieder anzufeuern, obwohl die Kräfte nachließen und sie immer langsamer ruderten. Schließlich, auch wenn er es lange nicht hatte wahrhaben wollen, musste er einsehen, dass es zwecklos war. Sie hielten erschöpft inne und lauschten niedergeschlagen dem Heulen des Windes und dem Tosen der Wellen, ließen sich einen Augenblick treiben.

»War da was?«, rief Jan plötzlich. »Habt ihr das gehört?«

Sie sahen ihn verständnislos an. Nur Geerke Buhr nickte. »Glaub schon, Käptn. Hab auch was gehört.«

Jan stand auf und bemühte sich, in dem auf und ab tanzenden Boot das Gleichgewicht zu halten, sah sich kurz nach allen Seiten um. Nichts. Eine Welle zwang ihn, sich wieder zu setzen. Hatte er wirklich etwas gehört oder nur den Schrei einer Möwe. Aber es waren keine Vögel am Himmel. Doch da war es wieder, ganz dünn. Bildete er sich das ein? Er versuchte noch einmal, aufzustehen. Dann sah er auf einmal weit weg einen Arm winken, nur ganz kurz, dann war er wieder im nächsten Wellental verschwunden.

»Ich hab ihn!«, brüllte er. »Rudert, Jungs. Legt euch ins Zeug!«

Er steuerte auf die Stelle zu, wo er Fiete zu sehen geglaubt hatte. Und da, tatsächlich, sein Kopf auf einem der Wellenkämme. Nicht zu fassen, aber das war er. Der Bengel konnte also doch schwimmen. Dann war er abermals verschwunden. Aber jetzt hatten sie die Richtung. Jetzt würden sie ihn nicht mehr verlieren. Langsam näherte sich das Boot, und sie konnten ihn deutlicher sehen, jedes Mal, wenn eine Welle ihn hochhob. Sie waren nur noch ein paar Faden entfernt. Fiete schien ihnen zurufen zu wollen, versank jedoch im Wasser. Auch auf der nächsten Welle war er nicht mehr zu sehen. Waren sie zu spät gekommen? War er so schwach, dass er sich nicht mehr über Wasser halten konnte? Aber da tauchte er mit blau angelaufenen Lippen wieder auf. Er hustete Seewasser aus den Lungen. Dann drohte er erneut unterzugehen.

Jan riss sich Jacke und Stiefel vom Leib. »Klaas! Nimm die Pinne und halt das Boot gegen die Wellen.«

Damit stürzte er sich über Bord. Das Meer war eisig. Es verschlug ihm den Atem. Aber er schwamm sofort auf die Stelle zu, wo Fiete sein musste. Hinter ihm brüllte einer. Er sah kurz sich um. Klaas stand im Boot und deutete weiter nach rechts. Jetzt riss ihn eine Welle hoch, und da sah er den Jungen. Er verdoppelte seine Anstrengung. Noch ein paar Meter, dann hatte er ihn erreicht.

Fiete japste nach Luft und versuchte verzweifelt, sich an ihn zu klammern, aber Jan ließ es nicht zu, packte ihn am Kragen und schleppte ihn hinter sich her. Auf einmal spülte eine Welle über sie mit solcher Wucht, dass sie beide darin verschwanden. Jan schluckte Seewasser und konnte nicht atmen. Aber Fiete ließ er nicht los. Dann waren sie wieder an der Oberfläche, und Jan bekam den Riemen zu fassen, den Klaas ihm entgegenhielt.

Die Männer zogen die beiden Schwimmer näher ans Boot. Doch da stürmte eine neue Welle heran, erfasste das Boot und warf es gegen die beiden im Wasser. Jan stieß sich heftig den Kopf und verlor für einen Augenblick das Bewusstsein. Deshalb konnte er später nicht sagen, wie sie trotz des Seegangs ins Boot gekommen waren. Irgendwie hatten seine Männer es geschafft, sie über die Bordwand zu zerren.

Jan lag heftig atmend auf den Bodenplanken und betastete seine blutende Stirn. Er sah nach Fiete, der halb tot und vor Kälte zitternd neben ihm lag, weiß wie ein Fischbauch mit blauen Lippen. Jan griff sich seine Joppe und bedeckte den Jungen damit. Sie war nass, würde ihn aber hoffentlich doch ein wenig wärmen.

»Danke, Käptn«, murmelte Fiete schwach. Und dann immer wieder: »Danke, danke!«

»Hör auf, mir zu danken, Junge«, knurrte Jan. »Kann dich doch nicht absaufen lassen. Wer soll mir denn den Kaffee bringen?«

Ein kleines Lächeln zeigte sich auf dem Gesicht des Jungen.

»Und freu dich nicht zu früh, Fiete. Der Bootsmann wird dir bestimmt den Arsch versohlen.«

Aber das tat Lars Erikson nicht, als sie wieder an Bord der *Sophie* waren. Dazu waren sie alle viel zu froh, dass die Rettung wider Erwarten gelungen war.

»*Deus no céu!*«, rief Doctor Emanuel. Er war vor Aufregung in sein heimatliches Portugiesisch verfallen. »*É um milagre, capitão, um verdadeiro milagre!*«

Ja, das war es. Ein verdammtes Wunder. Elsje schnappte sich den Jungen und brachte ihn zum Smutje in die Kombüse, um ihn zu wärmen, ihm heißes Wasser einzuflößen, ihn in dicke Decken zu hüllen. Die Männer hievten das Beiboot aus dem Wasser, und Köppers gab den Befehl für die Weiterfahrt.

»Am besten packst du dich auch gleich mit dicken Decken in die Koje«, sagte er zu Jan. »So wie du schnatterst. Holst dir noch den Tod.«

Das tat er. Aber erst, nachdem Doctor Emanuel ihm einen notdürftigen Verband um den Kopf gelegt hatte.

DAS SKLAVENKIND

Eine Woche später waren am Horizont die Vulkanhöhen der Kanarischen Inseln aufgetaucht. Tags darauf begann der Wind, sich zu drehen. Zuerst wehte er aus Nord, dann aus Nordost, in welcher Ecke er sich schließlich einnistete. Das bedeutete, dass die Zone der Passatwinde erreicht war und sie nun endlich Kurs nach Westen nehmen konnten.

Die *Sophie* machte gute Fahrt, wie das Log bewies, und die Schiffsbewegungen waren sanft und gleichmäßig geworden. Jeden Mittag maßen Kapitän und Steuermann den Sonnenstand und trugen ihre geschätzte Position in der Karte ein. West bei Südwest war ihr Kurs, um sich langsam dem zwanzigsten Breitengrad zu nähern, auf dessen Höhe auch Hispaniola lag. Bei gutem Wind von achtern und ruhiger See wurde die Reise zum Vergnügen. Die winterliche Kälte war einer angenehmen Wärme gewichen. Die Männer legten tagsüber ihre Hemden ab und genossen das Prickeln der Sonne auf der bloßen Haut. Wobei sich einige allerdings das Fell verbrannten.

Doctor Emanuel wunderte sich über die Tätowierung auf Eriksons muskelbepacktem, linken Oberarm, ein rotes, blutendes Herz. Diskret fragte er bei Jan an, was es zu bedeuten habe. Nach einer unglücklichen Liebe, erklärte Jan ihm, und im Überschwang der Gefühle hätte Erikson sich das machen lassen. Aber der Bootsmann hasse es, wenn man danach fragte. Er hätte schon einige zusammengeschlagen, die sich darüber lustig gemacht hätten. Oh, das habe er keinesfalls vor, beeilte sich Doctor Emanuel zu betonen. Die Liebe sei doch das Schönste auf der Welt und bestimmt kein Gegenstand, um sich darüber lustig zu machen.

Auch Elsje hatte ihre unförmige Segeljoppe abgelegt und ihr Kleid gegen eine leinene Seemannskluft getauscht, die ihre weiblichen Rundungen zwar bedeckte, der Fantasie der Männer dennoch Nahrung bot. Anzügliche Bemerkungen waren nicht selten, allerdings nur, wenn der Bootsmann nicht in Hörweite war. Und gegen Annäherungsversuche wusste sie sich mit ihrer scharfen Zunge durchaus zu wehren, wie sie es dem Käptn versprochen hatte.

Fiete war nach seinem Sturz ins Meer nicht mehr der gleiche unbekümmerte Junge wie zuvor. Still und in sich gekehrt versah er seine Aufgaben. Und wenn nichts zu tun war, verkroch er sich in eine Ecke.

»Die Sache hängt dir wohl noch in den Knochen«, sagte Jan zu ihm, als er ihm eines Morgens das Frühstück brachte.

Fiete nickte nur. Natürlich wusste er, was sein Käptn meinte.

»Das gibt sich mit der Zeit, mein Junge.« Er fuhr ihm durchs wirre Haar. »Du wirst sehen, bald kletterst du wieder in den Topp.«

»Glaub nich', Käptn.«

»Ich kenn dich doch. Du wirst bestimmt der beste Toppgast, den die *Sophie* je hatte. Und jetzt bestell dem Koch, wenn er mir noch mal kalten Kaffee bringen lässt, zieh ich ihm die Ohren lang.«

Nach dem Frühstück kam Jan endlich Elsjes Bitte nach, die Sklaven für eine Weile an Deck zu lassen. Erikson selbst und Piet Möller halfen ihr dabei, denn die Glieder der Eingepferchten waren steif von der Enge ihres Gefängnisses, und mit den Eisen an den Füßen hatten sie Schwierigkeiten, die Stiegen zu erklimmen. Sie machten einen jämmerlichen Eindruck, wie sie danach auf den Deckplanken hockten und sich ängstlich umsahen. Die Schwarzen waren ungewaschen und rochen entsprechend, ihre Lumpen zum Teil mit eingetrocknetem Erbrochenem besudelt, die Fußgelenke von den Eisen wund gescheuert.

Bei einem hatte sich die Wunde entzündet und eiterte stark. Ihm ließ Jan die Fußfesseln abnehmen, damit Doctor Emanuel ihn behandeln konnte. Die Sache sah übel aus. Aber mehr als sich den Fuß anzuschauen und dem Mann einen Verband anzulegen, fiel dem guten Doctor nicht ein. Und selbst das machte er nicht sehr geschickt. Elsje musste ihm helfen.

Der Koch teilte Seife aus. Die Seeleute holten eimerweise Meerwasser an Deck und füllten einen Kübel, damit die Schwarzen sich waschen konnten, auch wenn die Seife im Salzwasser nicht besonders schäumte. Unter den neugierigen Blicken der Mannschaft ließen sie ihre zerlumpten Fetzen fallen. Elsje herrschte die Männer an, ob sie nichts Besseres zu tun hätten, als die drei Sklavenweiber anzuglotzen, denn auch die hatten sich ausgezogen. Da besann sich Erikson, der selbst auch gestarrt hatte, und scheuchte die Kerle zurück an die Arbeit.

Die zum Teil mageren Leiber dauerten Jan. Er scheute sich, ihnen nach der Wäsche die verlausten Lumpen wieder zuzumuten. Deshalb befahl er Ole Penning, aus seinem Bestand ein paar einfache Seemannshosen und Blusen auszugeben. Die alten Fetzen ließ er über Bord werfen. Nun sahen die Schwarzen etwas ordentlicher aus, obwohl der größte unter ihnen, ein muskulöser Kerl, mit Blicken um sich warf, als wollte er jemanden ermorden. Auf den würde man achtgeben müssen, dachte Jan. Allerdings war ihm nur allzu bewusst, dass er sich selbst an der Stelle dieses Burschen nicht anders gefühlt hätte.

Die übrigen Sklaven waren eher fügsam, wagten kaum, den Blick zu heben, ließen alles über sich ergehen. Eine der Frauen, ein eigentlich recht kräftiges Weib, war so niedergeschlagen und teilnahmslos, dass sie reglos und zusammengesunken dasaß und nur stumpf vor sich hin starrte. Elsje musste sie waschen und ihr helfen, die saubere Bluse überzustreifen. Beim Anblick dieser tiefen Schwermut fühlte Jan sich sehr unwohl in seiner Haut. Vielleicht hatte die Frau ihr Kind verloren oder ihren Mann. Was für ein elendes Geschäft dieser Sklavenhandel doch war. Er hätte den Gefangenen gern die Fußeisen abgenommen, aber unter ihnen waren sieben kräftige Männer. Die würden der Mannschaft schon Schwierigkeiten bereiten können, sollte ihnen der Sinn danach sein.

Dann fiel sein Blick auf die Schwangere. Die musste kurz vor der Entbindung stehen, so gewaltig wölbte sich ihr Bauch. Eine Geburt an Bord? Das machte ihm Sorgen. Aber zum Glück hatten sie ja den Doctor. Er ordnete an, dass wenigstens den Frauen die eisernen Fesseln erspart bleiben sollten. Die Schwangere sah zu ihm herüber, als man ihr die Eisen abnahm, und hielt mit ernster Miene lange seinen Blick gefangen. Sie hatte einen schönen, vollen Mund und kluge Augen. Schließlich nickte sie unmerklich mit dem Kopf, als wollte sie ihm danken. Jan ertrug diesen Blick nicht länger und musste sich abwenden.

Nachdem die Sklaven wieder unter Deck waren, ließ er Elsje kommen. »Sie kriegen genug zu essen, die Schwarzen?«

»Bohnensuppe mit Schiffszwieback.«

»Jeden Tag?«

»So ziemlich.«

»Und Fleisch?«

Sie schüttelte den Kopf. »Der Smut meint, denen gutes Pökelfleisch zu geben, sei eine Verschwendung.«

»Dann sag ihm von mir, dass sie ab jetzt das Gleiche wie die Mannschaft kriegen.«

Elsje grinste zufrieden. »Aye, Kapitein!«

Beim Mittagessen in der Messe stellte er dem Doctor die Frage, die ihn seit Tagen bewegte. »Sagt mir, Doctor, sind diese Schwarzen eher wie Tiere, oder haben sie auch eine Seele wie wir Christen?«

Doctor Emanuel lachte. »Darüber streitet sich die Geistlichkeit, Capitán. Man versucht, sie zu bekehren, aber ob es nützt? Die meisten halten an ihren Urwaldgeistern fest. Ich kann mir nicht vorstellen, dass sie etwas wie ein Leben nach dem Tod überhaupt verstehen, ganz zu schweigen von Gottes Paradies.«

»Aber Ihr seid aus Pernambuco. Da müsst Ihr doch Erfahrung mit den Afrikanern haben. Sind sie wie wir oder doch ganz anders? Leiden sie wie weiße Menschen? Kennen sie so etwas wie Nächstenliebe? Und wie geht man am besten mit ihnen um?«

»Am besten behandelt man sie wie etwas einfältige Kinder. Gütig, wenn sie gehorchen, und mit Züchtigung, wenn sie rebellieren. Diese Behandlung scheint ihnen gut zu bekommen. Und manche werden am Ende recht nützliche Familienmitglieder. Meine eigene Amme war eine Schwarze. Ich habe sie in guter Erinnerung.«

»Das heißt, die Milch ist die gleiche?« Es war Erikson, der das gefragt hatte.

»Oh, durchaus.«

»Erstaunlich«, sagte der Däne. »Ich meine, wo sie doch so schwarz sind.«

Auch die anderen zeigten sich verwundert. Jan hatte zuletzt nicht zugehört. Ihm war der Blick in den Sinn gekommen, mit dem die Schwangere ihn bedacht hatte.

»Ich habe nicht den Eindruck, dass sie einfältig sind«, sagte er.

»Nun, nicht im Sinne von dumm. Das wollte ich nicht sagen. Eher einfachen Gemüts.«

»Aha«, sagte Jan.

Doch irgendwie hatten ihn die Worte des guten Doctors nicht klüger gemacht. Seine Frage nach der Seele war nicht beantwortet. Er würde es wohl eines Tages selbst herausfinden müssen. Das heißt, wenn das überhaupt möglich war. Schade, dass er ihre Sprache nicht verstand. Obwohl, wenn er an den Schwarzen mit den wütenden Augen dachte, der würde bestimmt nicht mit ihm reden wollen. Ob das Kind der Schwangeren von ihm war? Wahrscheinlich nicht, denn der Mann hatte ihr nicht mehr Beachtung geschenkt als seinen anderen Leidensgenossen.

Am nächsten Morgen, es hatte gerade acht Glasen geschlagen, kam Johan Hendriks zu ihm in die Achterkajüte. »Ein wunderschöner Morgen, Käptn.«

»In der Tat«, sagte Jan und schlürfte seinen Kaffee. »Möchtet Ihr eine Tasse?«

»Nein danke.«

»Was ist das für eine Narbe an der Stirn?«

»Ein Streifschuss. Spanische Kugel. Aber schon lange her.«

Mehr schien er nicht darüber sagen zu wollen. Jan fragte sich, auf welchen Schlachtfeldern Hendriks wohl schon gedient haben mochte, denn auf ihn machte er einen unter

Feuer gehärteten Eindruck. Ein Kerl, den trotz seiner ruhigen Art nichts so schnell einschüchtern würde.

»Ihr habt was auf dem Herzen, Meester Hendriks?«

Der nickte. »In der Tat. Wir sollten mit den Waffen- und Schießübungen beginnen.«

»Schießübungen? Wir sind doch kein Kriegsschiff.«

»Natürlich nicht. Aber wir kommen bald in Gewässer, wo man uns nicht überall wohlgesinnt ist. Es kann nicht schaden, sich auf alle Möglichkeiten vorzubereiten.«

»Also schön, Johan. Dann gehört das Deck in den nächsten Stunden Euch.« Er bat Erikson, die Mannschaft zusammenzurufen, und erklärte ihnen, was die beiden Holländer mit ihnen vorhatten. »Hendriks und Jonkers werden euch beibringen, mit allen Waffen umzugehen, die wir an Bord haben. Hört auf die beiden. Und dass keiner meint, er kann sich davor drücken.«

»Ihr auch nicht, Käptn«, lachte Hendriks.

Und dann begann er auch gleich mit Jan und zeigte ihm, dass ein Rapier zwar eine hervorragende Duellierwaffe war, dass aber im Gewühl eines Piratenüberfalls der schwere Entersäbel und ein paar Pistolen im Gürtel nützlichere Dienste leisten konnten.

Tagelang musste von nun an die Mannschaft fechten üben, lernen, fast im Schlaf mit Pistolen und Musketen umzugehen und die auf der Reling montierten Drehbrassen zu laden und zu feuern. Nicht zuletzt bestand Hendriks auf Kanonendrill. Dafür warfen sie leere Fässer ins Meer, auf die sie zielten. Auch wenn die *Sophie* nur bronzene Sechspfünder besaß, aber gegen ein kleines Schiff oder Kanu würden sie schon etwas ausrichten können.

Hendriks veranstaltete Wettbewerbe, und die Männer machten sich einen Spaß daraus, einander zu übertreffen.

Brun Enders erwies sich neben Aart Jonkers als hervorragender Schütze, besonders mit einer der mit Steinschlössern ausgestatteten Musketen, die durch ihre Bohrung und langen Läufe weitaus treffsicherer als die üblichen Feuerrohre waren. Sie hatten leider den Nachteil, dass die Kugeln genau passen mussten und dass das Laden dreimal so lange dauerte, weshalb sie nicht im Krieg und höchstens zur Jagd verwendet wurden. Hendriks belohnte Enders, indem er ihm eines dieser Gewehre als persönliche Waffe überließ. Stolz ritzte der Matrose seine Initialen in den Schaft.

Tag für Tag segelten sie durch diese immense Wasserwüste, ohne einem anderen Schiff zu begegnen. Es war friedlich an Bord, das Wetter blieb gleich, immer schien die Sonne, und nur die häufigen Gefechtsübungen durchbrachen die Eintönigkeit der Überfahrt. Nach dreiundzwanzig Tagen seit den Kanaren fing Köppers jedoch an, unruhig zu werden.

»Es müsste bald Land in Sicht kommen«, sagte er. Er hatte wie andere einen heftigen Sonnenbrand erlitten, auf der Nase pellte sich die Haut. »Wir sind weiter südlich, als ich gehofft hatte. Eine Strömung muss uns abgetrieben haben. Oder ich habe einen Fehler mit dem Astrolab gemacht. Jedenfalls sollten wir ab jetzt ständig einen Mann im Vormars haben.«

So kam es, dass alle zwei Stunden ein anderer den Fockmast aufenterte, um den Vorgänger abzulösen. Es wurde auch regelmäßig das Bleilot ins Meer geworfen, um zu verhindern, dass die *Sophie* unerwartet auf eine Untiefe traf. Aber bislang lief die lange Lotleine jedes Mal aus, ohne Grund zu berühren.

Der tägliche Spanischunterricht hatte zu Fortschritten geführt. Selbst Hein Köppers war inzwischen in der Lage, eine einfache Unterhaltung zu führen, auch wenn seine Aussprache den Doctor immer wieder zusammenzucken ließ. Und dann, mitten in der Nacht, wurde Jan aus dem Schlaf gerissen. Es war Fiete, der ihn an der Schulter rüttelte.

»Käptn, Käptn! Die Negerin kriegt ihr Kind.«

Jan fuhr hoch. »Und was verdammt soll ich dagegen tun?«

»Sie schreit und wimmert. Es geht ihr nicht gut.«

»Ruf den Doctor.«

»Der ist schon auf den Beinen.«

Fluchend zog Jan sich Hosen und Hemd über. Dann in die Schuhe. Für Strümpfe nahm er sich nicht die Zeit. War ohnehin zu warm dafür in diesen Breitengraden. Anschließend hastete er aus seiner Kajüte. Es war Vollmond. Er sah kurz zu den Segeln hinauf und warf einen Blick auf den Kompass. Kurs West lag an, wie befohlen.

»Hier ist alles in Ordnung, Käptn«, brummte Geerke Buhr, der gerade Wache am Ruder hatte. »Aber die da unten ist mächtig laut.«

Jetzt hörte Jan es auch. Ein durchdringender Schrei aus den Tiefen des Schiffes, der ihm das Blut in den Adern gefrieren ließ. Was zum Teufel war da los? Er nahm die Leiter zum Oberdeck und stürmte in die Messe mit Fiete auf den Fersen. Dort hätte er fast Doctor Emanuel über den Haufen gerannt, der mit seiner Medizintasche in der einen und einer Laterne in der anderen Hand gelaufen kam, um die Leiter zum unteren Deck zu nehmen.

»Nach Euch, Doctor«, sagte Jan. »Ich glaube, das ist doch eher Euer Gebiet.«

Doctor Emanuel zog eine unglückliche Miene und kletterte unbeholfen die Leiter nach unten. Jan hinterher. Oles bleiches Gesicht tauchte im Lampenschein auf.

»Hab ich's nicht gesagt?«, knurrte er. »Weiber an Bord. Bringt nur Ungemach.«

Jan achtete nicht auf ihn. Er und der Doctor zwängten sich den schmalen Gang entlang, an der festgezurrten Ladung vorbei, bis sie zum Pferch der Sklaven kamen. Aart Jonkers hatte ihn aufgeschlossen. Eine Laterne hing an einem Haken am Hauptmast, der bis unten zum Kiel des Schiffes reichte. Sie schwang zu den Bewegungen des Schiffes und warf ein trübes Licht auf das Innere des hölzernen Gefängnisses. Elsje war bei der Schwangeren, die gekrümmt am Boden hockte und jetzt wieder so schrecklich schrie, als würde man ihr einen glühenden Haken durchs Fleisch ziehen. Jan versuchte, nicht hinzusehen, denn das Weib war von der Hüfte abwärts nackt.

»Ist das Fruchtwasser gekommen?«, fragte Doctor Emanuel, als das Geschrei endlich aufhörte. Er schien sichtlich nervös zu sein. Elsje bejahte die Frage. »Wie weit ist es denn?«, fragte er die Dirne.

Die sah ihn verständnislos an. »Wie soll ich das wissen?«

»Du musst die Hand reinstecken und fühlen, wie weit der Muttermund geöffnet ist.«

»Ich?«, fragte sie. »Aber Ihr seid doch der *Doctor*.«

Der schüttelte heftig den Kopf. »Auf keinen Fall! Ich bin Arzt, aber keine Hebamme. Also los, nun mach schon!«

»Ich bin auch keine Hebamme«, erwiderte Elsje trotzig.

Inzwischen war eine neue Wehe gekommen, und die Schwarze krümmte sich und schrie, dass es einem durch Mark und Bein ging. Rechts und links von ihr starrten die anderen Sklaven ängstlich auf die sich in Schmerzen windende Frau, die kaum genug Platz hatte, die Beine zu spreizen. Es war heiß in dem Verschlag, und es stank nach Schweiß und Urin.

»Sie muss aus dem verdammten Pferch raus«, rief Jan. »Legt sie hier neben den Mast, da ist mehr Platz.«

Elsje half ihr zwischen zwei Wehen auf, und Jonkers legte ein paar Säcke auf den Boden des Laderaums. Dort ließ sich die Gebärende ächzend nieder. Die Arme war am ganzen Körper schweißüberströmt. Als die nächste Wehe kam, verzerrte sie ihr hübsches Gesicht und bleckte im Schmerzenskrampf die Zähne. Wieder löste sich aus ihrer Kehle ein Schrei, der einem schier das Herz abwürgte. Danach stöhnte und wimmerte sie. Jan hatte nicht gewusst, dass das Kinderkriegen so schwer war. Der Doctor und Elsje stritten sich immer noch, wer nun endlich berufen war, den Fortschritt der Geburt zu überprüfen, als Jonkers ungeduldig wurde.

»Hört auf zu streiten. Da ist doch schon der Kopf!« Der Mann schien Erfahrung zu haben. »Sie muss jetzt drücken«, sagte er. »Los. Drücken!« Er machte es vor.

Jetzt wagte auch Jan, der Schwarzen zwischen die Beine zu schauen. Tatsächlich. Da war etwas Rundes, Dunkles, das da eigentlich nicht hingehörte. Außerdem war auch noch Blut auf die Säcke gesickert. Schnell sah er wieder weg. Ihm war schrecklich heiß und stickig geworden. Seine Knie fühlten sich seltsam weich an. Besonders, als die nächste Wehe sich ankündigte.

»Ich muss mal nach dem Kurs sehen«, murmelte er. »Nur Mut, Doctor! Ihr schafft das schon.« Und damit machte er sich davon.

Und so wurde wenig später ein neuer Erdenbürger geboren, leider in die Sklaverei. Das Kind war gesund. Die Mutter nach all den Mühen auch. Auf dem Achterdeck stürzte Jan ein Glas von seinem guten Porto hinunter, um sich von dem Schrecken zu erholen. Obwohl jeden Tag auf der Welt Tausende von Kindern geboren wurden, war es doch ein erschütterndes Ereignis, fand er. Nur die *Sophie* pflügte gleichmütig ihren Weg durch die weite See, als wäre nichts Besonderes vorgefallen.

Jan lehnte an der Reling des Achterdecks und genoss das gemächliche Rollen des Schiffes vor dem achterlichen Wind. Es wurde langsam hell. Im Osten war der Himmel rosig rot und spiegelte sich im Kielwasser. Keine Wolke am Firmament. Es würde wieder ein schöner Tag werden. Plötzlich gellte ein Ruf vom Fockmast und unterbrach die frühmorgendliche Stille.

»Land in Sicht!«

DOMINICA

D er Ruf scheuchte die ganze Mannschaft hoch. Das Trampeln ihrer nackten Füße hallte durchs Schiff, als sie alle an Deck kamen, aufs Vorschiff oder in die Wanten kletterten, um einen ersten Blick zu erhaschen. Noch ziemlich undeutlich waren blassgraue Umrisse am westlichen Horizont zu erkennen, die wie Bergspitzen aussahen. Hätten aber auch Wolken sein können. Köppers kam aufs Achterdeck und richtete ein Fernrohr darauf.

»Ist 'ne Insel«, brummte er nach einer Weile. »Und nach meinen Berechnungen muss es Dominica sein. Wir sollten dort landen. Smut sagt, wir müssen die Wasserfässer nachfüllen.«

Jan wusste, sie hatten den Wasserverbrauch schlecht berechnet. Wegen der Sklaven an Bord. Köppers setzte das Fernrohr ab und machte dem Doctor Platz, der ebenfalls aufs Achterdeck gestiegen war.

»Dominica?«, sagte der. »Die Insel ist, soviel ich weiß, unbewohnt. Das heißt, wenn man die Indios nicht mitzählt.«

»Indios?«

»Gehören zum Volk der Kariben und sind ziemlich wild. Sollen Kannibalen sein. Vor einigen Jahren haben sie eine Gruppe Franzosen massakriert, die sich da ansiedeln wollten. Hat man sich jedenfalls in Portugal erzählt.«

»Wir werden sie nicht stören«, sagte Köppers. »Wir wollen nur ein paar Fässer füllen. Dann sind wir schon wieder weg.«

»Was ist es denn am Ende geworden?«, fragte Jan den Doctor.

»Was meint Ihr?«

»Ein Junge oder ein Mädchen?«

»Ach so. Ein strammer kleiner Junge.«

»Ich gestehe, das war meine erste Geburt«, sagte Jan.

»Meine auch«, gab Doctor Emanuel zu.

»Stimmt. Ihr habt keinen besonders geübten Eindruck gemacht, Doctor. Wenn Ihr mir die Bemerkung gestattet.«

»Mir fehlt die Praxis, ich gebe es zu. Ich habe zwar Medizin studiert, aber nie praktiziert. Im Grunde bin ich eher Jurist.«

»Das heißt, Ihr habt Euch sozusagen unter falscher Flagge an Bord geschlichen«, lachte Jan. »Nicht viel anders als die Dirne aus Amsterdam.«

Doctor Emanuel machte ein verlegenes Gesicht. »Zumindest verdankt Ihr mir, dass Ihr jetzt ein wenig Spanisch sprecht, Capitán. Und auf die Dirne lass ich nichts kommen. Die war am Ende mehr als hilfreich. An der hat es nicht gelegen.« Er räusperte sich. »Übrigens, sie hat der jungen Mutter ihre Hängematte abgetreten, wenn's recht ist.«

Jan nickte. »Geht schon in Ordnung.«

Dass der gute Doctor so freimütig seine Schwäche zugegeben hatte, gefiel ihm. Überhaupt war er guter Laune, nachdem sie endlich Land gesichtet hatten.

»He, Erikson!«, rief er dem Bootsmann zu, der unter ihnen auf dem Oberdeck stand und ebenfalls in Richtung Land starrte. »Zur Feier des Tages gibt's heute Abend für alle eine Extraration Wein oder Bier. Was immer gewünscht wird.«

Erikson legte grinsend zwei Fingerspitzen an die Stirn. »*De acuerdo*, Capitán.« Auch der Bootsmann hatte seine Lektionen gelernt.

Es handelte sich in der Tat um die Insel Dominica, nachdem Köppers die Form der hohen Berge mit den Segelanweisungen für Westindien verglichen hatte. Van Doorn hatte die aufgetrieben und ihnen mitgegeben. Sie näherten sich der Küste mit Vorsicht und nur unter Toppsegel. Alle paar Minuten wurde die Tiefe ausgelotet. Als sie nahe genug heran waren, um Einzelheiten zu erkennen, ordnete Jan einen Kurswechsel nach Norden an, um der Küstenlinie zu folgen.

Die Insel war über und über mit Urwald bewachsen und äußerst bergig mit schroffen Hängen. An vielen Stellen konnten sie Bäche und Wasserfälle sehen, die sich ins Meer ergossen. Leider war kein guter Landeplatz auszumachen. Das Ufer war von Felsklippen geprägt, um die eine vom Nordostpassat getriebene heftige Brandung toste. Selbst an Stellen, wo sich ein Sandstrand befand, waren die anrollenden Brecher so hoch, dass es kaum ratsam schien, an einer solchen Leeküste zu ankern.

Um die Mittagszeit herum erreichten sie die Nordostküste der Insel. Dort fanden sie eine geschützte, nach Norden ausgerichtete Palmenbucht mit einem weißen Sandstrand, an dessen Ende ein kleiner Bach ins Meer mündete. In der Nähe des Ufers war das Meer seicht und türkisfarben. In einiger Entfernung und bei drei Faden kristallklarem Wasser unter dem Kiel ließen sie den Anker fallen. Während das Beiboot ausgebracht und mit fünf leeren Wasserfässern beladen wurde, studierte Jan das gesamte Ufer durchs Fernrohr. Der Urwald wuchs, wie überall auf dieser Insel, bis dicht an den Strand heran. Außer zahlreichen Vögeln war von Bord aus nichts Lebendiges zu entdecken. Keine Hütten, kein Rauch, der auf menschliche Behausungen hätte schließen lassen. Die Insel war einsam und schön wie Gottes Garten Eden.

»Wir sind so weit, Käptn«, hörte er den Bootsmann rufen.

Jan gab Köppers das Fernrohr, schwang sich über die Reling und kletterte die Jakobsleiter hinunter ins Boot. Vier Mann waren an den Riemen. Außer denen dann Erikson, Hendriks, Jonkers und er selbst. Sie alle waren mit Messern und Entersäbeln bewaffnet. Jan hatte seinen über den Rücken geschnallt und eine geladene Pistole im Gürtel. Hendriks und Erikson trugen Bandeliere und hielten Musketen in den Händen, deren langsam brennende Lunten bereits angezündet und einsatzbereit waren. Für alle Fälle.

In der Nähe des Bachs sprangen sie in die schwache Brandung und zogen das Boot auf den breiten, hellen Sandstrand, der die Sonne so stark zurückwarf, dass man die Augen zukneifen musste. Jan und Hendriks sahen sich aufmerksam um. Außer ein paar Seevögeln und Krabben war nichts zu sehen. Sie nickten Erikson zu, der mit den Seeleuten begann, die Fässer mit Hilfe zweier Planken vom Boot und in Richtung Bach zu rollen.

Während Hendriks und Jonkers den Strand sicherten, wagte sich Jan an Uferpalmen vorbei in den tropischen Dschungel. Nach fünfzig Schritten war die Brandung kaum noch zu hören, dafür aber die seltsamen Geräusche des tropischen Waldes. Die prachtvolle, überbordende Natur ließ ihn staunen. Pflanzen und Bäume, wie er sie noch nie gesehen hatte, und sie wuchsen so dicht, dass kaum ein Durchkommen war. Vögel kreischten in den Ästen über seinem Kopf. Echsen flohen vor seinen Schritten, und Schmetterlinge in herrlichen Farben tanzten im Licht. Schlingpflanzen hingen von den Bäumen, dazwischen herrliche Orchideenblüten, um die winzige Vögel surrten, bemüht, ihren Nektar zu trinken. Es war schwül, und neben dem süßen Duft der Blüten herrschte ein modriger Geruch von Fäulnis.

Jan wollte schon umdrehen, als er einen Mann zwischen den Bäumen entdeckte. Eigentlich konnte er nur den Kopf und nackten Oberkörper sehen. Der Kerl stand still und starrte ihn ebenso erstaunt an wie Jan ihn. Seine langen Haare waren schwarz, auf dem Kopf trug er einen Federkranz. Die Augen waren länglich, die Nase flach, und seine Haut hatte einen bräunlichen Ton. Den Oberkörper bedeckte eine seltsame Bemalung, hauptsächlich rot, aber mit schwarzen Strichen und Kreisen. Das also war ein Indio. Und dann bemerkte Jan, dass der Mann einen Bogen über der Schulter trug und einen langen Speer in der Hand. Es war sicher klüger, umzukehren.

Aber langsam. Er wollte den Indio nicht erschrecken. Er ging ein paar Schritte in Richtung Strand und sah sich noch einmal um. Der Mann war verschwunden.

»Hab gerade so etwas wie einen Indio gesehen«, sagte er zu Hendriks.

»Wo?«

»Dort drüben.« Er zeigte auf die Stelle.

Hendriks winkte Jonkers heran und klärte ihn über den Indio auf. »Wir sollten besser vorsichtig sein. Es sind bestimmt noch mehr in der Gegend.«

Sie wanderten zum Bach hinüber. Zwei volle Fässer hatte Erikson schon an Bord des Bootes gebracht. Zwei Matrosen rollten gerade ein drittes hinüber. Da hörten sie auf einmal eine Trommel aus dem Urwald dröhnen. Was zum Teufel hatte das nun zu bedeuten?

»Beeilt euch lieber«, rief Hendriks und fiel auf ein Knie, mit der Muskete im Anschlag und gegen den Urwald gerichtet, wo Jan den Indio gesehen hatte. Jonkers, ein paar Schritte weiter, tat das Gleiche.

Plötzlich traten ein Dutzend Indios aus dem Dschungel. Sie brüllten Unverständliches und schwangen lange Speere in der Luft. Einer hatte einen Bogen in der Hand. War es der Gleiche, den Jan gesehen hatte? Jedenfalls legte der Kerl einen Pfeil auf und ließ ihn ohne Warnung fliegen. Das Geschoss verfehlte Jonkers um Haaresbreite. Der zögerte nicht, sondern legte die Muskete an die Wange und schoss. Er traf einen der Männer am Oberschenkel. Der jaulte auf, griff sich ans blutende Bein und fiel zu Boden. Der Krach der Muskete hatte die Indios erschreckt. Sie wichen zurück und schleiften ihren verwundeten Kameraden mit.

Inzwischen wuchteten die Matrosen das dritte Fass ins Boot. Die Kriegstrommel der Indios, wenn es eine war, hörte nicht auf zu schlagen. Ein beängstigender Rhythmus dröhnte ihnen aus der Tiefe des Waldes entgegen. Nun setzte sogar eine zweite ein. Unheimlich.

»Los, alle ins Boot!«, rief Hendriks. »Wir ziehen uns zurück.«

Doch Erikson wollte nicht auf ihn hören. »Ich kann doch nicht die zwei guten Fässer zurücklassen.«

»Besser die Fässer als dein Leben, Lars.«

Aber Erikson wollte nicht hören. Er lief zu den beiden Seeleuten am Bach, es waren Klaas und Piet, und schrie ihnen zu, sich verdammt noch mal mit dem Füllen zu beeilen.

Jonkers lud in aller Eile seine Muskete nach. Dazu nahm er eine der kleinen Holzbüchsen am Bandelier, die jeweils mit Pulver für einen Schuss gefüllt waren, schüttete ein wenig auf die Pfanne und verschloss sie. Nun kam der Rest des Pulvers in die Mündung. Die Kugel folgte und ein Kugelpflaster aus Baumwolle. Beide wurden mit dem Ladestock in den Lauf gerammt. Nun war die Muskete wieder schussbereit. Ein geübter Schütze konnte zwei- oder dreimal in der Minute einen Schuss abgeben.

In diesem Augenblick stürmten noch mehr Indios aus dem Wald. Sie hatten wohl ihren Mut wiedergefunden. Diesmal wateten sie durch den Bach und warfen Speere. Klaas und Piet ließen die Fässer, wo sie waren, und rannten, so schnell sie konnten. Einer der Speere traf Piet in die Wade. Der ging zu Boden und brüllte vor Schmerz. Hendriks feuerte seine Muskete ab, aber die Kugel verfehlte die Angreifer. Dennoch zogen sie sich ein paar Schritte zurück. Nun schoss Jonkers ein zweites Mal und traf einen der Indios mitten in die Brust. Während der zu Boden stürzte, gingen die anderen hinter den Bäumen in Deckung.

Hendriks war jetzt an Piets Seite, der sich am Boden krümmte, und zog ihm ohne Federlesen den Speer aus der Wade. »Ab mit dir ins Boot!«

Klaas half Piet auf die Beine. Er blutete heftig und humpelte, aber schaffte es bis zum Boot. Die beiden kletterten hinein. Hendriks und Jonkers reichten den Männern im Boot ihre Musketen mit den brennenden Lunten. Dann stemmten sie sich zusammen mit Jan und Erikson gegen den Bug. Gemeinsam schoben sie das Boot ins Meer. Als ihnen das Wasser bis zu den Schenkeln reichte, zogen sie sich mit Hilfe der anderen ebenfalls an Bord. Die Riemen wurden ausgebracht, und sie begannen, zum Schiff zurückzurudern.

Doch gleich darauf bemerkten sie, wie noch mehr Indios etwas weiter am Strand entlang lange Kanus ins Meer schoben. Fünf an der Zahl. Und jedes hatte acht oder zehn Krieger an Bord.

»Die versuchen, uns den Weg abzuschneiden«, sagte Hendriks.

»Warum zum Teufel wollen die uns an den Kragen?«

»Schlechte Erfahrungen mit Europäern«, erwiderte Hendriks.

Er und Jonkers luden ihre Musketen nach. Jan zog seine Pistole aus dem Gürtel und prüfte, dass das Pulver noch auf der Pfanne war. Die Pistole hatte ein Steinschloss, keine Lunte nötig. Die anderen legten sich in die Riemen, Erikson ruderte an Piets Stelle. Viel zu langsam näherten sie sich dem Schiff. Die schlanken Kanus waren schneller. Die Indios paddelten in gleichmäßigem Rhythmus und näherten sich rasch.

»Pullt, Jungs!«, rief Jan. »Sonst schaffen wir's nicht.«

Leider hatten sie nur die vier Riemen an Bord. Aber mit den Fässern wäre ohnehin nicht mehr Platz gewesen. Jan sah zum Schiff hinüber, wo der Rest der Mannschaft an der Reling des Oberdecks stand. Sie hatten die Drehbassen geladen und feuerten eine auf die Kanus ab. Aber die Entfernung war zu groß, und das gehackte Blei fiel harmlos zwischen die Kanus, das meiste aber davor ins Meer.

Plötzlich sah er, wie jemand vom Vorschiff ins Wasser sprang.

»Einer der Sklaven flüchtet«, sagte er.

»Was?«, entfuhr es Hendriks. »Kann nicht sein. Oder es ist eine der Frauen. Die hatten keine Fußfesseln.«

Aber jetzt war nicht der Moment, sich darüber Gedanken zu machen, denn die Kanus kamen immer näher. Da krachte ein Schuss an Bord der *Sophie*, und einer der Kerle im vordersten Kanu kippte vornüber und fiel ins Meer. Es war Enders, der mit seiner Jagdmuskete geschossen hatte. Sofort reichte ihm jemand eine weitere geladene Waffe. Enders zielte, und kurz darauf brach noch ein Indio zusammen. Dieser mit einem Kopfschuss.

Inzwischen waren die Kanus auch in Reichweite von Hendriks' Muskete. Sein Schuss traf einen der Indios ins Gesicht.

Die Wucht der Kugel warf ihn gegen seinen Hintermann, und beide brachten das schmale Boot aus dem Gleichgewicht, so dass es umkippte. Die Indios in den übrigen Booten hörten auf zu paddeln. Und als Enders vom Schiff aus noch einem von ihnen die Schulter zerfetzte, begannen sie zu wenden. Jan hatte darauf verzichtet, zu feuern, denn auf mehr als zehn Schritt Entfernung war eine Pistole doch sehr unzuverlässig.

»Ich glaube, die haben genug«, sagte Hendriks und lud erneut seine rauchende Muskete.

Jan musste die beiden Holländer bewundern. Sie waren die ganze Zeit über gefasst und kaltblütig geblieben. Offensichtlich waren sie nicht zum ersten Mal in einer solchen Lage. Er dankte der Vorsehung, dass sie ihm die beiden geschickt hatte.

Das Boot hatte sich inzwischen der *Sophie* genähert, und Jan fragte sich, was aus der flüchtigen Schwarzen geworden war. Da, jetzt sah er sie wieder. Zielstrebig schwamm sie auf die Kanus zu und würde sie bald erreicht haben. Die werden sie umbringen, dachte er.

Aber als das Beiboot endlich an die Bordwand der *Sophie* stieß und er sich noch einmal umwandte, sah er, wie die Indios die Frau in eines ihrer Kanus hoben. Ja, es war eine Frau. Das konnte man jetzt deutlich sehen. Und zwar die Schwermütige. Verdammt noch mal, die hatte Mut bewiesen. Oder sie war so verzweifelt gewesen, dass ihr alles besser erschien als ein Sklavendasein. Sogar der Tod. Es war ein Verlust für ihn. Dennoch hoffte er, dass sie es gut bei den Indios haben würde.

Doch als er später diesen Gedanken Doctor Emanuel gegenüber äußerte, zeigte sich dieser skeptisch. Diese Kariben, sagte er, seien selbst Sklavenhalter. Cristóbal Colón habe schon davon berichtet. Auf ihren schnellen Kanus seien sie früher unterwegs gewesen, um die friedlichen Taínos zu fangen, die auf den nördlich gelegenen Inseln lebten, wie Guadeloupe, Puerto Rico oder Hispaniola. Besonders auf die Frauen hatten sie es abgesehen. Sollte das stimmen, dann wäre die arme Schwarze aus der Pfanne ins offene Feuer gesprungen.

Die Bucht der Mücken

Mehr gibt Er mir nicht für meinen Zucker?« Don Miguel war sichtlich aufgebracht. »Er ist von bester Qualität. Kaum Unreinheiten.«

»Ich weiß, Don Miguel«, sagte der Händler Alejandro Mendoza betrübt, auch ein wenig unterwürfig. »Euer Zucker ist der beste von ganz Hispaniola.«

»Na also. Warum zahlt Er mir dann nicht mehr?«

»Dieses Jahr gibt es mehr Zucker als sonst, Don Miguel. Das Wetter war besonders gut. Die Hurrikane sind ausgeblieben. Wir haben eine Schwemme sozusagen.«

»Dummes Zeug. Rede Er mir nicht von Schwemme, Mendoza. Der halbe Zucker steht ja noch auf den Halmen. Und das nicht nur auf meiner Pflanzung.«

Der Händler wand sich. »Die Schiffe sind bisher ausgeblieben. Mein Lager ist voll bis unter die Dachbalken. Ich habe sogar noch Zucker vom letzten Jahr. Und die Lagerkosten fressen den Gewinn auf. Außerdem trage ich das Risiko, Don Miguel.«

»Was für ein Risiko?«

»Wenn keine Schiffe aus Spanien kommen, dann bleibe ich auf dem Zucker sitzen.«

»Er weiß so gut wie ich, dass das nicht passieren wird. Verdammt noch mal, Mendoza! Langsam hab ich genug davon!

Er ist doch nicht der einzige Händler in Santo Domingo. Wir machen seit Jahren Geschäfte miteinander, aber vielleicht sollte ich mir doch endlich einen anderen Händler suchen.«

»Das täte mir aber sehr leid, Don Miguel. Ihr wisst doch, wie viel mir an Eurer Freundschaft liegt.« Er hob wie hilflos die Schultern. »Aber es ist, wie es ist. Und ich glaube kaum, dass Ihr woanders einen besseren Preis finden werdet.«

»¡Coño! Wenn das so weitergeht«, knurrte Don Miguel, »dann lasse ich hier in der Stadt meine eigenen Warenlager errichten und handle selbst mit den Kapitänen aus dem Mutterland.«

Der Händler machte ein betrübtes Gesicht. »Stellt Euch vor, alle Pflanzer würden das tun, wie soll ich da noch meine Familie ernähren? Das wäre dann endgültig mein Ruin, Don Miguel.«

»Und ich? Wie soll ich mit diesen unverschämt niedrigen Preisen eine Pflanzung betreiben und meine Neger durchfüttern, eh? Kann er mir das mal erklären? Da sollte ich gleich lieber alles unterpflügen und Blumen säen. Wenigstens hätte meine Frau was davon.«

»Wie geht es der Señora?«

»Wie soll's ihr gehen bei einem elenden Ehemann, der nicht einmal in der Lage ist, sie vernünftig auszustatten? Eine Frau ihres Standes! Soll ich sie etwa in Lumpen kleiden oder gar nackt herumlaufen lassen?«

Der Händler hob vor Entsetzen die Hände. »¡Por Dios! Natürlich nicht, Don Miguel. Gott behüte!« Jetzt zeigte sein Gesicht tiefste Zerknirschung. »Ich will ja auch kein Ungeheuer sein. Vielleicht könnte ich ja noch ein klein wenig drauflegen, aber nur der Señora zuliebe. Und das wäre dann mein äußerstes Angebot. Und auch nur, wenn Ihr mir Eure gesamte Ernte verkauft.«

Don Miguel nickte gnädig. »Natürlich. Es kommt ja noch mehr. Der *ingenio* ist noch in vollem Gange, wie Er weiß. Und was ist mit Pökelfleisch und Rinderhäuten?«

»Auch darüber können wir reden. Wenn Ihr nicht zu hohe Erwartungen an meine Zahlungsfähigkeit stellt.«

Dieses Spiel trieben sie jedes Jahr miteinander. Alejandro Mendoza hatte sich wie immer ärmer gestellt, als er war, und seine Lager waren auch nicht voll. Außerdem war ihm sehr wohl bekannt, dass ihm ein guter Teil von Don Miguels Erzeugnissen entging und andere Wege nach Europa fand. Und Don Miguel wusste natürlich, dass es gar nicht an diesem armen Mendoza lag, dass er so schlecht zahlte. Das verdammte Monopol war daran schuld, die Steuereintreiber der Krone und die verfluchten fetten Katzen in Sevilla und Cadiz, die sich an den Waren aus den Kolonien bereicherten und Paläste einrichteten.

Dabei lief der Zuckerhandel über Spanien bei weitem nicht so gut, wie er könnte. Die Händler aus Sevilla kriegten den gierigen Hals nicht voll mit ihren überhöhten Preisen. War denen nicht bewusst, dass die Konkurrenz aus Brasilien ihnen in Europa schon seit langem den Markt streitig machte? Was blieb einem wie ihm denn anderes übrig, als zu schmuggeln? Vom Handel mit Spanien konnte er nun wirklich nicht leben.

Und was diesen Mendoza betraf, der profitierte mehr von den europäischen Erzeugnissen, die Don Miguel ihm unter der Hand zukommen ließ, als vom Zuckergeschäft. Diese begehrten Waren aus Holland oder Frankreich kamen selten auf den öffentlichen Markt, sondern wurden über Mittelsmänner in Privathäusern angeboten. Alle waren an dieser Schattenwirtschaft mehr oder weniger beteiligt, die Pflanzer, die Bewohner von Santo Domingo, die Händler genauso wie die Obrigkeit, die nicht hinschaute, aber gerne eine großzügige Zuwendung einstrich.

Das Geschäft blühte, alle waren zufrieden. Was musste also dieser Emporkömmling, dieser Alonso Calderón, jetzt die Kreise stören, nur weil man ihn zum Vizegouverneur gemacht hatte? Verdammt sollte er sein, wenn er sich von dem Schnösel einschüchtern ließe, dachte Don Miguel. Dafür stand zu viel auf dem Spiel. Schließlich unterhielt er ein ganzes Netz von ausgesuchten Helfern. Alejandro Mendoza war nur einer von ihnen. Da waren seine *vaqueros*, die halfen, heimlich Waren zu transportieren, aber auch Fischer, die ihn warnten, wenn holländische Händler vor der Küste auftauchten, und als Boten dienten, um Nachrichten mit den Kapitänen auszutauschen. Er hatte Beamte und Richter in der Tasche. Auch einige der anderen Pflanzer überließen ihm ihre Erzeugnisse. Sie alle vertrauten ihm. Er hatte nicht vor, sie im Stich zu lassen. Außerdem war er nicht der Einzige. Es gab auch noch andere Schmugglergruppen. Sollte er denen etwa das Geschäft überlassen?

Nachdem er das Kontor des Händlers verlassen hatte, traf er sich mit Diego de Oliveira in einer kleinen Schenke, die etwas versteckt in einer der weniger belebten Gassen lag.

»Ich danke Euch, dass Ihr gekommen seid«, sagte Don Diego, nachdem sie sich begrüßt hatten und der Wirt sie mit einem guten Wein versorgt hatte, dem besten des Hauses, wie er versicherte. »Ich hoffe, ich stehle nicht Eure kostbare Zeit, mein lieber Miguel, aber ich habe da ein delikates Anliegen.«

»Handelt es sich wieder um einen entlaufenen Sklaven?«

Don Diego lachte. »O nein! Diesmal nicht. Und was den anderen angeht, so etwas kommt schließlich vor. Ich versichere Euch, die Sache ist vergessen.«

»Ich freue mich, es zu hören.«

»Nein, ich habe Euch um diese Unterredung gebeten, um Euch vor jemandem zu warnen.«

Don Miguel runzelte die Stirn. »Vor wem?«

»Vor unserem neuen Vizegouverneur. Der Kerl hat es auf Euch abgesehen. Ihr wisst schon, weswegen.«

»Nein, weiß ich nicht«, erwiderte Don Miguel vorsichtig. »Ich bin ein unbescholtener Bürger dieser Kolonie. Ich wüsste nicht, was er gegen mich haben sollte.«

»Nun ja.« Don Diego sah sich kurz um, bevor er weitersprach. »Ihr seid doch an einer gewissen Art von Handel beteiligt, der ... sagen wir es mal so ... von der Krone nicht gerade toleriert wird.«

»Woher wollt Ihr das wissen?«

»Das pfeifen doch die Spatzen von den Dächern.«

»Dann pfeifen sie falsch, Eure Spatzen.« Don Miguel sah sein Gegenüber scharf an. »Und was meine Spatzen angeht, die pfeifen, dass Ihr Spielschulden habt, mein Guter.«

Don Diego lächelte. »Ich gebe zu, dass ich im Augenblick etwas kürzertreten muss. Das Leben ist verdammt teuer geworden. Weshalb ich gern einen besseren Gewinn aus meiner *hacienda* ziehen würde.«

Wohl eher aus der *hacienda* der Witwe, die so dumm war, dich zu heiraten, dachte Don Miguel. »Ihr wollt Euch also an jenem gewissen Handel beteiligen, nehme ich an.«

»Ganz recht. Ich wusste, dass wir uns verstehen würden, mein lieber Miguel. Ich würde mich Euch gern partnerschaftlich anschließen, da ich selbst nicht die nötigen Verbindungen habe.«

Don Miguel erwiderte nichts, sah seinen Gegenüber nur stumm an, ohne ihn erkennen zu lassen, wie er darüber dachte.

»Ich weiß, wir kennen uns noch nicht so gut«, sagte Don Diego. »Deshalb möchte ich Euch einen Beweis meiner Vertrauenswürdigkeit liefern. Danach könnt Ihr dann selbst entscheiden.«

»Und der wäre?«

»Dieser Bastard Calderón, entschuldigt meine Ausdrucksweise, hat mich auf Euch angesetzt. Ich soll Euch ausspionieren.«

»Und Ihr habt abgelehnt, so hoffe ich doch.«

»Im Gegenteil. Ich habe zugestimmt.«

Don Miguel runzelte die Stirn. »Ich fürchte, ich verstehe nicht ganz.«

»Das liegt doch auf der Hand, Miguel. Der Kerl hat vor, uns allen zu schaden. Besonders wir Pflanzer sind betroffen, aber in gewisser Weise die ganze Kolonie. Der will uns den Hahn zudrehen. Da müssen wir doch zusammenhalten. Und wenn er mir vertraut und ich erfahre, was der Bursche vorhat, kann es doch nur zu unser aller Vorteil sein.«

»Ihr wollt den Spieß also umdrehen und ihn ausspionieren?«

»Ganz recht. Wir werden ihm immer einen Schritt voraus sein. Und wer weiß, wo er seine eigenen Skelette im Keller hat. Vielleicht finden wir etwas heraus, das genügt, den Hund zum Teufel zu schicken.«

Don Miguel betrachtete den Mann. War dem zu trauen? Seine Augen blickten unschuldig genug, aber das hatte natürlich nichts zu bedeuten. Der konnte sich wahrscheinlich gut verstellen. Er hielt ihn eher für einen gewieften Burschen. Aber gerade solche konnten auch nützlich sein.

Er hob sein Glas und trank Don Diego zu. »Ich werde es mir überlegen«, sagte er.

Nach diesem Treffen führte sein Weg an der Kathedrale vorbei, wo er für einen Augenblick eintrat, sich die Stirn mit Weihwasser benetzte und in kurzer Andacht niederkniete. Dann ging er weiter und erreichte kurz darauf das Monasterio de San Francisco, ein Franziskanerkloster und überhaupt das erste Kloster in der Neuen Welt, 1508 von Nicolás de Ovando erbaut und 1586 beim Überfall von Francis Drake durch Schiffskanonen schwer beschädigt. Steinmetze arbeiteten immer noch an der Reparatur der Kirche.

An der Pforte fragte er nach seinem Bruder, Padre Anselmo, der für die Bibliothek des Klosters zuständig war. Der Pförtner, dem er natürlich nicht unbekannt war, bat ihn freundlich, einzutreten und eilte davon, um Padre Anselmo zu rufen.

»Miguel! Schön, dich zu sehen«, rief sein Bruder schon von weitem.

Der gute Padre war etwas älter als sein Bruder und ganz und gar kahl. Dafür besaß er aber ein ausdrucksvolles Gesicht mit buschigen Brauen und einem Gewirr von Krähenfüßen rund um die klugen Augen, in denen nicht selten der Schalk aufblitzte. Er hatte große, kräftige Hände, an denen im Augenblick ein wenig Tinte klebte, war ansonsten aber fast asketisch schlank.

»Tut mir leid, dass ich dich von deinen Schriften wegreiße«, sagte Don Miguel, »aber könntest du ein paar Tage auf der *hacienda* verbringen? Ich hab einiges zu erledigen. Und du weißt, ich lasse Maria nicht gern alleine.«

»Wieder deine undurchsichtigen Geschäfte, Bruderherz?«

Die Bemerkung hörte sich wie ein Tadel an, aber der Ton und das Augenzwinkern, die sie begleiteten, drückten eher das Gegenteil aus.

Don Miguel zuckte mit den Schultern. »Ich kann nicht alles meinen Leuten überlassen. Manches muss man selbst erledigen.«

Padre Anselmo lächelte. »Ich muss natürlich den Prior fragen. Aber ansonsten freue ich mich auf die Gesellschaft deiner Maria. Sie ist doch ein sehr hübsches und aufgeweck-tes Kind. Sie hat wahrlich Besseres verdient als so einen Schwerenöter wie dich.«

»Da hast du ausnahmsweise mal völlig recht.«

Sie lachten beide und plauschten im Anschluss noch ein Weilchen miteinander unbeschwert und fröhlich, wie es Brü-der tun, die sich gut verstehen. Dann kehrte Don Miguel zu seinem Stadthaus zurück, wo sein Pferd auf ihn wartete und Francisco Pérez, der Anführer seiner *vaqueros*, ein hagerer Mann mit einem Gesicht wie Leder. Er war halb Indio und schon lange in Don Miguels Diensten. Gemeinsam traten sie den Weg zur *hacienda* an.

»Ich mag diesen Diego de Oliveira nicht«, sagte Doña Maria später in der Nacht, als sie im gemeinsamen Ehebett lagen. Sie hatte ihren Kopf auf seine Schulter gelegt und strei-chelte sanft seine Brust. »Der tut so freundlich und wohler-zogen, als könnte er kein Wässerchen trüben. Dabei hat er etwas Verschlagenes.«

Don Miguel hatte das Treffen erwähnt, aber keine weite-ren Einzelheiten. Frauen mussten nicht alles wissen, auch wenn man sie noch sosehr liebte. Oder gerade deshalb. Von seinen geheimen Geschäften hatte Maria nur eine oberfläch-liche Ahnung. Das war auch besser so. Sollte sie jemals befragt werden, dann würde sie nicht in die Verlegenheit kommen, lügen zu müssen.

Am nächsten Nachmittag traf Padre Anselmo ein. Doña Maria begrüßte ihn überschwenglich. Sie freute sich darauf, einige Tage mit dem Franziskaner zu verbringen. Immer hatte er spannende Dinge zu erzählen, besonders auch aus den frühen Tagen der Kolonisierung. Und über die Indios. Er hatte eine Weile als Missionar unter ihnen gelebt.

Und fast zeitgleich mit dem Padre kam ein seltsamer Mann auf einem Maultier auf den Hof geritten, ein zäh aussehender Bursche mit wilden Haaren und einem zotteligen, grauen Bart. Doña Maria hatte schon des Öfteren von diesem alten Bekannten ihres Gemahls gehört, den Mann aber noch nie persönlich kennengelernt. Er war ganz in abgewetztem Leder gekleidet, trug einen breiten Schlapphut von unbestimmtem Alter auf dem Kopf, Messer und Machete im Gürtel und auf der Schulter ein langes Feuerrohr, eine Muskete mit Steinschloss. Die Waffen sahen aus, als wären sie seit Ewigkeiten in Gebrauch, ganz wie der Mann selbst. Die Haut verbrannt wie Leder, das Gesicht voller Falten und die Fingernägel abgebrochen und schmutzig.

»Das ist mein Freund Tomás oder Tom, wie er sich selber nennt«, sagte Don Miguel. »Er ist Wildjäger und Bukanier. Wir kennen uns seit vielen Jahren. Er wird uns heute Nacht führen.«

»Señora.« Der Mann verbeugte sich und lächelte. Seine Zähne waren unregelmäßig und braun vom Tabakgenuss. Ein paar fehlten auf der Seite. Er streckte ihr die Hand entgegen. Sie musste sich überwinden, die ungewaschene braune Faust zu schütteln. »Ist mir eine Ehre, Señora«, sagte er und funkelte sie fröhlich aus den blauesten Augen an, die sie je gesehen hatte.

Thomas Degger war sein Name, bekannt als der alte Tom unter den Bukaniern. Ursprünglich aus dem Norden Deutschlands sei er, habe als Matrose gedient, bei der

Hanse, aber auch bei Franzosen und Engländern. Vor langer Zeit schon habe es ihn auf Hispaniola verschlagen, wo er die Schönheit der Natur, die Stille der Wälder und vor allem die Freiheit eines selbstbestimmten Lebens der Enge und Disziplin an Bord eines Schiffes vorgezogen habe.

»Besser friedlich im Wald sterben, Doña Maria, als in der See ersaufen.« Er lachte dazu, ohne sich seiner schlechten Zähne zu schämen.

Bukaniere waren Abenteurer und Jäger, wie Doña Maria Carmen wusste. Sie verbrachten Monate in der Wildnis, hauptsächlich im Nordwesten der Insel. Meist zusammen mit einem Partner stellten sie den wilden Rindern und Schweinen nach. Das Fleisch räucherten sie nach Indianerart auf Rosten in hölzernen Verschlägen, Bukan genannt, und verkauften es an vorüberfahrende Schiffe. Es kam auch schon vor, dass sie die gleichen Schiffe überfielen, wenn sich die Gelegenheit dazu ergab, weshalb diese Männer einen zweifelhaften bis schlechten Ruf genossen.

Am Abend, kurz nach Einbruch der Dunkelheit, begaben sich Don Miguel und der Bukanier zur Zuckermühle, wo Francisco Pérez und vier *vaqueros* gerade fünfundzwanzig Maultiere mit Zucker beluden. Hatte der Handel mit den Schmugglerkapitänen bisher immer auf irgendeinem Strand in der Nähe stattgefunden, war Don Miguel jetzt vorsichtiger geworden. Don Alonsos kleine Flotte patrouillierte seit kurzem regelmäßig die umliegenden Küstengebiete. Einen der Pflanzer hatte er bereits erwischt. Das Schmuggelschiff, angeblich ein Franzose, war entkommen. Der Pflanzer auch. Don Miguel wusste, wer es war, aber dessen gesamte Ware war beschlagnahmt worden. Ein herber Verlust. Deshalb hatte er sich entschlossen, einen Ort ausfindig zu machen, wo seine Geschäfte ungestört abgewickelt werden konnten. Und Tom hatte einen solchen Ort gefunden.

Kaum war der Mond aufgegangen, brachen die Männer auf. Ihr Weg führte zunächst den Río Ozama hinauf, an Feldern und Pflanzungen entlang. Allerdings ahnten sie nicht, dass sie die ganze Zeit beobachtet worden waren. Jemand folgte ihnen in der Nacht wie ein Dieb zu Fuß und in einigem Abstand. Hätten sie sich umgedreht, hätten sie vielleicht seinen Schatten entdeckt oder das gelegentliche Glänzen des Mondlichts auf dem Lauf seiner Muskete. Als sie die Felder verließen und sich in die Wildnis schlugen, blieb ihr Verfolger stehen. Er blickte ihnen noch eine Weile nach, dann kehrte er um.

Don Miguels langer Maultiertreck wand sich über Weideflächen und ungenutztes Brachland, an Sümpfen vorbei und durch unberührte Urwälder. Über Wildpfade führte der alte Tom sie immer weiter nach Osten. Meist kamen sie gut voran, doch manchmal mussten sie sich den Weg mit Macheten bahnen. Tagsüber war es schwül und heiß. Gegen die Mücken trugen sie trotz der Hitze Tücher um die Gesichter gebunden. Abends kochten sie Bohnen, kauten an geräuchertem Fleisch und ließen das Lagerfeuer die ganze Nacht hindurch brennen, um sich der Insektenplage zu erwehren. Einmal erlegten sie zur Abwechslung einen Leguan und brieten sein Fleisch über dem Feuer.

Nach vier Tagen erreichten sie endlich das flache Mündungsgebiet des Río Higuamo, schlugen dort ihr Lager auf und begannen, die Gegend zu erkunden. Sie fanden Reste eines verlassenen Indiodorfes, ansonsten keine menschliche Seele. Bevor der Fluss ins Meer mündete, bildete er am Westufer eine kleine Bucht, fast eine Lagune, die vom Meer aus schlecht einzusehen war. Das Wasser war tief genug für ein Schiff, der Tidenhub der Insel unerheblich.

»*Es la Bahía de Mosquito y Sol*«, sagte der alte Tom.

»Heißt sie so?«

Tom zuckte mit den Schultern. »Ich nenne sie so.«

Mit Ausnahme einiger mit hohen Bäumen bewachsener Stellen waren beide Ufer der brackigen Flussmündung von dichten, halbhohen Mangroven überwuchert, über denen tatsächlich ganze Wolken von Mücken ihr Unwesen trieben. Ein Paradies für Wasservögel aller Art, Reiher, Pelikane, Enten und Flamingos. Es war sumpfig, heiß und feucht. Kein Ort, an dem sich Menschen gerne aufhalten würden. Umso besser für ihre Zwecke.

»Sagt euren Kapitänen, wenn sie hier ankern, sollen sie auf die Krokodile achten«, meinte Tom. »Die Biester sind nicht ungefährlich. Manche werden bis zu fünfzehn Fuß lang und mehr. Die fressen zwar meistens Fische, haben aber auch schon Menschen angefallen.«

»Gibt's hier viele?«

»Und ob. Werden gern mit treibenden Baumstämmen verwechselt.« Tom blickte den Flusslauf entlang. Dann deutete er auf eine sandige Stelle auf dem gegenüberliegenden Ufer. »Da drüben liegen drei von den Biestern.«

»Ich seh sie«, sagte Francisco Pérez.

»Sollen wir mal eines schießen?«, fragte Tom. »Nur so zum Spaß.«

»Nein«, sagte Don Miguel. Er sah sich noch einmal ausgiebig um. »Also gut, Leute. Mosquito y Sol ist unser neuer Schmuggelhafen.«

Etwas weiter im Inland fanden sie eine trockene, sandige Anhöhe und begannen, mehrere tiefe Löcher zu graben. Hier verbargen sie den Zucker bis zum Tag, an dem er verladen wurde. Nach getaner Arbeit bereiteten sie ihr Abendmahl, und der alte Tom gab Geschichten zum Besten. Am Morgen würden sie heimkehren, um den nächsten Zuckertransport vorzubereiten. Das heißt, vorher hatten Tom und die *vaqueros* noch einen anderen Auftrag zu erledigen, denn auch die Rinderhäute, die nördlich der *hacienda* versteckt lagen, mussten zur Schmugglerbucht geschafft werden.

DIE DURCHSUCHUNG

Es war früher Nachmittag. Doña Maria und Padre Anselmo hatten es sich nach dem Mittagessen im Garten der *hacienda* unter einem breiten Sonnensegel bequem gemacht und tranken Limonade. Der Mönch saß in einem komfortablen Korbsessel, während Doña Maria Carmen in ihrer Hängematte schaukelte, die man für sie zwischen zwei Bäumen angebracht hatte. Ab und zu wedelte sie sich etwas Luft zu mit einem kostbaren Fächer aus China. Der war mit zarten Blumen bemalt, die Stäbe aus dünnem Elfenbein. Ein Geschenk ihres Gemahls.

Consuela, das Hausmädchen, umsorgte sie. Vielleicht ein Kissen für den Herrn Padre? Noch etwas Limonade für die Señora?

»Es ist gut, Consuela«, sagte Doña Maria. »Uns geht es bestens, und du hast dir jetzt deine Mittagsruhe verdient.«

Am Vorabend hatte Doña Maria für ihren Schwager ein wenig auf dem Cembalo musiziert. Trotz des Unterrichts, den Don Miguel ihr, sooft es ging, angedeihen ließ, spielte sie noch sehr holprig und machte Fehler. Einmal hatte sie eine ganze Passage wiederholen müssen, weil sie sich hoffnungslos vergaloppiert hatte. Die Stimmung des angenehmen Abends hatte dies aber nicht trüben können. Im Gegenteil, sie hatten über ihre falschen Noten gelacht und sich auch sonst bestens unterhalten. Und jetzt, hier im Garten, stellte sie ihm Fragen über Hispaniola.

»Wenn ich ehrlich bin«, sagte Padre Anselmo, »ist die größte Tragödie dieser Insel das, was mit den Indios geschehen ist. Als wir Spanier zuerst hier ankamen, lebten die Eingeborenen friedlich miteinander, bestellten ihre Felder, jagten und gingen auf Fischfang. Die Taínos, die auf Hispaniola so überaus zahlreich vertreten waren, weitaus mehr, als hier heute Europäer leben, sind ein äußerst liebenswertes Volk. Leider sind heutzutage nur noch wenige von ihnen übrig geblieben. Wenn man jetzt durchs Landesinnere streift, kann man sich glücklich schätzen, wenn man in einer ganzen Woche vielleicht einem Dutzend von ihnen begegnet. Und auch das meist nur in abgelegenen Regionen. Falls es auf der ganzen Insel noch mehr als tausend von ihnen geben sollte, würde es mich doch sehr wundern.«

»Miguel sagt, sehr viele sind an Krankheiten gestorben.«

»Das ist richtig. Aber wir haben uns auch schrecklich an ihnen versündigt. Obwohl die meisten Spanier das nicht so sehen wollen.«

»Ihr meint die Goldminen, in denen man sie versklavt hat?«

»O ja, die Minen«, erwiderte er. »Und natürlich auch die äußerst brutale Art, mit der man ihre kläglichen Aufstände niedergeschlagen hat. Da wurden ganze Dörfer entvölkert, Frauen und Kinder ermordet.« Er schüttelte betrübt den Kopf. »Aber ich rede leider Gottes auch von uns Priestern. Wir, die wir ihnen die Liebe Jesu nahebringen wollten. Das schmerzt mich fast noch am meisten. Wir hätten behutsamer mit ihnen umgehen sollen.«

»Inwiefern?«

»Im Kloster ergeben sich oft Streitgespräche zwischen mir und den meisten meiner Mitbrüder, die da ganz und gar nicht meiner Meinung sind. Du weißt sicher, dass die Jesuiten die ersten Missionen errichtet haben, aber auch wir Franziskaner. Wir wollten den Eingeborenen unsere Art zu leben beibringen, sie zu guten Christen und redlichen Arbeitern erziehen. Und genau das ist zum größten Teil misslungen. In Wirklichkeit haben wir sie nur unterdrückt und ausgenutzt, sie bestraft, wenn sie an ihrem Aberglauben festgehalten haben. Ihre Familien haben wir zerrissen, ihre Gebräuche verboten. Wir haben sie wie Tiere gehalten, sie für uns arbeiten lassen und mit tödlichen Krankheiten angesteckt. Die Lehre Jesu ist für viele dieser armen Kreaturen zum Symbol des Schreckens geworden. Statt Verständnis haben wir ihnen Gewalt gebracht, statt das Himmelreich die Hölle auf Erden.«

»Ist deine Sicht da nicht ein wenig zu düster?«

»Nein, Maria. Ich weiß durchaus, wovon ich rede.« Er seufzte. »Aber genug davon. Wenden wir uns doch lieber erfreulicheren Dingen zu.«

Sie schwiegen eine Weile, jeder noch in Gedanken. Plötzlich fragte Doña Maria: »Wieso hat Miguel eigentlich keine Kinder? Er schweigt sich immer darüber aus.«

Padre Anselmo machte ein betroffenes Gesicht und antwortete nur zögerlich. »Es war wohl Gottes Wille, dass Manuela nie schwanger geworden ist.« Mit Manuela war natürlich Don Miguels erste Frau gemeint, die leider viel zu früh verstorben war.

»Wollte sie denn keine Kinder?«

»Doch, doch. Sie hat sich Kinder immer gewünscht. Am Anfang hat sie häufig davon geredet. Später weniger. Und dann ist sie leider krank geworden.«

»War sie unfruchtbar?«

Padre Anselmos Antwort kam etwas zögerlich. »Ob sie unfruchtbar war? Nun, das weiß im Grunde nur Gott.« Er nahm einen Schluck von seiner Limonade und machte ein Gesicht, als ob er nicht weiter darüber reden wollte.

Aber Doña Maria war noch nicht bereit, lockerzulassen. »Ich wünsche mir auch Kinder. Schon seit langem.«

»Welche Frau tut das nicht?«

»Miguel sagt immer, wir müssten geduldig sein. Aber ich weiß nicht, ob es daran liegt, oder …«

Sie ließ den Satz in der Luft hängen, sprach den Gedanken nicht aus. Aber beide wussten, was sie meinte. Padre Anselmo seufzte und studierte verlegen seine Fingernägel.

»Hat er jemals …?«, fuhr sie fort, stockte dann und wagte auch diesmal nicht, wirklich deutlich zu werden.

Doch jetzt hob Padre Anselmo den Blick zu ihr. »Du meinst, hat er Bastarde gezeugt?«, fragte er scharf. Und als sie rot wurde, fügte er hinzu: »Ich vermute mal, das fragt sich jede Pflanzerfrau in Santo Domingo. Viele durchaus mit Recht, wenn man sieht, was alles an Mischlingen herumläuft. Aber nein, was Miguel betrifft, ist mir nichts dergleichen bekannt. Da kann ich dich beruhigen.«

»Gut«, hauchte Doña Maria. »Und entschuldige bitte.«

Ihr Schwager mochte das beruhigend finden, doch sie selbst eher nicht. Es bestätigte nur ihren Verdacht.

Padre Anselmo erhob sich. »Ich glaube, ich werde mich jetzt auch ein wenig hinlegen«, sagte er und begab sich ins Haus.

Hoffentlich habe ich nicht die Familienehre beleidigt, fragte sich Doña Maria. Die Herren der Schöpfung sind immer so empfindlich mit allem, was ihre Männlichkeit angeht, schlimmer noch, diese in irgendeiner Form in Frage stellen könnte. Lieber schieben sie uns die Schuld in die Schuhe, besonders, was das Kinderkriegen betrifft.

Sie dachte darüber nach, was wohl wäre, wenn ihrem Miguel, Gott behüte, etwas zustoßen würde. Mit seinen Ritten in die Wildnis begab er sich oft genug in Gefahr. Außerdem war er nicht mehr der Jüngste. Eines Tages würde sie hier als Witwe leben. Und das ohne die Kinder, die sie sich wünschte, um ihr Dasein zu erfüllen und ihren Lebensabend zu erleichtern. Zum Glück hatte sie schon einiges gelernt, wie man eine *hacienda* führte. Das traute sie sich durchaus zu. Nicht wie die dumme Gans, die diesen Diego de Oliveira geheiratet hatte, weil sie von einer Pflanzung so viel verstand wie eine Kuh vom Fliegenfangen.

Und dann dachte sie wieder an ihren Ehemann und seine nicht so ungefährlichen Unternehmungen. Wie es ihm und seinen Männern im Augenblick wohl ergehen mochte? Miguel hatte ihr nicht gesagt, wohin sie unterwegs waren. Nur, dass sie einen Teil des Zuckers verstecken würden. Aber so lange hatte das doch noch nie gedauert. Wieso waren sie nicht schon längst zurück?

Plötzlich stand Jaime Olufemi neben ihr. Der Schwarze war trotz seiner Größe so leise aufgetaucht, dass sie ihn gar nicht hatte kommen hören.

»Du hast mich erschreckt, Olu.«

»*Lo siento*, Señora. Aber es kommen Reiter.«

Zu ihrem Erstaunen hielt er seine Muskete in den Händen und prüfte, ob der Feuerstein fest saß und Pulver auf der Pfanne lag. Auch seine Machete hing am Gürtel. Sie beeilte sich, aus der Hängematte zu steigen.

»Wozu die Waffe?«

»Es sind Soldaten, Doña Maria. Vielleicht solltet Ihr besser ins Haus gehen.«

Aber sie lachte nur. »Ich glaube, du siehst Gespenster, Olu. Warum sollte ich mich vor unseren Soldaten fürchten? Sind sie nicht hier, um uns zu beschützen?«

Tatsächlich tauchten Reiter zwischen den Bäumen auf. Sie erkannte das Glänzen der Helme, die Farben ihrer Uniformen. Schnell zog sie die Spitzenhaube, die sie abgelegt hatte, übers Haar, um die unerwarteten Gäste zu begrüßen, wie es sich gehörte.

»Wie Ihr wünscht«, brummte Olu. »Aber ich rühr mich nicht von Eurer Seite. Man kann nie wissen.«

Obwohl sie über seine Bedenken lächeln musste, mochte sie es doch, dass dieser große Kerl sich um sie sorgte. Olu war außergewöhnlich stark und erschien ihr unzerstörbar wie ein Fels.

Ein ganzer Reitertrupp erschien jetzt vor dem Haus, an die zwanzig Mann. Sie trugen weite Hosen in den Farben Spaniens, enganliegende Reiterstiefel, auf Hochglanz polierte Helme und Brustpanzer, dazu Säbel am Gürtel und kurze Karabiner am Sattel. Es waren Kavalleristen der Garnison. Und an ihrer Spitze befand sich Don Alonso Calderón, allerdings in gewohnter Marineuniform.

Ohne sich um Doña Maria Carmen zu kümmern, die ihm verwundert entgegengetreten war, befahl er einem jungen *subteniente*, sich mit fünf Mann zum *ingenio* zu begeben und dort den Zuckerbestand zu überprüfen. Fünf anderen befahl er, die Ställe und Schuppen hinter dem Haus zu durchsuchen. Dann erst stieg er vom Pferd und wies auch den Rest der Männer an, abzusitzen.

Doña Maria war fassungslos. »Was geht hier vor, Don Alonso?«

Der zog schwungvoll den Hut. »Tut mir außerordentlich leid, Verehrteste, aber wir hegen den berechtigten Verdacht gegen Euren Gemahl, sich an illegalen Geschäften zu bereichern.« Er lächelte. Aber es war kein freundliches Lächeln.

»Wie kommt Ihr zu der Annahme?«, rief Doña Maria entrüstet.

Inzwischen waren die schwarzen Diener aus dem Haus gekommen und starrten ängstlich auf die Soldaten. Auch der Pferdeknecht, den die Soldaten aufgescheucht hatten, kam um die Ecke gelaufen und gaffte mit großen Augen.

»Er ist gesehen worden, wie er und seine Männer einen ganzen Maultierzug Zucker abtransportiert haben«, sagte Don Alonso. »Und das mitten in der Nacht. Gibt es dafür eine Erklärung? Wohin hat er den Zucker gebracht?«

»Ihr spioniert auf unserem Land? Mit welchem Recht?«

»Mit dem Recht eines Gouverneurs von Hispaniola, Señora!« Er blickte sie streng an. »Ich bin sicher, meine Männer werden wenig Zucker bei Eurer Mühle finden, obwohl die Ernte immer noch in vollem Gang ist. Die Frage ist: Wo ist der ganze Zucker geblieben?«

Erneut erklangen Hufschläge. Señor Faustino kam herangaloppiert, sprang aus dem Sattel und stellte sich schützend neben seine Herrin. »Was zum Teufel ist hier los?«

»Ah, der Herr Verwalter. Das trifft sich gut. Dann können wir auch ihn befragen.«

»Nichts da!« Doña Maria war entschlossen, sich von diesem Mann nicht einschüchtern zu lassen. »Ich glaube, Señor, Ihr solltet auf der Stelle von unserem Land verschwinden, mitsamt Euren Soldaten, die hier weiß Gott nichts verloren haben.«

»Wo ist Don Miguel?«

»Was geht Euch das an? Bei unseren Rinderherden wahrscheinlich.«

»Bei den Rinderherden!« Don Alonso lachte zynisch. »Bestimmt, um noch mehr Schmuggelware zu sammeln. Ihr solltet mich nicht für dumm halten, meine Liebe. Ich weiß, dass auch Kuhhäute geschmuggelt werden. Und was ist mit illegal eingeführter Ware aus Europa? Vermutlich habt Ihr das ganze Haus davon voll.«

»Ich sage es noch mal. Verschwindet von meinem Land. Ich bin Euch keinerlei Rechenschaft schuldig.«

»Ganz recht, Calderón«, knurrte Señor Faustino. »Das hier ist privater Grundbesitz. Ihr solltet Euch schämen, einer armen Frau in der Abwesenheit ihres Ehemannes einen solchen Schrecken einzujagen.«

Die bei dem Vizegouverneur verbliebenen Soldaten machten betretene Gesichter. Es schien ihnen peinlich zu sein, dass man einer so eleganten und hübschen Dame Unannehmlichkeiten machen musste.

Don Alonso hatte nicht solche Skrupel. »Wir werden jetzt das Haus durchsuchen«, sagte er energisch und wies die Soldaten mit einer Handbewegung an, ihm zu folgen.

Doña Maria aber stellte sich ihm in den Weg. »Nur über meine Leiche«, rief sie und blitzte ihn zornig an.

Er packte sie am Arm und wollte sie beiseiteziehen, da blickte er plötzlich in die Mündung einer Muskete. »Wenn Ihr sie noch einmal anfasst«, hörte er Olus tiefe Stimme grollen, »bekommt Ihr eine Ladung Blei in den Leib.«

Erschrocken trat Don Alonso zurück. Das hatte er nicht erwartet. Ausgerechnet ein verdammter Neger wagte es, die Waffe gegen ihn zu erheben! Sein Gesicht verzerrte sich vor Wut.

»Schnappt euch den Kerl!«, rief er seinen Männern zu.

Aber das führte nur dazu, dass Olu ihn am Kragen packte und ihm die Mündung der Muskete unters Kinn schob, den

Finger immer noch am Abzug. Dann wandte er sich drohend an die Soldaten. »Wenn einer von euch sich auch nur einen Schritt bewegt«, brüllte er den Reitern zu, »blas ich dem Kerl hier den Kopf weg.«

Sein Gesicht ließ keinen Zweifel aufkommen, dass er es ernst meinte. Die Soldaten, die schon die Hand an den Säbelgriff gelegt hatten, sahen sich verunsichert an. Was war zu tun?

In diesem Augenblick tauchte Padre Anselmo aus dem Haus auf und sah sich erschrocken um. Sein Gesicht war ziemlich zerknittert, wie bei einem, der gerade aus einem tiefen Schlaf erwacht war.

»Was geht hier vor?«, rief er. »Don Alonso, was sollen die Soldaten hier?« Dabei bemerkte er Olu mit der Muskete. »Olu, was fällt dir ein. Nimm sofort die Waffe runter.«

»Olu, die Waffe bleibt, wo sie ist!«, befahl Doña Maria mit eisiger Miene. Und dann erklärte sie ihrem Schwager, um was es ging.

Inzwischen waren die Soldaten zurück, die die Schuppen durchsucht hatten, und meldeten, nichts Verdächtiges gefunden zu haben. Auch die Reiter, die man zum *ingenio* geschickt hatte, trafen ein und berichteten, dass dort noch so einiges an Zucker vorhanden war, mehr als erwartet.

Gewiss habe man in den letzten Tagen wieder neue Ware hergestellt, ließ Don Alonso hören, der sich immer noch fest in Olus Griff befand, aber zu wütend war, um Furcht zu empfinden. Dabei dürfte es schließlich nicht allzu schwer sein, die wahrscheinliche Ertragsmenge der Felder zu errechnen und mit dem zu vergleichen, was in Santo Domingo an die Händler geliefert würde.

Doch Doña Maria lachte nur. »Man sieht, dass Ihr nichts von Zucker versteht, Señor«, sagte sie. »Der Ertrag kann ganz unterschiedlich sein, je nach Boden, Wetter, Alter der Pflanzen oder Schädlingen.«

»Ich werde es überprüfen lassen und dann …«

Doch Padre Anselmo schnitt ihm das Wort ab und erklärte ihm ganz eindringlich die Rechtslage, denn neben seinen bibliothekarischen Aufgaben im Kloster war er ein Gelehrter der Jurisprudenz, der oft zu Prozessen hinzugezogen wurde.

»Habt Ihr einen schriftlichen Befehl der Real Audiencia?«, fragte er.

Don Alonso musste zugeben, dass dies nicht der Fall war.

»Dann solltet Ihr wirklich schnell von hier verschwinden«, sagte Padre Anselmo streng. »Ohne richterlichen Beschluss wäre meine Schwägerin durchaus im Recht, Euch wegen dieses Übergriffs auf der Stelle erschießen zu lassen.« Und zu Olu gewandt, sagte er: »Ich glaube, du kannst deine Muskete jetzt wegnehmen, Olu. Der Vizegouverneur wird sich höflich verabschieden, nicht wahr, Don Alonso?«

Widerstrebend nahm Olu die Waffe runter. Don Alonso bedachte ihn mit einem giftigen Blick, dann ging er zu seinem Pferd und stieg in den Sattel. Man konnte sehen, dass er vor Wut schäumte. »Glaubt nicht, dass Ihr so leicht davonkommt, Señora. Ich werde schon noch Wege finden, Euch und Euren Ehemann bei frischer Tat zu erwischen.«

»Und ich, mein Guter«, sagte Padre Anselmo, »ich werde meinem Abt von diesem Machtmissbrauch berichten. Ihr wisst sehr wohl, wie viel Einfluss unser Orden hat. Auch in Madrid. Vergesst das nicht. *¡Buenas tardes, Señor!*«

Ohne einen weiteren Blick gab Don Alonso seinem armen Gaul so zornig die Sporen, dass das gequälte Tier schrill wieherte, und trabte hocherhobenen Hauptes davon. Der *subteniente* verbeugte sich höflich vor Doña Maria und dem Padre und entschuldigte sich für die Störung. Dann saßen auch er und seine Männer auf und folgten dem Vizegouverneur.

Doña Maria fiel ihrem Schwager erleichtert um den Hals und dankte ihm überschwenglich. Der Padre ließ ihr Ungestüm mit einem Lächeln über sich ergehen, dann machte er sich sanft von ihr los.

»Danke nicht mir, sondern dem Allmächtigen, Maria. Es hätte wahrlich schlimmer ausgehen können.« Und zu Olu gewandt: »Du bist eine treue Seele, mein Freund, und der Beschützer deiner Herrin. Aber das war doch sehr gewagt. Nicht auszudenken, wenn du den Gouverneur erschossen hättest.«

AUF DER TABAKFARM

Er schleppte sich in den Trockenschuppen. Nun schon zum hundertsten Mal heute, so kam es ihm vor. Im Schuppen herrschte gedämpftes Licht. Vor seinen Augen hingen dicht an dicht und an Fäden aufgereiht Tausende und Abertausende von Tabakblättern. Das Aroma, das sie verströmten, machte ihn schwindelig, so stark war es.

Am Arm trug er einen großen geflochtenen Korb, um darin Blätter einzusammeln und sie in einen anderen Schuppen zu bringen, wo sie verarbeitet wurden. Dabei musste man vorsichtig sein, durfte sie nicht beschädigen, sonst setzte es Prügel.

Wie immer scheuerten die Fußeisen an seinen Knöcheln. Er konnte sich gar nicht mehr daran erinnern, wann seine Gelenke nicht blutig oder mit nässenden Wunden bedeckt gewesen waren, oder wann er morgens ohne Schmerzen aufgewacht war. Schmerzen von den verfluchten Eisen, Schmerzen von der Peitsche der beiden Aufseher, von Geschwüren oder von seinem Zahn, der eiterte. Und dann in den letzten Tagen dieser stechende Kopfschmerz. Dazu der Hunger. Immer waren sie hungrig, er und seine Kameraden von der *Albatros*.

Bei jedem Schritt klirrten und schepperten die Eisen. Ihm war heiß, fürchterlich heiß. Schweiß troff ihm von der Stirn und auf die Brust. Aber es war nicht die Hitze draußen, es war das Fieber, das ihn von innen her verzehrte. Wenn er sich doch nur setzen könnte. Nur einen Augenblick. Aber das war nicht erlaubt. Man würde ihn wieder schlagen.

Plötzlich schien alles vor ihm zu schwimmen. Er konnte nicht mehr klar sehen. Die verdammten Tabakblätter mit ihrem schweren süßlichen Geruch, sie schienen vor seiner Nase zu tanzen. Reiß dich zusammen, Martin, dachte er und atmete tief durch. Ja, das half. Für einen Augenblick fühlte er sich besser.

Noch zwei Schritte, und er stellte den Korb ab, hob die Arme, um ein paar Blätter von den Fäden zu lösen. Doch die Anstrengung war auf einmal zu viel, alles drehte sich um ihn, und er wankte. Nicht schlappmachen, Junge, noch mal tief durchatmen. Aber diesmal half es nicht. Schuppen und Blätter um ihn herum wurden blass und farblos, die Welt schien plötzlich seitlich wegzukippen, etwas knallte gegen seine Wange, dann sah und spürte er nichts mehr.

Als er langsam wieder zu sich kam, hörte er wie aus weiter Ferne den Aufseher brüllen. Wie hieß der Mann noch? Einen Augenblick lang konnte er sich gar nicht erinnern. Dann fiel es ihm wieder ein. Carlos hieß er. Señor Carlos. Und jetzt hörte er ihn ganz deutlich, dicht über ihn gebeugt.

»Du Faulpelz, du stinkender Holländer!«, hörte er ihn schreien. »Ich werde dir beibringen, was es heißt, zu arbeiten, du nutzloses Protestantenschwein!«

Gleich darauf spürte er die Peitsche. Ein scharfer, sengender Schmerz quer über den Rücken. Einmal, zweimal … dann schwanden ihm erneut die Sinne.

Über ihm stehend, betrachtete Señor Carlos angewidert den ausgemergelten Kerl, der reglos vor ihm auf dem Boden des Trockenschuppens lag und heute wohl nicht mehr auf die

Beine kommen würde. Er rief ein paar Gefangene, damit sie ihn in die Hütte schleppten, die er mit anderen teilte. Dann ging er zum Haupthaus hinüber, denn es war schon später Nachmittag, und bald würde es dunkel werden.

Señor Carlos war ein hagerer Mann mit tiefen Furchen um die Mundwinkel, die ihm einen bitteren Gesichtsausdruck verliehen. Sein Bart zeigte Spuren von Grau, und den Schädel bedeckten kümmerliche Strähnen. Zu einer eigenen *hacienda* hatte es nie gereicht, weshalb er sich mit den Arbeitern anderer Leute herumärgern musste. Und jetzt mit diesen Holländern.

Er wusch sich am Brunnen. Dann überquerte er den Hof in Richtung einer Hütte, in der sich die Küche befand und die mit dem Haupthaus nur durch einen überdachten Gang verbunden war. Sie hatte solide Pfosten und war ansonsten aus Lehmziegeln errichtet. Das Innere war von äußerster Einfachheit. Der Fußboden bestand aus festgestampfter Erde, das Dach war mit Palmenwedeln gedeckt. Küchen waren Arbeitsräume für Haussklaven. Daran verschwendete man nicht mehr als nötig. Es gab nicht einmal einen Wassertrog, denn Wäsche und Geschirr wurden am Brunnen gewaschen.

Er trat durch die offene Küchentür. An den Wänden hingen Töpfe, Kessel und Pfannen, Schöpfkellen und anderes Küchengerät. In der Mitte des Raumes stand ein solider Arbeitstisch, auf dem in wildem Durcheinander ein großes Messer, zerkleinertes Gemüse und geschälte Süßkartoffeln lagen. Die schwarze Köchin stand am gusseisernen Herd und rührte in einem riesigen Topf. Sie drehte sich halb um und warf ihm einen kurzen Blick zu.

Señor Carlos schmiss genervt die Peitsche auf einen Stuhl. »Jetzt ist schon wieder einer dieser verdammten Holländer krank.«

»Wer ist es diesmal?«, fragte die Köchin.

»Der große Blonde, der sich Martin nennt.«

Sie nickte. »Ach, der.« Sie rührte weiter in ihrem Topf. »Ihr solltet sie besser behandeln, Señor Carlos. Zwei sind schon gestorben. Unser Herr wird nicht zufrieden sein, wenn der auch noch stirbt.«

»Was muss er sich auch diese weißen Schwächlinge holen? Die vertragen die Hitze nicht. Ein Dutzend kräftiger Neger wäre mir lieber.«

Er sah zu, wie sie sich bückte, um noch einen Scheit in den Ofen zu schieben. Der Anblick weckte Gelüste in ihm. Das Weib hatte einen Hintern, dass einem sofort ganz anders wurde. Und Titten wie Melonen.

»Sogar ein paar saftige Negerweiber wären mir lieber.« Er lachte und griff ihr lustvoll unter den Rock. »Solche wie du.«

Sie rührte sich nicht vom Fleck und ertrug sein Gefummel. »Schon wieder?«, sagte sie nur und zog einen Flunsch. »Es war doch erst gestern.«

»Du machst mich einfach an, Schätzchen. Los, auf den Tisch mit dir!« Mit einer Armbewegung wischte er das meiste vom Tisch. Messer, Kartoffelschalen und Gemüse fielen zu Boden.

Die Schwarze fasste ihren Rock an einem Ende und wischte damit den Tisch sauber. »Was krieg ich denn dafür?«, fragte sie und schielte ihn aus listigen Augen an.

»Was du willst, mein Täubchen.« Er fummelte ungeduldig an seiner Hose.

»Ich will dem kranken Holländer was zu essen bringen.«

»Na, meinetwegen. Aber nu mach schon!«

Die Köchin schlug den Rock hoch und setzte sich mit ihrem kräftigen Gesäß auf den Tisch, ließ sich mit ergebenem Stöhnen auf den Rücken sinken und spreizte ohne weitere Zeremonien die Beine. Dieser blöde Kerl kann immer, dachte sie, als er in sie eindrang. Sie schloss die Augen und ließ es über sich ergehen. Ein paarmal stöhnte sie und wackelte ein bisschen mit dem Hintern. Sonst würde er nicht zufrieden sein. Das wusste sie aus Erfahrung. Zum Glück war der Mann immer schnell zu Ende. Sie merkte schon, dass sein Höhepunkt nahte, und schenkte ihm noch ein herzzerreißendes Stöhnen. Dann ließ er von ihr ab.

»¡Carajo!«, seufzte er außer Atem und ordnete seine Kleider. »Du bist einfach die Beste.«

Die Köchin rutschte vom Tisch, ließ den Rock fallen und wandte sich wieder so unbeteiligt dem Herd zu, als wäre nichts geschehen, als hätte sie sich nur am Hintern gekratzt. Ihr war es egal, wenn er unbedingt sein Ding in sie stecken wollte. Sie war daran gewöhnt. Hauptsache, er ließ sie ansonsten in Ruhe schalten und walten. Da der Herr nur selten zugegen war, hatte sie das Haus meist für sich. Sie kümmerte sich um die Wäsche und hielt die Zimmer einigermaßen sauber. Don Alonso verlangte nicht viel von ihr. Er redete fast nie mit ihr, hatte andere Dinge im Kopf.

Nachdem die Aufseher gegessen hatten, füllte sie einen Henkelmann mit der dicken Gemüsesuppe und achtete darauf, dass sich auch genügend Fleischstücke darin befanden. Dann machte sie sich auf den Weg zu den elenden Hütten, in denen die Arbeiter hausten. Sie fand den Holländer allein vor, denn die anderen waren noch bei der Arbeit, um das letzte Tageslicht zu nutzen. Er lag im Halbdunkel auf einer Strohschütte, angekettet wie abends immer, hatte die Augen geschlossen und regte sich kaum. Sie hockte sich neben ihn und fühlte seine Stirn. Heiß wie ein Glutofen.

Er öffnete die Augen und sah sie verwundert an.

»Du musst essen.« Sie tunkte einen Löffel in die Suppe und hielt ihm diesen hin. Er versuchte es, war aber zu schwach, den Löffel zu halten. Die heiße Suppe tropfte ihm auf die nackte Brust, so dass er vor Schmerz zusammenzuckte. »Ach, herrje«, sagte sie. »So geht das aber nicht.«

Sie begann, ihn zu füttern. Dabei machte sie beruhigende Laute und murmelte Zärtlichkeiten in ihrer afrikanischen Sprache, wie man es mit einem kleinen Kind tut, wenn man es zum Schlafen legt. Sie erinnerte sich, wie sie ihr eigenes Kind in den Armen gewiegt hatte. Zu ihrem größten Kummer war es gestorben.

Martin, trotz seiner Schwäche, aß alles auf, konnte nicht genug kriegen. Als der Henkelmann leer war, ließ er den Kopf sinken und seufzte. Dann blickte er in das runde Gesicht, das ihn ernst ansah.

»Warum tust du das?«, fragte er.

Sie zuckte mit den Schultern. »Als man euch hergebracht hat, da hab ich gedacht, tut euch Weißen mal gut, zu sehen, wie das ist, wenn man sich alles gefallen lassen muss.«

»Und jetzt?«

Sie strich ihm durchs schweißnasse Haar. »Jetzt solltest du lieber schlafen und nicht so viele Fragen stellen.« Sie griff sich ihren Henkelmann und stand auf.

»Wie heißt du?«, fragte er.

Aber sie verließ ohne Antwort die Hütte und ohne ihm einen weiteren Blick zu schenken.

DIE VERSCHWÖRER

Wir bekommen Besuch, Señora«, sagte Consuela.
Sie stand in der Tür zur Veranda und spähte hinaus.
Der Wind bewegte die Vorhänge und trug ein wenig Kühle
ins Haus. Aus der Bibliothek erklangen angenehme Töne.
Don Miguel übte auf dem Cembalo eine neue italienische
Komposition ein.

»Wer ist es?«, fragte Doña Maria.

»Ich glaube, es ist dieser Don Diego.«

»Der schon wieder!«

Doña Maria Carmen erhob sich und trat ans Fenster.
Durch die gegen die Hitze angelehnten Läden sah sie, dass
es tatsächlich Diego de Oliveira war, der gerade in einem
offenen Zweispänner vorgefahren kam. Ein hübsches Gefährt, das von identischen Schimmeln gezogen wurde. Der
schwarze Kutscher in blauer Livree stieg vom Bock und öffnete seinem Herrn den Schlag. Der war heute ganz in weißes
Leinen gekleidet, dazu ein leichtes, blassgelbes Wams, sei-
dene, kniehohe Strümpfe und ein heller, breitkrempiger Hut,
mit einer Straußenfeder verziert. Jetzt stand er da, mit einer
Hand auf dem Griff seines silberverzierten Degens, und sah
an der Fassade empor, offensichtlich in Erwartung, dass sich
jemand zeigen würde, um ihn zu empfangen.

»Sag Don Miguel Bescheid«, raunte Doña Maria der Magd zu. Sie ging hinaus auf die Veranda. »*Buenas tardes*, Don Diego. Welch unerwartete Überraschung! Was verschafft uns die Ehre?«

Er riss sich mit weitem Schwung den Hut vom Kopf und verbeugte sich mit einem strahlenden Lächeln. »Wie wunderbar, Euch wiederzusehen, Allerteuerste. Ich bin froh, Euch ganz offensichtlich bei bester Gesundheit zu finden, denn neben Eurer so fabelhaften Erscheinung muss selbst die holde Venus erblassen.«

Was für ein Speichellecker, dachte sie, bemühte sich aber, ein freundliches Lächeln aufzusetzen. »Ich danke Euch der schmeichelhaften Worte. Möchtet Ihr nicht hier im Schatten der Veranda Platz nehmen? Hier ist es etwas windiger und kühler als im Haus. Und mein Gemahl ist schon benachrichtigt. Gewiss seid Ihr seinetwegen hier.«

»In der Tat.«

Don Diego erklomm die Stufen zur Veranda, und nach einer weiteren Verbeugung ließ er sich auf einem der Korbsessel nieder. Allerdings kam ihm dabei der Degen in die Quere, so dass er ihn abnahm und auf den Tisch legte.

»Und wie geht es Doña Matilda?«, fragte sie.

»Oh, ganz ausgezeichnet. Wie es aussieht, ist sie in guter Hoffnung.«

»Welch wundervolle Neuigkeit. Richtet ihr bitte meinen herzlichsten Glückwunsch aus.« Alle Welt schien dieser Tage schwanger zu werden, sogar diese tumbe Kuh. Nur sie selbst nicht. »Und was dürfen wir Euch anbieten, Don Diego?«

»Ein Gläschen Wein wäre genau das Richtige für einen durstigen Mann. *Muchas gracias*, Doña Maria.« Er sah sie mit seinen unschuldigen blauen Augen an und lächelte aufs Freundlichste. »Allerdings verdünnt. Wegen der Hitze.« Er zog ein besticktes Taschentuch aus dem Wams und betupfte sich die Stirn.

»Die Dienerin wird Euch sofort das Gewünschte bringen. Ich glaube, ich höre schon meinen Gemahl kommen. Wenn Ihr erlaubt, empfehle ich mich.«

Sie nickte ihm höflich zu und flüchtete ins Haus, wo sie Don Miguel praktisch in die Arme lief, der aus der Bibliothek geeilt kam. »Was will der Kerl schon wieder hier?«, flüsterte sie.

»Geschäftliches, *querida*. Nur Geschäftliches.«

»Ich trau dem nicht.«

»Ach was. So schlimm ist der nicht. Ein bisschen aufgeblasen, besonders, wie er sich gibt und anzieht, aber er kann den Calderón nicht ausstehen und will uns helfen, den Kerl wieder loszuwerden. Er ist als Pflanzer doch in der gleichen Lage wie wir. Will seine Ware schließlich auch zu vernünftigen Preisen verkaufen. Und das mit dem entlaufenen Sklaven hat er uns längst verziehen.«

Damit küsste er seine Frau auf die Wange und eilte hinaus auf die Veranda, um seinen Gast zu begrüßen. Aber ich bin es, die ihm nicht verziehen hat, dachte Doña Maria. Vor allem, wie der seine Sklaven behandelt. Das war ein Teil des Lebens auf Hispaniola, an den sie immer noch nicht gewöhnt war, diese Blindheit gegenüber dem, was viele ihren Afrikanern antaten. Man sah darüber hinweg, oder nahm es höchstens mit einem Schulterzucken zur Kenntnis. War es nicht die gottgewollte Ordnung, dass der Schwarze dem Weißen zu dienen hatte? Davon waren hier alle überzeugt. Und vielleicht stimmte es ja auch. Aber das war kein Grund, diese Menschen zu misshandeln.

Consuela beeilte sich, die Erfrischungen auf die Veranda zu bringen, während Doña Maria sich in die Nähe des Fensters setzte, um zu lauschen. Das war nicht sehr fein, aber sie wollte wissen, was dieser Diego de Oliveira nun schon zum dritten Mal mit ihrem Ehemann zu besprechen hatte.

»Eine Unverfrorenheit von dem Kerl, hier mit Soldaten aufzutauchen«, hörte sie ihren Mann sagen. »Ich war drauf und dran, eine Klage einzureichen.«

»Wäre vielleicht nicht das Klügste, guter Freund«, erwiderte Don Diego. »Könnte schlafende Hunde wecken.«

»Eben. Deshalb hab ich auch darauf verzichtet. Zum Glück ist ja auch nichts geschehen. Aber Ihr hättet mich warnen müssen.«

»Ich habe leider auch erst hinterher davon erfahren. Aber eines solltet Ihr wissen. Don Alonso hat das Hohe Gericht nun doch überzeugt, ihm das Schiff der Holländer zu überlassen. Irgendeine alte Verordnung hat er ausgegraben, dass den Bedürfnissen der Marine gegenüber einer Versteigerung Vorrang zu geben sei.«

»Nun, dumm ist der Bastard nicht«, sagte Don Miguel. »Das Schiff ist eine gut bestückte Pinasse. Schnell und wendig dazu. Eine gefährliche Erweiterung seiner kleinen Flotte.«

»Ich habe auch den Eindruck, dass Richter Molina sich von ihm beeinflussen lässt. Erst gestern sah ich sie zusammen aus der Mesa kommen.« Gemeint war *La Mesa del Rey*, die Tafel des Königs, ein etwas anmaßender Name für eine Taverne, aber immerhin war es die nobelste der Stadt.

»Verdammt«, knurrte Don Miguel. »Molina ist zwar nicht der einzige Richter, aber immerhin der Vorsitzende. Das sind keine guten Neuigkeiten. Möchte wissen, womit Don Rodrigo sich bestechen lässt. Der Calderón besitzt doch kein Vermögen.«

»Molinas Tochter soll bald heiraten und braucht eine Mitgift. Mehr weiß ich allerdings auch nicht.« Sie schwiegen eine

Weile und dachten darüber nach. »Aber sagt mir, mein Freund«, fuhr der Portugiese fort. »Wie sieht es mit unserem gemeinsamen Unterfangen aus?«

»Alles bestens. Ich habe einen geeigneten Ort ausfindig gemacht, um dort ungestört unsere Geschäfte mit den ausländischen Kapitänen abzuwickeln.«

»Und wo, wenn ich fragen darf?«

»Ihr verzeiht mir, Don Diego, wenn ich es vorläufig geheim halte. Je weniger davon wissen, umso sicherer ist es.«

»Ja, natürlich. Da habt Ihr gewiss recht. Aber wohin soll ich denn nun meinen Zucker und Tabak transportieren?«

»Gar nicht. Zumindest nicht direkt. Ich habe ein kleines Schiff erworben, eine *barca longa*. Ihr kennt den Schiffstyp. Recht schnell, aber mit einigem an Ladefähigkeit. Das heißt, nicht ich selbst habe das Schiff gekauft, sondern über einen mir ergebenen Fischer und Mittelsmann. Dem könnt Ihr Eure Ware übergeben. Nachts natürlich. Und am besten auf hoher See. Die Einzelheiten werde ich Euch noch mitteilen.«

SANTO DOMINGO

Nach der Begegnung mit den Indios von Dominica hatte die *Sophie* auf der Stelle Anker gelichtet und, um ihre Reise fortzusetzen, einen nordwestlichen Kurs eingeschlagen. Bald schon segelte sie in einen blutroten Sonnenuntergang hinein, dessen letzte Strahlen die Berge von Dominica hinter ihr noch einmal aufleuchten ließen. Steuerbords querab waren die Höhen noch weiterer Inseln am Horizont aufgetaucht, bevor sie in der schnell hereinbrechenden, tropischen Nacht verschwanden.

»Die gehören zur Inselgruppe von Guadeloupe«, sagte Köppers. Laut Segelanweisungen waren auch die einst von Cristóbal Colón entdeckt und benannt worden, aber genau wie Dominica nur von Eingeborenen bewohnt.

»Dann ist es gut, dass wir von hier verschwinden«, knurrte Lars Erikson. »Ich hab von Wilden fürs Erste genug.«

Jan hätte die Indios gern kennengelernt und mit ihnen gehandelt. Doch die entfesselte Angriffslust dieser fremden Männer hatte ihn und die Mannschaft überrascht und erschreckt. War das die ureigenste Natur dieser Menschen oder nur, weil sie laut Hendriks schlechte Erfahrungen mit Europäern gemacht hatten? Eines aber schien ihm sicher: In Westindien war alles anders und gewiss viel wilder als in den geordneten Hansestädten wie Bremen oder Lübeck, an die sie gewöhnt waren. Selbst die einsamen Küsten Finnlands oder Russlands waren zivilisierter.

Enders, der zielsichere Schütze, wurde von seinen Kameraden gefeiert. Und Jan dankte Hendriks und Jonkers für ihren beherzten Einsatz. Er versprach, noch mehr darauf zu achten, dass die *Sophie* jederzeit imstande war, sich zu verteidigen. Doctor Emanuel wusch inzwischen Piet Möllers Wunde aus und verband sie sorgfältig. Viel könne er da nicht falsch machen, meinte er nicht ohne Selbstironie. Es sei ein sauberer Stich durch den Wadenmuskel und würde ohne Zweifel ganz von selbst heilen.

Lars Erikson ärgerte sich noch über seine verlorenen zwei Fässer, aber der Rest der Mannschaft war in aufgekratzter Stimmung und begierig, das glückliche Entkommen der Bootsmannschaft zu feiern. Also ließ Jan ein paar Laternen am Mast anbringen und erlaubte dem Smutje, Bier und Wein nach Wunsch auszugeben. Klaas van Hove holte seine Fiedel, und die Männer tanzten ausgelassen auf dem Oberdeck zu seinem lustigen Gekratze. Es wurde gelacht und gejohlt und viel getrunken. Auch Elsje drehte sich mit ihnen im Kreis und wurde unter ausgelassenem Gestampfe von einem zum anderen gereicht. Jeder wollte mal eine Runde mit ihr drehen. Es dauerte nicht lange, und die halbe Mannschaft war glücklich betrunken.

Wer sich leider vergaß, war Geerke Buhr. Vielleicht hatte er mehr als andere dem billigen Schiffswein zugesprochen, sein Blick war jedenfalls glasig und sein Gang ziemlich unsicher geworden, als er plötzlich Elsje um die Taille packte und sie in den Schatten des Vorschiffs drängte. Bevor die meisten mitbekamen, was vor sich ging, fing er an, sie zu begrapschen. Er versuchte, sie zu küssen und ihr die Leinenbluse herunterzureißen. Sie wehrte sich, und als andere herbeieilten und ihn wegziehen wollten, brüllte er, wozu habe man denn eine Hure an Bord, wenn nicht zum Vergnügen.

Bevor es hässlich werden konnte, war ausgerechnet Christjan Luttmann zur Stelle, um ihr zu helfen. Und obwohl Geerke ein ziemlich kräftiger Bursche war, verpasste Christjan ihm einen so gut gezielten Kinnhaken, dass Geerke wie ein gefällter Baum umfiel und liegen blieb. Jetzt schritt der Bootsmann ein und ließ den halb bewusstlosen Kerl ins Vorschiff schleppen. »Lasst ihn pennen«, brummte er. »So wie der gesoffen hat, weiß er morgen von nix mehr.«

Elsje warf Christjan einen dankbaren Blick zu und wollte etwas zu ihm sagen. Doch der tat, als sähe er sie nicht, und setzte sich an die Reling zu seinen Kameraden, die ein Würfelspiel begonnen hatten. Klaas spielte noch einmal auf, aber niemandem war mehr nach Tanzen zumute, und auch Elsje verschwand unter Deck, um nach den Sklaven zu sehen.

»So was in der Art hatte ich schon früher erwartet«, sagte Doctor Emanuel mit einem Augenzwinkern. »Aber es ist ja noch mal glimpflich abgegangen.«

Ole Penning, der auch schon recht betrunken war, wollte etwas erwidern, als Köppers ihm lachend zuvorkam. »Lass gut sein, Ole. Wir wissen schon: Weiber an Bord, das bringt Unglück.«

»Wollt ich gar nicht sagen«, entrüstete sich Ole mit unsicherer Zunge. »Im Gegenteil. Das Elsje is 'ne höllische Deern. Dat isse wirklich.«

Damit gönnte er sich noch einen kräftigen Schluck von dem guten Portwein, den Jan seinen Offizieren spendiert hatte, und grinste die anderen zufrieden an. Sie saßen bei schwankendem Laternenlicht in der Messe und aßen den

Kuchen, den der Koch zur Feier des Tages für den Kapitän gebacken hatte.

»Dass die Schwarze einfach so über Bord gesprungen ist, das will mir noch nicht in den Kopf«, meinte Erikson.

Es hatte sich herausgestellt, dass die bewusste Sklavin mit Zeichensprache Elsje überredet hatte, sie ins Vorschiff mitzunehmen, weil sie das Neugeborene sehen wollte. Und als am Strand die Schießerei losgegangen war, hatte niemand mehr auf sie geachtet.

»Die hat bestimmt gedacht, bei den Feinden ihrer Feinde sei sie sicher«, meinte Köppers nachdenklich und schüttelte den Kopf. Er stopfte Tabak in seine Tonpfeife, hielt einen Span an die Kerze einer Laterne und zündete sein Kraut an. Wohlriechender Tabakdunst füllte für einen Augenblick die Kajüte, bevor der Wind ihn durch die offene Luke davonwehte.

»Dann hat sie sich aber getäuscht«, entgegnete Doctor Emanuel. »Ob bei den Kariben oder auf Hispaniola, das wird wohl kaum einen Unterschied machen. Frei wird sie auch dort nicht sein. Immer vorausgesetzt, die Indios lassen sie am Leben.«

»Auf Hispaniola wäre sie wenigstens unter Christenmenschen gewesen«, meinte Erikson. »Man hätte sie getauft.«

Der Doctor lachte geringschätzig. »Ich glaube kaum, dass dem Weib damit geholfen wäre.«

»Aber als Christ kann es Euch doch nicht egal sein, eine verlorene Seele zu retten«, eiferte sich Erikson.

»Ach, du meine Güte.« Der Doctor winkte ab. »Wenn man die ganze Welt betrachtet, da sind wir Christen insgesamt doch in der Minderheit. Glaubt Ihr wirklich, Gott hätte den Großteil seiner Schöpfung, all die Inder, Chinesen und Afrikaner zur Hölle verdammt, nur weil sie von Christus noch nichts gehört haben?«

Erikson sah ihn mit nachdenklichen Augen an. »Vielleicht habt Ihr recht. Trotzdem muss man ihnen die Lehre Christi bringen.« Er sah sich zu seinem Käptn um. »Hab ich nicht recht?«

»Welche denn?«, fragte Jan ungerührt. »Die protestantische oder die katholische?«

Jetzt warf der Doctor die Hände in die Luft. »Um Gottes willen! Fangen wir gar nicht erst mit diesem Thema an! Es genügt schon, dass ganz Europa sich darüber zerfleischt.«

Nach einer Weile kletterte Jan aufs Achterdeck, um durchzuatmen. Köppers' Pfeifenqualm war ihm zu viel geworden. Wie so oft wanderten seine Gedanken zu Greetje. Was hatte man ihr erzählt? Hatte sein Brief sie erreicht? Er starrte zum Firmament empor, wo in der klaren Nacht Millionen von Sternen glitzerten. Auch über Bremen.

Aber dann musste er wieder an die Schwarze denken. Dominica lag jetzt schon weit hinter ihnen. Wie mochte es ihr bei den Indios ergehen? Lebte die Frau noch? In der Hoffnung, ihrem Schicksal zu entkommen, hatte sie das Wagnis gewählt. Genau wie er selbst. Im Grunde trennte ihn nicht viel von dieser Afrikanerin. Ohne eigenes Verschulden war er in eine Zwangslage geraten und hatte die Flucht gewählt. Und das wiederum hatte ihn dazu gebracht, Menschenhandel zu treiben und damit zu den Seelenqualen dieser armen Frau beizutragen, genug jedenfalls, dass sie sich zu diesem verzweifelten Schritt entschlossen hatte. Vielleicht hätte er es ablehnen sollen, Sklaven an Bord zu nehmen. Aber er hatte van Doorn versprochen, nach seinem Sohn zu suchen. Eines führte zum anderen. Man musste vorsichtig sein, sich nicht immer mehr in Schuld zu verstricken. Oder in einen Teufelskreis, aus dem man nicht mehr herauskam.

Der Wind frischte auf, und die Sophie legte sich etwas stärker auf die Seite. Das Ruder knarrte leise, als der Rudergänger der Schiffsbewegung entgegensteuerte. Jan warf einen Blick auf den schwach beleuchteten Kompass.

»Bist du es, Jelle? Ich dachte, Geerke wäre dran.«

»Bin für ihn eingesprungen, Käptn.«

Sie schwiegen eine Weile. Ein Halbmond spiegelte sich auf dem Meer. Nicht weit vom Schiff hörten sie Tümmler schnaufen. Schöne Tiere, die gern einem Schiff folgten. Es war ruhig an Bord, die meisten schienen zu schlafen. Nur aus der Messe unter ihnen hörte man noch Gemurmel.

»Wollt was fragen, Käptn«, meinte Jelle schüchtern.

»Dann frag mal los!«

»War wull doch nich so böös, dat de Elsje an Bord kamen is, Käptn?«

»Nein, war's nicht.« Jan musste grinsen. »Gibt Schlimmeres.«

»Möcht nur weten, wat sie doon will, wann wi in Hispaniola ankamen.«

»Das weiß ich auch nicht, Jelle. Vielleicht musst du sie ja doch noch heiraten.«

Der schüttelte den Kopf. »Tät ich ja geern. Aber mich will sie nich. Die hat den Christjan im Kopp.«

»Den Christjan? Das kann ich mir nicht vorstellen. Der guckt sie ja nur böse an.«

Mit diesen Worten begab sich Jan in seine Kajüte und legte sich schlafen.

Kurz nach Sonnenaufgang am nächsten Morgen brachte Fiete ihm den Kaffee. Jan erhob sich von der Koje und sah aus dem Heckfenster. Achteraus waren im frühen Morgenlicht immer noch die Bergspitzen von Guadeloupe zu erkennen, obwohl sie langsam kleiner wurden und im Meer versanken. Diese ersten Inseln der *Caribe*, die sie gesehen hatten, waren unberührt, wie am Tag ihrer Schöpfung. Die Schönheit der Natur auf Dominica hatte ihn beeindruckt. Er nahm sich vor, mehr davon kennenzulernen, durch Urwälder und tropische Landschaften zu streifen, auch wenn er vorerst kein Verlangen verspürte, so schnell wieder Bekanntschaft mit den Kariben zu machen.

Die weitere Reise verlief ohne Zwischenfälle. Der stetige Nordostwind füllte die Segel, und so sichtete die Mannschaft nach zwei Tagen die Küste von Puerto Rico, von wo aus Köppers den Kurs nach Westen änderte. Unterwegs begegneten ihnen einige spanische Schiffe, sogar ein Kriegsschiff, aber Jan hatte die Hanseflagge am Heck gehisst, und niemand schien der *Sophie* besondere Beachtung zu schenken. Es dauerte nicht lange, da passierten sie die kleine Insel Mona. Schließlich kam die Südostspitze Hispaniolas in Sicht. Genauer gesagt, die vorgelagerte Insel Saona.

»Fünftausend Seemeilen haben wir bisher zurückgelegt«, sagte Köppers. »In knapp vierzig Tagen seit Amsterdam, den kurzen Aufenthalt in Lissabon mit eingerechnet. Noch dazu ganz ohne Unfälle oder Beschädigungen. Das ist verdammt noch mal nicht schlecht.«

»Nur den Fiete hätten wir fast verloren.«

»Stimmt. Aber Gott sei Dank lacht der Bengel wieder.«

Noch eine Nacht verbrachten sie auf See, dann näherte sich die *Sophie* im frühen Licht des Morgens der weiten Mündung des Río Ozama, an dessen Westufer die Türme und Dächer von Santo Domingo zu sehen waren. Die Landschaft hier war flach, Berge nur in weiter Ferne zu sehen. Auf dem Strand lagen Kanus und Fischerboote. Dahinter Palmen. Außerhalb der Stadtmauern und weiter im Inland wucherte das tropische Grün, das sie schon von den anderen Inseln kannten. Allerdings waren auch weite Flächen kultiviert. Das mussten die Plantagen sein, von denen Cornelis van Doorn berichtet hatte.

Auf der Reede vor der Stadt holten sie die Segel ein und ließen den Anker ins durchsichtige Meer fallen. Sie hatten ihr Ziel erreicht, die Höhle des Löwen sozusagen. Nun konnten sie nur hoffen, dass ihre Neutralität respektiert wurde.

Kurz darauf kamen zwei harmlos aussehende Barkassen zu ihnen herausgerudert. Der Hafenmeister selbst, ein dicker Spanier mit schlechten Zähnen, kam an Bord, und Jan ließ den Doctor erklären, sie hätten vor, Sklaven zu verkaufen. Der Hafenmeister bestand darauf, sich selbst zu überzeugen, und stieg in den Laderaum, wo er allerdings mehr Neugier für die europäischen Waren zeigte als für die Sklaven. Die seien aber nicht für Hispaniola bestimmt, erklärte Jan ihm mehrfach, sondern für Pernambuco, ihrem nächsten Reiseziel. Diese Ausrede hatte er mit van Doorn verabredet, und sie schien den Hafenmeister zu beruhigen.

Neben dem Verkauf der Sklaven würden sie sich gern auch ein wenig in ihrer schönen Stadt umsehen, sagte Jan. Das ginge in Ordnung, meinte der Hafenmeister, sie hätten seine Erlaubnis, am Kai anzulegen. Die Barkassen würden die *Sophie* in den Hafen schleppen, das sei das Einfachste. Und so geschah es auch. Bald lagen sie fest vertäut an der Hafenmauer ganz in der Nähe der Fortaleza Ozama. Alles war ohne Schwierigkeiten abgegangen, ganz wie in Lissabon. Jan van Hagen und Hein Köppers atmeten auf.

Sie sahen sich von der Höhe des Achterdecks aus um. Die *Sophie* war nicht das einzige Schiff am langen Kai. Die meisten waren jedoch kleinere Küstensegler für den Handel zwischen den Inseln. Nur mitten im träge dahinfließenden Fluss ankerte eine große Galeone. Nach den vielen Geschützpforten zu urteilen, musste es sich um ein Kriegsschiff handeln.

Hier am Kai war der Wind nur noch schwach zu spüren, und die schwüle Luft, die hier herrschte, war zum Schneiden dick. Vor ihnen am Ufer lag die düstere Festungsanlage mit dem Arsenal daneben. Sie allein hatte 1586 Francis Drake widerstanden, als er die Stadt geplündert hatte. Auf dem Dock davor war ein ständiges Kommen und Gehen von Seeleuten, Händlern und Lastenträgern. Die Letzteren waren fast ausschließlich Afrikaner. Überhaupt schienen in dieser Stadt viele Schwarze unterwegs zu sein.

Köppers deutete auf die andere Seite des Flusses. »Sieh mal das Schiff am Holzkai dort drüben. Ich sag dir, wenn das kein Holländer ist, fresse ich meine eigenen Stiefel auf.«

»Du hast recht. Das sieht ganz nach einer Pinasse aus.«

Das Schiff war nach ähnlichen Prinzipien gebaut wie eine Fleute. Langer, schlanker Rumpf, der dennoch breiter war als das schmale Deck, nur etwas größer und vor allem mit mehr Kanonen bestückt als die *Sophie*. Ein schneller Segler mit Zähnen sozusagen. Überall waren Arbeiter an Bord. Sie schienen es zu reparieren oder umzurüsten. Und dann stockte Jan der Atem. Denn am Heck wurde gerade der Name überpinselt.

»Das ist doch verdammt noch mal die *Albatros*«, murmelte er. »Das ROS kann man noch lesen.«

»Du hast recht, Jan, jetzt seh ich's auch. Dann muss sich aber auch dieser Martin van Doorn hier befinden.«

Sie sahen sich gegenseitig an. Jan hatte in Wahrheit nicht wirklich damit gerechnet, den jungen van Doorn auf Hispaniola vorzufinden. Aber nun schien der Beweis erbracht, dass er hier sein musste. Tot oder lebendig.

Kaum war er zu diesem Schluss gekommen, als ein hochgewachsener Mann in spanischer Marineuniform auf dem Kai auftauchte, begleitet von dem dicken Hafenmeister, der recht besorgt neben ihm hertrippelte und gestikulierend auf ihn einredete. Im Gefolge der beiden marschierte eine Abteilung Soldaten mit Musketen und Säbeln bewaffnet. Der Marineoffizier enterte zur *Sophie* auf und verlangte lauthals nach ihrem Kapitän. Auch der Hafenmeister und die Soldaten folgten ihm an Bord.

Eiligst stiegen Jan und Köppers zum Hauptdeck hinunter, wo sich schon die Mannschaft versammelt hatte und etwas beklommen die fremden Soldaten anstarrte. Erikson und der Doctor kamen aus der Achterkajüte, um zu sehen, was der ganze Aufruhr zu bedeuten hatte.

»Ich bin der Kapitän«, sagte Jan auf Spanisch. »Jan van Hagen zu Diensten.« Er verbeugte sich.

»Ah, Señor Capitán, willkommen in Santo Domingo. Ich darf mich vorstellen, Alonso Calderón de la Higuera, Vizegouverneur von Hispaniola. Ihr seid *holandés*, Señor?«

»Nein, wir sind aus Bremen.« Jan deutete auf die Flagge am Heck, die in der schwülen Luft ziemlich leblos herunterhing. »Wir sind ein Hanseschiff.«

Doctor Emanuel erklärte es noch mal in besserem Spanisch, um Missverständnisse zu vermeiden, vor allem, dass kein Kriegszustand zwischen Spanien und der Hanse herrsche, die *Sophie* sozusagen ein neutrales Schiff sei. Dass auch Bremen zum protestantischen Bund gehörte, verschwieg er natürlich.

Don Alonso runzelte die Stirn. Von Bremen wusste er kaum etwas, der Name Hanse aber war ihm durchaus geläufig, obwohl sich seines Wissens noch kein Hanseschiff jemals bis in die *Caribe* verloren hatte. Doch seine Unsicherheit dauerte nur einen Augenblick.

»Im Grunde ist es egal, wo Ihr herkommt, Capitán. Der Hafenmeister hat Schmuggelware auf Eurem Schiff festgestellt. Es ist daher ganz offensichtlich, was Ihr vorhabt. Wer sind Eure Offiziere?«

Überrascht und benommen deutete Jan auf Köppers und Erikson.

»¡Bueno!«, sagte Don Alonso. Und zu seinen Soldaten: »Festnehmen!«

TEIL 4

Die dunkle Festung

Die *Sophie* auf Reede

A ber das können die doch nicht tun«, rief Elsje ganz
außer sich vor Entrüstung. »Die können doch nicht einfach unseren Kapitein festnehmen. Und dazu den Stüürmann
und unseren Bootsmann. Was sollen die überhaupt getan
haben?«

»Du siehst, sie können«, knurrte Hasko, der Koch.

»Und jetzt?«

Elsje starrte den Soldaten auf dem Kai hinterher, die Jan
van Hagen, Hein Köppers und Lars Erikson fest im Griff
hatten und in Richtung Festung abführten. Dann drehte sie
sich zu dem dicken Hafenmeister um, der mit fünf Soldaten
auf dem Schiff geblieben war und gerade weitere Anweisungen gab. Drei von ihnen sollten oben bleiben und auf die
Mannschaft achten, während er mit zwei anderen unter Deck
gehen wollte, um sich dort um die Ladung zu kümmern.
Elsje sprach kein Spanisch, aber Doctor Emanuel hatte ihn
natürlich verstanden.

»*Un momento*, Señor!«, sagte er. Und als der Hafenmeister sich ihm etwas ungeduldig zuwandte: »Ich bitte um Entschuldigung, aber ich habe zuvor leider Euren Namen nicht
mitbekommen. Mit wem habe ich also die Ehre?«

»Cabrón. Luis Cabrón, *capitán del puerto*.«

»Señor Cabrón, Hafenmeister. Natürlich.«

Was für ein seltsamer Name, fand der Doctor. Und irgendwie lächerlich unpassend. Denn wie ein Ziegenbock sah der Mann nun wirklich nicht aus. Eher ähnelte er einem wohlgenährten Schwein mit seinem ausladenden Bauch und fetten Backen. Auch die kleinen, flinken Augen, die alles abzuschätzen schienen, passten dazu.

»Nun, ich darf mich ebenfalls vorstellen: Doctor Emanuel Almeida de Souza, Schiffsarzt der *Sophie*«, meinte er mit höflicher Verbeugung. »Wenn Ihr erlaubt, so hörte ich Euch soeben sagen, Ihr würdet Euch um die Ladung kümmern. Das verstehe ich nicht ganz, werter Capitán Cabrón. Was habt Ihr denn noch weiter mit der Ladung zu tun? Schließlich ist sie, außer den Sklaven, für Pernambuco bestimmt, wie Capitán van Hagen bereits erklärt hat.«

Doch der Hafenmeister schüttelte den Kopf und setzte ein überhebliches Lächeln auf. »Ist alles beschlagnahmt, Señor. Auch das Schiff. Befehl des Gouverneurs. Und nun geht mir bitte aus dem Weg, damit ich meine Pflicht tun kann.«

Beschlagnahmt? Jans Festnahme war schon mehr als ungeheuerlich, aber jetzt sollte auch noch das ganze Schiff beschlagnahmt werden? Wie konnte das angehen? Doctor Emanuel und Ole Penning, dem die Bedeutung von *confiscar* ebenfalls nicht entgangen war, sahen benommen vor Schreck zu, wie der Mann, von den zwei Soldaten begleitet, in die Kajüte trat, um von dort die Stiege zum Laderaum zu nehmen. Bevor sie jedoch verschwanden, streckte er noch einmal den Kopf zur Tür heraus. »Eine Laterne brauchte ich noch, *por favor!*«

»Eine Laterne?«, fragte Ole noch ganz durcheinander. Aber dann besann er sich. »Christjan, geh und leuchte dem

Hafenmeister. Und achte mal darauf, was der Mann da unten macht! Nicht, dass mir was wegkommt.«

Christjan tat, wie ihm geheißen, und Ole wandte sich aufgeregt an den Portugiesen. »Die wollen das Schiff beschlagnahmen? Hab ich das richtig verstanden?«

»Ganz recht.«

»Aber das können wir uns doch nicht gefallen lassen, Doctor. Ihr habt Jurisprudenz studiert. Und das auch noch in Madrid. Ihr müsst etwas unternehmen.«

»Ja, was soll ich sagen?« Doctor Emanuel hob unschlüssig die Schultern. »Es wird hier sicher ein Gericht geben. Ich werde nachher an Land gehen und mich erkundigen.«

Johan Hendriks war leise neben die beiden getreten. »Wir müssen reden«, raunte er eindringlich. Sie folgten ihm ein paar Schritte außer Hörweite der Soldaten. »Ole Penning, Ihr seid jetzt der Kommandant der *Sophie*.«

»Ich?«, fragte Ole erstaunt. »Wieso ich?«

»Na, wer denn sonst, nachdem die anderen in Festungshaft sitzen? Wir sollten jetzt das Richtige tun und erst mal das Schiff in Sicherheit bringen. Dann sehen wir weiter, was mit dem Käptn ist.«

Ole runzelte die Stirn. »Und was habt Ihr da im Sinn?«

»Es ist jetzt wichtig, schnell zu handeln, bevor es zu spät ist. Wir bewaffnen heimlich die Mannschaft, überrumpeln die Soldaten und legen ab.«

»Wir legen ab?« Ole riss die Augen weit auf. »Aber ich bin doch kein Schiffsführer, nur der Zimmerer. Und überhaupt, wohin?«

»Nur bis auf die Reede vor der Stadt. Dort ankern wir außer Reichweite ihrer gierigen Finger. Unser Klaas ist doch der Älteste und Erfahrenste an Bord. Der wird schon wissen, wie man mit dem Schiff umgeht.«

Ole starrte ihn mit großen Augen an.

»Und wenn sie auf uns schießen?«, fragte Doctor Emanuel besorgt und deutete auf die Galeone in der Flussmündung. »Ich würde nicht gern zur Zielscheibe werden.«

»Die Festung hat sogar noch größere Kanonen«, zischte Ole. »Habt Ihr das nicht gesehen, Meester Hendriks?«

Hendriks sah sich nach den Soldaten um, die schon neugierige Blicke warfen, was die drei so eindringlich zu tuscheln hatten. »Bleibt leise«, murmelte er. »Die verdammten Kerle müssen nicht gleich merken, was wir vorhaben. Und was das Schießen angeht, ich bin sicher, das werden sie nicht tun. Sie sind ja ganz offensichtlich hinter dem Schiff her. Und vergesst nicht, wir haben den dicken Hafenmeister an Bord.«

»Vielleicht schießen sie aber doch«, sagte Ole ängstlich.

»Selbst wenn, dann entfernen wir uns eben. Die *Sophie* ist auf jeden Fall schneller als diese Galeone, sollte es darauf ankommen.«

»Wir sollen uns entfernen?« Ole schüttelte den Kopf. »Ich weiß nicht. Verdammt, ich weiß nicht. Ich bin doch kein Navigator.« Die Verantwortung schien zu viel für ihn zu sein. »Was ist, wenn etwas schiefgeht? Und außerdem haben die unseren Käptn und die anderen in Gewahrsam. Wir können sie doch nicht im Stich lassen.«

»Das werden wir auch nicht«, beruhigte Hendriks ihn. »Nur das Schiff ihrem Zugriff entziehen und Zeit gewinnen, bevor sie uns wie eine verdammte Gans ausnehmen. Wollt Ihr denn alles verlieren? Auf sämtlichen Gewinn der Reise verzichten? Und wer sagt, dass sie uns nicht auch gleich einsperren?«

Ole dachte verzweifelt nach. Er fuhr sich unschlüssig durch die Haare und machte ein unglückliches Gesicht.

Plötzlich tauchte Christjan wieder neben ihnen auf. Und der sah ausgesprochen wütend aus.

»Was is' denn, Christjan?«, fragte Ole.

»Der Kerl beklaut uns«, flüsterte der junge Seemann aufgebracht. »Reißt die Ballen auf und nimmt sich, was ihm gefällt.«

»Nich wahr!«

»Ich schwör's!«

»Verdammter Schiet!«

»Wir müssen handeln«, knurrte Hendriks. »Und zwar schnell!«

Endlich rang Ole sich durch. »Also gut«, flüsterte er schreckensbleich. »Ich rede mit Klaas. Ihr kümmert Euch um die Soldaten.«

»Alles klar, Ole«, sagte Hendriks und gab Jonkers einen Wink, der etwas abseits gewartet hatte und sich nun zusammen mit Christjan unauffällig in die Kajüte begab, wo im unteren Achterdeck die Waffen unter Verschluss lagen. Hendriks selbst nickte den Soldaten freundlich zu, die etwas gelangweilt, auf ihre Hellebarden gestützt, herumstanden und mehr Augen für Elsje hatten als für die Mannschaft. Er winkte den bulligen Geerke zu sich, und beide folgten Jonkers in die Kajüte. Ole ging betont gemessenen Schrittes zur Kombüse hinüber und trug Fiete unterwegs auf, Klaas und die übrigen Seeleute unauffällig zum Koch zu bestellen. Als sie dort versammelt waren, erklärte er ihnen flüsternd, was man beschlossen hatte.

Hasko schnappte sich gleich sein Metzgerbeil. »Den Bastarden werden wir's zeigen«, knurrte er.

»Leg das verdammte Ding weg, Hasko. Wir wollen keinen umbringen. Hast du verstanden?«

»Schade«, murrte der. »Aber bewaffnen darf man sich doch wohl noch.«

Elsje trat in die Kombüse. »Was ist los?«, fragte sie, als habe sie etwas gerochen.

Ole erklärte es ihr. »Am besten du hältst die Soldaten bei guter Laune und lenkst sie ab. Das hast du doch wohl noch nicht verlernt, oder?«

»Geht klar«, grinste sie und öffnete ein paar Knöpfe ihrer Seemannsbluse, um den Inhalt ins rechte Licht zu rücken. Dann schlenderte sie hinaus aufs Deck. Klaas, der etwas aufgeregt war, sich aber geehrt fühlte, das Schiff zu übernehmen, besprach das Ablegemanöver und teilte die Aufgaben für den Rest der Mannschaft ein. Dann kletterte er zum Ruderstand hinauf.

Elsje, ihre weiblichen Vorzüge geschickt ins Spiel bringend, hatte sich bereits von den Soldaten ansprechen lassen, die alles um sich herum zu vergessen schienen und einander überboten, ihr schöne Augen zu machen. Die Kerle grinsten vielsagend, umdrängten Elsje, deuteten auf die Sehenswürdigkeiten der Stadt und wetteiferten in Komplimenten und liebenswürdigen Angeboten, zu denen die Dirne ganz reizend lächelte, obwohl sie natürlich kein Wort von alldem verstand. Aber darum ging es ja auch gar nicht.

Ole wusste nicht recht, was er selbst zu diesem Unternehmen beitragen sollte. Aber dann nahm er sich in Gedanken ein Beispiel an seinem jungen Kapitän, der sich nach erteiltem Befehl darauf beschränkte, zu beobachten, ob alles richtig ausgeführt wurde. Also beschloss er, ebenfalls nichts weiter zu tun, als den Ablauf der Dinge im Auge zu behalten. Vorsichtshalber aber leerte er zusammen mit dem Koch noch rasch einen Becher Schiffswein zur Stärkung und steckte sich für alle Fälle ein langes Messer in den Gürtel, obwohl er inständig hoffte, es nicht gebrauchen zu müssen. Dann verließen beide die Kombüse.

Ole nickte Doctor Emanuel zu, der etwas abseits stand und Elsje und die Soldaten nicht aus den Augen gelassen hatte. Kurz darauf waren auch schon Hendriks und Geerke zur Stelle, beide mit Entersäbeln in der einen und geladenen Pistolen in der anderen Faust. Mit wenigen Schritten hatten sie die Soldaten erreicht. Die waren aber so mit Elsje beschäftigt, dass sie die beiden überhaupt nicht bemerkten. Erst als zweien von ihnen der kühle Stahl von Säbeln an der Kehle lag und der Dritte Haskos Schlachtermesser im Nacken spürte, zuckten sie erschrocken zusammen und drehten vorsichtig die Köpfe, nur um in zwei Pistolenmündungen zu blicken.

»Señores«, sagte Doctor Emanuel freundlich auf Spanisch. »Ich glaube, es wäre klug, sich ganz still zu ergeben. Man wird euch Jungs keinen Schaden zufügen, wenn ihr jetzt die Waffen abgebt.«

Die Soldaten sahen einander an. Für ein fremdes Schiff zu sterben, hatten sie nicht vor, und für den dicken Hafenmeister schon gar nicht. Also gaben sie bereitwillig ihre Hellebarden und Säbel ab und ließen sich von Geerke binden, der die nötigen Seilenden bereits mitgebracht hatte. Man brachte sie ins Vorschiff.

»Ganz vorzüglich, liebe Elsje«, sagte der Doctor anerkennend. »Du solltest in einer Schauspieltruppe auftreten.«

»Deshalb müsst Ihr mir aber nicht gleich auf die Brüste starren, Doctor«, erwiderte sie und knöpfte ihre Bluse zu.

»Oh, hab ich das?«, erwiderte er verlegen.

Das Mädel hat eine Zunge!, dachte er bei sich. Da muss man sich in Acht nehmen. Etwas verstimmt wollte er sich abwenden, als sie ihm ganz unerwartet die Hand auf den Arm legte.

»Tut mir leid, Doctor. War nicht bös gemeint. Ich konnte es mir einfach nicht verkneifen.« Sie beugte sich näher. »Und eigentlich hab ich auch nichts dagegen.« Sie schenkte ihm noch einen koketten Augenaufschlag und gesellte sich dann zu Hendriks und dem Koch, die an der Reling standen und auf den Kai hinunterblickten, ob dort jemand etwas bemerkt haben könnte.

Elsjes Worte hatten Doctor Emanuel etwas verwirrt zurückgelassen. War das ein verstecktes Angebot gewesen? Oder hatte sie das Schäkern mit den spanischen Soldaten an ihre alte Beschäftigung erinnert? Vielleicht wollte sie diese wieder aufnehmen, jetzt, da man in Santo Domingo angekommen war.

Bevor er den Gedanken weiter verfolgen konnte, war von unter Deck ein empörtes Brüllen zu vernehmen, das aber gleich darauf abrupt verstummte. Und nicht lange, da steckte Christjan den Kopf aus der Messekajüte.

»Alles klar?«, fragte er atemlos.

»Hier ja«, erwiderte Hendriks. »Und da unten?«

»Der Fettsack wollte sich wehren. Jonkers musste ihn hart rannehmen.«

»Ist er verletzt?«

»Nur ein bisschen.«

»Dann werd ich mal nach ihm sehen«, seufzte Doctor Emanuel und machte sich auf den Weg in den Laderaum. »Wer hätte gedacht«, brummte er kopfschüttelnd, »dass man auf diesem Schiff dauernd die Leute verarzten muss?«

»Du machst dich besser im Topp nützlich, Christjan«, sagte Hendriks. »Wir legen ab.« Und damit gab er Klaas das verabredete Zeichen.

Klaas, ganz seiner heutigen Bedeutung bewusst, gab seinen Kameraden kurze Befehle. Die wussten aber schon, was zu tun war, schließlich war das Alltagsgeschäft auf einem Schiff. Es machte auch nichts, dass der Wind nicht besonders günstig stand und kein Boot sie vom Kai schleppen konnte. Sie ließen den Fluss für sich arbeiten. Die halbe Mannschaft enterte zu den Rahen auf, bereit, Segel zu setzen. Die anderen machten die Leinen los, außer einer, der Springleine am Heck des Schiffs. Klaas legte das Ruder hart steuerbord, der Fluss drückte dagegen, so dass der Bug gemächlich vom Kai zur Mitte des Flusses hin drehte. Mit langen Bootshaken hielten sie das Heck vom Kai, während der Wind zuerst in die Blinde unter dem Bugspriet fasste und schließlich die im rechten Augenblick gesetzten Vortopp- und Großtoppsegel füllte. Langsam bewegte sich das Schiff vom Kai weg. Einen Augenblick lang schien die *Sophie* seitwärts im Fluss zu treiben, während die Springleine eingeholt wurde. Dann gehorchte sie dem Ruder, das Schiff nahm Fahrt auf, und Klaas steuerte aufs Meer zu.

Auf dem Kai liefen Leute zusammen, auch Soldaten, und deuteten auf das sich entfernende Schiff, das bald die offene Reede vor der Küste erreicht hatte. Nur wenige Hundert Faden vom Ufer entfernt drehte die *Sophie* in den Wind, die Segel verschwanden wieder, und das Rumpeln des Kabels war zu hören, als der Anker in die Tiefe rauschte.

»Und jetzt?«, fragte Ole, als es wieder ruhig an Bord geworden war und die *Sophie* sanft am Anker schwofte.

»Jetzt warten wir«, entgegnete Hendriks.

»Was ist mit dem Hafenmeister? Ist der sehr verletzt?«

»Nur ein Kratzer an der Hand. Der Doctor hat ihn schon verbunden. Alle Gefangenen sind wohlauf und sicher im Vorschiff untergebracht.«

»Wenn das man gutgeht«, murmelte Ole.

Sie mussten nicht sehr lange warten, da löste sich ein Schuss von der Festung, und die Kugel heulte über das Schiff hinweg, gefolgt vom Donner der Kanone. Pulverdampf verhüllte das Geschütz, bis der Wind ihn davontrug.

»Verdammt, jetzt schießen sie doch!«, rief Ole entsetzt. »Wir müssen das Ankerkabel kappen.«

»Mach dir nicht in die Hosen, Ole«, sagte Hendriks. Irgendwie waren sie beim Du angelangt. In der Gefahr schien das Formelle nicht mehr angebracht. »Die wollen uns nur ein bisschen Angst einjagen. Wir haben schließlich Geiseln an Bord.«

Es dauerte eine ganze Weile, während Ole unruhig auf und ab lief, da löste sich ein zweiter Schuss von der Festung. Diesmal kam die Kugel gefährlich nahe, prallte mit riesiger Gischtfontäne nur fünfzehn Faden steuerbords von der Wasseroberfläche ab und heulte davon. Oles Herz hämmerte wie verrückt in der Brust. Die würden doch die *Sophie* nicht mitsamt ihrem eigenen Hafenmeister versenken, oder doch? Selbst Hendriks war sich seiner Sache nicht mehr ganz so sicher.

»Ruhig Blut, Ole«, sagte er dennoch.

»Verdammt noch mal, Hendriks! Willst du etwa warten, bis uns Reling und Rahen um die Ohren fliegen?«

»Das wird nicht passieren.«

»Scheiße, Mann, der nächste Schuss ist ein Volltreffer!«

»Ach was. Die wollen nur die Zielentfernung feststellen. Dann können sie uns umso besser versenken, wenn du die Nerven verlierst und Segel setzt.«

Ole fluchte grässlich, um sich gleich darauf zu bekreuzigen. Und Doctor Emanuel zwirbelte nervös an seinen Schnurrbartspitzen.

DIE KANONEN DER FESTUNG

Nachdem ein Bote ihm atemlos berichtet hatte, dass das beschlagnahmte Schiff wieder abgelegt hatte, mitsamt Hafenmeister und Soldaten, war Don Alonso sofort von den Casas Reales zur Geschützbatterie auf der Meerseite der Festung geeilt. Als er dort angekommen war, hatte die Fleute erstaunlicherweise wieder geankert und lag ganz ruhig auf der Reede vor der Stadt, als sei nichts geschehen. Der Kommandant der Miliz, ein gewisser Coronel Rivera, war vor ihm eingetroffen und beäugte die *Sophie* durch ein Fernrohr.

»Gibt's was zu erkennen?«, fragte Don Alonso.

»Nein, Señor Almirante. An Bord scheint alles ruhig zu sein. Auch von Cabrón und unseren Männern ist nichts zu sehen.«

»Die liegen natürlich in Ketten unter Deck.« Don Alonso schäumte vor Wut. »Das werden sie mir büßen, diese verdammten Holländer.«

»Ich dachte, es seien *alemánes*.«

»Ja, behaupten sie. Aber im Grunde das gleiche protestantische Pack! Wenigstens haben wir ihren Capitán.«

Don Alonso überlegte fieberhaft, was er tun sollte. Am liebsten hätte er die *Sophie* zu Klump geschossen. Schon allein, weil dieser fette Idiot, dieser Cabrón, es verdient hätte. Dafür, dass er sich hatte überrumpeln lassen, der Tölpel! Aber das kam natürlich nicht in Frage. Er konnte schlecht den Hafenmeister opfern. Außerdem würde er das Schiff für seine kleine Flotte gut gebrauchen können. Genau wie die *Albatros*, die gerade umgerüstet wurde. Er müsste nur nachweisen, dass sie auf Schmuggelfahrt waren. Cabrón hatte berichtet, was sie geladen hatten. Das dürfte genügen. Überhaupt war eine solche Ladung sicher nicht zu verachten, wenn es ihm gelänge, diese noch mal am Gericht vorbeizusteuern. Vielleicht sollte er Don Rodrigo und den anderen Richtern einen diskreten Anteil zukommen lassen.

Aber zunächst musste er das Schiff in die Hand bekommen. Sollte er seine Marinesoldaten einsetzen? Zwei Barkassen mit fünfzehn Mann in jeder würden sicher mehr als genügen. Aber sogleich verwarf er den Gedanken wieder. Denn auch das würde die Geiseln gefährden. Das heißt, wenn diese *alemánes* nicht schon beim Anblick bewaffneter Barkassen davonsegeln würden. Das musste er verhindern.

Er wandte sich an seinen Adjutanten, der ihn begleitet hatte. »Befehl an Capitán Morales. Er soll sich hier sofort bei mir melden. Ich habe eine Aufgabe für ihn.« Morales war der Kommandant der *Santa Trinidad*, der Galeone, die im Fluss ankerte.

»*¡A la orden!*, Almirante!« Der Adjutant salutierte und machte sich davon.

»Und Ihr, Rivera, lasst die Batterie ein paar Schüsse auf das Schiff abgeben.«

»Sollen wir es versenken, Almirante?«

»Natürlich nicht. Im Gegenteil. Wir wollen es kapern.« Er schüttelte unwirsch den Kopf. War er denn nur von Idioten umgeben? »Aber ein paar Schüsse in die allgemeine Richtung

sollen ihnen zeigen, dass wir sie jederzeit zu Kleinholz schießen können, falls sie vorhaben, sich davonzumachen.«

»In der Nacht könnten sie uns aber entkommen.«

»Bis dahin hoffe ich, die Angelegenheit geregelt zu haben.
Also los, lasst sie mal unser Mündungsfeuer sehen.«

»Geht in Ordnung, Almirante«, sagte Coronel Rivera,
übergab Don Alonso das Fernrohr und wanderte zum nah
stehenden Geschütz hinüber, einem Vierundzwanzigpfün-
der. Er erklärte dem Geschützführer, was gewünscht war.

Don Alonso richtete das Fernrohr auf die *Sophie*. Eine
schmucke Fleute, dachte er. Ein wahrer Holländer. Schlanker
Rumpf, saubere Linien und gewiss ein schneller Segler. Man
müsste noch ein paar Geschützpforten in die Bordwand
schneiden, das Schiff besser bewaffnen. Dann ließe es sich an
der Nordküste gegen Piraten einsetzen. Er suchte das Deck
ab. Rivera hatte recht. Von Cabrón keine Spur. Auch keine
Uniformen zu sehen. Die hatten die Geiseln also gut unter
Verschluss.

An der Kanone wurde inzwischen eine in Leinen genähte
Pulverladung mit dem Ladestock vorn ins Rohr gestopft und
mit einem Pfropfen Werg fest hineingerammt. Es folgte die
schwere Kanonenkugel und noch ein Wergpfropfen. Durch
das Zündloch am hinteren Ende wurde mit einer Nadel die
Pulverladung angebohrt und das Zündloch mit feinkörnigem
Pulver gefüllt. Mit Hilfe der Geschützmannschaft richtete
der Kanonier die Kanone seitlich aus und mittels Keilen die
Richthöhe.

Jetzt war es so weit. Die Geschützmannschaft trat
zurück, und der Kanonier griff nach dem langen Spieß, an
dessen Ende die brennende Lunte befestigt war. Die Männer
hielten sich die Ohren zu. Noch ein Blick auf den Coronel,
und als der zustimmend nickte, führte der Kanonier die

Lunte an das Zündloch. Mit einem gewaltigen Krach explodierte die Ladung, die Kugel jagte in einem langen Feuerstoß davon, die Lafette rollte rückwärts, und eine gewaltige, beißend riechende Pulverwolke breitete sich vor der Mündung aus.

Don Alonso, der einige Schritte abseits stand, sah für einen kurzen Augenblick die Kugel fliegen, dann war sie nicht mehr zu erkennen. »Gut. Hoher Schuss. Vermutlich über die Masten. Jetzt tiefer, aber nicht das Schiff treffen.«

Die Männer fuhren mit dem nassen Schwamm am Ladestock in das zischende Kanonenrohr, um brennende Pulverreste zu löschen. Dann begann das Laden von Neuem, die Lafette auf ihren Rädern wurde vorgezogen, die Kanone neu ausgerichtet, und dann mit donnerndem Krachen erfolgte der zweite Schuss.

Das Echo rollte von der Festung und den Häusern der Stadt zurück. Don Alonso sah, wie die Kugel nahe der *Sophie* vom Wasser abprallte und auf den Horizont zujagte. Auf einmal beschlich ihn der Gedanke, dass der Beschuss vielleicht ein Fehler war. Die Männer auf der *Sophie* könnten ihn auf die Probe stellen und davonsegeln. Das wäre peinlich, denn mit dem verdammten Cabrón an Bord waren ihm die Hände gebunden. Die ganze Stadt sah schließlich zu.

Aber nichts dergleichen geschah. Das Schiff lag so friedlich wie zuvor auf dem Wasser. Sosehr er auch durchs Fernrohr starrte, nichts regte sich an Bord. Er konnte die Köpfe der Seeleute ausmachen, die über die Reling zu ihnen herüberblickten. Aber sie machten keine Anstalten, den Anker zu heben oder Segel zu setzen.

»Wer auch immer da drüben das Sagen hat, der ist ein kalter Hund«, murmelte er anerkennend. »Der weiß wohl, dass wir nicht Ernst machen.«

Capitán Morales war inzwischen zur Stelle und salutierte. »Ihr habt mich rufen lassen, Almirante?« Morales war ein in Ehren ergrauter Seeoffizier. Kein Draufgänger, aber verlässlich.

»Ich will, dass Ihr Euch zu dem Schiff da draußen hinausrudern lasst und mit diesen dickschädeligen Protestanten redet, die Cabrón entführt haben.«

Morales nickte. »Besondere Anweisungen, Don Alonso?«

»Sagt ihnen, wenn sie in zwei Stunden nicht wieder am Kai liegen, versenke ich tatsächlich ihr verdammtes Schiff. Jetzt haben sie ja schon von meiner Medizin gekostet.« Er lachte selbstsicher. Aber das war eher, um seine eigenen Leute zu beeindrucken. Er glaubte inzwischen nicht mehr wirklich, dass die Fremden seiner Aufforderung Folge leisten würden. Er würde sich etwas anderes ausdenken müssen. Ein Nachtangriff wäre vielleicht das Beste.

Während Don Alonso das weitere Geschehen von der Festungsmauer beobachtete, hatte sich eine Menschenmenge auf der dem Meer zugewandten Stadtmauer gebildet. Alle wollten das Schiff sehen, dessen Kapitän festgenommen worden war, dessen Mannschaft aber den Hafenmeister entführt hatte. Ein noch nie dagewesener Vorgang. Beim Schach würde man es ein Patt nennen. Don Alonso ärgerte sich über die Menge. Was glotzten die so blöd? Wollten sie zuschauen, wie er sich blamierte? Und dann machte er Don Miguel unter den Leuten aus, was seinen Unmut noch steigerte. Und dazu ganz unübersehbar, die schöne Doña Maria Carmen an seinem Arm. Er spürte, wie sein Puls sich beschleunigte. Sie trug einen Sonnenschirm, so dass er ihr Gesicht nicht sehen konnte. Aber einmal wandte sie sich zur Seite und schien zu ihm heraufzublicken. Ein süßer Ruck fuhr ihm dabei durchs Herz. Begleitet von bitterer Eifersucht.

Die Barkasse mit Capitán Morales war nach einer elenden Warterei wieder auf dem Rückweg, und Don Alonso war neugierig, was Morales zu berichten hatte. Wie er durchs Fernrohr sah, war ein weiteres Mannschaftsmitglied der *Sophie* in die Barkasse gestiegen. Ein gut gekleideter Mann. Kein Seemann also. Zweifellos ein *caballero*. Vielleicht sogar ein Adeliger. Und der würde sich freiwillig in seine Hand begeben? Die Sache wurde immer rätselhafter.

Babatunde und der Bukanier

Babatunde hockte hoch über dem Urwaldboden in einer Astgabel. Aus dieser sicheren Höhe blickte er hinunter auf den weißen Mann am Flussufer, den er seit Stunden im Auge hatte. Der Afrikaner saß ganz still, und wenn seine Muskeln verkrampften oder sein Bein einschlief, änderte er die Haltung nur sehr gemächlich. Es war unwahrscheinlich, dass der Mann ihn entdecken würde, denn zwischen den dichten Blättern in der Tiefe des Baumes war er praktisch unsichtbar, nicht zuletzt wegen seiner dunklen Haut. Vorausgesetzt, er machte keine hastigen Bewegungen.

Seit ein paar Tagen schon beobachtete er den Mann. Er schien ein Jäger zu sein, trug einfache Kleidung aus Rohleder. Nach seinem grauen Bart zu urteilen, war er schon älter, trotzdem flink auf den Beinen und so gelenkig wie ein junger Kerl. Heute hatte er mit seinem langen Feuerrohr ein Schwein geschossen. Den ausgeweideten Kadaver hatte er auf sein Maultier geladen und ans Flussufer gebracht, wo er eine einfache, mit Schilf gedeckte Hütte hatte.

Der Mann besaß auch ein Boot, ein großes Kanu, auf dem er am Vortag den Fluss hinuntergepaddelt war, dorthin, wo die Mangroven wuchsen. Das Kanu hatte sogar einen Mast, den man aufrichten konnte, um ein Segel zu setzen. Damit war der Mann aufs Meer gefahren. Babatunde war ihm am Ufer gefolgt und hatte ihn in der Nähe der Flussmündung mit einem Netz fischen sehen. Danach war er in die kleine Bucht an der Mündung zurückgekehrt und hatte Krabben im Uferschlick gesammelt und sich später am Lagerfeuer ein Mahl zubereitet. Der verführerische Geruch war noch in Babatundes Nase.

Heute also war der Mann mit diesem erlegten Schwein in sein Lager gekommen. Jetzt zog er dem Tier die Haut ab und zerteilte sorgfältig das Fleisch in fingerdicke Streifen. Diese rieb er mit Salz ein, das er in einem Sack in seiner Hütte aufbewahrte. Anschließend legte er die Streifen auf Palmenblätter aus, um das Salz einwirken zu lassen.

Der Anblick des Fleisches ließ Babatunde das Wasser im Mund zusammenlaufen. Er spürte schmerzhaft das hohle Gefühl im Magen. Bei seiner Flucht von Doña Marias *hacienda* hatte Olu ihm ein Messer zugesteckt. Damit hatte er sich einen Speer schnitzen können. Aber es war nicht so leicht, Wild zu erlegen. Einmal hatte er eine Baumratte erwischt, ein andermal einen Leguan. Die hatte er roh verzehrt, denn Feuermachen war ihm noch nicht gelungen. In den letzten Tagen aber hatte er nur wenig gegessen, etwas Obst, ein paar Wurzeln. Davor hatte er tagelang von rohen Krabben gelebt, aber seit der Weiße aufgetaucht war, wagte er sich nicht mehr in die Mangroven am Flussufer.

Er fürchtete weniger den Mann als dessen Feuerrohr. Ein gut gezielter Schuss würde genügen, ihn zu töten. Eigentlich sollte er sich in den Urwald zurückziehen, dem Mann aus dem Wege gehen, besonders da es ein Weißer war. Aber etwas hielt ihn zurück. Der Weiße war schließlich ein Mensch, und Babatunde war neugierig, er hatte schon so lange keinen Menschen mehr gesehen, noch weniger mit einem geredet.

Er führte schon Selbstgespräche. Oder er stellte sich vor, mit seiner Dada zu reden. Doch das war noch unbefriedigender. War der Mann etwa auch ein Ausgestoßener wie er selbst? Warum lebte er sonst so mutterseelenallein im Wald, ernährte sich von Fischen und der Jagd und schlief in einer Schilfhütte am Fluss?

Während das gesalzene Fleisch an der Luft trocknete, machte der Mann in einer kleinen Grube Feuer. Das ließ er bis auf die Glut herunterbrennen. Dann legte er Kräuter darauf, bis dicker Rauch aufstieg. Und dann stellte er ein seltsames Gerüst darüber. Es war aus den gespaltenen Stämmen junger Bäumchen mit Bast zu mehreren übereinanderliegenden Rosten zusammengebunden. Auf die verteilte er nun das Fleisch. Anschließend deckte er das Gestell rundum mit Schilfmatten zu, die er daranhängte. Die waren so dicht, dass der Rauch nur oben durch eine kleine Öffnung entweichen konnte.

Jetzt verstand Babatunde. Er räucherte das Fleisch, um es haltbar zu machen. So etwas war auch ihm nicht unbekannt, außer, dass der Mann sich bemühte, das Feuer sehr niedrig zu halten. Er nährte es gerade genug, dass es nicht ausging, aber doch nur ganz schwach brannte. Babatunde selbst hätte mehr Feuer gemacht, um das Fleisch zu garen, aber er nahm an, dass der Mann schon wusste, was er tat. Überhaupt schien alles, was er so trieb, gut durchdacht und vorbereitet zu sein.

Babatunde hockte immer noch hoch in seiner harten Astgabel, obwohl ihm der Hintern längst weh tat. Wieder spürte er seinen Magen knurren. Wenn er doch nur ein Stück von diesem köstlichen Schweinefleisch kriegen könnte. Und dann, als hätte Shangó ihn erhört, hängte der Mann sich, nachdem er noch einmal nach dem Feuer gesehen hatte, den Lederriemen mit Kugeltasche und den vielen Pulverfläschchen um, nahm sein Feuerrohr und stieg auf das Maultier. Es sah so aus, als wollte er wieder jagen gehen.

Lange wartete Babatunde reglos und lauschte auf die Geräusche im Wald. Vogelschreie aller Art, hier und da ein Rascheln unter ihm. Wahrscheinlich ein Nagetier oder eine Echse. Aber nichts, das auf die Rückkehr des Mannes deutete. Langsam kletterte er von Ast zu Ast hinunter, wobei er ab und zu innehielt, um sich umzublicken und erneut zu lauschen. Aber da war nichts Verdächtiges. Der Mann war inzwischen sicher meilenweit entfernt. Unter dem Baum suchte Babatunde nach dem Speer, den er im Unterholz versteckt hatte. Dann schlich er zum Lagerplatz des Weißen. Auch hier war alles still. Er blickte zum Fluss hinüber. Libellen tanzten über dem Wasser.

Aus der mit Schilfmatten bedeckten Räucherkammer drang ein so verführerischer Duft, dass sich ihm vor Verlangen fast schmerzhaft der Speichel im Mund sammelte. Vorsichtig schob er eine der Schilfmatten ein wenig zur Seite und steckte die Hand hinein. Innen war es warm, aber nur mäßig. Er ertastete einen Fleischstreifen, zog ihn heraus und steckte ihn sich gierig in den Mund. Beim Kauen schloss er einen Augenblick lang die Augen, so gut und intensiv war der Geschmack des gesalzenen und halb geräucherten Fleisches. Er griff sich noch ein Stück und ein drittes. Damit ließ er sich auf dem Boden nieder und schwelgte. Auch diese beiden waren bald verzehrt. Er nahm sich noch ein Stück.

Plötzlich vernahm er ein leises Wischen hinter sich, wie von Füßen, die durchs Gras streifen. Er fuhr herum und starrte in die Mündung des Feuerrohrs. Dahinter das grimme Gesicht des weißen Mannes. Er ließ das Fleisch fallen und zuckte vor Schreck zurück. Da hörte er das Klicken, als der Mann den Hahn mit dem Feuerstein zurückzog.

»Schmeckt dir mein Fleisch?«, hörte er ihn auf Spanisch sagen. »Aber du bist viel zu ungeduldig, mein Freund. Es ist ja noch halb roh.« Er trat einen Schritt näher und schob ihm den Musketenlauf ins Gesicht. »Wer zum Teufel bist du? Und was hast du hier zu suchen?«

Babatunde war vor Schreck wie gelähmt. »Hunger«, stotterte er. »Ich ich hatte Hunger.«

»Soso. Und da hast du gemeint, du kannst dich beim alten Tom bedienen, was?« Der Weiße schüttelte den Kopf und ließ das Feuerrohr etwas sinken. »Du bist doch ein Entlaufener, oder?«

Babatunde fürchtete sich davor, es zuzugeben. Aber es war wohl zu offensichtlich. Also nickte er. Würde der Weiße ihn jetzt fesseln und dann ausliefern? Oder gar umbringen?

»Hör auf, mich so ängstlich anzustarren«, knurrte der Mann. »Ich tu dir schon nichts.« Er nahm die Muskete runter und fasste Babatunde an der Schulter. »Ich hab gesehen, dass sie dich ausgepeitscht haben. Dreh dich mal um. Ich will mir das näher ansehen.« Und dann pfiff er durch die Zähne, als er Babatundes Rücken sah. »Verflucht noch mal. So eine Schweinerei!« Er entspannte den Hahn der Muskete und legte sie zur Seite. »Und wie heißt du?«

»Babatunde.«

»Und das soll sich einer merken können? Haben sie dir keinen christlichen Namen gegeben?«

Babatunde schüttelte den Kopf. »Sie rufen mich Baba.«

Der Weiße sah aus, als könnte er ein Bad im Fluss gut gebrauchen. Er stank genauso wie sein Räucherfleisch. Und nach altem Schweiß. Der Bart war verfilzt, die Haut gebräunt und voll kleiner Falten. Er sprach Spanisch, aber irgendwie klang er nicht so wie die anderen Weißen. Außerdem hatte er seltsam blaue Augen.

»Baba«, sagte der Weiße. »Also gut. Wenn es dir nichts ausmacht, dann würde ich dich gerne auch so nennen.«

Babatunde zuckte gleichmütig mit den Schultern. »Ist egal.«

»Gut.« Der alte Tom lächelte fröhlich. »Ich vermute mal, du bist noch nicht lange auf dieser schönen Insel.«

»Ein Jahr.«

»Doch schon. Und wie lange läufst du hier im Wald herum?«

Babatunde nahm die Hände hoch und deutete die Tage an.

»Was? Mehr als fünfzig Tage? Das ist ja eine halbe Ewigkeit. Und was hast du gegessen in der ganzen Zeit?«

Babatunde wusste nicht die spanischen Namen der Tiere oder Pflanzen, von denen er sich ernährt hatte, versuchte aber, sich mit Handzeichen verständlich zu machen. Und nach einigen Versuchen hatte der alte Tom begriffen. »Früchte, Wurzeln, Heuschrecken, Ratten, Echsen, Krabben«, sagte er und nickte anerkennend. »Ist nicht gerade was für Feinschmecker, aber davon kann man leben. Ich sehe schon, du bist nicht auf den Kopf gefallen. Ein anderer hätte sich unter einen Baum gelegt und wäre verhungert.« Er lachte. »Und ein kräftiger Kerl bist du auch. Ein bisschen mager, aber so was gibt sich. Sag mir, Baba, was hast du denn jetzt vor? Willst du Jäger werden?«

Babatunde wunderte sich über diesen Weißen. »Ihr nicht mich zurückbringen auf *hacienda*?«

»Was? Ich soll dich ausliefern? Kommt gar nicht in Frage.« Der alte Tom kratzte sich das Kinn und fischte eine Laus aus dem Bart. Mit Befriedigung zerknackte er sie mit den Fingernägeln. »Der Herrgott hat uns nicht erschaffen, damit wir anderen als Sklaven dienen. Der Mensch ist frei geboren, und so soll er auch leben. Zum Teufel mit den Herren und den verfluchten Unterdrückern, sage ich immer. Deshalb lebe ich im Wald, mein Junge. Hier bin ich nur meinem Gott Rechenschaft schuldig.«

»Gott?«

»Na, dem Herrgott eben. Oder wem auch immer. Weiß ja nicht, an was du glaubst. Ist aber auch egal. Gibt Leute, die an gar nichts glauben. Auch gut.«

Es trat eine Pause ein, in der dieser Weiße ihn lange betrachtete. Er schien nachzudenken. »Ich hab da in meiner Hütte noch eine Menge Rohleder«, sagte er schließlich. »Damit könnten wir dir was Vernünftiges zusammennähen. Damit du nicht weiter halb nackt herumlaufen musst. Was meinst du?«

Babatunde war zu überrascht, um darauf zu antworten.

»Weißt du, ich räuchere Fleisch für die Schiffe, die hier an der Küste vorbeikommen. Die brauchen Proviant für ihre Mannschaften. Sie kennen mich schon und zahlen gut. Aber ich war die letzte Zeit mit anderen Dingen beschäftigt und hab gerade erst wieder angefangen. Da ist noch viel zu tun. Und allein ist das Bukanieren schwierig. Man räuchert unter ganz wenig Hitze. Das ist nötig, damit das Fleisch besonders lange haltbar bleibt. Aber das dauert seine Zeit, und man kann nicht gleichzeitig jagen und auf das Feuer achten. Verstehst du, was ich meine?«

Babatunde verstand zwar nur halb, aber er nickte eifrig, wollte den Mann nicht unterbrechen. Schließlich schien er ganz freundlich zu sein. Und er wollte ihn auch nicht wieder zur *hacienda* von Don Diego bringen. Das war das Wichtigste.

»Tja, leider ist mein Partner letztes Jahr gestorben«, fuhr der Mann fort. »Dummer Unfall. So was passiert. Was ich sagen will, Baba, willst du mir nicht vielleicht ein wenig helfen? Ich bring dir bei, wie das mit dem Räuchern geht. Dann kann ich derweil unbesorgt auf Jagd gehen. Und du kriegst genug zu essen, brauchst auch keine Heuschrecken mehr zu fressen.« Der Mann sah ihn erwartungsvoll aus seinen blauen Augen an. »Was sagst du dazu, Baba? Wollen wir Partner werden?«

»Partner?« Babatunde kannte das Wort nicht, doch den Sinn hatte er plötzlich begriffen. Er sollte diesem Weißen helfen und würde dafür Fleisch essen dürfen und musste nicht mehr im Wald umherirren. Und der Weiße hatte es ihm nicht befohlen, sondern ihn gebeten. Er wurde nicht gezwungen, durfte sich frei entscheiden. Das war zu gut, um wahr zu sein. Durfte er ihm trauen? Er war sich nicht sicher.

Doch der Weiße streckte ihm mit einem freundlichen Grinsen die schwielige Hand hin. »Wir tun uns zusammen, Baba. Wenn du willst, bring ich dir auch das Schießen bei. Du wirst Bukanier wie ich. Und bekommst auch einen guten Anteil an der Ausbeute. Was sagst du, zu einem Drittel, he?«

»Ein Drittel?«

»Ja, vom Gewinn. Dafür, dass ich dich in allem ausbilde, ist das doch wohl gerecht, oder?«

Babatunde war ziemlich benommen von diesem unerwarteten Vorschlag, und doch konnte er sich nicht helfen, übers ganze Gesicht zu grinsen. Ein Drittel. Was auch immer das bedeuten mochte, aber es hörte sich gut an. Und mit dem Feuerrohr schießen würde er auch dürfen. Shangó hatte ihn erhört. Vielleicht würde doch noch alles gut.

Der Weiße hielt ihm immer noch die Hand hin. »Na los, Baba, schlag endlich ein! Und nenn mich Tom, hörst du?«

FESTUNGSHAFT

Habt ihr die Kanonenschüsse gehört? Das waren doch Kanonen, oder?« Lars Erikson zerrte wütend an der Kette, als könnte er sich losreißen. »Möchte wissen, was da draußen vor sich geht.«

Man hatte jedem von ihnen ein Fußeisen angelegt mit einer rostigen Kette daran, deren Enden an wuchtigen Mauerringen befestigt waren und die kaum mehr als drei Schritte Bewegungsfreiheit erlaubten. Die einzige spärliche Lichtquelle war ein kleines, vergittertes Fenster hoch oben in der Wand ihrer Zelle. Und obwohl sie zu dritt waren, gab es nur eine einzige Pritsche mit einer modrigen Strohmatratze. Wahrscheinlich verwanzt. Zum Schlafen würden sie sich also abwechseln müssen. Einen Eimer Wasser mit Schöpfkelle hatte man ihnen hingestellt, und neben der Pritsche stand ein stinkender Kübel für die Notdurft. Die Wände waren feucht, der steinerne Boden, auf dem sie hockten, rauh und uneben. Strohreste lagen herum, angefaulte Brotrinden, die Scherben eines zerbrochenen Krugs, und in den Ecken raschelte es verdächtig nach Ratten.

Sie waren nicht allein in diesem dunklen Festungsverlies. Noch zwei andere Gefangene teilten die Zelle mit ihnen.

Einer hatte ihnen kaum einen Blick geschenkt, schien in seiner Ecke die ganze Zeit zu schlafen.

»Ich hoffe, die lassen uns in diesem Loch nicht verrotten«, murmelte Köppers, »wie den armen Kerl da.« Er deutete mit dem Kopf auf den zweiten der beiden anderen Gefangenen.

Der hatte anfänglich versucht, mit ihnen zu reden. Aber da er sehr undeutlich sprach und sie nicht viel mehr verstanden, als dass ihr Vorgänger vor kurzem gestorben war, hatte er es bald aufgegeben. Jetzt starrte er sie nur ab und zu mürrisch an und schwieg. Der Kerl sah schrecklich abgemagert aus, die Wangen hohl, dünne Haarsträhnen hingen ihm bis auf die Schultern, der Bart war verfilzt und grau. Selbst das Gesicht war grau. Ab und zu wischte er sich die triefende Nase, oder es packte ihn ein nicht enden wollender Hustenanfall. Vielleicht hatte er die Schwindsucht und würde es ebenfalls nicht mehr lange machen.

»Ich möchte wissen, mit welchem Recht man uns festgenommen hat«, fragte sich Jan zum wiederholten Mal. »Allein fürs Anlegen?«

Er war immer noch völlig benommen über die unerwartete Wende. Ihre Ankunft hatte sich zunächst ganz normal ausgenommen. Der Hafenmeister war an Bord gekommen, hatte die Ladung begutachtet und ihnen einen Platz am Kai angewiesen. Wie in jedem anderen Hafen auch. Er war nicht mal unfreundlich gewesen. Und dann dies!

»Die wollen unser Schiff stehlen. Da bin ich mir sicher«, knurrte Erikson. »Habt ihr nicht gesehen, mit welchen Augen dieser Gouverneur die *Sophie* angeglotzt hat? Der ist auf unser Schiff scharf, Käptn. Ich wette, das ist genau das, was mit der *Albatros* passiert ist.«

Köppers nickte. »Die *Santa* irgendwas soll sie jetzt heißen. Mehr hab ich nicht lesen können.«

»*Santa Catalina*, glaube ich«, meinte Jan.

»Ich frag mich, was aus der Mannschaft geworden ist. Müssen doch mindestens fünfzehn oder zwanzig Mann gewesen sein.«

»Frag mich eher, was die Bastarde mit uns und unseren eigenen Jungs vorhaben«, wandte Erikson ein. Für den großen Dänen war die *Sophie* sein Schiff und die Mannschaft seine Jungs. Auf beide war er stolz. Der Gedanke, dass sich jemand daran vergreifen oder ihnen Unrecht antun könnte, war ihm unerträglich. Plötzlich fluchte er grässlich und wischte sich wie wild über Arme und Beine. Dann starrte er auf den Boden vor sich und schlug mit dem Handballen vergeblich nach ein paar daumenlangen Schatten, die blitzschnell davonhuschten.

»Verdammtes Ungeziefer. Kakerlaken, habt ihr gesehen? Riesige Biester. Und dieses Kerkerloch ist voll davon. Und Ratten gibt's auch.«

»Es ist, wie es ist, Lars«, brummte Köppers. »Nützt nichts, sich aufzuregen. Macht's nur schlimmer.«

Daraufhin schwiegen sie. Jeder hing seinen Gedanken nach. Durch das kleine Fenster drangen das gedämpfte Stimmengewirr der Stadt und die fremdartigen Schreie tropischer Vögel. Jan überfiel plötzlich eine tiefe Niedergeschlagenheit. Wenn sie ihm das Schiff nahmen, wie Erikson vermutete, dann war alles aus. Über vierzig Tage waren sie zur See gefahren, um hierherzukommen, hatten sich Hoffnungen gemacht. Und nun hockten sie auf diesem harten Steinboden mit einem verdammten Eisen am Fuß. War es Gottes Strafe dafür, dass er die Afrikaner ähnlich eingesperrt hatte? Vielleicht wollte Gott ihm zeigen, wie sich das anfühlte. In Bremen war er knapp dem Gefängnis entkommen. Sollte er jetzt, der die Freiheit gesucht hatte, gleich auf seiner ersten Reise nach

Westindien in einer Festung verrotten? Was für ein Hohn des Schicksals! Und war diesem Martin van Doorn das Gleiche geschehen? Befand er sich gar hier in dieser Festung, nur in einer anderen Zelle? Die Kette klirrte, als er sich gegen die Wand lehnte. Angekettet wie ein verdammtes Tier! Er schloss stöhnend die Augen. Da hatte es ein Hofhund besser. Der hatte wenigstens frische Luft und nicht den Mief von faulendem Stroh und ungewaschenen Leibern in der Nase. Er dachte an Greetje. Aus diesem Loch würde er ihr nicht mal eine Nachricht schicken können. Die Jahre würden vergehen, und sie würde ihn vergessen.

Köppers warf ihm einen langen Blick zu. »Lass die Ohren nicht hängen, Jan. Irgendwas wird sich finden.«

»Hoffen wir's.«

Vielleicht hatte Köppers recht. Vielleicht war es nur ein Missverständnis oder der Übereifer eines Hafenmeisters. Vielleicht würde sich bald alles aufklären. Man musste geduldig sein. Jan holte tief Luft und fühlte sich ein wenig besser. Langes Grübeln war ohnehin nicht seine Sache.

Ab und zu mussten sie das grässliche Husten ihres Zellnachbarn ertragen. Dann hörten sie, wie der andere, der geschlafen hatte, sich ächzend und unter Kettenklirren erhob und laut in den Kübel pinkelte, den er mit dem Schwindsüchtigen teilte. Danach ließ er sich wieder auf die Pritsche fallen und drehte ihnen den Rücken zu. So verging langsam die Zeit. Das Licht, das durch das winzige Fenster fiel, wurde trüber. Die frühe Dunkelheit der Tropen war nicht mehr fern. Und nun machte sich auch der Hunger bemerkbar, denn seit den Morgenstunden hatten sie nichts mehr gegessen.

Es war schon fast dunkel, da ließen sich schwere Schritte im Gang vernehmen. Der Wärter entriegelte die eiserne Zellentür und wollte wissen, wer von ihnen der *capitán alemán* sei. Als Jan sich meldete, schloss er ihm das Fußeisen auf und bedeutete mit mürrischer Kopfbewegung, ihm zu folgen. Sorgfältig verriegelte er die Zellentür von außen, packte Jan am Arm und führte ihn durch eine weitere gesicherte Tür in einen kleinen Innenhof der Festungsanlage, wo es wesentlich wärmer und schwüler war als im Verlies. Dort wartete ein Mönch auf sie und zu Jans Erstaunen auch Doctor Emanuel.

»Mein werter Capitán«, sagte der. »Es tut mir schrecklich leid, wie mit Euch verfahren wurde. Ganz ungerechterweise. Ich bin gekommen, um bei der Verständigung zu helfen. Dies hier ist Padre Anselmo von den Franziskanern. Er ist *advocatus* am hiesigen Königlichen Gericht und wird sich Eures Falles annehmen.« Er wandte sich an den Mönch. »Padre, darf ich Euch Capitán Jan van Hagen vorstellen? Ein ganz vorzüglicher junger Mann. Er kommt aus Bremen, eine Stadt im Norden von *Alemania*.«

Der Mönch lächelte. »Ich weiß, wo Bremen liegt. Es ist eine ehrenwerte Hansestadt, wenn ich mich nicht irre.«

Der Mönch war Mitte fünfzig, schlank, fast hager, hatte ein offenes, freundliches Gesicht und buschige Brauen. Nur fehlte es ihm gänzlich an Kopfbehaarung.

»Wozu ein Anwalt?«, fragte Jan misstrauisch. »Warum lässt man uns nicht einfach frei? Wir haben nichts Unrechtes getan?«

»Nun, die Sache ist etwas kompliziert geworden«, sagte Doctor Emanuel verlegen. Er erzählte in kurzen Worten, was sich nach Jans Festnahme zugetragen hatte. Auch dass die Kanonenschüsse nur eine Machtdemonstration gewesen waren und nichts beschädigt hatten. »Ich selbst habe mich nicht als Mitglied der Mannschaft, sondern nur als zahlender

Fahrgast ausgegeben, damit man mich nicht auch noch ins Gefängnis steckt. Ich hoffe, Ihr versteht.«

»Und was geschieht jetzt?«

Der Doctor leitete die Frage weiter, und Padre Anselmo hielt darauf eine längere Ansprache in schnellem Spanisch, von der Jan dennoch einiges verstand, hauptsächlich Dinge wie Handelsmonopol, Schmuggel, Festnahme auf Verdacht.

»Mir ist das alles nicht unbekannt«, erwiderte er. »Nur, wir haben ja gar keinen Handel getrieben.«

»Lasst mich erklären, Capitán«, sagte Doctor Emanuel. »Sie haben hier einen neuen Gouverneur, und der legt das Gesetz über die Maßen eng aus. Selbst die Einheimischen stöhnen darüber. Natürlich darf er jemanden auf begründeten Verdacht hin festnehmen. Und er stützt seine Begründung auf die Einfuhrwaren, die Ihr an Bord habt.«

»Aber, die sind ...«

»Ich weiß, für Pernambuco bestimmt. Nur glaubt man Euch das nicht. Hinzu kommt, dass Eure Mannschaft den Hafenmeister und fünf Soldaten an Bord der *Sophie* gefangen hält. Das wiegt natürlich schwer zu Euren Lasten.«

»Gefangene? Wer hat denn das angeordnet? Ole?«

»Hendriks hat ihn dazu überredet. Um zu verhindern, dass man das Schiff beschlagnahmt.«

Das war für Jan alles recht verwirrend. Aber wenigstens hatte Ole im Augenblick noch das Schiff in der Hand und für ein Faustpfand gesorgt. Hätte er ihm gar nicht zugetraut. Welchen Nutzen könnte man daraus ziehen? Er musste überlegen.

Jetzt meldete sich wieder der Mönch zu Wort, wobei Doctor Emanuel übersetzte, da Jan gar nicht recht zugehört hatte.

Der Padre habe bewirkt, sagte er, dass man Jan gleich morgen Vormittag einem Magistrat vorführen würde, der darüber zu befinden habe, ob die Festnahme gerechtfertigt sei. Und wenn ja, welche weiteren Schritte gegen ihn zu unternehmen wären.

»Es gibt also Hoffnung?«

Der Mönch hob unbestimmt die Schultern. »Das lässt sich im Augenblick schwer sagen. Es würde aber wirklich helfen, Capitán, wenn Eure Mannschaft noch heute Abend zumindest die Geiseln freilassen würde.«

»Damit man dann die *Sophie* versenken kann? Geschossen wurde ja schon.«

»Das waren nur Warnschüsse, wie schon gesagt«, beschwichtigte Doctor Emanuel. »Man wird das Schiff nicht versenken. Zumindest kann ich mir das nicht vorstellen.«

»Aber das heißt doch, wir begeben uns mit Schiff und allem, was darin ist, in die Hand dieser Leute. Dann gibt es nichts mehr zu verhandeln. Die können mit uns machen, was sie wollen.«

Der Doctor und der Mönch schwiegen betreten.

»Die Sache wird nicht vom Gouverneur, sondern von einem ordentlichen Richter entschieden«, erwiderte schließlich Doctor Emanuel. »Und Padre Anselmo hat einen gewissen Ruf, habe ich mir sagen lassen. Er wird alles für Euch tun, Capitán. Er hat die Kirche hinter sich, und sein Bruder ist einer der bedeutendsten Pflanzer und *rancheros* der Insel. Außerdem glaube ich, bleibt Euch kaum eine andere Wahl. Wie lange soll denn die *Sophie* da draußen noch ausharren? Einen Monat? Zwei?«

Es war ein großer Fehler gewesen, Santo Domingo anzulaufen. Das sah Jan jetzt ein. Man hatte ihn schlecht beraten. Doch nun musste er an seine Mannschaft denken.

»Also gut«, sagte er. »Überbringt Ole meinen Befehl. Er soll aber nur die Geiseln freigeben. Das Schiff bleibt auf der Reede. Und wenn sie auf ihn schießen, soll er sich schleunigst davonmachen und nicht länger auf uns drei Rücksicht nehmen.« Ole war kein Navigator. Aber sie würden schon irgendwie zurechtkommen. »Im Norden von Hispaniola gibt es eine Insel, von der ich gehört habe. Tortuga. Dort sollen einige Weiße gesiedelt haben, aber keine Spanier. Vielleicht finden sie dort einen Navigator, der sie gegen Bezahlung heimbringt.«

»Wir hoffen natürlich, dass es nicht dazu kommt. Sonst noch etwas?«

Jan hätte gern nach der *Albatros* und ihrer Mannschaft gefragt, aber er wusste nicht, ob man diesem Franziskaner trauen konnte. Sich nach dem Verbleib eines holländischen Schmugglers zu erkundigen, würde man ihm sicher schlecht auslegen.

»Nein, ich danke Euch, Doctor. Padre.«

Die drei Männer von der *Sophie* verbrachten eine unbequeme und unruhige Nacht in ihrer Zelle, häufig unterbrochen vom Keuchen und Husten ihres Mitgefangenen. Als endlich der Morgen graute, begann draußen erneut das laute Konzert der Vögel. Bald darauf brachte der Wärter etwas angeschimmeltes Brot, das sie sich teilten. Und am späten Vormittag führte er Jan ein zweites Mal aus der Zelle und in den Hof der Festung.

Dort warteten abermals der Mönch und Doctor Emanuel auf ihn. Und eine Abteilung von vier Soldaten. Man nahm ihm das Fußeisen ab, fesselte ihm aber die Hände. Dann marschierten sie mit ihm, begleitet von seinen beiden Verteidigern, aus der Festung heraus und an den schönen Häusern der Calle de las Damas vorbei zum imposanten Gerichts-

und Regierungsgebäude, den Casas Reales. Statt in einen Gerichtssaal brachte man ihn jedoch in ein großes Arbeitszimmer im ersten Stock, in dem ein älterer, würdevoll erscheinender Herr hinter einem Schreibtisch thronte und ihn neugierig musterte.

»Das sind Seine Gnaden, Don Rodrigo de Molina, Präsident des Hohen Gerichts von Hispaniola«, flüsterte Doctor Emanuel ihm ins Ohr.

Der Richter war weißhaarig, das heißt, was ihm von seinem Haupthaar noch verblieben war. Dafür war sein weißer Knebelbart umso prachtvoller, am Kinn sorgfältig in Form gestutzt, die abstehenden Schnurrbartenden bis zur Vollendung gewachst. Für sein Alter machte er einen rüstigen Eindruck, der Blick aus dunklen Augen war klar, und seine Haltung und ernste Miene strahlten Autorität aus. Dies war kein Mann, dem man etwas vormachen konnte.

Jan verbeugte sich. »Euer Gnaden.«

Dann fiel sein Blick auf den Marineoffizier, der sich tags zuvor als Vizegouverneur ausgewiesen hatte. Er saß steif auf einem Stuhl mit hoher Lehne und bedachte Jan mit einem hochmütigen Blick. Neben ihm ein noch junger Mann in engem schwarzem Wams nach spanischer Mode, der eine Miene machte, als würde er gleich Feuer speien.

»Das ist der *fiscal*, der Ankläger«, flüsterte Doctor Emanuel. »Ein harter Hund. Ich habe vorhin mit ihm gesprochen.«

Der Richter runzelte unmutig die Stirn über ihr Getuschel und nickte dann Padre Anselmo höflich zu. Man kannte sich natürlich aus vergangenen juristischen Gefechten. »Ich habe Eurem Wunsch entsprochen, diese Anhörung vorzuziehen, Padre Anselmo, da die Sache angeblich eilt. Auch Don

Alonso«, er nickte in die Richtung des Gouverneurs, »scheint darauf zu drängen.«

»Danke, Euer Gnaden. Es eilt in der Tat«, erwiderte Don Alonso.

»Nun dann, *fiscal*«, sagte Don Rodrigo. »Tut Eure Pflicht und verlest die Anklageschrift.«

Don Alonso in Rage

Don Alonso hatte für heute genug von Santo Domingo, von der Hitze und dem Lärm und dem Gewimmel in den Straßen. Aber noch mehr war ihm an diesem Nachmittag das dunkle Innere der Casas Reales erdrückend erschienen, als könnte er zwischen den holzgetäfelten Wänden nicht mehr atmen. Ihm fehlte die Weite des Meeres, der freie Blick auf den Horizont, den er als Mariner gewohnt war. Aber selbst die See war heute nicht zu ertragen mit diesem verdammten Schiff des *alemán* vor seiner Nase. Das Bild seiner Niederlage.

Deshalb war er aus der Stadt geflüchtet, hatte sich für einen Ritt über die Felder entschieden, um seit Tagen wieder einmal seine Tabakpflanzung zu besuchen, weg von allem Unerträglichen. Dort musste er sich nicht von diesem Franziskaner verhöhnen oder sich von einem Don Rodrigo belehren lassen.

Die Entscheidung des Richters war einfach lächerlich. Es lag doch auf der Hand, warum dieser *alemán* hier war. Aber Molina hatte dem Mönch recht gegeben, dass kein Gesetz übertreten worden war und dass die Bürger der Stadt Anrecht auf den Ankauf der Sklaven hätten, die sich auf dem Schiff befänden. Selbst die Entführung des Hafenmeisters hatte er nur mit einer milden Buße belegt, nachdem dieser verdammte Doctor auf die Bibel geschworen hatte, dass Luis Cabrón versucht hatte, Waren aus dem Schiff zu entwenden. Als ob nicht allerorts Dinge von Schiffen verschwänden und Hafenmeister sich nicht von Kapitänen schmieren ließen!

Und hinterher hatte er sich von dem Richter auch noch schulmeistern lassen müssen. Ihm, als Präsidenten der Real Audiencia, hatte Don Rodrigo getönt, sei genauso daran gelegen, den Schmuggel einzudämmen wie dem Vizegouverneur. Aber man müsse sich immer noch an Recht und Gesetz halten. Solange er im Amt sei, würde er keine Willkür dulden, die den guten Ruf der Kolonie schädigen könnte. Seine Richterkollegen sähen es ganz genauso. Außerdem sollte man nicht vergessen, dass auch der Abt des Klosters nach Madrid berichtete. An die heilige Inquisition. Und was ihn, Don Alonso, anginge, so sei der Amtssitz eines Gouverneurs schließlich nicht das Achterdeck eines Kriegsschiffes. Er solle gefälligst weniger voreilig, dafür geduldiger und klüger vorgehen, wenn er Schmuggler fangen wolle. Mit eindeutigen Beweisen und nicht mit haltlosen Anschuldigungen. Er habe sich ja schon einmal lächerlich gemacht, mit der Durchsuchung von Don Miguels *hacienda*.

Eine Schmach, sich so abkanzeln zu lassen von diesem Alten. Dabei war es doch ein offenes Geheimnis, dass der verdammte Heuchler bei jeder Gelegenheit die Hand aufhielt. Er hatte schon mal versucht, dem Mann anzudeuten, welche Vorteile eine stillschweigende, gegenseitige Unterstützung für sie beide bedeuten könnte, aber der hatte ihn nur stumm und mit hochgezogenen Brauen angestarrt. Die verfluchten Einheimischen steckten einfach alle unter einer Decke. Möchte nicht wissen, was Don Miguel, der Bruder des Franziskaners, dem Richter versprochen hatte. Dessen junges Weib lief immer in Samt und Seide herum. Das gab zu denken. Nur erwischt hatte man ihn noch nicht. Vielleicht sollte er sich mal etwas näher mit den Angelegenheiten dieses Richters befassen.

Er war an der Furt des Río Isabela angekommen und führte sein Pferd ins Wasser, das an dieser Stelle nicht höher als bis zu seinen Stiefeln reichte. Einem Lastkahn musste er den Vortritt lassen, bevor er den Fluss überqueren konnte. Auf der anderen Seite führte der Weg über einen kleinen Umweg in die niedrigen Hügel, wo seine Tabakpflanzung lag. Im Hof angekommen, stieg er vom Pferd und ließ es einfach stehen. Jemand würde sich schon um den Gaul kümmern.

Er ließ sich auf der Veranda in einen Stuhl fallen und rief laut nach Wein. Leon, sein vertrauter Diener, war im Gouverneurspalast geblieben. Auf einem Schiffsdeck fühlte der Mann sich wohl, aber Reiten war nicht seine Sache. Und das Landleben auch nicht. Statt Leon eilte also ein schwarzer Hausdiener herbei und brachte ihm das Gewünschte.

Der Aufseher, Señor Carlos, kümmerte sich unterdessen persönlich um das Pferd. Nachdem er es in den Stall gebracht hatte, näherte er sich der Veranda und bat um ein Gespräch. Wollte wissen, ob es jetzt noch weitere Gefangene geben würde, da man doch das fremde Schiff beschlagnahmt hatte. Für Don Alonso war die Frage Salz in seinen Wunden. Mit einer rüden Bemerkung schickte er den Verwalter zum Teufel. Er solle sich doch lieber um seine verdammten Arbeiter kümmern, als ihn mit eitlem Geschwätz zu belästigen.

Nachdem sich Señor Carlos wie ein geprügelter Hund davongeschlichen hatte, blieb Don Alonso auf seiner Veranda und trank bis zum Sonnenuntergang. Und danach trank er erst recht. Nachtgeräusche umgaben ihn, das Flüstern des lauen Windes in den Bäumen, der leichte Flügelschlag von Fledermäusen, das kaum hörbare Krabbeln der Geckos, die über die Hauswand huschten und nach Insekten jagten. Er dachte an Doña Maria. Wie schön sie doch war. Keine Frau konnte ihr das Wasser reichen. Unerträglich, dass sie mit diesem verfluchten Miguel Garcia verheiratet war, einem Kerl, der ins Gefängnis gehörte.

Als ihn die Müdigkeit überfiel, erhob er sich schwankend und begab sich in sein Schlafzimmer. Er zog gerade seine Stiefel aus, als die schwarze Köchin erschien und fragte, ob er nichts zu essen wünsche. Er schüttelte den Kopf. Ihren Negerfraß wolle er nicht, ließ er sie wissen. Lieber solle sie ihm noch eine Karaffe Wein bringen. Sie nickte stumm und verschwand, um bald darauf sein Schlafzimmer mit einem Tablett und dem Gewünschten darauf zu betreten. Neben Wein und einem Trinkbecher stellte sie ihm auch eine Karaffe Brunnenwasser auf den Nachttisch.

Don Alonso hatte sich seines Hemdes entledigt, ließ es achtlos auf den Boden fallen. Sie hob es auf und faltete es über einen Stuhl.

»Komm her, *chica*«, murmelte er. »Lass dich mal ansehen.«

»Ich heiße Maria Benigna.«

Das war ihr Taufname. Ihren afrikanischen Namen benutzte niemand. Sie selbst hatte ihn fast schon vergessen. Alle sagten Benigna zu ihr. Aber sogar das konnte der Herr sich nicht merken. Für ihn war sie nur eine *chica*. Wie tausend andere *chicas*.

»Jaja, schon gut«, brummte er betrunken. »Zieh dich mal aus, *chica!*«

Sie stöhnte innerlich und zögerte. Aber nicht allzu lange. Der Herr konnte leicht jähzornig werden. Besser, man reizte ihn nicht. Sie löste das dünne Kleid von den Schultern und ließ es fallen. Da stand sie nun in ihrer Nacktheit und bedeckte nicht einmal die Brüste. Scham würde auch nichts ändern an dem, was bevorstand.

Don Alonso betrachtete sie. Ein krauser Haarwust umrahmte das hübsche Gesicht mit den großen Augen. Sie mochte Mitte zwanzig sein, dachte er in seiner Trunkenheit. Sein Blick fiel auf Brüste, Bauch und Schenkel, die in ihrer ausgeprägten Weiblichkeit so anders waren als die schlanke Gestalt einer Doña Maria, die ihm seit Wochen im Kopf herumspukte.

Dennoch erregte ihn die schwarze *chica* über die Maßen. Er ließ die Finger über die weiche Haut der Taille bis zu den Hüften gleiten, wog eine schwere Brust in der Hand, strich ihr mit dem Daumen über einen schwarzen Nippel. Dann packte er sie an den Händen, zwang sie brutal in die Knie, so dass sie kurz aufschrie. Er fummelte am Gürtel und ließ die Hosen fallen. Das würde eine Dame wie Doña Maria niemals tun, einem Kerl den Schwanz lutschen, bis es ihm kam. Aber zum Glück gab es Negerinnen.

Als seine Lust gestillt war, ließ er sich aufs Bett fallen und schloss die Augen. Benigna raffte ihr Kleid vom Boden auf und verließ eiligst das Zimmer. Auf der Veranda spuckte sie ein paarmal angewidert aus. Dann kleidete sie sich rasch an und schlüpfte in die dunkle Küche, wo sie ein Talglicht entzündete. Sie setzte sich auf einen Stuhl und lutschte an einer Zitronenscheibe, um den Geschmack aus dem Mund zu kriegen. Eine Träne kullerte ihr über die Wange. Sie wischte sie mit dem Handrücken weg und beschloss, nicht weiter über den Vorfall nachzudenken. Das brachte nur Trübsal.

Sie nahm einen großen Korb und ging in die Vorratskammer. In einem leeren Fass hatte sie mehrere Laibe Brot versteckt. Sie buk jetzt immer mehr, als normalerweise gebraucht wurde. Den Korb füllte sie mit Brot, legte Obst obenauf, eine Papaya und etwas Hühnerfleisch, und deckte alles mit einem Tuch zu. Damit schlich sie sich zur Küchentür und lauschte in die Nacht hinaus. Nur gedämpfte Stimmen waren zu vernehmen. Señor Carlos und seine Aufseher schienen im Anbau des Hauses Karten zu spielen. So wie fast jeden Abend. Dabei betranken sie sich, bis sie kaum noch gehen konnten.

Als weiter nichts Verdächtiges zu hören war, schlich sie mit dem Korb unter dem Arm den schmalen Pfad entlang zu den Hütten der Gefangenen, die hundert Schritt weiter hügelauf lagen. Ihr Schützling, der blonde Holländer, saß im Dunkeln an die Wand gelehnt. Noch zwei Männer teilten diese Unterkunft, angekettet wie jede Nacht. In den übrigen Hütten war es nicht anders. Insgesamt hausten hier vierzehn Männer unter primitivsten Umständen. Die Arbeit war so hart wie zuvor, die Schläge genauso schmerzhaft, hinterließen blutige Striemen. Und doch ging es allen besser, seit Maria Benigna ihnen heimlich Essen zusteckte. Besonders Martin. Er war wieder gesund geworden, hatte sogar ein wenig zugenommen.

»Benigna, bist du das?«, flüsterte er.

»Hier. Ein halbes Hühnchen«, raunte sie. »Hab ich für dich aufgehoben.« Sie riss ein dickes Stück Brot ab und reichte es ihm. »Zum Nachtisch gibt es Papayas.«

Auch den anderen beiden teilte sie Essen aus. Aber so, dass noch genug für die restlichen Gefangenen blieb.

»Du bist unser rettender Engel«, sagte Martin. »Ohne dich wäre ich schon lange tot.«

Sie sah ihm zu, wie er aß, und freute sich über seinen Appetit. Beim ersten Mal hatte er sie gefragt, warum sie das für ihn tat. Sie wusste es nicht so genau. Vielleicht weil auch er ein Gefangener war. Aber nicht nur deshalb. Es war eigentlich eher, weil er nicht durch sie hindurchblickte, sondern sie wie einen Menschen ansah und nicht wie ein Stück Vieh. Weil er mit ihr redete.

DIE EINLADUNG

Jan van Hagen konnte es immer noch nicht fassen, dass sich das Blatt so rasch gewendet hatte. Sicher war es dem Geschick des Franziskaners zu verdanken. Aber da war auch eine gewisse Abneigung zwischen dem Richter und diesem Vizegouverneur zu spüren gewesen. Egal. Sie waren wieder frei und die *Sophie* nicht länger beschlagnahmt. Das war, was zählte.

Jetzt hockte er mit dem Steuermann in seiner stickigen Achterkajüte, wo sie die Papiere und Notizen durchgingen, die Köppers am Vormittag während des Sklavenverkaufs gemacht hatte. Jan selbst hatte die Angelegenheit Hendriks und Köppers überlassen und sich wie zuvor von diesem Geschäft ferngehalten. Trotzdem kam er sich unaufrichtig und verlogen vor, denn hier saß er in seiner Kajüte und zählte die eingenommenen Goldmünzen und Silberreale ab, um sie mit der Summe auf der Liste des Steuermanns zu vergleichen.

Innerhalb von Stunden waren alle Sklaven verkauft gewesen. Die junge Mutter mit ihrem Säugling, um die Jan am meisten besorgt gewesen war, hatte eine gewisse Doña Maria, Plantagenbesitzerin, für den Dienst als Hausmädchen erworben. Die Frau hatte auf Köppers einen freundlichen Eindruck gemacht, weshalb er ihr das Mädchen verkauft hatte und nicht einem griesgrämigen Gastwirt, der eine Schankmagd gesucht hatte. Auch den großen, meist finster dreinblickenden Schwarzen hatte die Frau übernommen. Er würde sich auf ihrer *hacienda* schon einleben, hatte sie gesagt.

Natürlich war er seinem Handelspartner Cornelis van Doorn gegenüber verpflichtet, genau Buch über jedes Geschäft zu führen. Und das war, was sie gerade taten. Tür und Luke standen weit offen, damit ein wenig Durchzug herrschte. Dennoch war es heiß in der engen Kajüte, auf die die Sonne knallte, und Jan fluchte, als ein Schweißtropfen auf sein Kontobuch fiel. Mit dem Hemdsärmel tupfte er ihn weg.

»Ziemlich einträgliches Geschäft«, meinte Köppers. »Wir haben das Dreifache der Kosten erzielt.«

Jan nickte. »Und hätten wir die Leute in Westafrika statt in Lissabon an Bord genommen, wäre der Gewinn noch höher gewesen. Aber jetzt wissen wir selbst, wie es ist, eiserne Fesseln zu tragen. Zum Glück nicht mehr als vierundzwanzig Stunden. Nicht wie die armen Teufel, die wir an Bord hatten. Ich sage dir, Handel mit Menschenfleisch ist mir zuwider. Es ist ein dreckiges Geschäft. Sollen sich andere daran bereichern. Für mich war es das erste und das letzte Mal.«

Der Sklavenhandel auf Hispaniola wurde auf sehr geregelte Weise abgewickelt. Ein Amtsdiener war zugegen und machte für jeden Verkauf einen Eintrag in einem amtlichen Folianten und stellte eine Besitzurkunde aus. Es wurde der Name des Sklaven vermerkt, Geschlecht, Alter und besondere Merkmale, Name des Verkäufers und Name des Erwerbenden. Dazu Ort und Datum, Unterschriften, amtliches Siegel. Nicht anders, als wenn man ein Haus oder ein Grundstück erwarb. Schließlich war ein Sklave eine Kapitalanlage von einigem Wert, besonders wenn es sich um einen jungen und gesunden Menschen handelte.

Endlich waren sie mit ihrer Buchhaltung fertig. Jan verschloss das Tintenfass und wischte die Feder sauber. Kontobuch und Geld schloss er in die eiserne Kiste, die er wieder unter seiner Koje verstaute. Das zusätzliche Geld würde nützlich werden, wenn es darum ging, Kuhhäute und Zucker einzukaufen. Nur wie er mit den hiesigen Pflanzern unauffällig in Verbindung treten sollte, war ihm noch nicht klar.

»Wir brauchen einen Agenten auf der Insel«, sagte er. »Einer, der sich auskennt und uns heimlich Geschäfte vermittelt.«

Vor allem wollte er nicht ein zweites Mal den Verdacht dieses Gouverneurs auf sich ziehen. Aber da er vorhatte, eine Weile in Santo Domingo zu bleiben, würde sich schon etwas ergeben, da war er unbesorgt.

Jan trat aus der Kajüte und reckte sich. Köppers war ihm gefolgt und deutete unten auf den Kai, wo der Koch gerade Proviant einkaufte. Mehrere Händler waren mit ihren Karren erschienen und boten Obst, Gemüse und frisches Fleisch an. Hasko Lübben hatte beim Feilschen offensichtlich Schwierigkeiten mit seinem nicht vorhandenen Spanisch und versuchte, sich mit wilden Gesten verständlich zu machen. Hendriks und Doctor Emanuel standen über die Reling gelehnt und ergötzten sich an dem Schauspiel.

Auch Jan musste grinsen. »Ihr solltet ihm helfen, Doctor.«

»Ach was. Schwimmen lernt man, indem man ins Wasser springt.«

»Ist das Eure neue Theorie? In Amsterdam habt Ihr mir aber erzählt, wie wichtig ein guter Lehrer sei.«

Der Doctor lachte. »Da brauchte ich ja auch eine Überfahrt.«

Hendriks wandte sich scherzhaft an den Portugiesen. »Was seid Ihr denn nun eigentlich, wenn Ihr die Frage erlaubt? Lehrer, Schiffsarzt oder *advocatus*?«

Der zuckte mit den Schultern. »Je nach Bedarf, mein lieber Hendriks. Je nach Bedarf.«

»Und was habt Ihr jetzt vor?«, fragte Jan. »Werdet Ihr auf Hispaniola bleiben?«

»Ich bin noch unentschlossen, Capitán. Werde mich erst mal ein paar Tage umsehen. Es geht mir so wie unserer Elsje. Die weiß auch noch nicht, ob sie bleiben will. Es kommt ihr alles so fremd vor, sagt sie. Ich glaube, nach ihrem Erlebnis in Lissabon ist sie vorsichtiger geworden. Und mit dem Spanischen hat sie natürlich auch ihre Schwierigkeiten.«

»Da sind dann wieder Eure Talente als Lehrer gefragt, Doctor.«

»Und wie will sie mich bezahlen? Die hat doch nichts.«

»Die Elsje ist ein hübsches Kind.« Jan grinste vielsagend. »Ich bin sicher, Ihr werdet Euch schon was einfallen lassen.« Obwohl der Portugiese nicht auf den Mund gefallen war, war er bei Jans flapsiger Bemerkung plötzlich rot geworden und wusste einen Augenblick lang nicht, was er erwidern sollte. Jan war dies nicht entgangen. War der Mann etwa prüde? Oder steckte anderes dahinter? »Wo ist sie eigentlich, unsere Elsje?« Auf dem Schiffsdeck konnte er sie nirgends entdecken.

»Sie hat sich im Vorschiff verkrochen«, meinte Hendriks. »Der Verkauf ihrer Afrikaner scheint ihr zugesetzt zu haben. Besonders das Mädchen mit dem Kind war ihr ans Herz gewachsen.«

»Verständlich.« Jan wandte sich zum Gehen. »Ich werde mich umziehen, um mir die Stadt anzuschauen. Habt Ihr Lust, mich zu begleiten, Doctor?«

Bevor Doctor Emanuel antworten konnte, hörten sie auf dem Kai einen Mann die *Sophie* anrufen und nach dem Kapitän verlangen. Jan erlaubte ihm, an Bord zu kommen. Es war ein einfach gekleideter, sonnengebräunter Graubart, der die Gangplanke betrat. An Deck angekommen, nahm er seinen Hut ab und stellte sich als Octavio Faustino vor, Verwalter der *hacienda* von Don Miguel Garcia Hernandez. Sein Herr sei der Bruder des Franziskanermönches, der Jan vor Gericht vertreten hatte. Don Miguel und Gemahlin würden es als besondere Ehre ansehen, wenn der junge Kapitän und der gelehrte Doktor ein paar Tage auf der *hacienda* verbringen würden. Es sei an den nächsten Tagen ein Fest geplant, um das Ende der Zuckerrohrernte zu feiern. Auch einige andere Pflanzer der Gegend würden daran teilnehmen.

Jan war aufgefallen, dass er Letzteres mit Nachdruck betont hatte, als wollte er etwas andeuten. Dies war mit Sicherheit die erhoffte Gelegenheit, abseits neugieriger Augen die richtigen Bekanntschaften zu machen. Hocherfreut sagte er daher zu. In einer Stunde würde er auf dem Kai mit Pferden auf sie warten, erklärte dieser Faustino und wollte sich schon empfehlen, als Jan ihn noch zurückhielt.

Er deutete auf die *Albatros* am gegenüberliegenden Flussufer, deren Namen man überpinselt hatte. »Das Schiff da drüben, die *Santa Catalina*. Das ist nach der Bauart doch sicher ein Holländer.«

Señor Faustino nickte zustimmend. »Ist gekapert worden. Ein Schmuggler. Soll jetzt zur Piratenjagd eingesetzt werden.«

»Und die Mannschaft? Was ist mit der?«

»Fünf Jahre Schwerstarbeit.«

Jan erschrak, obwohl er Ähnliches schon befürchtet hatte. Hendriks, dem der Doctor die Antwort übersetzt hatte, machte ein grimmiges Gesicht, überließ es aber seinem Kapitän, weitere Fragen zu stellen.

»Und wo sind sie eingekerkert?«, fragte Jan. »Hier in der Festung?«

Señor Faustino sah ihn etwas verwundert an. »Warum fragt Ihr? Kennt Ihr die Männer etwa?«

Einen Augenblick lang war Jan unsicher, wie er sich verhalten sollte. Er wollte nicht zu viel preisgeben, aber der Mann hatte ein offenes Gesicht, machte überhaupt einen vertrauenswürdigen Eindruck. Und schließlich hatte sein Herr, dieser Don Miguel, keine Mühe gescheut, ihn und seine beiden Offiziere aus dem Gefängnis zu holen. Dieser Faustino war sicher kein Spitzel der Obrigkeit.

»Die Familie des Kapitäns ist mir bekannt«, erwiderte er deshalb. »Und sie machen sich Sorgen um ihren verschollenen Sohn. Ich würde ihnen gerne eine Botschaft von ihm überbringen.«

Faustino sah sich kurz um, wie um sich zu vergewissern, dass kein Unbefugter zuhörte. »Das wird kaum möglich sein«, sagte er, »denn sie büßen ihre Strafe auf der *hacienda* des Vizegouverneurs ab. Ich kann mir nicht denken, dass der Besuche gestatten wird. Aber Ihr habt das nicht von mir, Señor Capitán.«

Jan bedankte sich für die Auskunft und wollte den Verwalter schon bis zur Gangplanke begleiten, als Hendriks ihn am Ärmel zupfte. »Ich würde gern mitkommen auf diese *hacienda*, Käptn«, raunte er ihm zu. »Vielleicht kann man etwas herausfinden.«

Señor Faustino schien nichts dagegen zu haben, als Jan ihn fragte, und versprach, noch ein weiteres Reittier bereitzustellen. Dann verließ er sie.

»Verdammt«, knurrte Hendriks. »Es ist also, wie wir vermutet haben. Fünf Jahre in dieser verfluchten Hitze schuften. Mein Gott!«

GÄSTE AUF DER *HACIENDA*

Miguel, *querido*. Ich möchte mit dir reden«, sagte Doña Maria. Sie stand in der Tür zu seinem Arbeitszimmer. »Ich finde, du gehst zu viele Wagnisse ein.«

»Was für Wagnisse?«

Er erhob sich von seinem Schreibtisch und bedachte sie mit diesem gutmütig lächelnden Blick, den sie kannte und gar nicht mochte. Als sei sie ein Kind, das sich vor einem Nachtgespenst fürchtete. »Du weißt genau, was ich meine, Miguel. Du veranstaltest ein Fest als Vorwand, um eine Reihe Pflanzer hier zu versammeln. Und dann lädst du auch noch diesen *alemán* ein. Denkst du, Alonso Calderón ist auf den Kopf gefallen? Dem ist doch sofort klar, was hier vor sich geht.«

»Na und? Was will er denn dagegen tun? Wir sind Freunde, die ein Fest feiern. Außerdem sind wir gastfreundlich gegenüber einem Fremden, so wie es sich gehört, mein Schatz.«

»Es war schließlich dein Bruder, der den Mann aus dem Kerker geholt hat. Jetzt weiß der Vizegouverneur genau, dass du dahintersteckst. Wer würde sich sonst schon für einen fremden Seemann bemühen, wenn nicht ein Schmuggler wie du?«

»Natürlich weiß er das.«

»Und nun hältst du auch noch ein Treffen ab, um eure Geschäfte zu besprechen. Und das genau unter seiner Nase. Das ist eine Herausforderung.«

»Ganz recht.« Don Miguel lachte.

»Ihr Männer!« Sie warf ihm einen wütenden Blick zu. »Müsst ihr euch immer messen? Euch gegenseitig beweisen, wer der Stärkere ist? Was willst du denn damit bewirken?«

»Wir haben hier geschmuggelt, seit ich denken kann, Maria. Auch ein Calderón wird mich daran nicht hindern.«

»Aber inzwischen macht mir die Sache Angst, Miguel. Mit diesem Calderón hat sich allerlei verändert. Es ist ein Spiel geworden, das du nur verlieren kannst. Der Mann hat Schiffe, Kanonen und Soldaten. Außerdem, ich kann nicht sagen, warum, aber der Mann ist ein Teufel.«

»Ich kann auch ein Teufel sein, wenn mir einer in die Quere kommt«, erwiderte er mit einem verwegenen Grinsen.

»Du nimmst mich nicht ernst, Miguel.«

Er legte beschwichtigend die Arme um sie. »Natürlich nehme ich dich ernst. Aber was willst du? Sollen wir uns mit dem *alemán* in einer einsamen Hütte treffen? Das wäre noch viel verdächtiger.«

Verstimmt entzog sie sich seiner Umarmung. Trotz seiner Erklärungen war sie alles andere als beruhigt. Sie war im Gegenteil wütend über die Leichtsinnigkeit ihres Ehemanns. Und noch wütender, dass er sie nicht verstehen wollte, dass er ihre Bedenken nicht ernst nahm.

»Ich werde mich um die Gästezimmer kümmern«, sagte sie gereizt und ließ ihn stehen.

Don Miguel sah ihr nach, wie sie, ohne ihm einen weiteren Blick zu schenken, die Treppe zum zweiten Stock erklomm, wo die Hausdienerinnen schon zu Werke waren.

Sie hatten eine Neue, die von Consuela eingewiesen werden sollte. Warum Maria unbedingt noch eine Sklavin brauchte, war ihm schleierhaft. Aber er wollte sich nicht in ihre Angelegenheiten einmischen. Wahrscheinlich hatte sie das Mädchen überhaupt nur aus Mitleid gekauft, weil die ein Neugeborenes hatte.

In letzter Zeit war es des Öfteren zu Unstimmigkeiten und kleinen Auseinandersetzungen zwischen ihnen gekommen. Maria Carmen war besorgt, das ließ sie ihn deutlich spüren. Er hatte versucht, ihr zu erklären, welche Vorsichtsmaßnahmen er getroffen hatte, die neue Bucht für die fremden Schiffe, die geheimen Verabredungen mit seinen Komplizen. Es schien sie jedoch nicht zu beruhigen. Überhaupt hatte sich ihre Beziehung, sonst so warmherzig, seit einigen Wochen merklich abgekühlt. Er hatte keine Ahnung, warum das so war. Es hatte seit der Sache mit dem entlaufenen Sklaven begonnen. Er jedenfalls liebte sie wie immer. Aber Maria war oft geistesabwesend und grüblerisch.

Nun, er beschloss, sich keine weiteren Sorgen darüber zu machen. Welcher Mann konnte schon ergründen, was in der Seele einer Frau vor sich ging? Auch die liebsten unter ihnen waren oft launisch, von wechselnden Gefühlen beeinflusst, vom Wetter, vom Mond. Mit der Zeit würde ihr fröhliches Lachen schon wiederkehren, davon war er überzeugt.

Am späten Nachmittag erreichte Octavio Faustino die *hacienda* in Begleitung der Gäste von der Fleute *Sophie*. Don Miguel begrüßte die Ankömmlinge mit offenen Armen, nachdem sie von den Pferden gestiegen waren. Von einem Fenster über der Veranda beobachtete Doña Maria, wie sie die ersten Worte wechselten.

Zuerst dachte sie, der Mann, den man ihr wenig später als Johan Hendriks vorstellen sollte, sei der Kapitän, denn

Schiffsführer kannte sie eher als reife Männer. Dabei war es der schlaksige, junge Kerl in etwa ihrem Alter, der sich als dieser Jan van Hagen entpuppte, den man ihr angekündigt hatte. Mit seinem breitkrempigen, federgeschmückten Hut, den er sich vom Kopf riss, während er Don Miguel die Hand schüttelte, seinem langen Rapier an der Hüfte und dem unbekümmerten Grinsen im Gesicht erinnerte er sie an ihren Bruder. Nur dass dieser hier blond war. Und dass seine Haare nicht kurz geschnitten waren, sondern in widerspenstigen Locken bis auf die Schultern fielen.

Sie raffte ihre Röcke hoch und lief eilig die Treppe hinunter. Bevor sie die Veranda betrat, hielt sie einen Moment inne, um sich zu sammeln, denn sie war etwas außer Atem. Dann schritt sie hinaus, wo die Männer schon Platz genommen hatten, sich bei ihrem Erscheinen aber gleich wieder erhoben.

»Meine Herren, hier ist Maria Carmen, meine liebe Frau«, sagte Don Miguel. »Wir beide sind entzückt, so tapfere Seefahrer auf unserer *hacienda* begrüßen zu dürfen.«

Señor Faustino kümmerte sich um die Vorstellungen. Einer nach dem anderen der Gäste verbeugte sich vor ihr. Da war Johan Hendriks, ehemaliger Offizier der niederländischen Armee. Er schien ein ruhiger, ernster Mann zu sein. Doctor Emanuel Almeida de Souza, ein Portugiese, den Faustino als Schiffsarzt vorstellte, und der gleich eine galante und auf angenehme Weise schmeichelhafte Bemerkung auf den Lippen hatte. Und schließlich der Kapitän selbst, der ihr mit einem jungenhaften Lächeln in die Augen blickte und einen Handkuss andeutete. Ein wenig klopfte ihr Herz dabei, aber sie überspielte es, indem sie Consuela beauftragte, Erfrischungen für die Herren zu bringen, und die Gäste fragte, ob ihnen bei der Wärme des späten Nachmittags ein Fruchtpunsch angenehm wäre. Durchaus, hieß es reihum. Woraufhin sie mit Consuela wieder ins Haus eilte, um in der Küche Anordnungen zu erteilen.

Auch die Magd schien über den Besuch aufgeregt zu sein, denn sie schnitt sich bei der Zubereitung der Früchte in den Finger. Es war nur eine kleine Wunde, wollte aber nicht gleich aufhören zu bluten, so dass Doña Maria ihr den Finger verbinden musste, während stattdessen Marta, die rundliche Köchin, sich um die Getränke kümmerte. Jetzt kam auch noch Olu mit einem Gemüsekorb herein und musste die jammernde Consuela gebührend bedauern, bevor er wieder in den Hof ging, um dem Knecht mit den Pferden der Gäste zu helfen.

Doña Maria wusch sich schnell die Hände, zupfte vor dem Spiegel in der Vorhalle ein wenig an ihren dunklen Locken, rückte die Spitzenhaube zurecht, damit sie nicht allzu viel von ihrem glänzenden Haar verdeckte, und gesellte sich wieder zu den Gästen. Die Männer erhoben sich erneut und lächelten, ihr Mann rückte einen Stuhl für sie, Doña Maria nahm Platz.

Man unterhielt sich höflich. Bald darauf erschien Consuela mit einem großen Tablett voller Gläser, die sie herumreichte, und Don Miguel fragte sie, warum in Gottes Namen sie einen Verband trüge. Woraufhin das Mädchen rot wurde, soweit man das bei ihrer schwarzen Haut beurteilen konnte, etwas Unverständliches murmelte und zurück in die Küche floh. Der Hausherr entschuldigte sich für ihr Benehmen, sie sei wohl etwas durcheinander, man habe schließlich nicht alle Tage Gäste aus Europa.

Das war anscheinend auch der Grund, warum nicht wenige der schwarzen Hausdiener und Knechte sich verstohlen in der Nähe der Veranda herumdrückten, bis Señor Faustino sich erhob und mit dem Finger drohte. Sie hätten doch sicher Besseres zu tun, als die Gäste anzustarren.

»Unsere Leute sind neugierig«, sagte Doña Maria zu dem Deutschen, »weil unsere Neue von Eurem Schiff ist, Capitán.«

Er machte ein verlegenes Gesicht. »Nun ja. Es war etwas dramatisch, als das Mädchen auf hoher See plötzlich ihr Kind bekam. Aber unser guter Doctor hier hat sich der Herausforderung tapfer gestellt.«

Doctor Emanuel nickte. »Ihr könnt Euch nicht vorstellen, werte Señora, was so ein Ereignis für Auswirkungen auf das Gemüt harter Seeleute hat. Sie werden weich wie Lämmchen.« Er lachte ausgelassen. »Selbst unser Steuermann war ganz besorgt, dass das Mädchen in gute Hände kommt.«

»Ich habe es bemerkt«, erwiderte sie. »Aber keine Sorge. Hier ist sie gut aufgehoben.«

Man plauderte jetzt fröhlicher, es wurde viel gelacht, besonders über die drolligen Geschichten aus Pernambuco und Coimbra, die der Portugiese zum Besten gab. Don Miguel ließ sich über Bremen berichten, über Amsterdam und ein wenig über den Krieg in Europa, ein Thema, das seiner Gemahlin jedoch unangenehm war, weshalb man sich wieder anderen Dingen zuwandte. Irgendwann ließ sich Don Miguel Zigarren bringen, dazu kleine Gläser und eine gläserne Karaffe mit einer durchsichtigen Flüssigkeit, und fragte, ob sie schon einmal *aguardiente de caña* gekostet hätten.

Doña Maria verdrehte die Augen und sagte: »Ich muss Euch warnen, Caballeros, das ist ein Teufelszeug und nur in kleinen Schlucken genießbar.«

Don Miguel lachte. Dann erklärte er den Gästen, dass der ausgepresste Saft des Zuckerrohrs schnell zu gären beginnt, wenn man ihn eine Weile stehen lässt. Und bei mehrfacher Destillierung ließe sich dann dieser Schnaps gewinnen.

Daraufhin schenkte er allen, außer seiner Frau, zwei Fingerbreit ein und hob sein Glas. »Auf eine neue Freundschaft, meine Herren!«

Doña Maria beobachtete den Deutschen, wie er seinen Schnaps trank, und musste lachen, als er plötzlich rot wurde, nach Luft schnappte und sich dabei die Kehle hielt.

»Bei Gott!«, rief er auf Deutsch. »Das ist wahrlich ein Teufelstrank!«

»Ich hätte Euch warnen können, Capitán«, sagte Doctor Emanuel mit schadenfrohem Grinsen. »Andererseits geht doch nichts über persönliche Erfahrung.«

Das Spanisch dieses Deutschen war noch ziemlich holprig. Doctor Emanuel musste immer wieder aushelfen. Auch die Aussprache war oft so drollig, dass man sich beherrschen musste, vor Vergnügen nicht laut herauszuprusten. Doch er begleitete seine sprachlichen Fehler mit einer solchen Mischung aus Verlegenheit und charmanter Unbekümmertheit, dass sie davon angenehm berührt war. Und gut sah er auch noch aus.

Mit einem Mal wurde es Doña Maria peinlich bewusst, dass sie während der ganzen Zeit viel zu sehr diesen jungen Mann beobachtet hatte. Sie hatte zwar allen zugehört, sich an den Gesprächen beteiligt, aber unbewusst auf jede seiner Regungen geachtet, als gäbe es nur ihn auf der Veranda. Erschrocken blickte sie zu ihrem Ehemann hinüber, ob der etwas gemerkt hatte. Aber Don Miguel war bester Laune und schien selbst Gefallen an dem Deutschen gefunden zu haben. Trotzdem nahm sie sich vor, mehr Zurückhaltung zu üben.

Während einer zweiten Runde *aguardiente* wurden die Gespräche konkreter. Jan van Hagen dankte Don Miguel noch einmal, dass er sie aus dem Gefängnis geholt hatte, oder besser sein gelehrter Bruder. Dann wagte er sich vor und erklärte, dass er nach Hispaniola gekommen sei, um diskret Handel zu treiben. Er suche vor allem Kuhhäute, aber auch Zucker, Indigo oder andere wertvolle Waren. Er selbst habe auch einiges an Bord, das den Einheimischen nützlich sein könnte. Ob Don Miguel ihn dabei unterstützen könnte. Der lachte. Da habe der Vizegouverneur also doch recht gehabt, meinte er mit einem verschwörerischen Augenzwinkern. Aber natürlich. Gerade deshalb habe er ihn ja hier auf die *hacienda* eingeladen. Beim morgigen Fest würde man ihm mehr verraten, versprach er. Dann würde er auch mit anderen Pflanzern reden können.

Jan warf Hendriks einen vielsagenden Blick zu und kam dann auf die *Albatros* und ihre Mannschaft zu sprechen. »Ich bin auch im Auftrag der Familie des Kapitäns hier, die sich schreckliche Sorgen macht«, sagte Jan. »Sein Vater ist mein Handelspartner. Deshalb würde ich diesen Martin gern sprechen.«

»Ich habe mir fast gedacht, dass jemand nach ihm forschen würde«, erwiderte Don Miguel. »Ich hatte schon mehrfach das Vergnügen, mit Martin van Doorn Geschäfte zu machen. Leider konnte ich seit seiner Gefangennahme nichts für ihn tun. Die Beweise waren erdrückend. Und ihn besuchen, das wird nicht möglich sein, fürchte ich. Ihr wisst, wo er sich befindet?«

»Auf der *hacienda* des Vizegouverneurs.«

»Ganz recht. Und der wird Euch keinen Zugang zu ihm gewähren. Nicht nach der Niederlage beim guten Richter Molina.«

»Aber vielleicht könnten wir ihn wenigstens sehen und die Umstände, unter denen er lebt. Wenn auch nur aus der Ferne.«

Don Miguel überlegte. »Nun, warum nicht? Don Alonsos Besitz liegt unweit des Waldes, nördlich des Río Isabela. Morgen, nachdem ich Euch meine *hacienda* gezeigt habe, könnte mein Sklave Olu Euch hinführen. Aber es muss auf Umwegen geschehen, und Ihr solltet Euch besser nicht sehen lassen. Schon um der Gefangenen willen, die dort einiges zu leiden haben, wie man so hört.«

Consuela war inzwischen an der Verandatür erschienen und nickte ihrer Herrin zu. Doña Maria erhob sich. »Das Abendmahl ist angerichtet. Ich bitte die Herren, mich in den Speisesaal zu begleiten. Und Miguel, du hast mir versprochen, bei Tisch keine Geschäfte zu besprechen.«

Er hob die Hände. »Entschuldige, *querida*. Ich werde es beherzigen.«

Der Abend verlief in angenehmer Stimmung. Man tafelte ausgiebig, Jan und Hendriks konnten nicht genug kriegen von den süßen Nachspeisen, die die Köchin gezaubert hatte, und zuletzt rauchten die Männer noch eine Zigarre auf der Veranda, während Doña Maria sich zurückzog.

Die Gespräche hatten sie seltsam aufgewühlt, und sie konnte lange nicht einschlafen, auch als später ihr Mann schon leise neben ihr schnarchte. Einmal hatte dieser Jan van Hagen sie auf eine Weise angeschaut, dass ihr ein Schauer über den Rücken gelaufen war. Es war zum Glück nur ein ganz kurzer Moment gewesen. Und vielleicht hatte sie sich getäuscht. Wo dieses Bremen lag, war ihr nur undeutlich bewusst. Sicher war es kalt dort im Norden. Sie fragte sich, aus was für einer Familie dieser Juan van Hagen wohl stammen mochte. Mit dem Namen Jan hatte sie ihre Schwierigkeiten, und so wurde für sie daraus Juan, ein guter spanischer Name, der im Grunde das Gleiche bedeutete, wie Doctor Emanuel ihr am Nachmittag versichert hatte.

Es war immer noch unerträglich heiß im Schlafzimmer. Sie erhob sich, trat ans Fenster, um frische Luft zu schöpfen. Ein Halbmond versilberte die Baumspitzen und Wiesen vor dem Haus. Ein leichter Wind strich ihr über die Haut, wie um sie zu streicheln. Nach einer Weile trank sie etwas Wasser aus einer Karaffe auf dem Nachttisch und legte sich wieder neben ihren Mann. Sie lauschte seinen ruhigen Atemzügen. Er ist ein guter Ehemann, dachte sie. Und ich habe das Glück, seine Frau zu sein. Sie schloss die Augen und bemühte sich, nicht mehr an diesen *alemán* zu denken.

Don Miguels Stolz

Kurz nach Sonnenaufgang, der Hausherr war noch nicht erschienen, betraten Jan und Hendriks den Hof der *hacienda*, wo die Ställe lagen. Die Sonne stand noch tief und warf lange Schatten über die Landschaft. Es wehte ein angenehmer Wind, die Luft war frisch und die Sicht klar. Irgendwo krähte ein Hahn.

»Ein herrlicher Morgen, Käptn«, sagte Hendriks.

Jan gähnte. »Ein bisschen früh nach all dem *aguardiente* gestern. Etwas mehr Schlaf hätte nicht geschadet.«

Das verdammte Zeug verursachte einem Kopfschmerzen. Überhaupt, was für eine unchristliche Stunde! Aber Don Miguel hatte behauptet, dies sei die beste Zeit, um über die Felder zu reiten, weshalb man sie beide schon kurz nach Morgengrauen geweckt hatte. Doctor Emanuel war klüger gewesen. Der hatte bereits am Vorabend dankend abgewunken. Ein langer Ritt in der Hitze sei nicht nach seinem Geschmack. Lieber würde er in Ruhe mit der charmanten Doña Maria frühstücken.

Wer nicht?, dachte Jan. Im Grunde hätte auch er die Gesellschaft der jungen Spanierin vorgezogen. Sie war so anders als seine Greetje. Wo diese blond und gutherzig war, etwas schüchtern und nachgiebig, auch ein bisschen verträumt, was er eigentlich an ihr liebte, da war Doña Maria trotz ihrer Jugend eine schillernde Persönlichkeit, ihres gesellschaftlichen Standes durchaus bewusst. Sie besaß Anmut und Grazie, aber auch einen scharfen Verstand. Diese junge Frau war so ganz anders als die biederen Bürgersfrauen in Bremen. Und dass er sie mit ihrem dunklen Haar und strahlendem Lächeln auch noch anziehender fand als Greetje, das wollte er sich eigentlich gar nicht eingestehen. Wäre ja so etwas wie Verrat an seiner Verlobten gewesen und war überhaupt völlig unpassend, schließlich war die Spanierin verheiratet.

Und doch hatte er an ihren Lippen gehangen, wie sie sich so unbefangen mit den Männern unterhalten hatte. Besonders Doctor Emanuel hatte ihr ganz schamlos den Hof gemacht, allerdings auf unverfängliche Weise, was sie mit Schlagfertigkeit und Witz quittiert hatte. Und was Don Miguel, ihren Ehemann, betraf, so war der Mann für Jans Empfinden sicherlich ein wenig alt für sie. Dennoch strahlte er so viel Wärme und Lebenskraft aus, dass man diesen Umstand nach einer Weile vergaß. Ja, Miguel Garcia Hernandez gefiel ihm. Man konnte sich glücklich schätzen, einen wie ihn auf Anhieb gefunden zu haben. Sie würden sicher gute Geschäfte machen.

Im Hof waren Olu und der Stallknecht dabei, die Pferde zu satteln. Der große Afrikaner nickte Jan mit ernster Miene zu, ohne seine Beschäftigung zu unterbrechen. Er zurrte den Sattelgurt fest und strich dem Tier beruhigend über den Hals. Der Mann machte auf Jan einen in sich ruhenden, fähigen Eindruck. Seine Bewegungen waren knapp und zweckdienlich, aber so, wie er mit dem Pferd umging, nicht ohne Sanftheit. Er schien unter den Schwarzen der *hacienda* eine besondere Stellung einzunehmen.

Jan sah sich um. Auf der kurzen Treppe zur Küche saß die junge Sklavin von der *Sophie* und stillte ihr Kind. Die Miene auf ihrem hübschen Gesicht blieb ausdruckslos, obwohl ihre Augen lange auf Jan ruhten, bis sie schließlich wegsah. Was wohl in ihrem Kopf vorging, fragte er sich. Hasste sie ihn? Er erinnerte sich noch an die Entbindung auf dem schwankenden Schiff, als sie vor Schmerzen gekrümmt auf den Planken gelegen hatte. Jetzt schien das alles vergessen zu sein. Die Farbe ihrer Haut war von einem helleren Braun, nicht so dunkel wie die von Olu. Dass beim Stillen ihre Brust entblößt war, schien für sie keine Bedeutung zu haben.

Jan merkte plötzlich, dass er starrte, und wollte sich wieder Olu zuwenden, als die Köchin den Kopf zur Küchentür herausstreckte und dem Mädchen, mit einem Kochlöffel gestikulierend, ein paar gereizte Worte zurief. Dann bemerkte sie Jan und Hendriks und zog sich hastig wieder zurück. Die junge Schwarze hatte die Schelte gelassen hingenommen und fuhr fort, ihr Kind zu stillen.

»Was war das?«, fragte Jan.

Olu zuckte mit den Schultern. »Sie soll sich beeilen und mit dem Frühstück helfen«, entgegnete er in seinem tiefen Bass.

»Hör zu, Olu. Ich hätte da eine Bitte. Vielleicht könntest du ein bisschen auf das Mädchen achten. Ich möchte, dass es ihr gutgeht.«

Jan musste die Worte in seinem holprigen Spanisch wiederholen, bis Olu verstand. Er warf Jan einen erstaunten Blick zu, als würde es ihn wundern, dass ein Weißer sich um eine Sklavin scherte. Dann nickte er. »Keine Sorge. Hier ist sie gut aufgehoben. Besser als woanders.«

»Dabei weiß ich nicht mal, wie sie heißt.«

»Sie heißt Abeni, Señor.«

»Hat das eine Bedeutung?«

Olu sah ihn mit gerunzelter Stirn an. Dieser Weiße stellte eine Menge seltsamer Fragen, schien sein Gesichtsausdruck zu sagen. »Es bedeutet, dass man sie sich gewünscht hat. Als Kind.«

»Ah, ein Wunschkind. Was für ein schöner Name!«

Jetzt lächelte Olu zum ersten Mal, so dass seine weißen Zähne in der Sonne blitzten. »Ein schöner Name für ein schönes Mädchen.« Er lachte leise in sich hinein.

»Pass nur auf, dass Consuela nicht eifersüchtig wird, Olu«, mischte sich der Stallknecht ein. »Die hat schon gemerkt, wie du die Neue angesehen hast.«

»Kümmere du dich lieber um die kranke Stute im Stall«, knurrte Olu ungehalten.

»Wer ist Consuela?«, fragte Jan.

»Das Hausmädchen.«

Olus Miene war plötzlich wieder verschlossen und seine Augen ausdruckslos, als wollte er kundtun, dass es die Welt der Weißen gab und die der Schwarzen und dass einer wie Jan in Letzterer nichts verloren hatte.

In diesem Augenblick erschien Don Miguel und wünschte Jan und Hendriks einen vortrefflichen Morgen. »Sind die Herren so weit?«, fragte er gut gelaunt und zog sich in den Sattel.

Er war unbewaffnet, im Gegensatz zu Olu, der wie gewohnt die Machete am Gürtel trug, Bandelier und eine Muskete über den Rücken geschnallt. Auch die anderen stiegen auf, und der kleine Reitertrupp verließ den Hof. Am Sattelknauf hatte jeder einen gefüllten Wasserschlauch und einen Proviantbeutel hängen. Hendriks trug neben dem Säbel eine Tasche umgehängt, die sein kleines Fernrohr enthielt. Könnte ja nützlich werden, hatte er gesagt. Jan trug sein Rapier aus reiner Gewohnheit, nicht, weil er irgendwelche Gefahren vermutete.

»Gefrühstückt wird unterwegs«, rief Don Miguel, »damit wir die Zeit nutzen, bevor es zu warm wird.«

Die ersten zwei Stunden ritten sie über abgeerntete Felder. Don Miguel erklärte ihnen den Zuckerrohranbau und mit was man dabei zu kämpfen hatte. Im Sommer viel Regen, oft Stürme. War schon vorgekommen, dass ein Hurrikan die Ernte vernichtete. Und im Winter dagegen fehlte es oft an Regen. Deshalb war es ein Vorteil, dass die Felder seiner *hacienda* so nah am Fluss lagen. Guter feuchter Lehmboden. Er zeigte ihnen, wo gerade neue Pflanzen gesetzt wurden und wo an anderer Stelle die Arbeiter das letzte Zuckerrohr abernteten. Jan war beeindruckt von der Größe der *hacienda* und von der harten Arbeit der Sklaven.

»Das alles aufzubauen, hat uns viel Mühe gekostet«, sagte Don Miguel nicht ohne Stolz. »Von meinem Vater haben wir, das heißt, mein Bruder und ich, nur das Stück an der Flussbiege geerbt. Anselmo hatte keinen Sinn für die Landwirtschaft und wollte Geistlicher werden. Also lag es an mir. Mein Verwalter Faustino hat mir in allem geholfen. Ich habe Land dazugekauft, Stück für Stück, und Wald gerodet. Oft mussten wir es mit der Waffe in der Hand verteidigen. Olu hier kann auch ein Lied davon singen, was, Olu?«

Sie ritten weiter. Als die Sonne höherstieg und die Hitze begann, sich unangenehm bemerkbar zu machen, erreichten sie die Zuckermühle am Fluss. Hier standen Bäume, die ein wenig Schatten boten. Don Miguel schlug vor, eine Rast einzulegen und den Proviant zu verzehren. Er stellte ihnen den Zuckermeister vor, einen stämmigen Glatzkopf mit kräftigen Armen und großen Fäusten, der auf den Namen José Banderas hörte und eine Truppe Schwarzer befehligte.

Ununterbrochen ratterte das riesige Wasserrad, das über ein mechanisches Getriebe die großen eisernen Trommeln antrieb, zwischen denen die Sklaven die nackten Strünke des Zuckerrohrs schoben, wo sie zermalmt und ausgepresst wurden. Der Saft floss über Kupferrinnen in kupferne Bottiche, die, sobald sie voll waren, auf offene Herdstellen gehoben wurden, um den Saft so weit einzukochen, bis der Zucker zu kristallisieren begann. Die Öfen bullerten, und aus den Kesseln entwich ein ständiger Dampf, der sich in der Sonne aber schnell verflüchtigte. Die ganze Anlage stank so intensiv nach heißem Zuckerrohr, dass es einem den Atem verschlug.

»Die Mühle hat mich eine Menge Geld gekostet«, erklärte Don Miguel. »Viele Teile musste ich aus Europa kommen lassen. Aber es hat sich gelohnt, denn auch andere Pflanzer lassen hier ihre *caña* pressen. Wir verfeuern sehr viel Holz. Und die Arbeit ist nicht ungefährlich. Letztes Jahr hatten wir einen armen Kerl, der die Finger zwischen die Presse gekriegt hat. Das hat ihm den Arm reingezogen und zu Brei zerquetscht.«

»Mein Gott. Hat er überlebt?«

»Den Arm hat man ihm natürlich gleich abnehmen müssen. Das heißt, was noch davon übrig war. Leider konnte die Entzündung nicht verhindert werden. Er ist gestorben.«

Mit Schaudern stellte Jan sich vor, auf diese Weise einen Arm zerquetscht zu kriegen. Entsetzlich! Dann fiel sein Blick auf einen großen Schuppen, in dem Säcke voller Rohzucker aufgestapelt lagen.

»So viel, wie hier hergestellt wird, kann ich gar nicht übernehmen. Außerdem soll ich Rinderhäute kaufen. Van Doorn hat Verträge bei der Armee zu erfüllen.«

»Nun, wie gesagt, es ist nicht alles mein Zucker. Und einen bedeutenden Teil der Ernte verkaufen wir natürlich an die Händler in Santo Domingo. Aber Gewinn machen wir eher mit den Schmugglern. Nur dieses Jahr waren es bisher erst wenige. Wenn wir nur auch die *Albatros* hätten, dann wäre uns schon sehr geholfen. Rinderhäute hätte ich genug für beide Schiffe.«

Die *Albatros*. Die lag unerreichbar im Río Ozama am Kai und wurde zum Piratenjäger umgerüstet. Man sollte sie kapern, wie die Spanier sie gekapert hatten. Aber dummerweise lag sie direkt unter den Kanonen der Festung. Vierhundert Mann hatte der Vizegouverneur angeblich unter Befehl. Und zwei geschützbestückte Galeonen, von denen eine ebenfalls im Fluss ankerte. Nein, das Schiff zu kapern, war völlig aussichtslos. Besonders mit der Handvoll Matrosen, die Jan zur Verfügung hatte.

»Die *Albatros* können wir vergessen«, sagte er. »Aber in fünf bis sechs Monaten könnte ich aus Holland zurück sein und eine neue Ladung an Bord nehmen.«

»Aber dann beginnt hier bereits die Jahreszeit der Hurrikane, Capitán. Diese Stürme sind wirklich sehr gefährlich. Da ist schon so manches Schiff verlorengegangen. Ich würde es nicht empfehlen.«

»Wir müssen sehen, was sich machen lässt, Don Miguel. Jetzt hätte ich aber gern gewusst, wie und wo wir die Ware übernehmen sollen.«

Sie saßen etwas abseits von der Mühle und kauten an Brot und geräuchertem Schinken. Don Miguel erzählte ihnen von seiner abgelegenen Mangrovenbucht und dass er dort schon mehr Häute und Zucker gelagert hatte, als die *Sophie* würde laden können.

»Ich werde Euch den Ort auf einer Karte zeigen und würde sagen, wir treffen uns dort in einer Woche. Ich habe einen Mann an der Bucht, der wird Euch einen Ankerplatz zeigen, der von See nicht einsehbar ist.«

»Abgemacht«, sagte Jan. »Und nun würde ich gern zur *hacienda* dieses Don Alonso reiten, wenn Ihr erlaubt, dass Olu uns hinführt.«

»Natürlich. Und ich komme auch mit. Werde doch meine Gäste nicht allein im Dschungel herumwandern lassen.«

Sie ritten bis zum Ende der Felder, wo der Río Ozama und der Río Isabela zusammenflossen und sich eine flache Insel befand. Dort überquerten sie den Fluss und setzten ihren Weg am Ufer des Río Isabela in westlicher Richtung fort.

Nach einer Weile verließen sie den Uferweg und drangen auf einem Holzfällerpfad in den Dschungel ein. Hatte auf den Feldern noch der Nordostpassat die Gesichter ein wenig gekühlt, so herrschte hier eine stickige Schwüle, die den Schweiß aus allen Poren trieb. Als Hendriks sein Hemd ausziehen wollte, riet Don Miguel ihm davon ab, wenn er nicht von Mücken zerstochen werden wollte. Tatsächlich waren die Quälgeister überall. Besonders in Flussnähe waren ganze Wolken von ihnen unterwegs. Es roch nach Moder und Fäulnis, aber auch nach dem süßlichen Duft der Blüten, die an den lichteren Stellen wuchsen, wo man Bäume gefällt hatte. Ansonsten war der Wald so dicht, dass Jan sich fragte, wie ein Durchkommen ohne Macheten überhaupt möglich war. Echsen huschten über den überwucherten Weg. Winzige Augen verfolgten sie aus Astgabeln oder von oben aus den Baumwipfeln, dem Reich Tausender bunter, oft seltsam anmutender Vögel, die ihre Entrüstung über die Störung durch ein wildes Gezwitscher und Gezeter zum Ausdruck brachten. Don Miguel zeigte ihnen einige Arten. Am besten gefielen Jan die bunten Papageien. Was würde Greetje sagen, wenn er ihr einen mitbrächte?

Nach einer Weile öffnete sich der Wald, und sie ritten wieder an abgeernteten Feldern vorbei, allerdings nicht so umfangreich wie auf Don Miguels *hacienda*. »Dieser Besitz gehört einem Portugiesen wie eurem Doctor Emanuel«, sagte er. »Das heißt, eigentlich seiner Frau. Ihr werdet ihm heute Abend auf dem Fest begegnen.« Er deutete voraus, wo sich vor ihnen ein flacher Hügel erhob, der mit langen, regelmäßigen Pflanzenreihen bedeckt war. »Da liegt die Tabakpflanzung des Vizegouverneurs.«

Sie ritten noch weiter und versteckten dann die Pferde im Wald, um sich dem Anwesen zu Fuß und im Schutz des Urwaldes zu nähern. Hendriks zog sein Fernrohr aus der Tasche und zeigte es einem erstaunten Don Miguel, der von solchen Geräten gehört, aber selbst noch keines gesehen hatte. Die ersten Fernrohre waren vor dreißig Jahren in Holland erfunden worden. Ein gewisser Galileo hatte eines nach diesem Prinzip nachgebaut, um die Gestirne am Firmament zu beobachten. Inzwischen waren sie verbessert worden, aber außer in der Seefahrt oder beim Militär noch nicht sehr weit verbreitet. Hendriks' Fernrohr war handlich und ließ sich zur Nutzung auseinanderziehen. Er erlaubte Don Miguel, als Erstem hindurchzublicken und zeigte ihm, wie man das Bild scharf stellte. Der Pflanzer war erstaunt über die Vergrößerung und wie gut man damit weit entfernte Einzelheiten erkennen konnte.

Jan war inzwischen auf die Äste eines Baumes geklettert, von wo aus er eine bessere Sicht auf das Anwesen hatte. Es war ein einfaches Haus mit einer Veranda, einem seitlichen Anbau, einer Kochhütte, aus der Rauch aufstieg, auf der Südseite Ställe und zwei große Schuppen zur Verarbeitung des Tabaks. Weiter den Hang hinauf waren eine Reihe einfacher Hütten zu sehen, das mussten Sklavenunterkünfte sein. In den Feldern bewegten sich Arbeiter, aber sie waren zu weit entfernt, um Genaues auszumachen, außer, dass es keine Afrikaner waren.

Hendriks reichte ihm das Fernrohr hinauf. Jan lehnte sich an den Stamm und schraubte an dem Gerät herum, bis er ein scharfes Bild hatte. Als Erstes erkannte er eine Sklavin, die im Hof den Schöpfeimer in einen Brunnen hinabließ und wieder heraufholte. Ein Weißer stand in der Nähe und schien mit ihr zu reden. Das musste einer der Aufseher sein.

Jan ließ das Fernrohr über die Tabakfelder wandern. Plötzlich hatte er einen der Gefangenen im Bild. Sein Oberkörper war nackt und schrecklich ausgemergelt, auf dem Kopf ein zerfranster Strohhut, die Hosen zerfetzt. Er trug einen schweren Korb und schleppte sich nur mit Mühe dahin. Als er den Hof betrat, konnte Jan sehen, warum. Der Mann trug Fußeisen und Ketten. Jetzt näherte sich der Aufseher und trieb ihn zur Eile an. Als es nicht half, schlug er ihn erbarmungslos mit einer Reitgerte auf den Rücken. Der Gefangene brach in die Knie, ließ den Korb fahren und hob den Arm, um sich zu schützen. Der Aufseher trat nach ihm. Dann sah Jan ihn lachen und wieder mit der Schwarzen reden. Zum Glück ließ er den Gefangenen nun in Ruhe. Der erhob sich, wuchtete mit Mühe den Korb hoch und schleppte sich weiter bis zu einer Hütte, in der er verschwand. Jan fluchte leise. Er litt mit dem Mann. Schließlich war es nicht so lange her, dass er selbst so eine verdammte Kette getragen hatte.

Er ließ das Fernrohr weiterwandern. Im Schatten eines Baumes saß ein anderer Aufseher. Und hier und da entdeckte er weitere Gefangene zwischen den Pflanzen. Denen schien es nicht besser als dem Ersten zu gehen. Jan reichte Hendriks das Fernrohr und sprang vom Baum.

»Ich hab genug gesehen«, sagte er mit grimmer Miene. »Diese Schweine schinden die Leute zu Tode. Wir müssen etwas tun.«

Hendriks nahm das Fernrohr, um sich selbst ein Bild zu machen. »Bis jetzt kann ich nur zwei Aufseher erkennen«, sagte er auf Holländisch. »Nein, da ist noch einer. Kommt gerade aus der Hütte.« Er sah sich weiter sorgfältig um, begutachtete die Lage auf dem Hügel, die niedrigen Zäune. »Die Jungs zu befreien, wäre nicht schwer. Das Anwesen ist nicht gesichert. Ein nächtlicher Überfall, und wir holen sie da raus.«

Natürlich, dachte Jan. Das war der Grund, warum van Doorn diese beiden, Hendriks und Jonkers, mit auf die Reise geschickt hatte. Der Alte hatte gehofft, dass man seinen Sohn finden würde. Und die beiden erfahrenen Soldaten würden wissen, was zu tun wäre.

»Sie von der *hacienda* zu holen, ist eines«, erwiderte Jan. »Aber damit hätten wir sie noch lange nicht auf dem Schiff. Die *Sophie* liegt direkt unter den Kanonen der Festung vertäut.«

Hendriks nickte. »Wir müssten sie irgendwo von einem einsamen Strand aus aufnehmen. Und dazu brauchten wir Don Miguels Hilfe.«

Jan kaute auf der Unterlippe. »Zu gefährlich. Am Ende schnappt man uns auch noch. Was hätten wir dann gewonnen?«

Jetzt wollte Don Miguel, der seinen Namen gehört hatte, wissen, worüber sie geredet hatten. »Die Gefangenen werden schlecht behandelt«, erklärte Jan. »Anscheinend lässt man sie auch halb verhungern. Sie sehen ziemlich abgemagert aus. Ich fürchte, so werden sie nicht lange überleben. Könnte man beim Richter Don Rodrigo Einspruch erheben?«

Don Miguel schüttelte den Kopf. »Mein Bruder hat es schon versucht. Festungshaft oder Zwangsarbeit unterliegen dem Gouverneur. Da mischt sich das Gericht nicht ein.«

Jan starrte nachdenklich auf seine Füße. Was Hendriks von ihm wollte, war klar. Und für den Spanier hatte natürlich der Handel Vorrang. Was gingen den schon die Gefangenen an. Jan wusste, er würde sich in den nächsten Tagen entscheiden müssen. Seine Geschäfte abschließen und davonsegeln oder die Männer da drüben befreien. Oder beides. Nur war ihm schleierhaft, wie das zu bewerkstelligen wäre, ohne selbst in eine Falle zu tappen. Wie die armen Teufel dort drüben.

Er atmete tief durch und blickte zu Don Miguel hinüber. »Wir sollten mehr über diese *hacienda* herausfinden. Wie viele Aufseher dort wirklich hausen, wo sie schlafen, wer sich noch im Haus aufhält, ob die Gefangenen angekettet sind. Ihr wisst schon, was ich meine.«

Don Miguel war beunruhigt. »Wieso? Was habt Ihr vor?«

»Im Augenblick gar nichts. Ich möchte nur die Möglichkeiten erkunden.«

»Ein Befreiungsversuch wäre sehr gewagt, Capitán. Denkt vor allem daran, dass wir hier weiterleben müssen, während Ihr in Eurem Schiff davonsegelt.«

»Natürlich. Wir wollen niemandem schaden. Und Euch schon gar nicht.«

Don Miguel hielt lange seinen Blick. Dann wandte er sich an Olu und sprach mit ihm in schnellem Spanisch, dem Jan Mühe hatte, zu folgen.

»Olu wird morgen eine Gelegenheit finden, mit der Sklavin da drüben zu reden«, sagte er schließlich, wieder zu Jan gewandt. »Die Schwarzen hier wissen über alles im Land Bescheid. Gerüchte verbreiten sich in Windeseile von einer *hacienda* zur anderen. Wenn man etwas wissen will, fragt man seine Sklaven.« Er lachte, wurde aber gleich wieder ernst. »Nur eines, mein Freund. Was immer Ihr am Ende plant, ich möchte darüber in allen Einzelheiten eingeweiht sein.«

»Natürlich.«

In den Casas Reales

Am Nachmittag eilte Don Alonso zu den Casas Reales, wo er eine Verabredung mit Capitán Morales, dem Kommandanten der *Santa Trinidad*, hatte. Am Gebäudeeingang stieß er beinahe mit einer elegant gekleideten Frau zusammen, die es ebenfalls eilig zu haben schien. Unter ihrer perlenbestickten Haube erkannte er das hübsche Gesicht der Gemahlin des Richters Molina und zog den Hut.

»Doña Ana«, sagte er mit einem besonders freundlichen Lächeln. »Besucht Ihr Euren Gemahl?«

Die junge Dame hatte es mit einem Mal gar nicht mehr so eilig, sondern blieb stehen und bedachte ihn mit einem schalkhaften Blick. »Und wenn es nun gar nicht mein Gemahl wäre, den ich besuchen käme, Don Alonso, sondern Euch? Würde es Euch überraschen?«

Er verweilte kurz in der Betrachtung ihres belustigt lächelnden Mundes und blickte ihr dann tief in die rehbraunen Augen. »Es würde mich ausgesprochen glücklich machen, Doña Ana«, erwiderte er galant und fügte dann mit einem Raubtiergrinsen hinzu: »Auch wenn es nicht ganz so überraschend käme, wie Ihr meint, meine Liebe.«

Das schien ihr zu gefallen, denn sie lachte silberhell. »Aber vielleicht überschätzt Ihr Euch da, Don Alonso.« Damit ließ sie ihn stehen.

Don Alonso sah ihr nach, wie sie davonrauschte und die Treppe zu den Amtsräumen ihres Ehemanns erklomm. Oben angekommen, wandte sie sich noch einmal kurz zu ihm um und lachte wieder. Dann war sie verschwunden.

Don Alonso, der immer noch wütend auf diesen verdammten Don Rodrigo war, malte sich auf dem Weg zu seinen eigenen Räumen aus, wie es wäre, diesem Idioten Hörner aufzusetzen. Das Weib schien einer Tändelei nicht abgeneigt zu sein. Und seiner eigenen Karriere war es bisher durchaus förderlich gewesen, die eine oder andere diskrete Beziehung zu Damen von Rang unterhalten zu haben. Dabei hatte die Gefahr, entdeckt zu werden, dem amourösen Genuss einen besonderen Reiz verliehen. Eine Doña Ana, Gattin des Präsidenten der Real Audiencia, würde sich gut machen in seiner Sammlung gebrochener Herzen. Aber vielleicht war das doch zu hoch gegriffen. Für den Augenblick jedenfalls. Es könnte ihm schaden, wenn es herauskäme. Außerdem war es nicht Doña Ana, so hübsch sie war, die ihn in seinen Träumen beschäftigte.

Capitán Morales wartete schon im Vorzimmer seiner Räume und erhob sich respektvoll mit Hut unter dem Arm.

»*Buenas tardes*, Morales«, begrüßte er den Offizier und wies ihm den Weg in sein Arbeitszimmer, wo er ihn bat, Platz zu nehmen. »Inwieweit ist die *Trinidad* bereit, auszulaufen?«

»Wir sind seeklar, Almirante. Müssten nur noch etwas Proviant an Bord nehmen und die Wasserfässer auffüllen.«

»Gut, gut. Dann beeilt Euch damit. Ich möchte, dass die *Trinidad* Patrouille fährt und die Südküste der Insel bewacht.

Ich habe da so ein Gefühl, dass wir uns bald einen Fuchs einfangen könnten.«

»Die Fleute dieses *alemán?*«, fragte Capitán Morales, der nicht auf den Kopf gefallen war.

»Ganz recht, Morales. Ganz recht.«

»Sie ist vermutlich ein schnelles Schiff, Almirante. Das würde eine Verfolgung schwierig machen.«

»Ihr müsst sie auf frischer Tat ertappen, mein Lieber. Wir brauchen Beweise. Wenn sich das nicht ergibt, dann solltet Ihr zumindest beobachten, wohin sie sich wendet, damit wir andere Maßnahmen ergreifen können. Also, so bald wie möglich auslaufen und die Augen offen halten, verstanden? Das wäre dann alles, Morales.«

Der Offizier erhob sich und salutierte. »Zu Befehl, Almirante.«

Nachdem Morales gegangen war, saß Don Alonso zurückgelehnt in seinem Sessel und grübelte. Dass die *Sophie* so unschuldig war, wie sie tat, das glaubte er keinen Augenblick lang. Irgendetwas lag in der Luft, davon war er überzeugt. Plötzlich fielen ihm die Gefangenen der *Albatros* ein, die auf seiner *hacienda* arbeiteten. Hatte dieser Jan van Hagen etwa mit ihnen zu tun? Wäre nicht auszuschließen. Der Name van Hagen hörte sich ziemlich holländisch an, oder nicht? Vielleicht war seine Bremer Flagge nur eine Täuschung. Er würde Coronel Rivera beauftragen, einige Soldaten zur *hacienda* zu schicken. Zur Sicherheit.

Es hatte sich herumgesprochen, dass auf Don Miguels *hacienda* heute ein Empfang gegeben wurde. Zwar handelte es sich angeblich nur um ein kleines Fest unter befreundeten Zuckerrohrpflanzern, um das Ende der Ernte zu feiern, trotzdem empfand er es als Kränkung seiner Person und seines Amtes als Vizegouverneur von Hispaniola, dass man ihn nicht eingeladen hatte. Dafür aber ausgerechnet diesen *alemán*. Es war, als wollten sie ihn nach der Niederlage vor Gericht noch weiter demütigen.

Aber das sprach mal wieder für den Hochmut gewisser Kreise. Leute, die aufgrund ihres Geldes und ihrer edlen Abstammung meinten, über anderen zu stehen, und ihnen das auch noch bei jeder Gelegenheit spüren ließen. Er hatte schon oft in seinem Leben erfahren müssen, dass man für solche wie ihn, die aus bescheidenen Verhältnissen stammten, nur Verachtung empfand. Aber das hatte ihn nie daran gehindert, den Bastarden zu zeigen, dass ein Mann sich alles nehmen konnte, wenn er nur entschlossen genug war. Selbst eine Frau aus altem Adel wie Doña Maria. Er schloss die Augen und sagte leise ihren vollen Namen vor sich hin. Doña Maria Carmen Isabella Eugenia de Alvarez y Ortega. Es hörte sich an wie eine Verheißung. Mit einer solchen Frau an der Seite und der endgültigen Bestellung als Gouverneur Seiner Majestät in der Tasche, damit wäre er endlich ganz oben angekommen, könnte vielleicht sogar Karriere bei Hofe machen.

Plötzlich riss ihn ein bestürzender Gedanke aus seinen Tagträumen. Der verdammte *alemán!* Ihn hatten sie eingeladen. Das konnte nur eines bedeuten. Das Fest war eine Tarnung. In Wirklichkeit war es eine verschwörerische Versammlung. Sie wollten mit dem Mann ihre Schmuggelpläne aushandeln. Warum hatte er nicht gleich daran gedacht? Er stand auf und schritt in seinem Arbeitszimmer auf und ab. Was konnte er tun?

Als sein Sekretär Don Diego ankündigte, erschien ihm dies wie eine göttliche Fügung. »Kommt herein, mein guter Freund, und nehmt Platz«, sagte er, als Don Diego den Raum betrat. »Ich habe gerade an Euch gedacht. Ihr geht doch sicher heute auf Don Miguels Empfang, oder?«

»Deshalb bin ich kurz vorbeigekommen, obwohl ich schon spät dran bin«, erwiderte Don Diego. »Ich weiß nicht, ob Euch bewusst ist, dass man diesen *alemán* eingeladen hat?«

»Ist mir nicht entgangen. Und wahrscheinlich wollen sie sich mit ihm besprechen.«

»So ist es. Man will Zeit und Ort verabreden, wo der Schmuggelhandel stattfinden soll. Und sicher noch weitere Einzelheiten.«

Don Alonso grinste breit. »Und Ihr, mein Lieber, werdet gut zuhören und mir nachher berichten, nicht wahr?«

Auch Don Diego lächelte in freudiger Voraussicht. »Wenn wir diesen Miguel Garcia überführen, dann möchte ich schon mal meinen Anspruch auf das Land an der Flussbiege anmelden.«

»Darüber lässt sich reden«, erwiderte Don Alonso. »Vorausgesetzt, Ihr liefert mir den Halunken.«

»Keine Sorge, denn ich habe da auch noch ein zweites Eisen im Feuer. Pedro Fernandez, einer meiner Aufseher, ist ein Schinder, was die Neger betrifft, aber ein vorzüglicher Fährtenleser. Der hat schon so manchen entlaufenen Sklaven aufgespürt. Ich habe ihn darauf angesetzt, jede Bewegung zu verfolgen, die Miguel Garcia in den nächsten Tagen macht. So oder so werden wir ihn auf frischer Tat ertappen.«

»Ausgezeichnet, mein Lieber. Ausgezeichnet.«

EIN TROPISCHES FEST

Auf der *hacienda* waren die Vorbereitungen für den festlichen Abend seit Stunden im Gange. Vor dem Haus auf dem weiten Rasen wurden Tafeln in U-Form aufgebockt und Bänke dazugestellt. Etwas abseits waren zwei große Feuerstellen für Spanferkel und Hühner angelegt worden, die bereits auf einem Tisch darauf warteten, an langen Spießen auf die Glut gehoben zu werden. Diener, sauber geschrubbt und in Livree, rannten hin und her, um die Tafeln zu decken, Fackeln und Feuerschalen für die Nacht aufzustellen, einen Tisch für Getränke einzurichten, einen weiteren für die Gerichte, die später aus der Küche kommen würden.

Dort befehligte die schwarze Köchin Marta seit den frühen Morgenstunden drei Sklavenweiber, die mit Schweiß auf der Stirn Gemüse schnitten, Knoblauch und Gewürze mischten, Süßkartoffeln schälten, *casabe* buken, Reis und Mais kochten, Bananenscheiben frittierten, Hühnerfleisch zerkleinerten, Fisch ausnahmen, Muschelfleisch aus den Schalen lösten und was sonst noch zu einem tropischen Festmahl gehörte. Seit Stunden schon köchelte ein großer Topf *sancocho*, dem traditionellen Eintopf aus Bohnen und verschiedenen Fleischsorten, ein anderer mit Auberginen, Garnelen und Fisch.

Vor dem Haus saßen Jan van Hagen, Hendriks und Doctor Emanuel unter einem Sonnenzelt und schauten dem Treiben zu. Die Schwarzen schwatzten und tuschelten bei der Arbeit, manchmal flog auch ein böses Wort über den Rasen, das aber mit Blick auf die drei Fremden schnell unterdrückt wurde. Von der Küche hinter dem Haus wehte ab und zu ein betörender Duft zu ihnen. Eine Vorahnung der zu erwartenden Köstlichkeiten. Und aus den offenen Fenstern der Bibliothek drangen wie zur Untermalung der allgemeinen Geschäftigkeit die lieblichen Klänge eines Cembalos. Da Don Miguel sich mit Olu zu den Sklavenunterkünften begeben hatte, denn auch dort würde man am Abend die Ernte feiern, konnte es nur Doña Maria sein, die spielte. Jan stellte sich die Herrin des Hauses vor, wie sie vor dem Instrument saß, auf die Noten schaute und mit zarten Fingern in die Tasten griff. Doch dann versuchte er, nicht weiter an sie zu denken, sondern auf das Gespräch seiner Gefährten zu achten.

Olu hatte wenige Stunden zuvor von seinen Erkundungen berichtet. Es gab tatsächlich nur drei Aufseher auf der Tabakpflanzung des Vizegouverneurs, dazu drei Sklaven: Köchin, Stallknecht und ein Hausdiener. Don Alonso selbst hielt sich nur selten dort auf, da er angenehmere Räume in der Gouverneursresidenz bezogen hatte. Die weißen Aufseher, besonders ein gewisser Carlos, taten alles, um den Gefangenen das Leben schwerzumachen, wahrscheinlich auf Veranlassung ihres Herrn. Sie bekamen wenig zu essen, meist nur Abfälle, mussten von Sonnenaufgang bis Sonnenuntergang schuften und wurden häufig geschlagen. Nachts wurden sie angekettet. Zwei von ihnen waren schon gestorben, hatte die Köchin berichtet. Sie selbst habe angefangen, ihnen heimlich ein wenig Essen zu bringen, weil sie den Anblick der ausgemergelten Kerle nicht mehr ertragen konnte.

»Für einen nächtlichen Zugriff würde ein halbes Dutzend von uns genügen«, sagte Hendriks zuversichtlich. Für ihn schien das keine große Sache zu sein.

Doctor Emanuel dagegen zeigte sich äußerst alarmiert. »Aber das Ganze ist doch verrückt. Natürlich tun die Männer mir außerordentlich leid, aber wie wollt Ihr sie an Bord der *Sophie* bringen? Die Stadt ist voller Soldaten. Man wird Euch schnappen. Und dann? Ein zweites Mal wird Euch Padre Anselmo nicht raushauen können.«

Jan nickte. »Besser, wir marschieren mit ihnen durch den Wald zu einem einsamen Strand, wo Köppers uns mit dem Schiff auflesen kann.«

»Dazu brauchten wir aber einen Führer, sonst verirren wir uns im Dschungel«, meinte Hendriks. »Ihr müsst mit Don Miguel reden, Käptn. Wir brauchen seine Hilfe.«

»Das ist nicht so einfach, Johan. Ich habe versprochen, dass die Sache nicht auf ihn zurückfällt. Wir können schließlich nicht von ihm erwarten, dass er das alles hier für ein paar holländische Gefangene aufs Spiel setzt.« Er machte eine Armbewegung, die das ganze Anwesen einschloss.

»Bin ganz entschieden Eurer Meinung, Capitán«, fügte der Doctor hinzu. »Wäre noch dazu eine schamlose Ausnutzung seiner Gastfreundschaft. Ich denke dabei nicht zuletzt an die arme Doña Maria.«

Hendriks knurrte eine ungehaltene Erwiderung, aber im Grunde hatte auch er keine vernünftige Lösung anzubieten. Plötzlich stand Olu vor ihnen. Der Mann bewegte sich so leise, dass man ihn nicht hatte kommen hören. »Don Miguel schickt mich. Der Arzt wird gebraucht«, brummte er mit tiefer Stimme. Er deutete mit dem Kopf in Richtung der Sklavenunterkünfte.

Doctor Emanuel verdrehte genervt die Augen. »Was ist es denn diesmal? Wieder eine Entbindung?«

»Fieber und Durchfall.«

»Ah. So was könnte sich verbreiten. Also gut, dann wollen wir mal. Kommt Ihr mit, Hendriks? Da drüben herrscht eine andere Welt. Lohnt sich, das mal kennenzulernen.«

Die beiden erhoben sich und folgten Olu. Jan blieb zurück, was ihm nicht unlieb war, denn es würde ihm Gelegenheit geben, in Ruhe nachzudenken. Er hatte das Gefühl, eine Entscheidung treffen zu müssen, bevor die anderen Gäste eintrafen und weitere Vereinbarungen für den Warentausch besprochen wurden. Immer wieder sah er Mevrouw van Doorn und ihre Töchter vor sich und wie herzlich man ihn aufgenommen hatte. Sollte er zulassen, dass der Sohn dieser armen Frau zugrunde gerichtet wurde? Hier gab es Nahrung im Überfluss, während die Männer der *Albatros* hungern mussten. Wie lange würden sie die Misshandlungen überleben? Zwei Jahre? Drei Jahre? Wenn überhaupt. Wer würde sich um sie kümmern, wenn sie krank würden? Ein ausgezehrter Leib erlag schnell einem Fieber. Dieses elende Straflager war nichts als ein Todesurteil.

Eine Bewegung auf der Veranda des herrschaftlichen Hauses lenkte ihn von seinen Gedanken ab. Doña Maria war ins Freie getreten und sah sich um. Sie hatte sich bereits für den Abend umgezogen und zu diesem fröhlichen Anlass, egal was andere Damen davon hielten, auf Haube und Halskrause verzichtet. Stattdessen trug sie das Haar offen, mit kunstvollen Locken zu beiden Seiten, dazu ein fliederfarbenes, mit Borten und Schleifen versehenes Kleid nach neuester französischer Mode mit enger Taille und weitem, bauschigem Rock, und noch gewagter – einem rechteckigen Dekolleté, das ihre weiblichen Formen angenehm zur Geltung brachte. Auf Schmuck hatte sie außer einer dünnen Perlenkette verzichtet.

Als sie Jan entdeckte, wie er immer noch unter dem Segeltuch saß, obwohl die Sonne längst hinter die Baumwipfel gerutscht war, stieg sie die kurze Treppe zum Garten hinunter und kam auf ihn zu. Er konnte nicht anders, als ihren Gang zu bewundern. Sie schwebte nicht, wie manche Damen, in zierlichen Trippelschritten über den Rasen, noch marschierte sie wie eine Bauernmagd. Es war eher ein beschwingtes Schreiten mit erhobenem Haupt, fließend und geschmeidig. Er war ganz versunken in diesen Anblick und hätte ihr stundenlang dabei zusehen können.

»*Pensativo*, Capitán?«, fragte sie, bei ihm angekommen.

»Doña Maria!« Er sprang auf und verbeugte sich vor ihr. »Wie umwerfend Ihr ausseht!«

Während seines Unterrichts bei Doctor Emanuel hatte er sich dieses wundervolle spanische Wort gemerkt – *deslumbrante*. Es hatte so einen dramatischen Klang, der ihm gefiel. Und nun schien es ihm mehr als passend für ihre bezaubernde Erscheinung.

Doña Maria aber machte sich darüber lustig. »Umwerfend ist nun doch ein wenig übertrieben, Capitán. Trotzdem bedanke ich mich für das Kompliment.« Sie schenkte ihm ein strahlendes Lächeln und hakte sich bei ihm ein. »Gehen wir ein paar Schritte. Und dann sagt mir, was Euch so sehr bedrückt. Und leugnet es nicht, denn ich habe schon von weitem Eure traurige Miene gesehen.«

»Nicht traurig. Nur nachdenklich, wie Ihr schon sagtet.«

»Dann lasst mich an Euren Gedanken teilhaben.«

Sie sah zu ihm auf. Ihr Gesicht war weich gezeichnet im Abendlicht. Sie lächelte immer noch, wobei sich auf der linken Wange ein Grübchen zeigte. Er merkte, wie sein Herz klopfte, schalt sich einen Narren und war doch überwältigt, mit dieser Frau durch den Garten zu wandeln. Ihre körperliche Nähe, ihre schlanke Hand auf seinem Arm, das lange Seidenkleid, das flüsternd über den Rasen strich, das zarte Parfüm, das aus ihrem Dekolleté aufstieg, ihre ganze Gegenwart umnebelte seine Sinne, so dass er keinen klaren Gedanken fassen konnte und sich wie ein elender Tölpel vorkam.

Sie kamen an eine Stelle, wo unter einem großen Baum drei Grabsteine standen. Daneben eine Bank. »Miguels Eltern liegen hier begraben«, sagte Doña Maria. »Und seine Schwester, die schon als Kind verstorben ist. Es ist ein stiller Ort. Ich komme manchmal her, um nachzudenken.«

Jan stellte sie sich vor, auf der Bank unter diesem Baum, vielleicht mit einem Buch in der Hand. Sie schlenderten weiter. »Ich habe Eurer Musik gelauscht«, sagte er. »Ich bewundere jeden, der musizieren kann.«

»Ach, es ist nichts. Ich lerne noch. Und dieses italienische Stück ist nicht leicht zu spielen. Ich hoffe, meine falschen Noten haben Eure Ohren nicht allzu beleidigt. Mein Mann bekommt jedes Mal Bauchschmerzen, wenn er mir zuhört.« Sie lachte ausgelassen.

»Was Don Miguel betrifft«, begann er und stockte. Er hatte sagen wollen, was für ein Glückspilz ihr Ehemann doch war, aber noch ein Kompliment wäre vielleicht zu dick aufgetragen gewesen.

»Was ist mit ihm, Capitán?«

»Nun, ich habe über die holländischen Gefangenen nachgedacht. Drüben auf der Tabakpflanzung des Gouverneurs.«

»Davon habe ich gehört. Und wie schrecklich sie behandelt werden. Dieser Mann ist ein Scheusal. Ich wünschte, man könnte etwas tun.«

Sie war stehen geblieben und sah ihn so ernsthaft und ehrlich bekümmert an, dass er, ohne viel nachzudenken, damit herausplatzte, was ihn schon den ganzen Nachmittag beschäftigte.

»Ja, etwas tun. Das ist, was nötig ist, Doña Maria. Man kann nicht einfach zusehen, wie sie dort drüben verrecken. Zumal ich die Familie des Kapitäns kenne.«

»Ihr kennt die Familie? Sie haben Euch geschickt?« Sie sah ihn mit großen Augen an. »Was habt Ihr vor, Jan?«

Sie hatte es eher wie Juan ausgesprochen, aber in seinem Eifer hatte er das kaum bemerkt. Auch nicht, dass sie auf das formelle Señor oder Capitán verzichtet hatte. Nur, dass sie ihn am Arm fasste und ihn eindringlich mit großen Augen ansah, war ihm bewusst. »Ihr habt doch etwas vor, Juan. Sagt es mir.«

»Ich habe lange mit mir gerungen, aber mich jetzt entschieden, Doña Maria. Wir werden sie da rausholen, meine Seeleute und ich.«

Sie war ernsthaft erschrocken. »¡Mas que locura!«

»Verrückt mag es sein, aber es sind Männer wie wir. Die haben nichts anderes getan, als was wir auch vorhaben, friedlich Handel treiben. Und darin schließe ich auch Euren Gemahl mit ein. Wir müssen sie befreien. Ich muss mit Don Miguel reden, bevor die Gäste eintreffen. Es könnte alle Pläne verändern.«

Im ersten Augenblick hatte Doña Maria ein bestürztes Gesicht gemacht. Aber je mehr er redete, umso nachdenklicher wurde sie.

»Der Kapitän der unglücklichen *Albatros* heißt Martin van Doorn«, fuhr er fort. »Sein Vater ist mein Geschäftspartner, und mit dem Geld der van Doorns wurden die Waren bezahlt, die ich an Bord habe. Im Kreis seiner Familie bin ich ebenso herzlich aufgenommen worden wie hier bei Euch. Deshalb kann ich nicht untätig bleiben und hoffe auf die Hilfe Eures

Gemahls. Schließlich hat auch er mit den van Doorns Handel getrieben. Ich bitte daher um Eure Fürsprache, ihn zu überzeugen, dass er uns bei dem Vorhaben unterstützt.«

Sie hatten ihren Spaziergang wieder aufgenommen, und er erzählte ihr, was sie von Olu erfahren hatten, wie die Männer behandelt wurden, und dass zwei von ihnen bereits gestorben waren. Er merkte, wie sehr sie betroffen war. Und er würde auch nicht mehr verlangen, versprach er, als dass man ihnen einen Ortskundigen zur Verfügung stellte, vielleicht jemanden wie Olu.

»Es ist gewagt«, flüsterte sie. »Man wird Euch jagen, Juan. Und selbst wenn es gelingt, wird man wissen, wer es gewesen ist. Ihr werdet Euch nie mehr in Santo Domingo sehen lassen können.« Sie sah ihn bekümmert an, als würde sie das traurig machen.

Er lächelte schmerzlich. »Das werde ich ohnehin nicht können. Ich bin Kaufmann und meinetwegen Schmuggler, aber kein Sklavenhändler. Dieser Besuch hier wird eine Ausnahme bleiben.«

»Ich verstehe«, sagte sie, und in ihrer Stimme klang Bedauern. Plötzlich blieb sie wieder stehen und blickte ihm forschend ins Gesicht. »Habt Ihr eigentlich eine Frau in Eurem Leben, Capitán?«

Jan war überrascht. »Eine Frau? Warum fragt Ihr?«

Ihre Wangen hatten sich auf einmal leicht gerötet. »Nun …«, sagte sie und zögerte, als wüsste sie nicht weiter. »Es ist doch sehr gewagt, was Ihr vorhabt«, fuhr sie dann fort. »Was ist, wenn man Euch erwischt? Gibt es jemanden, der um Euch weinen wird, wenn Ihr nicht mehr heimkehrt? Wie die armen Kerle da drüben auf der Tabakpflanzung?«

»Ich bin nicht verheiratet, wenn Ihr das meint«, sagte er verlegen. Aus ihm nicht ganz klaren Gründen scheute er sich, von Greetje zu erzählen. Es war, als gehörte Greetje nicht hierher. »Ich kann nur sagen, dass ich in dem Fall darauf hoffen würde, dass sich jemand genauso erbarmt und mich befreit.«

Sie nickte und drückte leicht seinen Arm. »Wer Euch zum Freund hat, kann sich glücklich schätzen, Juan.«

Jan bezweifelte, ob sie damit recht hatte. Aber die Bemerkung befeuerte seine Entschlossenheit. Sie waren wieder zum Ausgangspunkt zurückgekehrt und bemerkten Don Miguel, der inzwischen das Rösten der Spanferkel beaufsichtigte. Auch Doctor Emanuel und Hendriks waren an seiner Seite und boten ihren unmaßgeblichen Rat an. Doña Maria winkte ihnen zu und rief ihren Ehemann zu sich.

»Was ist, *querida?*«, fragte er.

»Wir müssen mit dir reden, Miguel«, sagte sie. »Vertraulich.«

Ein Blick auf ihr ernstes Gesicht, und er verstand. »Ich kann mir schon denken, worum es geht.«

»Die Gefangenen der *Albatros,* Miguel.«

»Richtig.« Er kratzte sich am grauen Knebelbart. »Auch ich habe darüber nachgedacht. Und was ist deine Meinung, mein Herz?«

»Wir müssen sie befreien«, sagte sie mit Entschiedenheit.

Er lächelte. »Aber gestern noch hast du dich beklagt, dass ich zu große Wagnisse auf mich nehme. Wenn wir bei dieser Sache erwischt werden, können wir alles verlieren. Verurteilte Gefangene zu befreien, ist schlimmer als Schmuggel. Ist dir das klar?«

Sie starrte ihn eine Weile schweigend an, als müsste sie die bittere Wahrheit erst verdauen. Jan war peinlich berührt. Er wollte keinesfalls einen Streit zwischen dem Ehepaar herbeiführen und bereute es schon, sie in solche Bedrängnis zu bringen. Man würde sicher auch ohne ihre Unterstützung auskommen. Er war drauf und dran, seine Bitte wieder zurückzuziehen, als Doña Maria sagte: »Das hier ist etwas anderes, Miguel. Wir haben jahrelang unseren Gewinn aus dem Schmuggel gezogen. Nun ist es an der Zeit, etwas zurückzugeben. Ich vertraue deiner Schläue. Du wirst ganz gewiss einen Weg finden, den Männern zu helfen.«

Don Miguel nickte befriedigt. »Ich bin froh, dass du das ebenso siehst, Maria.« Er wandte sich an Jan. »Ich werde Euch alle Hilfe zukommen lassen, Capitán, vorausgesetzt, Ihr seid einverstanden, trotz allem unseren Handel durchzuführen. Was sagt Ihr dazu, Señor?«

»Mehr als einverstanden«, erwiderte Jan erleichtert. »Und ich danke Euch von Herzen. Und auch Euch, Doña Maria.«

»Habt Ihr schon einen Plan?«, fragte ihn der Spanier.

War sich Jan zuvor in Doña Marias betörender Nähe seltsam unbeholfen vorgekommen, so bereitete Don Miguels Frage ihm wieder festeren Boden unter den Füßen. Praktische Pläne und Überlegungen waren geeignet, ihn von den verstörenden Anwandlungen abzulenken, die ihn überfielen, wenn er ihr in die Augen blickte. Ganz zu schweigen von der peinlichen Versuchung, in ihren Ausschnitt zu starren. Er konnte nur inständig hoffen, dass sie nichts davon bemerkt hatte.

»Die Befreiung dürfte leicht sein«, sagte er. »Danach wäre es wohl am besten, die Männer durch den Wald an die Küste zu bringen. Mein Steuermann kann uns in der Nacht vom Strand auflesen. Wir bräuchten aber einen ortskundigen Führer.«

Doch Don Miguel schüttelte den Kopf. »Der Wald ist an einigen Stellen undurchdringlich. Das kostet zu viel Zeit, sich durchzukämpfen. Außerdem würde man Euch mit

Hunden hetzen. Und darin haben sie Übung, glaubt mir. Nein, die finden Euch, bevor Ihr auch nur in die Nähe eines Strandes kommt. Außerdem wird Calderón sofort die Flotte auf Euch ansetzen. Euer Schiff wird sich nicht einmal dem Strand nähern können.«

Jan runzelte die Stirn. »Ich beuge mich natürlich Eurem Urteil. Ihr kennt Euren Wald besser als ich. Und vielleicht sind die Gefangenen auch zu schwach, um weite Strecken zu marschieren. Dann bliebe eigentlich nur der Wasserweg. Die Tabakpflanzung liegt in der Nähe des Río Isabela. Auf dem Fluss sind oft Lastkähne unterwegs, wie ich gesehen habe. Damit könnten wir die Gefangenen in der Nacht bis zur *Sophie* transportieren und hoffen, dass uns niemand bemerkt.«

»Das ist ein Wagnis. Auf der Festung sind Wachposten rund um die Uhr unterwegs. Ich habe da eine bessere Idee. Ihr bringt die Männer nicht auf die *Sophie*, sondern auf mein kleines Schiff, die *Maria Carmen*. Sie liegt etwas weiter fluss-aufwärts, wo es gerade noch tief genug ist. Dort seid Ihr vor wachen Augen sicher.«

»Ihr besitzt ein Schiff?«

»Eine *barca longa*, wie man sie nennt. Nicht groß, aber seetüchtig. Ein Fischer in meinem Lohn ist damit oft unter-wegs. Niemand wird sich wundern, wenn die *Maria Carmen* noch in der Nacht ausläuft, um im Morgengrauen zu fischen.«

»Und wo treffen wir die *Sophie*?«

»In der Bucht, von der ich Euch erzählt habe. La Bahía de Mosquito y Sol. Aber noch vor dem Überfall auf die Tabak-pflanzung machen wir in aller Ruhe den Warentausch.«

»Ich verstehe nicht ganz.«

»Es liegt doch auf der Hand. Nach der Befreiung werden wir keine Zeit mehr dazu haben. Calderón wird innerhalb Stunden von dem Überfall erfahren. Dann ist hier der Teufel los. Der Mann wird alles aufbieten, was schwimmt, um die *Sophie* zu jagen, da bin ich mir sicher. Sie werden die ganze Küste absuchen. Das ist mir zu gefährlich. Unseren Handel müssen wir vorher abwickeln.«

»Also gut. Was schlagt Ihr vor?«

»Ihr verlasst Santo Domingo ganz normal mit Kurs auf Pernambuco, wie Ihr beim Richter behauptet habt. In der Nacht aber segelt Ihr zu meiner versteckten Bucht. Dort ist die *Sophie* sicher, und wir machen unsere Tauschgeschäfte. Danach folgt Ihr mir mit einer Handvoll Männer auf dem Landweg zurück. Ein Marsch von drei Tagen. Niemand wird Euch hier vermuten. In der Nacht befreit Ihr die Gefangenen und segelt auf meinem Schiff bis zur Bucht. Und bevor Calderón auch nur in Eure Nähe kommt, seid Ihr schon auf dem Weg nach Holland.«

»Hört sich kompliziert an«, sagte Doña Maria besorgt.

»Aber so schlagen wir zwei Fliegen mit einer Klappe.«

Jan sagte eine Weile nichts und dachte nach. »Ihr stellt die Lastkähne?«, fragte er schließlich. »Wir bräuchten zwei, glaube ich.«

»Das wäre das Geringste. Ich habe genug davon.«

»Ich möchte Euch aber nicht in Gefahr bringen. Seid Ihr sicher, dass kein Verdacht auf Euch fallen wird?«

»Ich wüsste nicht, wie? Und selbst wenn. Wie will man irgendetwas beweisen?«

»Also gut. Ich vertraue Euch und schlage ein.« Die beiden Männer gaben sich mit ernsten Mienen die Hand. Doña Maria blickte mit Sorge von einem zum anderen, aber auch sie hatte keine Einwände.

»Wir sollten uns jetzt nichts anmerken lassen«, sagte Don Miguel und sah sich um. »Ich sehe schon die ersten Gäste kommen.«

Tatsächlich tauchte ein offener Zweispänner zwischen den Bäumen der Zufahrt auf, und während die Gastgeber das Paar, das dem Gefährt entstieg, begrüßte, ging Jan zu Hendriks und Doctor Emanuel hinüber und raunte ihnen zu, dass alles aufs Beste verabredet sei.

Bald füllten immer mehr von Don Miguels geladenen Freunden die Bänke auf dem Rasen. Es war inzwischen dunkel geworden, und Fackeln und Feuerschalen warfen ihren warmen Schein auf die fröhlichen Gesichter. Schalen mit kleingehacktem Zitronengras in Kokosöl verbreiteten einen angenehmen Duft und hielten die Mücken fern. Die Diener liefen hin und her. Wein wurde ausgeschenkt, Vorspeisen gereicht. Die Gäste machten sich gegenseitig Komplimente, berichteten den neuesten Klatsch aus der Stadt. Hier und da erlaubten sich die Herren, man war ja unter Freunden, ein paar Scherze und Anzüglichkeiten, die bei den Damen gespielte Entrüstung und schamhafte Röte auf die Wangen zauberten, aber nicht weniger genossen wurden.

Da die feine Oberschicht auf Hispaniola gern jede gesellschaftliche Gelegenheit nutzte, um sich in prächtigen Gewändern zu zeigen, waren auch an diesem Abend die Gäste in ihrem Feinsten erschienen. Die Herren in Pumphosen mit Spitzen an den Knien, Seidenstrümpfen und Schnallenschuhen mit hohen Absätzen. Darüber meist ein enges Wams, ein breiter Kragen oder Krause, Hut mit prächtigem Federbusch. Und natürlich durfte bei einem rechten *caballero* nicht der Degen oder sein kostbares Rapier fehlen, auch wenn einem die langen Dinger beim Sitzen in die Quere kamen.

Die Damen hatten sich ebenfalls herausgeputzt. Gebrannte Löckchen in kunstvollen Frisuren, diskret geschminkte Wangen. Überall glänzte Gold und Edelstein an Anstecknadeln und beringten Fingern. Für die Wärme der Nacht schienen Halskrausen und enge Spitzenkragen jedoch recht unpassend zu sein, ebenso die langen, schweren Röcke aus Samt oder Brokat, schlimmer noch die engen Mieder, mit denen die Brüste flach geschnürt wurden. Aber was konnte man machen? Es war die spanische Mode.

Kein Wunder also, dass nicht nur die Augen der Herren auf der anmutigen Gestalt Doña Marias ruhten, sondern auch die so mancher neidischen Dame, die sich insgeheim wünschte, den gleichen Mut besessen zu haben, sich ebenso so leicht und freizügig zu kleiden. Natürlich gab es auch ein paar versteckte Sticheleien, besonders von älteren Frauen. Gottlob, so flüsterten sie, ginge es in den Kolonien noch katholisch zu, anders als in diesem Sündenpfuhl Sevilla, woher die Gastgeberin stammte, die sich weiß Gott nicht zu schämen schien, ihre Brüste öffentlich zur Schau zu stellen.

Aber die gute Laune überwiegte. Und später, da nahm man es nicht mehr so genau mit den steifen Formen. Da flogen die Hüte auf den Rasen, Kragen wurden gelockert, Wämser ausgezogen und Ärmel hochgekrempelt. Zumindest die Herren erlaubten sich diese Bequemlichkeiten, nachdem sie bereits heftig dem Wein und dem heimischen *aguardiente* zugesprochen hatten. Und selbst die Damen lockerten die Halskrausen oder nahmen sie ab. Dabei ließen sie ohne Unterlass die Fächer flattern, dass es aussah, als säße ein Schwarm Vögel bei Tisch. Die Stimmen wurden ausgelassener und vor allem lauter. Und von ferne, aus dem Dunkel der tropischen Nacht, hallten Singen und Trommeln, rhythmisches Händeklatschen und gelegentliches Gelächter, denn nicht nur die Weißen genossen ihr Fest. Schließlich, ganz versteckt hinter den Ställen, saßen die *vaqueros* am Lagerfeuer, aßen Röstfleisch und betranken sich.

Die Fremden von der *Sophie* wurden herumgereicht. Man war neugierig, sie kennenzulernen, den jungen, gut aussehenden Kapitän mit dem schrecklichen Spanisch, den ernsten Holländer, der nur höflich nickte, egal, was man zu ihm sagte, ganz besonders aber der weltgewandte Arzt, der den Damen schamlos schmeichelte und den Herren humorvolle Geschichten von seinen Reisen erzählte. Besonders neugierig war man auch, mehr über das ferne Holland zu erfahren, wo die protestantischen Rebellen lebten, die heimlich den Zucker der Insel kauften und dann verfeinerten, bevor sie ihn in ganz Europa vertrieben.

Und schließlich tauchte noch ein verspäteter Gast auf. Don Diego de Oliveira stieg aus seinem Wagen, nachdem der Kutscher ihm den Schlag geöffnet hatte. Die meisten achteten gar nicht auf seine Ankunft. Er ließ sich ein Glas Wein reichen, und nachdem ihn Don Miguel begrüßt hatte, setzte er sich unauffällig an eine der Tafeln und beobachtete die gesellige Runde. Jan fragte sich gerade, wer dieser überaus elegant gekleidete Herr wohl sein mochte, als er bemerkte, wie Doctor Emanuel eine Erzählung mitten im Satz abbrach, den Mann mit aufgerissenen, fast hervorquellenden Augen anstarrte, zuerst bleich und dann im ganzen Gesicht so knallrot wurde, dass man fürchten musste, es würden ihm gleich die Stirnadern platzen. Dann sprang er auf.

»¡Puta mierda!«, brüllte er. »Hab ich dich verdammtes Schwein endlich gefunden!«

Alles wurde still. Auch das letzte Gespräch verstummte mit einem Schlag. Und bevor jemand eingreifen konnte, war Doctor Emanuel um die Tafel gerannt, hatte sein Rapier gezogen und wollte sich gerade mit mörderischer Absicht auf Don Diego stürzen, als zwei Männer geistesgegenwärtig aufsprangen und ihn abfingen, bevor er Schlimmes anrichten konnte. Er versuchte, sich loszureißen, fuchtelte mit der scharfen Waffe herum und schrie, sie sollten ihn verflucht noch mal durchlassen.

Schon war Don Miguel zur Stelle. »Was ist nur in Euch gefahren, Doctor?«, rief er. »So beruhigt Euch doch! Dies ist Don Diego de Oliveira, ein guter Nachbar und Pflanzer.«

»So nennt er sich also jetzt, der Gauner!«, schrie Doctor Emanuel. »Das ist kein Pflanzer. Das ist ein verdammter Halunke, ein Spieler und Betrüger. Geht mir aus dem Weg, Don Miguel. Ich verlange sofortige Genugtuung für die Schmach, die er meiner Familie angetan hat! Ich werde ihn abstechen wie die Ratte, die er ist.«

Alles ringsum war von den Bänken geschnellt. Der Ausbruch war so überraschend gekommen, dass es den Leuten die Sprache verschlagen hatte. Die Herren umringten die Kontrahenten, mehrere Damen kletterten auf Bänke, um besser sehen zu können. Doña Maria Carmen hatte Mühe, sich vorzudrängen, bis man sie endlich durchließ. Inzwischen hatte auch Don Diego sein Rapier gezogen und schrie, dass er sich nicht von einem hergelaufenen Hanswurst beleidigen lasse. Wer sei überhaupt dieser Doctor, er habe ihn noch nie im Leben gesehen.

Auch Doctor Emanuel ließ sich in keiner Weise beruhigen. »Dieser verdammte *malandro* heißt gar nicht Oliveira«, schrie er. »Ich kenne diesen *bandido* nur zu gut. Pedro Marques heißt der Bastard, und aus der Gosse kommt er. Er hat meine Schwester ermordet und das Vermögen meiner Familie gestohlen. Und dann hat er es auch noch verspielt und sich davongemacht, als nichts mehr da war. Ich bringe das Schwein um, ich schwör's!«

Er wollte sich erneut auf Don Diego stürzen, aber man hielt ihn fest. Einige Damen schrien auf, denn sie fürchteten einen Unfall mit der blanken Klinge, die er in der Faust hielt und sich nicht entringen ließ.

»Es muss sich um eine Verwechslung handeln«, rief Don Miguel. »Lasst die Waffe sinken, Doctor. Wir werden die Sache klären.«

»Jawohl! Wir werden es gleich auf der Stelle klären«, brüllte jetzt Don Diego. »Ich lasse mich nicht länger von diesem Affen verleumden. Ich verlange auf der Stelle ein Duell, um meine Ehre wiederherzustellen. Jetzt sofort!«

Wild gestikulierend redete man auf die beiden ein, sich doch zu beruhigen. Aber jeder von ihnen schien wildentschlossen, die Sache auf der Stelle blutig auszutragen, wobei Jan den Eindruck hatte, dass der Doctor vor Wut nicht mehr klar denken konnte, während der andere Kerl trotz seines aufgebrachten Getues etwas Kaltes und Berechnendes an sich hatte.

Am Ende machte man ihnen Platz. Die Anschuldigungen waren zu ungeheuerlich gewesen, als dass man dem beleidigten Don Diego seine Genugtuung hätte verwehren können. Zumal auch der fremde Doctor darauf drängte, den Streit mit dem Schwert auszutragen. Sklaven wurden angewiesen, einen Kampfplatz mit vier Fackeln abzustecken. Don Miguel erbot sich, seinem Nachbarn als Sekundant zu dienen, und rief nach seiner eigenen Waffe, während Jan dem Doctor das Gleiche anbot. Er versuchte, ihn noch einmal zu überreden, die Sache fallenzulassen. Aber der rief, lieber wolle er sterben, als Schmach und Verlust seiner Familie noch länger ungesühnt zu ertragen.

Die beiden Duellanten entledigten sich ihrer Westen. Don Diegos Hemd war aus schillernder, weißer Seide, das des Doctors dagegen nicht ganz sauber und mehrmals geflickt. Er war inzwischen bleich wie ein Laken, aber immer noch zornig entschlossen. Inzwischen war es ohnehin zu spät. Die Ehre gebot, die Sache auszufechten, bis einer der beiden dem anderen zumindest eine blutende Wunde zugefügt hatte. Die Sekundanten hatten mit ebenfalls blanker Waffe in der Hand dafür zu sorgen, dass es mit rechten Dingen zuging.

Und dann begann auch schon der Kampf. Diego de Oliveira stürmte mit blitzender Klinge vor und bedrängte den Doctor, der sich mit etwas schwerfälligen Paraden verteidigte. Sein Gegner zog sich nach einigen Vorstößen wieder zurück und grinste triumphierend. Es war den Zuschauern klar, dass der Doctor ihm an Fechtkunst unterlegen war.

Dann umkreisten sich die Kampfhähne, stießen mal klirrend zusammen, mal wichen sie zurück. Für Don Diego schien es nur ein Spiel zu sein. Jan, der selbst ein guter Schwertkämpfer war, merkte schnell, dass diese Angriffe nur dazu dienten, die Schwächen des Gegners auszuloten, während dem Doctor nach kurzer Zeit schon der Schweiß herunterlief und er schwer zu atmen begann. Vielleicht hatte dieser Don Diego gar nicht vor, sich ernsthaft zu schlagen, sondern wollte den anderen nur wie einen Tanzbären im Kreis herumführen, um ihn zu demütigen. Doch dann blickte Jan in die kalten Augen dieses Pflanzers, und ihm wurde angst und bange um seinen Schiffsgefährten. Vielleicht täuschte er sich, aber er konnte sich des Eindrucks nicht erwehren, dass der Mann nicht um seine Ehre kämpfte, sondern um zu töten.

Kaum war ihm der Gedanke gekommen, da sprang Don Diego vor und stieß mit der spitzen Klinge nach des Doctors Kehle. Der drehte sich im letzten Augenblick, so dass ihm der Stahl nur in die Schulter fuhr, und sprang mit einem Schrei zurück. Die Menge stöhnte auf, Frauen schrien beim Anblick des Blutes, das sofort sein Hemd durchtränkte, und

Don Miguel machte ein erleichtertes Gesicht, denn im Prinzip war mit einer Wunde Genugtuung erbracht, der Kampf vorbei.

Niemand achtete mehr auf den Gegner des Doctors, außer Jan, der dem Kerl nicht traute. Und so sah niemand außer ihm den nächsten, tödlichen Angriff kommen. Blitzschnell hob Don Diego sein Rapier und stieß erneut zu. Doch Jan war vorbereitet und parierte gerade noch rechtzeitig. Mit einem wuchtigen Unterhandhieb schlug er Don Diegos Klinge zur Seite und öffnete dadurch dessen Deckung. Und bevor der Mann reagieren konnte, hatte Jan schon die Schwerthand gewechselt und schlug ihn mit einem mächtigen Fausthieb der Rechten zu Boden.

»Das ist genug!«, schrie er ihn an. »Mach dich davon, du Bastard!«

Er hatte es auf Deutsch gebrüllt, doch Miene und Geste waren mehr als verständlich. Es herrschte plötzlich Totenstille. Die meisten der Versammelten hatten begriffen, dass der Mann wahrscheinlich einen unbequemen Zeugen hatte töten wollen. Mit Zorn in den Augen sahen sie zu, wie er sich langsam erhob, sein Rapier unter den Arm nahm, Wams und Hut auflas und lautstark nach seinem Kutscher rief. Niemand regte sich. Auch Don Miguel blickte ihm nur mit steinerner Miene nach, wie er in den Wagen stieg und sich grußlos davonfahren ließ.

»Dem hab ich von Anfang an nicht getraut«, sagte Doña Maria laut genug, dass alle es hören konnten. Sie war während des Duells erstaunlich gefasst geblieben. Nun drehte sie sich zu Doctor Emanuel um, der auf dem Rasen saß und sich die blutende Schulter hielt. Sie fragte ihn nach seiner Verletzung, aber er achtete nicht auf sie. Heiße Tränen liefen ihm über die Wangen.

»Ich hätte ihn töten müssen«, schluchzte er. »Dabei bin ich so ungeschickt. Mir gelingt es nicht mal, meine Schwester zu rächen. Was bin ich nur für ein elender Hund! Und ein schlechter Arzt dazu!«

Doña Maria bückte sich zu ihm und half ihm auf. »Redet keinen Unsinn, Doctor, und kommt ins Haus. Ich werde Euch verbinden.«

TEIL 5

Die Insel der Piraten

Elsje und der Doctor

Doctor Emanuels Verletzung war nicht tödlich, wenn auch ziemlich schmerzhaft. Am Vorabend hatte er zu weiteren Fragen bezüglich seiner Vendetta gegen Don Diego beharrlich geschwiegen. Aber die Sache schien auch so deutlich genug. Jetzt, am frühen Morgen, saß er, an ein Kissen gelehnt, im Wagen, bleich und mit einer Hand auf der verbundenen Wunde, und zuckte jedes Mal mit unterdrücktem Stöhnen zusammen, wenn Unebenheiten des Weges das Gefährt ruckeln und holpern ließen.

Don Miguel hatte Jaime Olufemi beauftragt, die drei Männer zurück zur *Sophie* zu fahren. Gerade waren sie bei der Fähre über den Río Ozama angekommen, wo sie zur Stadtseite übersetzen würden. Olu stieg vom Bock und packte die Gäule beim Halfter, um sie mit sanfter Hand auf die kleine Fähre zu führen. Auch Jan und Hendriks waren ausgestiegen und blickten aufmerksam über den Fluss, der träge dahinfloss und dem offenen Meer zustrebte. Sie versuchten, sich die örtlichen Gegebenheiten einzuprägen, denn hier würden sie in einigen Tagen, so Gott es erlaubte, mit den Lastkähnen und den Gefangenen flussabwärts rudern.

»Und wo liegt die *Maria Carmen*?«, fragte Jan, nachdem die Gehilfen des Fährmanns begonnen hatten, das Fährboot an einer Winde über den Fluss zu ziehen. Es gefiel ihm, dass Don Miguel sein Schiff nach seiner Frau benannt hatte. Er war entschlossen, dies als gutes Omen zu werten.

Olu deutete auf ein kleines Schiff oder besser gesagt ein langes Boot, das einige Hundert Schritt weiter flussaufwärts an einem Steg vertäut lag, eine spanische *barca longa* mit einem einzelnen Mast und einem großen Rahsegel. Diese Bootsart war als handlicher Küstensegler besonders im Mittelmeer beliebt. Damit würden sie also später die Gefangenen in Sicherheit bringen. Jan hätte sich die *barca* gerne näher angesehen, aber Don Miguel hatte ihm versichert, sie sei in bestem Zustand, und der Fischer und sein Gehilfe verstünden sehr gut, damit umzugehen.

Wenigstens wusste er jetzt, wo die *Maria Carmen* lag. An der Stelle war das Ufer von Bäumen und Gebüsch dicht bewachsen, so dass der Liegeplatz wohl eher vom Fluss als von Land aus einsehbar war. Er versuchte, sich die Gruppe von Palmen zu merken, die nahe dem Liegeplatz standen. Die müssten auch in der Nacht leicht zu erkennen sein.

Jan drehte sich um und blickte flussabwärts zum fernen Hafen hinüber. Dort ließen sich die Masten der *Sophie* ausmachen, die neben anderen Schiffen am Kai vor der Festung lag. Auf dem Fluss waren trotz der frühen Stunde bereits Barkassen und Lastkähne unterwegs, um die Schiffe mit Ladung oder die Stadt mit Viktualien von den nahen Gemüsefeldern zu versorgen. Das Leben begann schon früh in den Tropen. Dafür ruhte es länger zur Mittagszeit. Etwas näher zur Fähre, am Ostufer des Ozama, lag die *Albatros*. Die Arbeiten schienen beendet zu sein, zumindest waren keine Werftarbeiter mehr an Bord zu sehen, dafür aber Marinesoldaten. Einer hockte auf der Reling und hielt eine Angel ins Wasser.

»Die *Santa Trinidad* ist verschwunden«, bemerkte Hendriks.

Tatsächlich lag auf ihrem früheren Ankerplatz jetzt ein kleineres, mit Kanonen bestücktes zweimastiges Patrouillenboot. Jan fragte sich, wohin die Galeone unterwegs sein mochte. Aber das war jetzt unwichtig. Ein schnelles Patrouillenboot in der Flussmündung könnte für sie jedoch gefährlicher werden als die schwerfällige Galeone. Sie konnten nur hoffen, des Nachts mit den Gefangenen an Bord der *Maria Carmen* unbemerkt vorbeizuschlüpfen, denn eine Verfolgungsjagd war das Letzte, was Jan sich wünschte.

Am anderen Ufer angekommen, zogen die Pferde den Wagen von der Fähre und die Böschung hinauf. Olu gab dem Fährmann eine Münze, und sie stiegen wieder ein. Beim Gedanken an die *Maria Carmen* erinnerte Jan sich an den Abschied auf der *hacienda*. Auf ein Frühstück hatte er verzichtet, denn er war begierig gewesen, die *Sophie* seeklar zu machen, um möglichst schon im Morgengrauen des folgenden Tages in der Flussmündung des Río Higuamo anzukommen, wo die Mückenbucht lag. Auch Don Miguel und seine Leute hatten vor, noch am gleichen Vormittag aufzubrechen. Er hatte Jan noch mal genaueste Anweisungen gegeben, damit er die Bucht an der Flussmündung auch finden konnte.

Doch das war nicht, an was er gerade dachte, als sie die Calle de las Damas entlangfuhren. Seine Gedanken waren vielmehr bei Doña Maria. Die Weichheit ihrer Hand, als sie einen kurzen Augenblick lang in der seinen gelegen hatte, ihr noch vom Schlaf gezeichnetes Gesicht, der besorgte Blick in ihren dunklen Augen, mit dem sie ihn beim Aufbruch bedacht hatte. Alles Glück hatte sie ihm gewünscht bei dem gefährlichen Vorhaben und natürlich eine gute Heimreise. Beide wussten, wie unwahrscheinlich es war, dass sie sich jemals wiedersehen würden, denn alle weiteren Geschäfte mit Don Miguel würden im Schatten des Gesetzes und abseits der Öffentlichkeit abgewickelt werden. Besuche auf der *hacienda* waren daher nicht ratsam. Der Gedanke schmerzte ihn. Aber im Grunde war es besser so. Völlig unpassend, von einer verheirateten Frau zu träumen, noch dazu von der eines Geschäftspartners.

Die Mannschaft der *Sophie* zeigte sich besorgt, als man dem verwundeten Doctor half, an Bord zu klettern, und wollte wissen, was geschehen war. Besonders Elsje machte ein bestürztes Gesicht und eilte an seine Seite, um ihn zu stützen, kaum dass er an Deck war.

»Hört auf, den Mann mit Fragen zu löchern«, knurrte Jan. »Helft ihm lieber in seine Koje.«

Doctor Emanuel teilte sich mit Köppers die Achterkajüte hinter der Messe. Kein sehr ruhiger Ort, wenn die *Sophie* auf See war, denn unter der Decke verlief die lange Ruderpinne des Schiffs. Natürlich war Köppers an das Knirschen und Knarren der Ruderbewegungen gewöhnt und inzwischen wohl auch der Doctor. Jedenfalls hatte er sich in letzter Zeit nicht mehr darüber beklagt. Dorthin brachte Elsje ihn jetzt und half ihm, es sich bequem zu machen. Sie bemutterte ihn wie ein krankes Kind, was er sich gerne gefallen ließ.

An Deck rief Jan unterdessen nach Erikson. »Wie steht's mit Wasser und Verpflegung?«

»Haben wir schon gestern an Bord genommen, Käptn.«

»Mannschaft vollzählig?«

»Vollzählig. Das heißt …«

»Was ist, Mann? Fehlt einer?«

»Es gab eine Prügelei gestern Abend in einer der Hafenspelunken. Eine Bande Spanier haben den Christjan grün und blau geschlagen.«

»Christjan mal wieder. Ist es schlimm?«

Erikson grinste. »Er wird's überleben. Nur heute klettert der nicht in den Topp. Er wird ein paar Tage brauchen, bis er wieder der Alte ist.«

Jan entdeckte Elsje, die zurück an Deck gekommen war und sich unauffällig hinter dem Mast herumdrückte. Er winkte sie zu sich. »Wir sind in Westindien, Elsje, falls du es noch nicht gemerkt hast. Du solltest also jetzt von Bord gehen. Wir legen gleich ab.«

Sie sah ihn mit großen Augen an. »Ihr wollt mich fortschicken, Kapitein?«

»Aber du wolltest doch nach Westindien. Hattest du dich nicht deswegen an Bord geschlichen?«

Sie schüttelte heftig den Kopf. »Westindien ist mir schietegal, Kapitein. Ich musste doch nur aus Amsterdam weg. Was soll ich denn in dieser Stadt? Den Christjan haben se auch schon verkloppt. Soll es mir denn wie in Portugal ergehen?« Sie hatte plötzlich feuchte Augen. »Kann ich nicht an Bord bleiben?«

»Ich weiß nicht, Elsje.«

Neben Jan stand Ole, der zugehört hatte. »Smut meint, er braucht die Elsje, Käptn«, brummte er.

»So, sagt er das?«

»Die Männer haben sich auch an sie gewöhnt. Und jetzt, wo der Doctor so verletzt ist. Muss sich doch einer um ihn kümmern.«

»Ach nee! Ausgerechnet du, Ole? Ich dachte immer, Weiber an Bord bringen Unglück.«

»Stimmt ja auch«, meinte Ole verlegen. »Aber da gibt's eben solche und solche, Käptn. Was soll ich sagen?«

»Aha«, lachte Jan. »Und Elsje gehört zu der richtigen Sorte.«

»Das will ich meinen. Was, Jungs?« Ole blickte um sich, um zu sehen, ob noch andere so wie er dachten. Die ganze Mannschaft hatte dem Austausch beigewohnt, auch Christjan, der ziemlich zugerichtet aussah, und alle bekräftigten ihre Zustimmung. Sogar Köppers.

»Also gut, Elsje«, sagte Jan mit ernster Miene und tat so, als gäbe er sich schweren Herzens geschlagen. »Dann bleibst du eben an Bord. Aber du kümmerst dich ab sofort um den armen Doctor, verstanden? Der ist genauso blöd wie unser Christjan, sich mit Leuten anzulegen, denen er nicht gewachsen ist.«

»Aye, Kapitein!« Elsje strahlte über ihr hübsches Gesicht und beeilte sich, unter Deck zu kommen, um nach Doctor Emanuel zu sehen.

»Aber kein Gegrapsche und kein Geschmuse mit ihr«, sagte Köppers mit drohender Miene zu den Männern. »Und du auch nicht, Geerke. Hast du mich verstanden?«

»Jawoll, Baas.«

»Also gut«, sagte Jan. »Dann wäre das geklärt.« Und zu Köppers: »Bitte leg einen Kurs nach Pernambuco an.«

»Nach Pernambuco?«, fragte der erstaunt.

»Du hast mich gehört«, erwiderte Jan fröhlich. Und zum Bootsmann: »Mach das Schiff klar zum Ablegen, Erikson. Ich geh mich kurz beim Hafenmeister abmelden.« Dem Fiete rief er noch zu: »Sag dem Koch, Fiete, wenn ich zurück bin, will ich meinen Kaffee haben. Und ich will ihn heiß, nicht lauwarm. Hast du gehört?«

»Aye, Käptn.«

Erikson blies in seine Bootsmannspfeife, um die Männer zu ihren Aufgaben zu rufen, während Jan von Bord sprang und zu den Räumen des Hafenmeisters marschierte, die in einem Gebäude neben der Festung lagen. Beim Anblick des düsteren Gemäuers kam ihm die Erinnerung an die Zelle, in der sie eingekerkert gewesen waren. Es schauderte ihn bei dem Gedanken an die armen Kerle in dem Verlies, an die Ratten und Kakerlaken. Er konnte nur hoffen, dass in den nächsten Tagen alles nach Plan verlief, sonst würde er den Rest seiner Tage auch in diesem Loch verbringen. Wenn ihm nicht gar Schlimmeres widerfuhr.

Señor Cabrón, der dicke Hafenmeister, begrüßte ihn ausgesprochen mürrisch. Vermutlich wegen der Buße, die Richter Molina ihm aufgebrummt hatte. Seine Miene hellte sich erst ein wenig auf, als Jan ihm die Abreise der *Sophie* vermeldete, als würde es ihn freuen, ihn und sein verdammtes Schiff endlich loszuwerden. Jan legte Wert darauf, sein nächstes Ziel zu verkünden, und fragte, ob es vielleicht noch Fracht für Pernambuco gebe. Nein, gebe es nicht, brummte der Hafenmeister schlecht gelaunt, und beendete das Gespräch mit einem brüsken »¡Adiós, Señor!«, bevor er Jan stehen ließ und sich einem anderen Schiffsführer zuwandte.

Wenig später machte die *Sophie* die Leinen los und verließ mit gutem Wind im Rücken die Flussmündung, um sich erneut dem weiten Meer anzuvertrauen. Die Sicht war klar, die See ruhig. Bald schäumte die Gischt am Bug, rauschte in weißen Schlieren den Rumpf entlang und verlor sich im Kielwasser. Stag und Wanten vibrierten geradezu vor freudiger Energie. Das Schiff benahm sich wie ein junges Pferd, das endlich den Stall verlassen darf und nach Herzenslust losrennen möchte. Die Küstenlinie Hispaniolas fiel schnell zurück, wurde blasser, Einzelheiten waren bald nicht mehr zu erkennen.

Von der Höhe des Achterdecks blickte Jan auf die schwindende Küste. Irgendwo dort hinten lag Don Miguels *hacienda*. Und in ihrem schönen, herrschaftlichen Haus spielte vielleicht Doña Maria auf dem Cembalo. Wie gern hätte er ihr zugehört. Da fiel ihm das Spinett ein, das er an Bord hatte. Er würde es Don Miguel anbieten, für seine Frau. Noch besser, er würde es ihm schenken, als Dank für seine großherzige Hilfe. Und dann bemühte er sich, die Spanierin endlich aus seinem Kopf zu verbannen und an seine liebe Greetje zu denken. Nur hatte er dabei Mühe, sich ihr Gesicht in Erinnerung zu rufen.

»Da folgt uns einer«, murrte Köppers neben ihm und reichte ihm das Fernrohr. »Sieht wie die *Santa Trinidad* aus.«

Jan stellte das Fernrohr scharf. »Du hast recht. Scheint alle Segel gesetzt zu haben. Ich glaube, ihr Kapitän will sicherstellen, dass wir unseren Kurs halten und Hispaniola wirklich verlassen.« Er setzte das Fernrohr wieder ab. »Nimm mal etwas Druck von den Segeln, Hein, damit wir ihm nicht gleich davonlaufen. Je weiter wir ihn von der Küste weglotsen, umso besser.«

Köppers sprach mit Erikson, und der ordnete an, was ihm sonst völlig gegen den Strich ging, das Schiff mit schlechtem Segeltrimm zu führen. Es verlangsamte die *Sophie* ein wenig, und nach einer Weile schien die Galeone aufzuholen. Stundenlang wiederholten sie dieses Spiel, ließen den Spanier mal näher heran, mal weniger. Irgendwann am späten Nachmittag gab er es auf, änderte Kurs und segelte in Richtung Santo Domingo davon.

»Na, hoffentlich haben sie's geschluckt«, meinte Jan.

»Dass wir nach Brasilien segeln?«

Jan nickte. »In der Nacht kehren wir dann um.«

Während des Katz-und-Maus-Spiels mit der *Trinidad* hatte Elsje sich mit Begeisterung an ihre neue Aufgabe gemacht, den guten Doctor zu pflegen. Jetzt durfte sie in der Messe und Achterkajüte ein und aus gehen, einem Bereich des Schiffes, zu dem die Mannschaft normalerweise keinen

Zutritt hatte. Sie schleppte Suppe für ihn an, frisches Obst, ein wenig von Jans gutem Portwein. Sie richtete ihm die Kissen, wechselte den Verband, schüttelte besorgt den Kopf über seine Wunde, noch mehr über seine Unvernunft, sich zu duellieren, und erfand immer Neues, mit dem sie ihn verwöhnen konnte. Doctor Emanuel genoss die Aufmerksamkeit in vollen Zügen. Fast vergaß er darüber seine Schmach und seine Schmerzen und begann, schon wieder zu lächeln.

»Ach Elsje«, seufzte er. »Wenn du keine Hure wärst, könnt ich mich glatt in dich verlieben.«

Überrascht sah sie ihn an und fühlte sich geschmeichelt, auch wenn er es bestimmt nur im Scherz gesagt hatte. »Ich hätt nichts dagegen, Doctor.« Sie warf ihm einen kecken Blick zu. »Wo Ihr doch so ein gelehrter Mann seid. Aber der Kapitein hat's verboten.«

»Der Kapitein, der Kapitein«, sagte er mit einer wegwerfenden Handbewegung, die ihn vor Schmerz zusammenzucken ließ. »Dein guter Kapitein, Elsje, der ist doch selbst verliebt.«

Sie sah ihn erschrocken an. »In wen? Doch nicht in mich?«

»Nein, nein, liebe Elisabeth. So leid es mir tut, dir das sagen zu müssen, alle an Bord sind in dich verliebt, nur nicht dein Kapitein.« Er grinste sie belustigt an.

»Nennt mich nicht Elisabeth«, sagte sie entrüstet. »Ich bin doch keine Dame. Elsje reicht mir vollauf.«

Der Doctor schenkte ihr ein warmes Lächeln. »Vielleicht bist du keine Dame, Elsje. Aber du hast bei weitem mehr Herz als so manche feine Dame. Deshalb bist du mir am liebsten, so wie du bist.«

Sie war bei seinen Worten rot geworden. »Jetzt hört aber mal auf, mich mit schönem Gerede einzuwickeln, Doctor, und sagt mir lieber, in wen der Kapitein sich verliebt hat.«

»Das darf ich nicht sagen«, flüsterte er und legte seinen Zeigefinger auf die Lippen. »Er würde es mir nie verzeihen.«

Doch das fachte ihre Neugier nur noch mehr an. »Nun sagt schon! Ich behalte es auch für mich«, flüsterte sie zurück.

»Aber nur gegen einen Kuss, Elsje.«

Sie zögerte und sah ihn misstrauisch an. »Das ist auch kein Trick?«

»Nein, ich schwör's. Ich verrat's dir, wenn du mir einen Kuss gibst.«

Sie zierte sich noch. Doch am Ende siegte die Neugier. »Aber nur einen, nicht mehr. Ich will nicht von Bord gejagt werden.«

»Versprochen.«

Elsje beugte sich vor und küsste ihn sanft auf die Lippen. Und weil sie schon lange keinen mehr geküsst hatte und es sich so wunderbar anfühlte, küsste sie ihn noch einmal, viel ausgiebiger. Und schließlich schlang sie die Arme um ihn und küsste ihn ein drittes Mal, diesmal so heftig, dass sie beide völlig außer Atem gerieten. Elsje fuhr zurück, ihr Herz klopfte, und ihr üppiger Busen wogte vor Aufregung. Schuldbewusst legte sie die Handflächen auf ihre glühenden Wangen. Auch der gute Doctor war ganz benommen und hielt sich die Wunde. Eine Weile lang sprachen sie kein Wort, sondern sahen sich nur an. Elsje schalt sich im Stillen eine dumme Gans, schließlich war sie an den Umgang mit Kerlen gewöhnt. Und doch waren ihr beim Doctor die Knie schwach geworden. Wie seltsam.

Sie straffte die Schultern und setzte eine strenge Miene auf. »Keine Küsse mehr, Doctor! Und jetzt sollt Ihr mir endlich das Geheimnis verraten. Ihr habt es versprochen.«

»Aber du musst es strengstens für dich behalten.«

»Natürlich. Kein Sterbenswort.«

»Nun denn. Es ist die schöne Pflanzerin, die deine Sklavin gekauft hat, die Schwarze mit dem Säugling. Du weißt schon.«

»Ach so, die ist das. Ich habe die Dame auf dem Kai gesehen.« Sie nickte verständnisvoll und seufzte. »Hach, bei der wundert's mich nicht, dass der Kapitein sich verliebt.« Sie sann einen Augenblick darüber nach. Sich vorzustellen, dass ihr junger Kapitän nicht nur Herr über Schiff und Mannschaft war, sozusagen über Leben und Tod, sondern sich wie jeder Sterbliche in eine Frau verlieben konnte, das brachte ihr den Mann irgendwie näher.

»Und woher wollt Ihr wissen, dass er sich verliebt hat? Hat er es gesagt?«

»Natürlich nicht. Aber wenn ein sonst so selbstbewusster Kerl anfängt, in der Gegenwart einer Frau über die eigenen Füße zu stolpern, dann weiß man, was geschlagen hat.«

»Und sie? Weiß sie es?«

Er schüttelte bedauernd den Kopf. »Nein, natürlich nicht. Die Sache ist ja auch völlig aussichtslos. Die Dame ist verheiratet. Überaus gut sogar. Und unser Capitán ist klug genug, sich nicht zum Affen zu machen. Jedenfalls klüger als ich.« Er schüttelte den Kopf über seine eigene Unbeherrschtheit vom Vorabend.

»Irgendwie schade«, sagte Elsje.

»Stimmt. Aber es gibt ja auch noch andere Frauen in der Welt. Wie dich zum Beispiel, mein Goldstück in Seemannstracht.« Er grinste vielsagend und wollte sie wieder an sich ziehen.

Doch Elsje machte sich los, stand auf und strich sich über den Schoß, wie um Krümel wegzuwischen. Dabei schlug sie die Augen nieder und vermied seinen Blick. »Tut mir leid, Doctor. Aber Küssen an Bord ist nicht gestattet. Und andere Freiheiten noch viel weniger.«

»Ah«, sagte er enttäuscht. »Vermutlich hast du recht. Nun muss ich also doppelt leiden.«

»Doppelt?«

»Wunde in der Schulter und Wunde im Herzen.«

Da lachte sie wieder ausgelassen. »Ihr werdet es überstehen, da bin ich mir sicher. Aber nun muss ich gehen. Der Smut wartet auf mich. Später bringe ich Euch das Nachtmahl und wechsele noch einmal den Verband.«

Damit ließ sie ihn allein.

DER SPION

In der Nacht schlich sich Maria Benigna wieder zu ihrem Holländer. Wie immer mit einem vollen Essenskorb.

»Hast du keine Angst, dass du erwischt wirst?«, flüsterte er in der Dunkelheit.

»Ich pass schon auf. Abends betrinken sie sich immer und spielen Karten. Außerdem halten sie uns Neger für dumm.« Sie kicherte leise in sich hinein.

Dass sie Señor Carlos regelmäßig zu Diensten war, schon um sein Misstrauen einzuschläfern, erzählte sie nicht. Was ging es den Holländer an? Sie wusste schon, wie sie mit dem Aufseher umzugehen hatte, und hoffte nur, dass sie trotz aller Vorsicht von dem Schwein nicht schwanger wurde. Damit Oshún ihr das ersparte, hatte sie der Göttin vor einer Woche ein Huhn geopfert und sich das Blut des Tiers auf die Vulva gestrichen. Auf dass auch ihr Blut wie gewohnt flösse.

Sie hätte noch mehr für Martin getan, wenn es möglich gewesen wäre. Dabei konnte sie sich manchmal selbst nicht verstehen. Warum musste sie unbedingt diesem Weißen helfen? Wenn solche Zweifel sie überfielen, blieb sie eine Nacht lang weg, so wie gestern. Aber dann stellte sie sich vor, wie der Mann angekettet in der Dunkelheit lag und sich wunderte, warum sie nicht kam, sich vielleicht Sorgen um sie machte. Niemand sonst machte sich Sorgen um sie. Am Tag wurden die Männer geschunden und wie Tiere behandelt. Sollten sie auch noch ohne einen vernünftigen Bissen im Magen den Geistern der Nacht trotzen? Sollte sie Martin seinem Schicksal überlassen, ohne einen Finger zu rühren? Die Holländer waren doch auch Sklaven, genau wie sie. Und unter Sklaven musste man sich helfen. Auf wen sonst konnte man vertrauen?

Aber insgeheim wusste sie, dass noch etwas anderes dahintersteckte. Vielleicht war es sein gelbes Haar, die Sommersprossen auf der sonnenverbrannten Haut, seine blauen Augen oder das Lächeln in seiner Stimme, wenn sie sich in der Nacht in seine armselige Hütte schlich. Aber sie wusste auch, dass man an so was nicht denken sollte. Außer man wollte verrückt werden. Und das lag ihr fern. Mit so einem Unsinn machte man sich nur das Herz schwer. Sie brachte ihnen zu essen, redete ein bisschen und mehr nicht. Das allein war schon viel.

»Es ist ein Schiff angekommen«, sagte sie. »Señor Carlos hat davon erzählt.«

»Es kommen viele Schiffe an.«

»Aber dieses ist nicht aus Spanien.«

Martin horchte auf. »Woher dann?«

»Ich weiß es nicht. Gleich nach der Ankunft hat man die Mannschaft ins Gefängnis gesteckt. Señor Carlos hat gemeint, er würde nun noch mehr von dem weißen Abschaum zum Arbeiten bekommen.«

»Ins Gefängnis? Dann muss es ein Schmuggler sein oder ein Pirat.«

»Was ist ein Pirat?«

»Einer, der andere Schiffe und ihre Ladung stiehlt.«

Sie dachte nach. »Nein, ich glaube nicht, dass es Piraten sind. Am nächsten Tag hat man sie nämlich wieder freigelassen. Don Alonso, unser Herr, war sehr wütend darüber.«

»Wie seltsam.«

»Sie haben auch Sklaven auf dem Schiff gebracht. Die sind dann verkauft worden.«

»Und du weißt nicht, woher das Schiff stammt?« Martins Ketten klirrten leise, und das Stroh raschelte, als er sich aufsetzte. »Waren es vielleicht Holländer, so wie wir?« Sie spürte, dass er ganz unruhig geworden war.

»Señor Carlos hat nichts davon gesagt.«

»Könntest du ihn fragen? Es ist mir wichtig.«

»Ich werd's versuchen«, sagte sie und füllte einen Napf mit gekochten Bohnen und etwas Ziegenfleisch darin. »Iss jetzt lieber.«

Während er die Bohnen verschlang, erzählte sie ihm von einer weiteren seltsamen Sache, die sich am Vortag ereignet hatte. Da war dieser Sklave im Gemüsegarten aufgetaucht und hatte sie über die Gefangenen ausgefragt. Alles hatte er wissen wollen, auch über die Aufseher und überhaupt über das ganze Anwesen. Und dann hatte er sie gebeten, niemandem davon zu erzählen.

Martin ließ den Napf sinken. »Wer war das? Kennst du ihn?«

Sie nickte. »Alle Schwarzen hier kennen ihn. Er heißt Olu und arbeitet bei Don Miguel auf der *hacienda*.«

Martin sah sie scharf an. »Don Miguel Garcia Hernandez?«

»Weiß nicht. Alle nennen ihn nur Don Miguel. Und er ist sehr reich.«

Martin fasste sie am Arm. Er zitterte fast, so aufgeregt war er. »Ich kenne Don Miguel. Hat dieser Olu noch etwas zu dir gesagt?«

»Nein. Nur, dass der Kapitän des Schiffes wissen wollte, wie es euch hier geht. Wie man euch behandelt.«

»Sonst nichts?«

»Nein, sonst nichts.«

Ein wenig vom Mondlicht fiel in die Hütte, genug, dass sie bemerkte, wie Martin sie mit leuchtenden Augen ansah. Plötzlich stellte er den Napf beiseite, packte sie bei den Schultern und küsste sie heftig auf beide Wangen.

»Danke, Benigna, danke!«

»Wofür?«, fragte sie erstaunt.

»Dafür, dass du mir Hoffnung gegeben hast.«

Während Maria Benigna auf dem Weg zu ihrer Schlafstatt noch darüber grübelte, was Martin wohl gemeint haben könnte, schlich sich, ungefähr eine Tagesreise weiter östlich, ein Mann durch den jungfräulichen Wald, sehr vorsichtig darauf bedacht, kein einziges Geräusch zu machen. Den ganzen langen Tag schon war Pedro Fernandez diesem Don Miguel und seinen Männern gefolgt und hatte sich dabei mehr aufs Fährtenlesen als auf Sicht verlassen. Schließlich wollte er auf keinen Fall entdeckt werden.

Vor ihm, im Mondlicht und durch die Zweige gerade noch sichtbar, befand sich eine Blockhütte auf einer weiten Lichtung, ganz in der Nähe eines Bächleins. Überhaupt ging hier der Wald in Brachland und Gestrüpp über und war an Stellen durch weite Wiesenflächen unterbrochen, auf denen man nicht selten wildgrasende Rinderherden antreffen konnte. Vorsichtig schlich sich Señor Fernandez näher an die Hütte heran. Sein Pferd hatte er eine halbe Meile weiter an einen Baum gebunden zurückgelassen, nachdem er sicher gewesen war, dass Don Miguel und seine *vaqueros* vorhatten, in der Hütte zu übernachten. Zwanzig Maultiere hatten sie mitgeführt, die jetzt zusammen mit ihren Pferden in einem kleinen

Korral grasten. Bestimmt hatten sie wieder vor, geheime Waren zu transportieren.

Zwischen den Latten der geschlossenen Fensterläden drang ein wenig Licht von einer Öllampe ins Freie, und aus dem Abzug stieg Rauch in den Nachthimmel auf. Der Geruch nach gegrilltem Fleisch erinnerte ihn schmerzlich daran, dass er kaum etwas gegessen hatte. Nach einer Weile beobachtete er, wie Don Miguel mit einem anderen vor das Haus trat, sich auf einen Baumstamm setzte, der als Bank diente, und einen *cigarro* rauchte. Den anderen kannte Fernandez nicht. Musste einer seiner *vaqueros* sein.

Ob die Hütte tatsächlich auf Don Miguels Land stand, war schwer zu sagen, schließlich gab es in diesem wilden Land keine genaue Vermessung oder Grenzsteine, nur undeutliche Beschreibungen der Flächen im *registro catastral* von Santo Domingo, dem Katasteramt. Zumindest wies ein Großteil der Rinderhäute, die auf Gestellen trockneten, sein Brandzeichen auf. Andere waren gänzlich unmarkiert, stammten also von ausgewilderten Herden.

Jetzt traten noch zwei Männer ins Freie. Diese erkannte Señor Fernandez sofort. Es waren der *mestizo* Francisco Pérez und der Verwalter der *hacienda*, Octavio Faustino. Sie kamen ausgerechnet genau in seine Richtung. Hatte einer von ihnen ihn entdeckt? Erschrocken wollte er sich schon zurückziehen, als sie sich vor dem Gebüsch, in dem er steckte, hinstellten, um zu pinkeln. Nicht mehr als fünf Schritte waren sie von ihm entfernt.

»Wann findet der Austausch statt?«, fragte Pérez.

»In sieben Tagen. Hier bei der Hütte. Seht zu, dass ihr vorher noch ein paar Rinderhäute fertig zum Verladen habt. Don Miguel will so viele wie möglich losschlagen. Anscheinend ist der *alemán* wild auf Häute.«

Francisco Pérez schüttelte die letzten Tropfen ab. »Ich frag mich, was der Mann so alles an Bord hat. Würde nämlich gern eine Uhr kaufen.«

»Wozu eine Uhr? Genügt dir nicht die Sonne?«

»Ich hab mal eine gesehen. Die war aus einem Ort namens Nürnberg. Hab mir sagen lassen, das liegt auch bei den *alemánes*. Die Uhr war jedenfalls klein genug, dass man sie bei sich tragen konnte, stell dir vor! So was hätte ich gern. Ich hab auch dafür gespart.«

Señor Faustino lachte. »Was zum Teufel willst du mit einer Uhr am Leib. Willst du den Rindviechern die Zeit ansagen? Du bist ein verrückter Indio, weißt du das?«

»Don Miguel sagt, der *alemán* hätte so einiges mitgebracht. Vielleicht hab ich ja Glück.«

»Kauf dir lieber eine vernünftige Pistole. Das alte Ding, das du mit dir herumschleppst, fliegt dir noch mal um die Ohren.«

Sie richteten ihre Kleidung und wanderten zur Hütte zurück, wo sie sich mit Don Miguel unterhielten. Señor Fernandez grinste zufrieden. Er hatte wahrlich genug gehört. Am besten würde er gleich heimkehren und Don Diego berichten. In sieben Tagen also würde der Vizegouverneur genau hier an dieser Stelle zugreifen und die ganze verdammte Bande fassen können. Auch für ihn selbst würde dabei ein Bonus herausspringen. Ein Stück Land hatte Don Diego ihm versprochen, falls alles nach Plan laufen sollte. Und was für ein Gesicht diese hochmütige Doña Maria dann wohl machen würde, wenn ihr Mann ins Gefängnis und ihre *hacienda* unter den Hammer käme. Vorsichtig schlich er zu seinem Pferd zurück.

ZWISCHEN MANGROVEN

Die *Santa Trinidad* war schon Stunden zuvor am Horizont verschwunden, als die *Sophie* im Schutz der Nacht ihren Kurs änderte und wieder in Richtung Hispaniola segelte. Allerdings lag ihr Ziel diesmal fünfunddreißig Seemeilen weiter östlich von Santo Domingo. Unter einem hellen Halbmond zog das Schiff ruhig seine Bahn, zuerst ostwärts, um gegen den Wind aufzukreuzen, dann Nordnordwest, um sich wieder der Küste zu nähern. Noch vor Morgengrauen weckte Hein Köppers seinen Kapitän.

»Acht Glasen, Jan. Wir sind bald da.«

Alle halbe Stunde wurde die Sanduhr umgedreht und die Schiffsglocke geschlagen. Jan musste tief geschlafen haben, dass er nichts gehört hatte. Acht Glasen, das hieß vier Uhr morgens und Wachwechsel. Danach begann das Zählen von neuem. Jan setzte sich auf und fuhr sich mit der Hand übers Gesicht, wie um den Schlaf wegzuwischen.

»Und die Flussmündung?«

»Müsste in der Nähe sein, wenn meine Berechnungen stimmen.«

»Gut. Ich komme.«

Er zog sich hastig an und folgte Köppers aufs Achterdeck. Die *Sophie* segelte hart am Wind, der wie immer aus Nordosten blies. Auf dem Schiff war alles ruhig. Das Deck hob und senkte sich sanft und regelmäßig. Nur das leise Knarren und Ächzen der Takelage war zu hören und das Geräusch des Wassers, das am Rumpf entlangrauschte. Zu sehen war wenig. Es musste die dunkelste Stunde der Nacht sein, denn der Mond war seit langem untergegangen, und nur die Sterne sorgten dafür, dass Deck, Masten und Segel noch zu erkennen waren. Jan starrte voraus, konnte aber kaum den Horizont ausmachen. Er erinnerte sich, was Don Miguel gesagt hatte. Hier war die Küste so flach, dass man in der Dunkelheit wenig von ihr zu sehen bekäme, bis es zu spät war und man auf ein Riff lief. Trotzdem wäre es ihm im Traum nicht eingefallen, Köppers' Berechnungen anzuzweifeln. Einen besseren Seemann als ihn gab es nicht.

Er gesellte sich zu Geerke, der mal wieder an der Ruderpinne stand und auf den schwach beleuchteten Kompass starrte. Im Vorschiff konnte Jan einen der Männer sehen, der gerade die Lotleine einholte, um gleich darauf das Blei erneut auszuwerfen. Noch war es nicht auf Grund gestoßen.

»Ich schlage vor, wir drehen jetzt bei, bis es heller wird«, sagte Köppers.

Jan stimmte zu, und der Steuermann setzte die Bootsmannspfeife an die Lippen, um die Wache an Deck zu pfeifen. Bald darauf lag die *Sophie* verhältnismäßig still auf dem Wasser. Nur das leise Klatschen und Glucksen der Wellen am Rumpf war zu hören. Fiete kam mit einem dampfenden Becher Kaffee für Jan aufs Achterdeck, und Köppers stopfte sich eine Pfeife. Langsam zeigte sich im Osten ein grauer Streifen.

»Einen schönen guten Morgen, die Herren.« Es war der Doctor, der sich mit einer Hand etwas mühsam aufs Achterdeck hinaufzog. »Warum fahren wir nicht?«

»Wir warten, dass es hell wird, bevor wir uns der Küste nähern.«

Auch Erikson war inzwischen an Deck gekommen. »Schick mal einen Mann in den Ausguck«, rief Jan ihm zu. »Er soll jedes verdammte Segel melden.«

»Glaubst du, die *Trinidad* treibt sich noch hier rum?«, fragte Köppers.

»Die oder ein anderes Marineschiff. Man kann nie wissen.«

Das erste Licht würde zeigen, ob sie ihr Vorhaben heute durchführen konnten oder ob Flucht angesagt war. Denn falls sich ein spanisches Kriegsschiff in der Nähe befand, war nicht nur die *Sophie* gefährdet, unter Umständen auch der geheime Ankerplatz in der Schmugglerbucht. Selbst ein Fischer würde sie verraten können. Seltsamer Name, dachte Jan. Bahía de Mosquito y Sol. Mücken und Sonne. Hörte sich nicht besonders einladend an.

Er wandte sich an den Portugiesen, dessen linker Arm in einer Schlinge hing. »Es geht Euch hoffentlich besser, mein lieber Doctor.«

»Oh, durchaus, Capitán. Danke der Nachfrage. Die Wunde schmerzt zwar, besonders wenn ich eine falsche Bewegung mache, aber sie wird vermutlich bald heilen. Nichts Wichtiges scheint verletzt zu sein.« Er bewegte die Finger des verwundeten Arms, wie um zu beweisen, dass kein Nerv getroffen war.

»Freut mich außerordentlich. Wir hatten uns Sorgen gemacht. Jetzt hätte ich aber nur zu gern gewusst, was es mit diesem Diego de Oliveira auf sich hat. Und warum sein Anblick Euch so in Rage versetzt hat.«

»Der Bastard heißt Pedro Marques, Capitán. Das ist sein richtiger Name.« Doctor Emanuel seufzte. »Da gibt es nicht viel zu berichten. Der Kerl ist ein übler Eheschwindler und Betrüger. Er hat sich an meine verwaiste Schwester rangemacht. Sie ist eigentlich meine ältere Halbschwester, denn ich bin leider nur ein Fehltritt meines Vaters. Sie hat deshalb alles geerbt, als nach ihrer Mutter auch der Vater verstorben war. Aber meine Schwester hat immer gut für mich gesorgt. Sie hat mein Studium bezahlt und mir ein kleines, regelmäßiges Einkommen zukommen lassen. Bis dieser Lump sie ermordet und die Familie um ihr Vermögen gebracht hat. Jetzt stehe ich völlig allein da auf der Welt und bin auch noch mittellos.«

»Er hat sie ermordet?«

»Beweisen konnte man nichts. Ich war zu der Zeit noch in Madrid. Angeblich war es ein Raubüberfall in ihrem Haus, bei dem sie die Täter überrascht haben soll. Aber ich bin sicher, dieser Mistkerl steckt dahinter, denn es wurde nichts Wertvolles gestohlen. Vermutlich war er es sogar selbst, der sie erdolcht hat. Danach hat er wie ein Fürst gelebt und alles verprasst und verspielt.«

»Ihr seid also nur nach Hispaniola gekommen, um den Mann zu stellen.«

»Das ist doch wohl Grund genug, Capitán.«

»Leider seid Ihr weiß Gott kein guter Fechter. Der Kerl hätte Euch um ein Haar getötet.«

Doctor Emanuel ließ den Kopf hängen. »Ich weiß. Ohne Euer Eingreifen wäre ich jetzt nicht mehr am Leben. Ich kann Euch nicht genug dafür danken. Es war einfach dumm von mir. Diesen verfluchten Banditen plötzlich vor mir zu sehen, das hat mir den Verstand geraubt. Und Ihr habt recht. Ich sollte Unterricht im Schwertkampf nehmen, bei unserem guten Hendriks vielleicht.«

»Erschießt den Bastard lieber«, lachte Jan. »Das ist sicherer.«

»Scherzt nicht mit mir, Capitán. Ich bin immer noch entschlossen, meine Rache durchzuführen. So oder so.«

»Ihr habt also vor, auf Hispaniola zu bleiben? Das könnte
gefährlich werden. Der Mann wird nicht gerade abwarten, bis
Ihr ihm Schwierigkeiten bereitet. Wenn er ein Mörder ist, wird
er auch vor einem weiteren Mord nicht zurückschrecken.«

Der Doctor kaute unschlüssig auf der Unterlippe. »Ich
hatte mir das alles so einfach vorgestellt. Ihn zu finden und
zu entlarven. Aber jetzt: Der *malandro* hat es wieder geschafft, sich eine gesellschaftliche Stellung zu erschleichen.
Wer wird einem verarmten *medicus* wie mir glauben? Und
ein weiteres Duell ist wohl kaum angesagt.«

»Was habt Ihr also vor?«

»Wenn ich das wüsste.«

»In jedem Fall könnt Ihr gerne weiter als Schiffsarzt bei
mir an Bord bleiben. Ich würde mich freuen.«

»Schiffsarzt?« Doctor Emanuel lachte grimmig. »Bei meinen bescheidenen Künsten würde ich nur schamlos Eure
Gastfreundschaft ausnutzen. Ich danke Euch, Capitán, aber
ich muss mir etwas anderes überlegen, sosehr mich Euer
Angebot ehrt.«

Inzwischen war es heller geworden, und Erikson rief zum
Ausguck hinauf, ob Schiffe zu sehen seien. Bis jetzt nicht,
tönte es zurück. Zumindest war die Küstenlinie nun gut
sichtbar und auch die helle Linie eines Strandes. An einer
Stelle war sie unterbrochen. Sollte das die Flussmündung
sein? Jan ordnete an, wieder Fahrt aufzunehmen und auf die
Stelle zuzuhalten. Sicherheitshalber näherten sie sich nur
langsam unter Toppsegel, während Christjan mit dem Senk-
blei regelmäßig die Tiefe auslotete.

Als die Sonne über den Horizont stieg und alles um sie
herum scharf und deutlich hervortrat, wurde es nach Don

Miguels Beschreibung offensichtlich, dass sie die richtige Stelle gefunden hatten. Christjan rief jetzt zehn Faden Wassertiefe aus, dann acht, dann sieben. Angeblich war die Mündung und die seitlich davon versteckte Bucht tief genug, aber Jan wollte kein Risiko eingehen. Er befahl, erneut beizudrehen und das Beiboot zu Wasser zu lassen. Mit Klaas van Hove an der Pinne ruderten vier Männer voraus, um das Fahrwasser zu erkunden.

Doctor Emanuel blickte über die endlos grüne Landschaft vor ihren Augen. »Menschenleer, die Gegend. Nichts als Urwald, Mangroven und Seevögel.«

»Und Krokodile. Wir sollen uns vor ihnen in Acht nehmen.«

»Wat sind denn Krokodile, Käptn?«, fragte Jelle, der Geerke abgelöst hatte.

»Riesige Echsen mit scharfen Zähnen, Jelle, und einem Maul, das dich mit einem Biss verschlingen kann.«

»Oh!«, sagte Jelle und machte große Augen.

Bald darauf kam das Beiboot zurück, und Klaas vermeldete, dass die Mündung tief genug war. Auch die kleine Bucht an der Westseite des Flusses hätte genug Wasser zum Ankern. Also nahm die *Sophie* vorsichtig wieder Fahrt auf und folgte dem Beiboot in die Mündung, während Erikson befahl, den Anker bereit zu machen. Köppers stand an Jelles Seite und gab ihm genaue Ruderanweisungen.

Als sie tiefer in die Mündung eindrangen, ließ der Wind nach, und das Schiff bewegte sich nur noch sehr langsam auf die versteckte Bucht zu. Schwarzer Schlick säumte die mit Mangroven überwucherten Ufer. Ein Schwarm Vögel flog kreischend auf und umkreiste die Bucht. Ein Reiher mit einem Fisch im Schnabel starrte sie durchdringend an, bevor er sich ebenfalls in die Lüfte schwang. In der Mitte der kleinen Bucht ließen sie den Anker fallen und holten die Segel ein.

Kaum hatte das Schiff seine endgültige Lage eingenommen, da tauchte ein Kanu mit zwei Männern darin auf. »*Sophie* ahoi!«, rief einer von ihnen schon von weitem. Das musste der alte Tom sein, von dem Don Miguel erzählt hatte, ausgerechnet auch ein Deutscher. Und das in dieser Wildnis! Wer hätte das gedacht? Der andere war ein Afrikaner. Beide waren in ungegerbtem Leder gekleidet, außer dass der Schwarze keine Schuhe trug.

»Willkommen in der Mückenbucht!«, rief der Mann auf Deutsch und kletterte an Bord. Sein Begleiter blieb im Kanu hocken. »Ich heiße Tom Degger und kann ehrlich sagen, was für eine Freude es sein wird, mal wieder die Sprache meiner Heimat zu hören.« Er strahlte über sein wettergegerbtes Gesicht und streckte eine braune, schwielige Hand aus.

Jan schüttelte sie mit Vergnügen. »Und ich bin Jan van Hagen aus Bremen. Erfreut, Eure Bekanntschaft zu machen, Herr Degger.«

»Nix da mit Herr Degger. Bin seit langem für alle Welt nur Tom. Und dabei soll es bleiben. Und der da«, er deutete auf den Schwarzen im Kanu, »der ist mein Partner Baba. Ist noch nicht lange bei mir, auch ein wenig scheu, wie man sieht, aber ein guter Junge.«

Christjan, der neben Piet Möller an der Reling stand, raunte ihm leise zu: »Bestimmt so ein entlaufener Neger, den sie nicht erwischt haben.«

»Na und?«, fauchte Elsje, die die Bemerkung gehört hatte. »Dann solltest du ihn beglückwünschen, statt dumme Sprüche zu kloppen.«

»Ich sag ja nur«, knurrte Christjan und streckte ihr die Zunge raus.

Jan zog den alten Tom zur Seite, um mit ihm zu reden. »Woher wusstet Ihr von uns?«

»Mein alter Freund Miguel hat sofort einen Boten geschickt, als Euer Schiff in Santo Domingo aufgetaucht ist. Ich hab Euch also schon erwartet, Käptn.«

»Den muss er aber schon kurz vor meiner Festungshaft geschickt haben. Don Miguel war sich wohl ziemlich sicher, mich wieder freizubekommen.«

Der alte Tom runzelte die Stirn. »Was höre ich da von Festungshaft?«

»Lange Geschichte. Erzähl ich ein andermal.«

»Wenn Ihr erlaubt, Käptn, lasst den Anker liegen, wo er ist. Aber wir sollten eine lange Leine vom Heck ans Ufer bringen und die *Sophie* näher an die Mangroven ziehen. Dann liegt sie besser und ist von See aus nicht mehr zu sehen.«

An der besagten Stelle hatten Tom und sein Mann einen Pfad aus den Mangroven gehackt. Sie brachten die Leine mit dem Kanu an Land und vertäuten sie an einem Baum. Mit vereinten Kräften zogen die Seeleute die *Sophie* in die Lage, die Tom empfohlen hatte.

»Sind wir wirklich sicher hier?«, fragte Jan den Bukanier.

»So sicher wie in der Kirche. Hier gibt's meilenweit keine Menschenseele. Alles Wildnis. Und wenn wir erst Euer Schiff getarnt haben, könnte die ganze spanische Armada vorübersegeln, die würden Euch nicht entdecken.«

Auf Toms Hinweis hin nahmen sie die obersten Rahen runter und banden genug Äste und Zweige an die Masten, bis diese von den umstehenden Bäumen nicht mehr zu unterscheiden waren. Zumindest nicht von See aus. Trotzdem wies Jan den Bootsmann an, dass immer ein Mann im Ausguck Wache zu halten hatte.

»Laden und Entladen leider nur mit dem Boot«, sagte Tom. »Einen Kai kann ich Euch nicht bieten. Auch wenn das Laden hier mühseliger ist, blüht Euch wenigstens keine Festungshaft wie in Santo Domingo.« Er lachte ausgelassen, so dass man seine Zahnlücke sah. »Die Landungsstelle für Euer Beiboot liegt weiter flussaufwärts, wo Don Miguel auch seinen Zucker versteckt hat.«

»Was ist mit Rinderhäuten?«

»Auch die. Mehr, als Ihr Stauraum habt.«

Am Abend lud Jan den Bukanier in die Messe ein. Babatunde aber, dem unter so vielen Weißen nicht ganz geheuer war, kehrte zu ihrer Hütte zurück. Tom dagegen genoss das Essen, das Hasko in der Kombüse zubereitet hatte, vor allem aber Jans guten Wein, und erzählte lang und breit von seinem Leben als Seemann und Bukanier.

»Morgen werdet Ihr von meinem Rauchfleisch kosten, Käptn. Schmeckt gut und ist lange haltbar. Ihr solltet es für die Heimreise an Bord nehmen. Bei mir bekommt Ihr es noch günstiger als in Tortuga.«

»Erzählt mir von Tortuga, Tom.«

»Ist nur 'ne kleine Insel auf der Nordseite von Hispaniola. Da haben sich einige Europäer angesiedelt. Abenteurer so wie ich. Die meisten sind daheim vor irgendwas davongelaufen. Ziemlich rauhe Burschen darunter. Hauptsächlich Engländer und Franzmänner, auch ein paar Holländer. Einige haben Land gerodet und bauen Tabak an. Aber viele leben so wie ich von der Jagd auf Hispaniola. Die verbringen die meiste Zeit in der Wildnis und kommen ab und zu nach Tortuga, um ihr Räucherfleisch zu verhökern. Den Gewinn versaufen sie oder lassen ihr Geld bei den Huren. Frauen zum Heiraten findet man fast keine auf Tortuga. Nur Huren oder entlaufene Sklavinnen.« Er lachte.

»Es soll Piraten auf Tortuga geben, hab ich gehört.«

Tom machte ein verlegenes Gesicht. »Nun ja, ein paar faule Äpfel gibt's selbst im Paradies. Aber die kapern nur spanische Schiffe. Euch dagegen würde man mit offenen Armen empfangen. Besonders, wenn Ihr Waren aus Europa an Bord habt und gegen Tabak und Proviant eintauscht. Waffen und Schießpulver sind immer gefragt.«

»Gut zu wissen. Könnte man Tortuga als Handelsstützpunkt nutzen? In spanischen Häfen dürfen wir uns ja nicht blicken lassen.«

»Warum nicht? Ich kenne sogar ein paar Bootsbauer, falls Ihr Reparaturen nötig habt. Nur rate ich keinem, unbewaffnet an Land zu gehen. So was wie eine Miliz oder öffentliche Ordnung gibt's nicht. Dafür umso mehr Kaschemmen, wo billiger *aguardiente* ausgeschenkt wird.«

»Na, das scheint mir ja ein reizender Ort zu sein«, sagte Doctor Emanuel spöttisch. »Rauhe Kerle und Kaschemmen, eine gefährliche Mischung. Sicher brauchen die auch Ärzte auf Eurer Insel.«

»Ärzte?« Der alte Tom sah ihn verblüfft an. »Nun, ein Zahnzieher ist sicher immer nützlich. Vielleicht auch ein Wundheiler.«

»Wollt Ihr etwa auf dieser Pirateninsel bleiben, Doctor?«, fragte Jan.

»Wer weiß? Man müsste sich mal umschauen.«

Zwei Tage später erreichten Don Miguel und seine Männer die Mückenbucht. Señor Faustino, Francisco Pérez und zwei seiner *vaqueros* begleiteten ihn sowie der große Olu.

»Amigo Capitán!«, rief Don Miguel mit breitem Grinsen, als er vom Pferd stieg. »Offensichtlich habt Ihr meine Bucht gefunden. Wie findet Ihr sie? Ich hoffe, niemand hat Euch gesehen.«

»Keine Sorge. Wir sind im Morgengrauen angekommen. Da war weit und breit kein Schiff zu sehen. Seitdem haben wir einmal weit draußen im Meer die *Trinidad* gesichtet. Sonst nichts weiter.«

»¡Bueno! Dann würde ich sagen, lasst uns unser Geschäft abwickeln.«

Bald darauf begann das lange Feilschen. Don Miguel ging an Bord der *Sophie* und ließ sich zeigen, was Jan zu bieten hatte. Und umgekehrt begutachtete Jan Zucker, Indigo und Häute, die der Spanier in seinen Verstecken liegen hatte. Es wurden trotz der stickigen Hitze Waren ausgeladen, ans Ufer gebracht, gewogen, befühlt und geprüft, Preise verhandelt, Listen der Käufe und Verkäufe geführt und gegeneinander aufgerechnet. Was Jan zusätzlich an Barmitteln benötigte, entnahm er dem Geld, das er mit den Sklaven verdient hatte, sowie seinen eigenen Mitteln, am Ende auch etwas von dem, was van Doorn ihm anvertraut hatte.

Bei den Verhandlungen mit Don Miguel ging es manchmal lebhaft, aber immer freundlich zu. Beide Männer waren erfahrene Kaufleute, die sich schnell einig wurden. Don Miguel trat hier zum Teil als Zwischenhändler auf. Um den Ort des Warentauschs geheim zu halten, hatte er keinem seiner anderen Partner von der Bucht erzählt. Er verkaufte für sie ihre Erzeugnisse und wählte umgekehrt von Jans Waren aus Europa das aus, was er vermutlich auf der Insel weitervertreiben konnte. So hatte er es schon seit Jahren gehandhabt und war immer gut dabei gefahren.

Für den nächsten Tag planten Don Miguel und seine Männer, die meisten der Maultiere mit einem ersten Teil der erstandenen Waren zu beladen, um den Rückweg anzutreten. Und auch um sicherzustellen, dass die Lastkähne, die Jan für die Befreiung der Holländer brauchen würde, an Ort und

Stelle lagen. Sechs Reittiere würden sie für Jan und eine Handvoll Seeleute zurücklassen, die später unter Toms Führung nachkommen würden. Aber während der nächsten zwei Tage wurde noch jeder der Schiffsmannschaft gebraucht, um Zucker und Häute an Bord zu schaffen und die Ladung so zu verstauen, dass sie auf der langen Heimreise nicht verrutschen konnte. Auch der Trimm der *Sophie* war zu beachten.

Noch vor dem gemeinsamen Abendessen an Bord, bei dem sie mit Don Miguel und Señor Faustino den guten Geschäftsabschluss zu feiern gedachten, ließ Jan das Spinett von Bord holen.

»Ich könnte mir vorstellen, dass Eure Gemahlin Freude daran hätte, Don Miguel. Ich schenke es Euch als kleinen Dank für alles.«

Während Don Miguel das Instrument bewunderte und ein wenig darauf klimperte, nahm Olu Babatunde zur Seite.

»Hör zu«, sagte er auf Yoruba, ihrer afrikanischen Sprache. »Ich freue mich, dass du überlebt hast und jetzt bei dem alten Tom bist. Er ist ein guter Mann. Aber ich habe eine schlimme Nachricht für dich.«

Babatunde sah ihn mit großen Augen an. Bei Olus finsterer Miene schwante ihm Schreckliches. »Ist es Dada?«, fragte er mit kaum hörbarer Stimme.

Olu nickte. »Sie ist tot.«

Babatunde barg das Gesicht in den Händen und stöhnte auf. Olu hätte ihm auch einen Dolch ins Herz stoßen können, es hätte sich genau gleich angefühlt. Tränen quollen ihm zwischen den Fingern hindurch, und er vermeinte zu ersticken. Er brauchte lange, um zu Atem zu kommen und sich so weit zu beruhigen, dass er Olu überhaupt ansehen konnte.

»Wie ist es geschehen?«, flüsterte er, obwohl er es schon ahnte.

»Sie haben sich für deine Flucht an ihr gerächt.«

»Fernandez?«

»Glaub schon. Das wird jedenfalls gemunkelt.«

»Was hat er ihr angetan?«

»Das willst du am besten gar nicht wissen.«

Babatunde stand starr und unbeweglich da, die Augen auf Olu geheftet. Die Arme hingen wie leblos an ihm herab. Sein Gesicht zeigte keine Regung mehr. Nur die Tränen liefen ihm wie Bäche über die Wangen.

BABATUNDE

Babatunde gönnte sich keine Pause. Die ganze Nacht war er durch den Urwald gerannt und den ganzen folgenden Tag, hatte nur gelegentlich etwas Wasser aus der ledernen Flasche getrunken, die der alte Tom ihm geschenkt hatte. Er war ans Laufen gewöhnt, bewegte sich schneller durch den Dschungel als Reiter mit schwer beladenen Packtieren. Nun senkte sich von neuem die Abenddämmerung über den Wald, und die Rufe der Vögel wurden stiller.

Er war seinem Ziel schon ganz nah. Sein Weg führte am Río Ozama entlang. Ungesehen schlüpfte er an Don Miguels *ingenio* vorbei, wo die schwarzen Arbeiter beim letzten Tageslicht die Maschinerie reinigten und ölten. Dabei sangen sie ein schwermütiges Lied.

Babatunde war erschöpft und lief doch unermüdlich weiter. Gegenüber lag jetzt die kleine Insel im Fluss, über die er damals geflohen war. Er blieb einen Augenblick stehen, um sich an diesen verfluchten Tag zu erinnern. Das Bild von Dadas angstverzerrtem Gesicht verfolgte ihn weit mehr als die Erinnerung an die Peitsche, die seinen Rücken zerfetzt hatte. Es würgte ihn in der Kehle, wenn er an sie dachte. Er hatte viel geweint auf dem langen Weg hierher. Nun konnte er nicht mehr weinen, seine Augen brannten, blieben aber trocken. Er beugte sich zum Wasser und trank lange aus der hohlen Hand, benetzte Brust und Gesicht. Dann lief er weiter.

Warum er unbedingt hatte kommen müssen, zurück an den Ort seiner Schmach, dem Ort des Leidens, der Erniedrigung und des Schmerzes, das war ihm nur undeutlich klar. Er konnte nicht anders. Auf jener verfluchten *hacienda* hatte seine Dada ihr Leben gelassen. Und mit ihr das ungeborene Kind, auf das sie gewartet hatten. Nun würde ihr Geist keinen Nachkommen haben, in den er schlüpfen und auf Erden zurückkehren könnte. Nicht so wie sein eigener Vater, der in ihm wiedergeboren war. Deshalb hatten sie ihn Babatunde genannt, Vater, der zurückkehrt. Dada aber war für immer verbannt ins Reich der Toten. Deshalb musste er ihr noch einmal nahe sein, ihr Grab finden, mit ihr reden, sie beruhigen, damit sie keine Angst hatte so allein in der Unterwelt.

Als er Don Diegos *hacienda* erreichte, war es fast schon dunkel. Gefährlich, sich hier zu zeigen, das wusste er. Natürlich hätte er gern eines von Toms Feuerrohren dabeigehabt, hatte aber darauf verzichtet, da er im Umgang damit noch ungeschickt war und weil es ihn beim Laufen behindert hätte. Dafür hatte er ein langes Messer im Gürtel stecken. Nun hockte er in einem Gebüsch und beobachtete, wie die Sklaven in ihren Unterkünften eingeschlossen wurden. Beim Anblick der Aufseher stieg Hass in sein Herz. Er sah sich nach Señor Fernandez um, konnte ihn aber nirgends entdecken.

Endlich beruhigte sich alles. Nur hier und da drang undeutliches Gemurmel der Schwarzen oder auch ein Lachen zu ihm herüber. Einige der Stimmen erkannte er. Der Mond erhob sich über den Baumwipfeln und beleuchtete den freien Platz vor den armseligen Hütten, die wie Hühnerverschläge aneinandergereiht standen. Davor der tief in den Boden eingegrabene Schandpfahl, an dem man jene fesselte, die gezüchtigt werden sollten, so wie er selbst. Babatunde glaubte, das Blut all derer riechen zu können, die hier ausgepeitscht worden waren.

Lange blieb er verborgen, starrte in die Dunkelheit. Nichts regte sich. Das Haupthaus lag in einiger Entfernung. Die Fenster der unteren Räume waren erleuchtet. Einmal sah er einen Schatten auf der Veranda. Zu hören waren nur die Frösche am nahen Flussufer und einer der Hunde im Zwinger, der kurz bellte, dann jedoch schwieg.

Er musste herausfinden, wo sie Dada verscharrt hatten. Vorsichtig schlich er zu den Hütten hinüber. In den ersten, zu denen er kam, waren die Frauen untergebracht. Vielleicht konnten sie ihm etwas sagen. Dennoch erschrak er, als jemand flüsterte. »Baba, bist du das?«

Eine Hand streckte sich ihm durch die Gitter entgegen. Und dann noch eine Hand. Und eine dritte.

»Ich bin es«, raunte er und griff nach den Händen, drückte sie. Diese Sklavenhände waren rissig und schwielig von der harten Arbeit, aber es fühlte sich gut an, sie zu berühren. »Folami, bist du das?« Es war die alte, grauhaarige Sklavin, nach der er rief. Sie hatte sich um Dada gekümmert, seit sie hierher verschleppt worden waren. »Folami, wo bist du?«

»Ich bin hier, Babatunde«, hörte er ihre leise Stimme in der Dunkelheit. »Was willst du? Warum bist du hier?«

»Ich muss wissen, wo sie Dada vergraben haben.«

»Wozu, Baba?«

»Ich will mit ihr reden. Mit ihrem Geist. Damit sie keine Angst hat, da, wo sie ist.«

»Sie kann dich nicht hören, Baba. Lauf lieber weg.«

Nun vernahm er auch andere Stimmen. »Ja, Baba, lauf weg! Sei frei!«, zischten sie ihm zu. »Sei frei für uns, hörst du? Wenn du da draußen frei bist, sind auch wir ein bisschen frei. Lauf, Baba!«

Plötzlich hörte er Schritte hinter sich und eine wütende spanische Stimme. »Was zum Teufel ist hier los?«

Babatunde drehte sich um. Das Mondlicht fiel auf das verhasste Gesicht von Señor Fernandez. In der Hand hielt er seine Ochsenpeitsche. Und dann erkannte der Aufseher auch ihn.

»Du bist das!«, schrie er. »Diesmal entkommst du mir nicht, du Negerbastard. Ich schick dich zu deiner schwarzen Hure.«

Er hob den Arm und schwang die Peitsche. Der lederne Riemen zischte heran und wickelte sich Babatunde schmerzhaft um den Hals. Señor Fernandez riss mit einem Ruck die Peitsche zurück, so dass Baba die Luft wegblieb und er vorwärtsstolperte. Doch dann packte er den Riemen mit der Linken und zerrte selbst daran. War es Todesangst oder wilde Wut, die ihn plötzlich erfasst und seinen Widerstand geweckt hatte? Nie mehr würde er sich einsperren lassen. Lieber sterben.

Wie das Messer in seine Hand kam, wusste er nicht. Er stieß zu. Einmal, zweimal. Es war, als könnte er nicht mehr aufhören, auf dieses Schwein von Aufseher einzustechen, auch als der Kerl schon röchelnd am Boden lag. Dann löste sich plötzlich der rote Schleier vor seinen Augen, und er blickte auf den Mann vor ihm, dessen Glieder noch eine Weile zuckten und sich dann nicht mehr regten. Er riss sich den Lederriemen vom Hals und ließ ihn fallen. Er hörte die Hunde, die wie wild in ihrem Zwinger tobten. Und vom Haupthaus ließen sich Stimmen vernehmen, die sich näherten. Der Lauf einer Muskete blitzte im Mondlicht auf.

»Lauf, Baba, lauf!«, tönte es hinter ihm aus den Sklavenhütten. Immer mehr von ihnen fielen in den Ruf ein, bis es aus allen Kehlen schallte. Mit dem blutigen Messer in der Hand rannte er los, durch die Büsche in den nächtlichen Wald hinein.

»Lauf, Baba, lauf!«

Eine Muskete krachte hinter ihm. Er konnte die Kugel durch die Blätter fetzen hören. Aber der Schuss lag weit daneben. Er rannte weiter, immer weiter.

»Lauf, Baba, lauf!«

Der Hinterhalt

Am nächsten Tag, es war bereits später Nachmittag und die kurze tropische Abenddämmerung nicht mehr fern, mühte sich Don Miguels Reiterkolonne die letzten Meilen durch den Wald. Sie waren wie immer Wildpfaden oder denen der Bukanier gefolgt, und doch war es an Stellen schwierig genug, mit den hochbeladenen Packtieren durchzukommen. Dann hieß es absteigen und sich den Weg mit der Machete freikämpfen.

Don Miguel war verschwitzt, von Mücken zerstochen und vor allem hundemüde. Die ganze Woche war anstrengend gewesen, hatte an seinen Kräften gezehrt. Zuerst der lange Ritt durch den feuchtschwülen Urwald bis zur Mündung des Río Higuamo, dann das Feilschen und Handeln und nun der Treck zurück bis zur Blockhütte, wo sie in wenigen Stunden mit drei anderen Pflanzern und einem Hehler aus der Stadt verabredet waren. Dort würden sie nach erledigten Geschäften übernachten und am nächsten Morgen zur *hacienda* zurückkehren.

Mit einer gewissen Befriedigung verspürte er das Gewicht der Ledertasche, die er um die Schultern trug. Darin befand sich das Geld, das ihm der Handel mit dem deutschen Kapitän eingebracht hatte. Wenn er erst die Tauschwaren los war, würde es noch viel mehr sein. Dennoch wünschte er sich ein zweites Schiff wie die *Sophie*, denn in den Verstecken der Mückenbucht lag immer noch ein bedeutender Teil seines Zuckers und seiner Rinderhäute. Wäre schade, wenn sie dort verrotten würden.

»Wäre froh, wenn wir das schon alles hinter uns hätten«, sagte er zu Señor Faustino, der vor ihm ritt. »Man wird verdammt noch mal nicht jünger.«

»Besonders nicht, wenn man eine junge Frau hat, die einem auch noch den Nachtschlaf raubt«, gab Faustino über die Schulter zurück und lachte.

Don Miguel musste schmunzeln. Faustino war sein Freund und durfte so etwas sagen. Aber dann wurde seine Miene wieder ernst. »Wenn es denn nur so wäre. In letzter Zeit ist sie eher zugeknöpft. Weiß nicht, was in sie gefahren ist.«

Faustino grinste. »Gut, dass ich nie geheiratet habe. Das Leben ist schon kompliziert genug.«

»Und du bist zufrieden damit?«

»Warum denn nicht? Du warst früher auch gelassener. Jetzt heißt es dauernd, Maria dieses, Maria jenes.«

»Hältst du sie für anspruchsvoll?«

»Eigentlich nicht. Du weißt, ich schätze Maria sehr. Aber ich finde, du bist derjenige, der sich verändert hat. Du willst ihr dauernd alles recht machen, bist beunruhigt über jede ihrer Regungen. Ganz ehrlich, wenn die Ehe das aus einem macht, dann bleibe ich lieber allein. Da hab ich meine Ruhe.«

»Und wer soll sich auf deine alten Tage um dich kümmern?«

»Darüber mach ich mir jetzt noch keine Gedanken. Außerdem hast du Maria ja wohl nicht deshalb geheiratet.«

»Nein.«

Sie ritten schweigend weiter, während Don Miguel grübelte, über den Stand der Ehe im Allgemeinen und über seine Maria Carmen im Besonderen. Sie wünschte sich Kinder, das wusste er. Auch an ihm nagte es, dass er keine Erben hatte. Wozu mühte man sich schließlich im Leben ab? Aber wenigstens sollte Maria von allem das Beste haben. Wenn sie fröhlich war, war er glücklich. Und wenn sie betrübt war, war auch er betrübt. Während sie die Gäste im Haus gehabt hatten, war sie sichtlich aufgeblüht. Sie hatte gescherzt und gelacht. Besonders mit dem portugiesischen *medicus*. Vielleicht bekam ihr die Einsamkeit der *hacienda* nicht, vielleicht sollte er ihr mehr Gesellschaft bieten. Obwohl sie immer behauptete, sie mache sich nichts daraus.

Er warf einen Blick auf das Maultier, das er hinter sich am Seil mitführte. Es trug das Musikinstrument des *alemán*. Don Miguel wollte sicher sein, dass es unbeschädigt ankam, und hatte es keinem anderen anvertrauen wollen. Er war sicher, Maria würde sich darüber freuen. Ihr eigenes Instrument. Sie könnten gemeinsam musizieren. Ein Spinett war einem Cembalo ganz ähnlich, nur kleiner, und die Saiten waren seitlich angelegt, so dass sie weniger Platz einnahmen.

Hinter ihm ritt Olu und bildete den Abschluss der Führungsgruppe, denn der Zug hatte sich etwas auseinandergezogen. Der *mestizo* Francisco Pérez und seine *vaqueros* folgten ein Stück weiter zurück mit dem Rest der Maultiere. Natürlich hatte Olu der Unterhaltung zugehört. Die Weißen redeten vor ihren Dienern oft so, als wären sie gar nicht zugegen. Zumindest hatte sein Herr nichts Schlechtes über Doña Maria gesagt. Auf sie ließ Olu nichts kommen.

»Wir sind bald da«, rief Faustino von vorn.

»Wir sollten jetzt wachsam sein, Señor«, sagte Olu zu Don Miguel.

»Niemand weiß von der Hütte. Nur die Eingeweihten.«

Olu zuckte mit den Schultern. »Man kann nie wissen.«

Der Wald war weniger dicht geworden. Rechter Hand hörte er hundert Schritt weiter sogar ganz auf und ging in Gebüsch und unregelmäßiges Brachland über. In der Ferne konnte man bereits das Dach der Blockhütte sehen. Olu merkte, dass sich zwischen den Büschen etwas bewegte. Waren das etwa Uniformfarben? Er hob die Hand und wollte die anderen warnen, als plötzlich ein Schuss krachte.

»Was zum Teufel!«, entfuhr es Don Miguel. Die Kugel hatte ihm gegolten. Er hatte den Luftzug gespürt, als sie an ihm vorbeigezischt war. Bevor er reagieren konnte, fiel noch ein Schuss. Sein Rotfuchs wieherte schrill und bockte, dass er Mühe hatte, im Sattel zu bleiben. War das Tier getroffen?

»Zurück!«, brüllte Olu. »Zurück!«

Faustino hatte sein Pferd herumgerissen und galoppierte an ihnen vorbei und auf Pérez zu, der mit seinem Maultierzug erschrocken stehen geblieben war. Faustinos Sorge galt, die Schmuggelware in Sicherheit zu bringen. Damit durften sie nicht erwischt werden. Miguel und Olu würden schon zurechtkommen.

»Pérez!«, rief er. »Man hat uns verraten. Wir trennen uns. Du verschwindest mit den Packtieren! Schnell! Du weißt schon, wohin!«

Olu riss die Pistole aus dem Gürtel, spannte den Hahn des Steinschlosses und schoss zurück. Dabei war es zweifelhaft, ob er etwas treffen würde, denn inzwischen war es fast zu dunkel. Aber vielleicht verunsicherte seine Gegenwehr die Soldaten, bevor es ihnen in den Sinn kam, im Laufschritt anzugreifen. Zum Glück schienen es Fußtruppen zu sein und keine Kavallerie. Er riss an den Zügeln seines Gauls und preschte drei Pferdelängen zurück, als er merkte, dass Don

Miguel ihm nicht folgte. Abrupt zügelte er wieder sein Pferd.

Don Miguels Rotfuchs gab ein röchelndes Stöhnen von sich und brach in die Knie. Blut rann ihm aus dem Maul. Don Miguel stieg hastig ab. Das Tier war nicht mehr zu retten. Er hielt aber immer noch das Seil des Maultiers in der Hand, dessen Augen vor Angst das Weiße zeigten.

»Schnell, Señor!«, rief Olu. »Steigt zu mir aufs Pferd!«

»Verdammt, wenn ich das Spinett hierlasse«, knurrte Don Miguel und versuchte, das widerspenstige Maultier hinter sich herzuziehen.

In diesem Augenblick krachte es erneut aus den Büschen, und Don Miguel spürte einen heftigen Schlag in der Seite, der ihn herumwirbeln und zu Boden stürzen ließ. Fluchend versuchte er, auf die Beine zu kommen, was ihm nur zum Teil gelang. Aber immer noch hielt er stur am Seil des Maultiers fest.

Olu sah mit Schrecken, wie sein Herr im kniehohen Gras lag und nicht recht hochkam. Er wollte ihm zu Hilfe eilen, als zwei weitere Schüsse fielen. Eine Kugel traf Don Miguel in der Schulter und warf ihn endgültig zu Boden. Die andere streifte Olus Arm, sodass ihm die Pistole aus der Hand fiel. Blut durchtränkte sofort seinen Hemdsärmel, obwohl er kaum etwas spürte.

Er sprang aus dem Sattel, als plötzlich ein dunkler Schatten links von ihm aus dem Wald brach, zu Don Miguel lief und ihn trotz zweier weiterer Kugeln, die ihm um die Ohren flogen, an den Schultern packte und kurzerhand zu Olu herüberschleifte, der ihm entgegenkam.

»Baba! Was machst du hier?«, fragte er ihn auf Yoruba.

»Red nicht so viel und hilf mir, ihn aufs Pferd zu heben.«

Don Miguel schien bewusstlos zu sein. Gemeinsam hievten sie ihn hoch und legten ihn bäuchlings über den Sattel.

Olu sah aus den Augenwinkeln, wie ein Dutzend Soldaten auf den Weg gelaufen kamen. Aber da war jetzt Faustino zur Stelle, um ihren Rückzug zu decken. Er schoss zwei Pistolen auf sie ab. Die Soldaten warfen sich zu Boden oder sprangen in Deckung.

Auf einmal sah Olu die Ledertasche mit dem Geld im Gras liegen. Er rannte hinüber und schlang sie sich um die Schultern. Was war mit dem Spinett? Das Maultier stand immer noch verängstigt da und bockte. Da hörte er, wie hinter ihnen militärische Befehle gebrüllt wurden.

»Lass das verdammte Spinett!«, rief Faustino. »Und beeil dich. Sie kommen.« Er riss seinen Gaul herum und ritt voraus.

Olu rannte zu seinem eigenen Pferd und zog sich hinter Don Miguel in den Sattel. Dann stieß er dem Tier die Fersen in die Seite. Babatunde lief leichtfüßig neben ihm her.

»Bei den Soldaten ist der große Häuptling, Olu. Damit du's weißt.«

»Der Gouverneur?«

»Ja. Und Don Diego.« Damit verließ Babatunde den Pfad und lief wieder in den Dschungel.

»Warte!«, rief Olu ihm hinterher, aber er war schon im dichten Gebüsch untergetaucht.

»Komm, Olu! Nichts wie weg!« Faustino schlug seinem Pferd die Zügel über die Kruppe, und sie preschten beide davon. Don Diego, dachte Olu. Der war es also, der sie verraten hatte.

Von Pérez und den Packtieren war nichts mehr zu sehen. Faustino und Olu schlugen die Richtung zur *hacienda* ein, allerdings über einen weiten Umweg. Unterwegs hielten sie an und stiegen von den Pferden, um nach Don Miguel zu sehen, der inzwischen wieder bei Bewusstsein war. Sie legten ihn ins Gras. Es war jetzt dunkel. Trotzdem konnten sie erkennen, wie bleich er geworden war. Es musste der Blutverlust sein. Am schlimmsten war die Wunde in der Seite. Die Kugel hatte seinen Leib durchschlagen und war vorn wieder ausgetreten, wo es am meisten blutete. Olu riss sich das Hemd vom Körper und verknotete es um die Wunde, in der Hoffnung, die Blutung zu stillen. Dann hoben sie ihn in den Sattel. Olu stieg wieder auf und schlang von hinten die Arme um seinen Herrn, damit er nicht vom Pferd fiel.

»Mit mir ist es aus, Olu«, flüsterte Don Miguel.

»Sagt das nicht, Señor. Wir bringen Euch nach Hause zu Doña Maria.«

Don Miguel lächelte schwach. »Lass sie nicht im Stich, meine Maria. Ich verlass mich auf dich, Olu. Sie braucht dich.«

Faustino hatte Tränen in den Augen. »Wir müssen weiter, Olu«, sagte er mit belegter Stimme. »Vielleicht gibt es noch Hoffnung.«

Aber als sie nach zwei Stunden in den Hof der *hacienda* ritten und ihn vom Pferd nahmen, war Don Miguel tot.

Marias Prüfung

Sie hatten ihn in eines der Gästezimmer gelegt. Durch die Läden strich ein Luftzug und ließ die Kerzen zu beiden Seiten des Bettes flackern. Doña Maria saß daneben wie erstarrt und konnte nicht begreifen, was über sie hereingebrochen war. Miguel tot? Von heute auf morgen?

Olu hatte eine Decke über seine Wunden gebreitet, um sie zu schonen. Aber sie hatte sie zurückgeschlagen, so schrecklich der Anblick auch war, wie er da vor ihr lag, das Gesicht wachsweiß, Hemd und Hose von Blut durchtränkt, geschlachtet wie ein Stück Vieh. Sie hatte es mit eigenen Augen sehen müssen, allein schon, um das Unfassbare zu glauben.

Danach konnte sie den Blick nicht von seinem Antlitz wenden, obwohl ihr die Augen überliefen vor Tränen und sie alles um sich herum nur verschwommen wahrnahm. Ihr verlangte danach, ihn zu schütteln, als ob sie ihn aufwecken könnte. Dabei war sein Herz still, sein Atem für immer erloschen. Als sie versuchte, dem Toten eine Haarsträhne aus der Stirn zu streichen, zitterte ihre Hand so stark, dass sie es aufgab. Mit einem Schluchzer barg sie das Gesicht in den Händen.

Eine lange Weile verharrte sie so und weinte bitterlich. Dann beruhigte sie sich ein wenig. Mit dem Rock wischte sie sich über die nassen Wangen, lehnte sich zurück und holte tief Luft. Von unten aus der Küche drang das Weinen und Wehklagen der schwarzen Dienerinnen. Viele der Sklaven waren von den Hütten gekommen. Man hörte ihr aufgeregtes Gemurmel im Hof. Don Miguel sollte tot sein? Was war geschehen? Was hatte das zu bedeuten?

Sie hörte Señor Faustino, wie er leise zu den Sklaven sprach, das Nötigste erklärte und sie dann zurück in ihre Unterkünfte schickte. Er kam wieder ins Haus und gesellte sich zu Olu und Padre Anselmo. Es wurde still. Vermutlich saßen sie jetzt da unten im Dunkeln, selbst zu überwältigt, um etwas zu sagen. Anselmo, der die Tage mit ihr verbracht hatte, musste sich besonders elend fühlen, hatte er doch seinen Bruder verloren. Und Faustino den Freund so langer Jahre.

Je mehr sie an die anderen dachte, die Bruder, Freund und Herrn verloren hatten, je mehr spürte sie, dass sie sich in ihrer Trauer nicht gehen lassen durfte. Sie musste an die *hacienda* denken, an die Angestellten, die *vaqueros* und Sklaven. Die Sache war noch nicht ausgestanden. Miguel war einem Hinterhalt des Vizegouverneurs zum Opfer gefallen, während er in geheimen Geschäften unterwegs war. Vielleicht hatten sie Pérez geschnappt und die Waren beschlagnahmt. Dann würden sie als Nächstes gewiss hierherkommen. Was musste sie beachten, was war zu tun?

Sie bemühte sich, sich zu konzentrieren, aber es fiel ihr schwer, einen klaren Gedanken zu fassen. Sie konnte nur immer wieder auf Miguels Züge starren, so ruhig und friedlich, als mache es ihm nichts mehr aus, was jetzt um ihn herum vor sich ging, wie gefährlich die Lage war, wie überhaupt das Leben hier auf der *hacienda* ohne ihn weitergehen sollte. Er hatte sich still und heimlich davongestohlen, so kam es ihr vor, und nun alles ihr aufgebürdet. Dabei war sie gar nicht bereit dazu, noch weniger befähigt. Fast war sie wütend auf ihn. Es war eingetreten, was sie immer befürchtet hatte, dass er eines Tages vor ihr sterben und sie auf dieser Insel mutterseelenallein zurücklassen würde. Nur dass es so viel früher geschehen war, dass er sie beide um viele schöne Jahre gebracht hatte. Und das alles nur wegen dieses elenden Schmuggelhandels. Verdammt, Miguel, war es das wert gewesen?

Aber gleich darauf bereute sie solche Gedanken. Er war gut zu ihr gewesen, hatte sie wie eine Königin behandelt, ihr seinen Besitz und die Früchte seiner Arbeit zu Füßen gelegt. Und zu all dem hatten natürlich seine Geschäfte gehört, die sauberen wie die heimlichen und ungesetzlichen. In gewisser Weise hatte er das Spiel mit dem Feuer sogar geliebt. Denn dieses Hispaniola war trotz kultivierter Tünche in den reichen Häusern von Santo Domingo ein wildes Land, in dem zum größten Teil das Faustrecht galt. Der Schlauere und Stärkere setzte sich durch. Wer konnte wissen, was Miguel und Faustino in den Jahren so alles unternommen und welche Gesetze sie gebrochen hatten, um einen Besitz wie diesen aufzubauen.

Sie nahm seine erkaltete Hand in die ihre. Nein, Miguel war gewiss kein Heiliger gewesen. Aber sie hatte gute Jahre an seiner Seite verbracht. Auch wenn sie ihn wahrscheinlich nicht so geliebt hatte, wie sie es sich selbst gewünscht hätte. Aber von Anfang an hatte sie eine große Zuneigung für ihn empfunden. Auch wenn sie nicht immer mit ihm einverstanden gewesen war, so war eine zärtliche Vertrautheit zwischen ihnen gewachsen. Erneut kamen ihr die Tränen. Was sollte sie jetzt tun?

Plötzlich fiel ihr ein, was Olu behauptet hatte. Die Soldaten hätten mehrfach nur auf Miguel geschossen, als hätten sie ihn töten wollen, anstatt ihn nur festzunehmen. Konnte das wahr sein? Aber Olu war keiner, der etwas leichtfertig dahinsagte.

Hinter ihr knarrte leise eine Diele. Padre Anselmo stand in der Zimmertür. »Maria, mein Kind«, sagte er und breitete die Arme aus. Sie sprang auf und flog in seine Umarmung. Lange standen sie so da, aneinandergeklammert in ihrem Schmerz. Behutsam löste er sich von ihr. »Faustino ist beunruhigt, Maria. Du solltest nach unten gehen. Die Soldaten könnten kommen und das Haus durchsuchen. Miguel kann uns nicht mehr helfen. Du bist jetzt diejenige, die Entscheidungen zu treffen hat, *querida*.«

Er hatte recht. In dieser Nacht war keine Zeit für Tränen. Man erwartete etwas von ihr. Sie musste Haltung zeigen, auch wenn es schwerfiel. Sie nahm ein Taschentuch aus einer Schublade und schneuzte sich ausgiebig. »Niemand durchsucht mein Haus«, sagte sie dann entschlossen und mit Zorn in der Stimme.

Hatte sie mein Haus gesagt? Es war schließlich immer noch Miguels Haus. Aber egal. Sie ging an ihrem Schwager vorbei und stieg die Stufen zur Halle hinunter. Padre Anselmo folgte ihr. Unten brannten ein paar einsame Kerzen, die dem Raum eine düstere Stimmung verliehen.

Señor Faustino reichte ihr die schwere Ledertasche mit dem Geld. »Olu hat sie im letzten Augenblick aufgesammelt. Ihr solltet sie einschließen.«

Geld! Was bedeutete schon Geld in diesem Augenblick? Aber natürlich hatte er recht. Sie wusste, wo Miguel den Schlüssel zu seinem eisernen Schrank versteckt hielt, und verwahrte die Tasche darin.

Als sie zurückkam, sagte Faustino: »Es kann gut sein, dass die Soldaten uns bis hierher verfolgt haben. Sie könnten bald hier sein.«

Seine Stimme hatte sehr beunruhigt geklungen, und Doña Maria erschrak. »Was ratet Ihr, Señor Octavio?«

»Nun, Schmuggelware werden sie hier nicht finden. Und Pérez ist klug genug, sich nicht fangen zu lassen. Ich hoffe, er hat alles verstecken können. Aber wenn sie hier Miguel mit einer Schusswunde vorfinden, dann haben sie einen vorzeigbaren Beweis, dass wir beteiligt waren. Wir mussten ja schon sein Pferd zurücklassen und das Spinett.«

»Was für ein Spinett?«

»Ein Geschenk des *alemán*. Für Euch, Doña Maria.«

»Für mich?« Sie war überrascht, und spontan kam ihr das Bild des schlaksigen jungen Mannes ins Gedächtnis. Sie fühlte sich angenehm berührt von dieser Geste. Aber dann ärgerte sie sich über ihre eigenen Gefühle. Wie unpassend. Es war wirklich nicht der Moment für Geschenke und andere Nettigkeiten. Und wie kam der Mann überhaupt dazu?

»Egal! Sie haben kein Recht, hier einzudringen, nicht in unser Haus.« In ihren Augen funkelte es. »Wir werden uns verteidigen, Señor Octavio. Wenn nötig, mit Musketen.« Hatte sie das gerade wirklich gesagt?

Padre Anselmo machte ein besorgtes Gesicht. »Sei vorsichtig, Maria. Diesem Ehrgeizling von Vizegouverneur ist alles zuzutrauen.«

Aber Señor Faustino sah sie an und nickte grimmig. »Gut, Señora. Das wollte ich nur hören. Wir haben schon das Nötigste vorbereitet. Die Hausangestellten habe ich zu den Hütten geschickt. Und ein paar unserer Schwarzen sind bewaffnet auf dem Dach der Ställe postiert, um den Hof zu sichern. Olu und ich übernehmen die Vorderseite.«

Er deutete auf eine Reihe von Musketen, die an der Wand gelehnt standen. Sie schienen bereits geladen und mit Zündschnur versehen zu sein. Daneben lagen Bandeliere mit Pulverfläschchen und Kugeltaschen. Beide Männer trugen Pistolen im Gürtel und Macheten an der Seite. Es sah alles sehr kriegerisch aus, und Doña Maria stockte der Atem.

Doch dann überwand sie ihre Furcht und sagte: »Ich will auch eine Muskete. Und vielleicht noch eine Pistole.«

»Aber Maria!«, rief Padre Anselmo erschrocken.

»Keine Sorge, Anselmo«, erwiderte sie tapfer. »Ich kann damit umgehen. Miguel hat es mir beigebracht.« Das Schießen hatte er ihr beigebracht, aber nicht, eine Waffe auf Menschen zu richten.

Olu begann, die Läden zu schließen und die Verandatür mit Sesseln zu verbarrikadieren. In diesem Augenblick öffnete sich die Küchentür, und Francisco Pérez trat in den Raum. »Wir haben alles versteckt, Faustino, wie du befohlen hast.«

»Haben sie dich verfolgt?«

Pérez schüttelte den Kopf. »Wenn ja, haben wir unsere Spuren gut verwischt. Außerdem ist es dunkel.«

»Gut. Wie viele Bewaffnete hast du?«

»Außer mir noch fünf.«

»Dann ladet eure Musketen. Drei Mann sollen nach oben gehen. Du und der Rest bewachen den Hof. Aber nur im Notfall schießen.«

Maria rannte in ihr Schlafzimmer, um Hosen, Reitstiefel und eine lose Bluse anzuziehen. Dann gesellte sie sich wieder zu den Männern und nahm ihre geladenen Waffen entgegen.

»Mein Gott, Maria«, sagte Padre Anselmo. »So kenne ich dich gar nicht.«

»Denkst du, Mädchen aus Sevilla sind aus Zucker?«

»Ich hoffe nur, das hier endet nicht in einem Blutbad.« Er setzte sich in eine Ecke, faltete die Hände und schloss die Augen, wie um zu beten.

Doña Maria ließ sich in einen Sessel fallen und legte die Muskete über die Knie. Oben hatte sie noch einmal auf den blutigen Leichnam ihres Mannes geblickt. Dabei hatte sich ihrer eine kalte Wut bemächtigt und für den Augenblick Trauer und Furcht verdrängt. Sollen sie ruhig kommen, die Halunken! Sie würden ihnen einen heißen Empfang bereiten. Während sie warteten, erzählte Faustino, was sich in den letzten Tagen zugetragen hatte. Und noch einmal den genauen Hergang des Hinterhalts.

»Vielleicht hatten sie uns noch nicht so früh erwartet. Sie schienen unvorbereitet. Und wisst Ihr, Señora, wer plötzlich aufgetaucht ist und Miguel aus der Schusslinie gezogen hat? Es war Babatunde!«

Sie hob erstaunt die Brauen. »Der entlaufene Sklave?«

»Genau der. Ist jetzt beim alten Tom. Kann nicht sagen, dass ich das gutheiße. Schließlich ist er ein Sklave. Aber nun ist es eben so. Man muss ihm zugutehalten, dass er uns warnen wollte und dass er Olu geholfen hat, Miguel aufs Pferd zu heben, trotz der Gefahr, selbst erwischt zu werden.«

»Und wo ist er jetzt?«

»Wieder verschwunden. Don Diego, sein Herr, war bei den Soldaten, da ist er ausgerissen. Die hängen ihn natürlich auf, wenn sie ihn erwischen.«

»Was sagt Ihr da, Octavio? Don Diego war bei den Soldaten?«

»Das jedenfalls hat Babatunde erzählt. Dieser verfluchte Portugiese muss uns verraten haben. Der wollte sich doch an Miguels Geschäften beteiligen. Er muss also von der Blockhütte gewusst haben.«

»Das überrascht mich nicht. Dem hab ich nie getraut. Und der Doctor von der *Sophie* hat ihn sogar des Mordes bezichtigt.«

»Ich erinnere mich«, knurrte Faustino. »Und würde es ihm auch zutrauen, so wie das Duell verlaufen ist. Hinterhältiger Kerl.«

Die Nachricht, dass Babatunde lebte und in Sicherheit war, freute Doña Maria. Sie überdachte, was man ihr erzählt hatte. Dann stellte sie die Frage, die sie schon die ganze Zeit beschäftigte. »Ist es wahr, dass sie nur auf Miguel geschossen haben?«

Faustino nickte. »Ich war der Erste in unserer Kolonne. Eigentlich hätten sie mich treffen sollen. Aber in meine Nähe ist keine einzige Kugel gekommen, obwohl ich nur Schritte von Miguel entfernt war.«

»Aber Olu wurde doch verwundet.« Da fiel ihr ihre Vergesslichkeit ein, und sie schlug die Hand vor den Mund. »Mein Gott, Olu, ich hab ganz vergessen, mich um deine Wunde zu kümmern. Und mich zu bedanken, dass du die Ledertasche des Herrn mitgebracht hast.«

Olu lächelte. »Nur ein Streifschuss, Señora.« Er hatte sich ein neues Hemd übergezogen und schob den Ärmel hoch, um ihr den Verband darunter zu zeigen. »Consuela hat mich schon verarztet.«

»Und du glaubst auch, sie hatten es nur auf Don Miguel abgesehen?«

Er zögerte keinen Augenblick mit der Antwort. »Ich bin mir sicher, Doña Maria. Mich haben sie nur aus Versehen getroffen, weil ich ihm helfen wollte.«

»Aber das ist ja ungeheuerlich!« Das Blut war ihr ins Gesicht gestiegen, und sie bebte vor hilflosem Zorn. »Wenn das stimmt, wird Alonso Calderón mir dafür büßen«, flüsterte sie.

»Soldaten, Señora«, rief einer der *vaqueros* vom oberen Treppenabsatz.

»Haltet sie in Schach«, erwiderte Faustino. »Aber niemand schießt, außer ich gebe den Befehl!« Er trat an eines der Fenster und öffnete einen Spaltbreit den Laden. »An die zwanzig Mann, schätze ich. Und drei Reiter. Wahrscheinlich Calderón und dieser Diego de Oliveira. Der Dritte ist ein Offizier.« Er drehte sich um. »Besser, wir zünden die Lunten an.«

Die Musketen, für jeden Schützen gab es zwei, waren mit einer ellenlangen, sehr langsam brennenden Lunte versehen, dessen brennendes Ende durch Abzug des Hahns auf die Pulverpfanne gedrückt wurde. Umständlicher als die modernen Steinschlösser, die einen Funken schlugen, aber noch nicht so verbreitet waren. Zumindest die Pistolen waren schon mit Steinschlössern versehen. Olu und Faustino prüften noch einmal, dass alle Waffen einsatzbereit waren. Schließlich löschten sie die Kerzen, um in deren Schein kein Ziel zu bieten.

Doña Maria trat an eines der Fenster, öffnete den Laden ein wenig, schob den Lauf der schweren Muskete hindurch und ließ ihn auf die Fensterbank sinken. Dann ging sie dahinter in Stellung und zog mit einem Klicken den Hahn zurück. Ein Viertelmond bot genug Licht, um alle Einzelheiten draußen zu erkennen. Auf kurze Entfernung würde selbst ein ungeübter Schütze sein Ziel nicht verfehlen.

Schuss in der Nacht

Don Alonso hob die Hand und befahl dem *subteniente*, die Kolonne anzuhalten. Etwa ein Drittel der Truppe waren Musketiere, der Rest einfache Fußsoldaten mit Helmen, Hellebarden und kurzen Schwertern bewaffnet. Auf ihren Offizier war er wütend. Der Mann hatte den verdammten Hinterhalt vermasselt, so dass die Schmugglerbande hatte entkommen können.

Aber zumindest war der Angriff nicht ganz umsonst gewesen, denn Don Miguel war verwundet worden, da war er sich sicher. Zumindest in diesem Punkt hatten die Schützen gute Arbeit geleistet. Dennoch war es zweien seiner Sklaven gelungen, den Mistkerl wie einen Mehlsack aufs Pferd zu heben und mit ihm zu fliehen. Er hatte die Bande noch ein Stück weit verfolgen lassen. Aber ihre Spuren hatten sich in mehrere Fährten aufgeteilt, so dass man nicht sicher sein konnte, welche die richtige war. Der, der sie gefolgt waren, hatte sich bald in nichts aufgelöst. Danach war es zu dunkel geworden, um die Suche weiterzuführen.

Sie standen vor dem großen, zweistöckigen Anwesen mit der breiten, von Rundbögen und Säulen umrahmten Veranda. Eben hatte hinter den geschlossenen Läden noch Licht gebrannt, jetzt lag das Haus im Dunkeln.

»Ob er wohl da drin ist?«, fragte Don Diego an seiner Seite.

»Wir werden es herausfinden. Und wenn er verwundet ist, was ich glaube, dann sind sie geliefert. Dann können wir ihn festnehmen und den Beweis für ihre Schiebereien erbringen.«

Vielleicht war der Bastard sogar tot und Doña Maria Witwe. Das wäre natürlich das Beste. Mit einer Frau war leichter umzugehen. Und wer weiß, vielleicht konnte er sich sogar Hoffnungen auf die Dame machen. Nicht sofort, aber später. Am besten würde er die Sache mit Umsicht angehen und sehen, was sich ergab.

»Bleibt, wo Ihr seid«, rief er dem Offizier zu und lenkte sein Pferd etwas näher ans Haus heran, wo er es fünf Schritte vor der Veranda zum Stehen brachte. »Don Miguel!«, rief er mit lauter Stimme. »Ich habe Dringendes mit Euch zu bereden. Bitte zeigt Euch.« Natürlich rechnete er nicht damit, dass der Mann der Aufforderung Folge leisten würde.

Es blieb eine Weile still. Dann ertönte plötzlich Doña Marias Stimme aus dem Dunkeln hinter einem der Fenster. »Seid Ihr schon wieder mit Soldaten gekommen, Calderón? Was wollt Ihr diesmal von meinem Mann.«

»Ah, Verehrteste. Seid Ihr das?« Er lüftete kurz den Hut und wünschte ihr einen guten Abend. »Wir sind in Mission des Königs unterwegs und müssen dringend Euren werten Gemahl sprechen.« Er lächelte breit, wobei seine Zähne im Mondlicht blitzten.

»Und welcher König erlaubt Euch, ohne Einladung unser Land zu betreten? Wohl nicht der spanische, so will ich meinen. Ihr solltet machen, dass Ihr davonkommt.«

»Warum so harsch, Doña Maria? Und warum zeigt Ihr Euch nicht selbst, damit wir uns besser unterhalten können?«

Sie schob die Läden etwas auseinander und hob die Waffe. »Ich zeige Euch lieber den Lauf meiner Muskete«, sagte sie. »Er ist auf Euch gerichtet, und mein Finger ist am Abzug. Ihr solltet wirklich schleunigst verschwinden! Und das ist keine leere Drohung.«

Aber Don Alonso nahm die Aufforderung nicht ernst. Fast hätte er gelacht. »Von Eurem Land? Ich dachte, es gehört Don Miguel. Wo ist er überhaupt? Geht es ihm gut?«

»Was geht Euch das an? Und der andere Kerl da? Was will der?«

»Meint Ihr Don Diego? Nun, sein Aufseher, Pedro Fernandez, ist ermordet worden. Und er vermutet, es war einer Eurer Sklaven. Ein gewisser Baba. Der ist dort letzte Nacht gesehen worden.«

War Babatunde etwa zurückgekommen und hatte seinen Peiniger ermordet? Das war nicht gut, wenn es stimmte. Obwohl sie es verstehen konnte.

»Hier ist kein Baba«, meldete sich jetzt Faustino zu Wort. »Gehört nicht zu unseren Arbeitern.«

»Aber er ist doch zu Euch geflohen, hab ich mir sagen lassen.«

»Wir wollten ihn an Don Diego ausliefern, wie es sich gehört, aber er ist weggelaufen. Das weiß auch sein Herr. Wir haben nichts mehr von dem Burschen gesehen. Vermutlich ernährt er sich da draußen in der Wildnis von Wurzeln oder ist längst verreckt.«

»Nun gut. Das wäre noch zu klären, Señor Faustino. Doch nun zu anderen Dingen.« Er wandte sich wieder an Doña Maria. »Ich will nicht unhöflich sein, Verehrteste, aber die Pflicht gebietet mir, Euren Gemahl zu befragen. Wir haben Beweise dafür, dass er Umgang mit Schmugglern hat.«

»Und was für Beweise sollen das sein?«

»Wir haben diesen Verbrechern eine Falle gestellt und dabei ein mit ausländischer Ware bepacktes Maultier und Don Miguels Pferd erwischt. Die Brandzeichen sind eindeutig. Und ich selbst habe ihn vom Ort des Geschehens fliehen sehen.«

»Was für Ware?«

»Ein Spinett. Offensichtlich in Holland gefertigt.«

»Ein Spinett.« Doña Maria begann zu lachen. »Mehr habt Ihr nicht? Keine Perlen und keine Seide? Keine Brüsseler Spitzen oder französischen Weine? Kein chinesisches Porzellan oder indische Gewürze? Ich glaube, Ihr macht Euch lächerlich, Señor!«

Don Alonso fühlte sich bei den Worten unbehaglich, denn er wusste sehr wohl, dass sein Fang nicht großartig war. »Nun, ich bin sicher, da war noch mehr auf den anderen Lasttieren, mit denen Euer Gemahl geflohen ist.«

»Warum sollte er vor Euch fliehen, Don Alonso? Ich glaube, Ihr verwechselt ihn mit einem anderen. Habt Ihr vielleicht zu viel *aguardiente* getrunken? Ich weiß, beim Militär wird gern gezecht.«

Don Alonso konnte den beißenden Spott in ihrer Stimme hören. Dieses Weib hatte eine unnachahmliche Art, ihn zu reizen. Langsam wurde er ungeduldig. Es wurde Zeit, die Dinge beim Namen zu nennen.

»Macht Euch nur lustig, Doña Maria. Ich weiß, was ich gesehen habe. Außerdem ist Euer sauberer Ehemann bei dem Hinterhalt angeschossen worden. Soll er sich doch auf der Stelle zeigen und das Gegenteil beweisen.«

Aber auch das schien nichts bei ihr zu bewirken. »Mein Gemahl muss gar nichts beweisen. Aber Ihr, Señor, Ihr müsst endlich von hier verschwinden. Und nehmt Euren Lakaien, diesen Oliveira da drüben, gleich mit. Jetzt, da alle wissen, was für ein Halunke der ist.« Die Wut in ihrer Stimme war unverkennbar. »Schon beim letzten Mal hatte ich angekündigt, dass wir scharf schießen, solltet Ihr noch mal unerlaubt unser Land betreten.«

Aber Don Alonso lachte nur. »Das werdet Ihr nicht wagen. Außerdem«, er drehte sich im Sattel um, »komme ich mit Soldaten, wie Ihr seht. Wir können uns mit Gewalt Zugang verschaffen und …«

In diesem Augenblick krachte und blitzte es im Fenster des Hauses, und eine Kugel fegte Don Alonsos Hut vom Kopf. Sein Pferd riss vor Schreck den Kopf hoch und bockte wild, so dass er beinahe aus dem Sattel gestürzt wäre.

»Verflucht noch mal! Seid Ihr des Wahnsinns?«, schrie er entsetzt.

»Wahnsinnig wäret Ihr selbst, Señor, wenn Ihr daran denkt, uns anzugreifen«, rief Doña Maria scheinbar ungerührt. Hätte er genauer hingehört, hätte er bemerkt, dass ihre Stimme trotz der entschlossenen Worte ein wenig zitterte. Aber er war zu sehr damit beschäftigt, seinen Gaul zu beruhigen. »Gegenwärtig sind fünf Musketen auf Euch gerichtet und ebenso viele Pistolen«, fuhr sie gefasster fort. »Und hinter dem Haus sieht es genauso aus. Ich schlage vor, Ihr macht Euch jetzt von dannen, bevor ich endgültig die Geduld verliere.«

Einen Augenblick lang war Don Alonso zu erschüttert, um etwas zu sagen. Verflucht noch mal, was für ein Teufelsweib! Nie und nimmer hätte er das von einer so zierlichen Person erwartet. Er warf einen erschrockenen Blick über die Fassade des Hauses und sah auch in anderen Fenstern Musketenläufe, die ihm vorher entgangen waren. Sogar die brennenden Lunten konnte man glimmen sehen. Don Alonso war weiß Gott kein Feigling, aber ein Sturm auf das Haus würde zu vielen das Leben kosten.

»Das wird ein Nachspiel geben, Doña Maria. Ich schwöre es Euch!«

Damit riss er seinen Gaul herum und trabte hocherhobenen Hauptes davon. Auf Befehl des *subteniente* lief einer der Soldaten vor und hob Don Alonsos durchlöcherten Hut auf. Dann machte die Kolonne kehrt und marschierte davon.

»¡*Madre mía!*«, flüsterte Padre Anselmo und schlug die Hände über dem Kopf zusammen. »Ich bin vor Schreck fast gestorben. Du hättest den Mann umbringen können, Maria. Was ist nur in dich gefahren?«

»Nur ärgerlich, dass ich es nicht getan habe«, erwiderte sie trotzig. »Hast du gehört? Er hat zugegeben, dass sie Miguel erschossen haben. Verdammte Mörderbande!«

Sie zitterte vor Aufregung am ganzen Leib und war froh, als Señor Faustino ihr die noch rauchende Waffe abnahm. Dabei merkte sie nicht einmal, wie er sie plötzlich mit ganz neuem Respekt ansah. Sie ließ sich in einen Sessel sinken und bekreuzigte sich. »Was machen wir jetzt?«, fragte sie, als sie sich wieder etwas gefasst hatte.

»Er wird wiederkommen«, sagte Padre Anselmo. »Wahrscheinlich mit einem richterlichen Befehl.«

»Wir müssen Don Miguel sofort begraben«, schlug Faustino vor. »Dann können sie nichts beweisen.«

»Nein!« Doña Maria sah ihn gequält an, und ihre Augen füllten sich mit Tränen. Der Gedanke, Miguel noch in der Nacht in ein dunkles Grab zu legen, ihn quasi hastig und für immer zu verscharren, diese Vorstellung war ihr im ersten Augenblick unerträglich. Sie legte die Hand aufs Herz und holte tief Luft, als fürchtete sie zu ersticken, als läge sie selbst schon in der Gruft. Doch dann zwang sie sich zur Ruhe. »Und wenn sie ihn wieder ausgraben?«, wandte sie ein.

»Das wird Richter Rodrigo nicht zulassen«, murmelte Padre Anselmo. »Dafür werde ich schon sorgen. Keiner Christenseele darf man die ewige Ruhe stören. Nicht für ein Spinett.«

Einen Augenblick lang herrschte Stille im Raum.

»Also gut«, flüsterte Doña Maria und bekreuzigte sich ein zweites Mal.

Und so wurden die Vorbereitungen für eine schnelle Beisetzung getroffen. Obwohl die Soldaten abgezogen waren, stellte Señor Faustino zur Sicherheit Wachen rund um das Anwesen auf. Im Schein einer Laterne zimmerte der alte Juan, der die Schreinerarbeiten auf der *hacienda* erledigte, einen einfachen Sarg. Zwei andere hoben unter dem alten Baum im Garten ein Grab aus.

Während die Arbeiten im Gange waren, lag Padre Anselmo in seinem Zimmer auf den Knien und betete inbrünstig für das Seelenheil seines Bruders. Er hätte ihm gern noch so manches gesagt, so manche Stunde mit ihm verbracht. Doch nun war er bei Gott, möge der ihm seine Sünden vergeben.

Faustino saß mit einer geladenen Muskete über den Knien auf der Veranda und wartete auf den Morgen. Ein Leben lang waren er und Miguel Freunde gewesen. Dass er nun so plötzlich tot sein sollte, war ein schwerer Schlag und fast nicht zu glauben. Er fragte sich, was jetzt wohl mit der *hacienda* geschehen würde. Er konnte sich vorstellen, dass Doña Maria verkaufen und nach Sevilla zurückkehren würde. Was sollte sie sich mit einer Pflanzung auf dieser heißen, mückenverseuchten Insel abmühen? Sie war jung, hatte genug Geld und würde in ihrer illustren Heimatstadt ein neues Leben beginnen können. Aber was wurde dann aus ihm und all den anderen hier? Er selbst könnte vielleicht eine Tabakpflanzung kaufen. Genug Geld hatte er gespart. Aber der Gedanke enthielt wenig Reiz für ihn. Schließlich war die *hacienda* genauso sein Leben gewesen wie für Miguel.

Doña Maria verbrachte die Nachtstunden an der Seite des Verstorbenen, um von ihm Abschied zu nehmen. Sie war jetzt ruhiger. Auch wenn ihr manchmal noch die Tränen kamen, akzeptierte sie langsam, dass Miguel sie für immer verlassen hatte. Zwangsläufig drängten sich andere Gedanken auf. Was sollte jetzt werden? Die Zukunft war ungewiss. Bisher hatte alles auf Miguels starken Schultern geruht. Sie fühlte sich unsicher und verloren.

Aber dann erinnerte sie sich, mit welcher Unerschrockenheit sie diesen Calderón samt seinen Soldaten verjagt hatte. Zu ihrer eigenen Überraschung. So etwas hätte sie sich nie zugetraut. Natürlich war es mit Faustinos Hilfe geschehen. Und die Wut über Miguels Ermordung hatte ihr ungeahnten Mut verliehen. Das erschrockene Gesicht des Vizegouverneurs bereitete ihr immer noch grimme Genugtuung. Vielleicht war der Vorfall ein gutes Omen. Vielleicht war sie gar nicht so schwach und verloren, wie sie sich gefühlt hatte, als man Miguel tot ins Haus getragen hatte.

Consuela brachte ihr etwas zu trinken und setzte sich zu ihr. Arm in Arm saßen sie da, tauschten ein paar Worte, Consuela weinte, und Doña Maria tröstete sie. Die meiste Zeit aber wachten sie beide in stiller Trauer um den Verstorbenen. Im Morgengrauen erschien Olu und flüsterte Consuela etwas zu, woraufhin sie ihm nach unten folgte. Bald darauf hörte man Klappern aus der Küche. Natürlich, die Männer hatten Hunger, dachte Doña Maria. Egal, was geschieht, das Leben nimmt wenig Rücksicht darauf. Es geht einfach weiter, auch wenn man es am liebsten für eine Weile anhalten möchte.

Am frühen Morgen beerdigten sie Don Miguel neben seinen Eltern und seiner kleinen Schwester. Alle waren gekommen und hatten sich um das offene Grab unter dem alten Baum versammelt, Faustino und Pérez, die *vaqueros*, Olu und Consuela, die Köchin Marta und die anderen Hausdiener, das neue Mädchen Abeni, die Stallknechte und alle Feldarbeiter, der alte Juan und natürlich auch der Zuckermeister. Viele weinten, denn sie hatten Don Miguel als gerechten Herrn gekannt. Padre Anselmo war untröstlich, dass sein Bruder verschieden war, bevor er ihm das letzte Sakrament hatte geben können. Auch seine Grabrede musste er unvollendet lassen, da ihn jäh der Kummer übermannte. Doña Maria stützte ihn, und gemeinsam beteten sie für den Verstorbenen. Dann fiel die Erde auf den Sarg.

Faustino ließ das Anwesen weiterhin bewachen, aber Don Alonso schien sie nicht noch einmal stören zu wollen. Vielleicht war Richter Molina von seinen Beweisen weniger überzeugt, als er sich erhofft hatte.

Am nächsten Tag nach dem Morgenmahl bat Padre Anselmo seine Schwägerin um eine Unterredung. Sie wanderten über den Rasen zu Don Miguels frischem Grab, das von einem Berg Blumen bedeckt war, und hielten eine stille Andacht. Danach ergriff er ihre Hand und blickte ihr mit ernster Miene in die Augen.

»Vielleicht ist es zu früh, darüber zu reden«, sagte er. »Aber viele hier werden sich Fragen stellen und Sorgen machen. Hast du dir schon überlegt, was du jetzt tun willst? Ich könnte es gut verstehen, wenn du die *hacienda* verkaufen und nach Sevilla zurückkehren möchtest. Dies ist vielleicht ein viel zu wildes Land für eine junge Dame wie dich.«

»Du willst mich doch wohl nicht loswerden, Anselmo?«

»Um Gottes willen, nein. Ich wäre sehr traurig, wenn du gingest. Du bist die Einzige meiner Familie, die mir geblieben ist.«

Sie drückte seine Hand und sah ihn aufrichtig an. »Danke, Anselmo. Aber wie du sagst, es ist noch zu früh. Ich bin noch zu verwirrt.«

»Natürlich. Entschuldige, wenn ich dich bedrängt habe.«

»Nein, du hast ja recht. Ich habe mich auch schon an Hispaniola gewöhnt. Gesellschaften und Feste sind ohne Reiz für mich. Aber das Land, das bedeutet mir etwas. Es ist inzwischen ja auch meine *hacienda*. Und die Menschen hier, die brauchen jemanden, der alles zusammenhält. Aber ob ich die Richtige dafür bin? Ich weiß nicht, ob ich diese Bürde tragen kann. Jedenfalls nicht so wie Miguel.«

»Ich glaube, *querida*, du bist stärker, als du denkst. Außerdem ist da ja noch Faustino. Und natürlich Olu und Pérez. Und auch mit meiner Unterstützung kannst du immer rechnen.«

»Danke, Anselmo.«

Er hatte bei ihrem Gespräch väterlich den Arm um sie gelegt. Aber jetzt runzelte er besorgt die Stirn. »Nur dieses Schmuggelgeschäft, das solltest du aufgeben. Miguel hat das seit Jahren betrieben, aber es ist natürlich ungesetzlich. Und sieh, welches Leid es uns gebracht hat. Außerdem ist das ganz und gar nichts für eine Frau. Diese Heimlichkeiten und zehrenden Ritte in die Wildnis.«

»Aber, Anselmo, vorhin hast du mich für stark gehalten. Und jetzt bin ich eine schwache Frau? Was denn nun wirklich? Ich gestehe, ich bin ja selbst unsicher.«

»Nun ja« Er schwieg verlegen.

»Aber eines sag ich dir, sollte ich herausfinden, dass dieser Calderón unseren Miguel erschossen hat oder den Befehl dazu gegeben hat, dann gnade ihm Gott.«

»Das wird nicht leicht zu beweisen sein.«

»Aber ich will es versuchen. Und was den Schmuggel betrifft, das Handelsmonopol ist ein idiotisches Gesetz, das wissen wir alle. Es dient allein den Reichen in Sevilla und Cádiz. Und denen liegt nur daran, die Kolonien auszusaugen und sich Paläste zu bauen. Warum sollten wir das unterstützen?«

Anselmo seufzte. »Der König macht die Gesetze, nicht wir.«

»Ich weiß. Aber wenn sie der Kolonie im Grunde schaden, ist es dann nicht unsinnig, sich daran zu halten?«

»Du sprichst wie Miguel.«

»Vielleicht. Aber du weißt selbst, die *hacienda* war sein Lebenswerk. Er hat seine ganze Kraft hineingesteckt. Und ich bereue, dass wir keine Kinder haben.« Ihre Augen waren feucht geworden.

»Ich auch, Maria. Aber vielleicht wirst du eines Tages, wer weiß?«

»Ach, Anselmo. Dafür ist es zu spät.«

»Für meinen Bruder ist es zu spät. Nicht für dich. Du bist jung. Es würde mich jedenfalls sehr glücklich machen.«

»Daran kann und will ich jetzt nicht denken. Komm, lass uns auf der Veranda Platz nehmen. Dort ist es kühler. Ich sehe, dass Consuela schon mit einer Limonade auf uns wartet.«

Was sie ihm nicht verriet, war, dass am Abend die *alemánes* am Flussufer erwartet wurden, und vor allem nicht, was diese vorhatten. Sie stellte sich vor, was für eine Peinlichkeit es für Calderón bedeuten würde, wenn man ihm die Holländer von seiner eigenen Pflanzung unter der Nase wegstahl. Die ganze Stadt würde über ihn lachen.

Bei dem Gedanken an das Vorhaben schob sich das Bild des jungen Kapitäns in ihr Bewusstsein, sein schlechtes Spanisch, über das sie heimlich hatte lachen müssen, seine schlanke Gestalt, sein unbekümmertes Lächeln. Dabei ergriff sie ein seltsames Sehnen. Aber nur für einen Augenblick, dann verbannte sie solch unwürdige Regungen. Wie konnte sie an einen anderen Mann denken, wenn Miguel gerade erst beerdigt worden war?

Überhaupt, am besten sollte sie die Sache abblasen. Das war viel zu gefährlich, besonders jetzt, da die *hacienda* und alles, was hier geschah, unter strengster Beobachtung stand. Was, wenn herauskäme, dass sie selbst geholfen hatte, Gefangene der Krone zu befreien? Nicht auszudenken! Überhaupt diese Schmuggelei. Anselmo hatte schon recht. Sie sollte Schluss damit machen.

TREFFPUNKT AN DER MÜHLE

In der Dunkelheit des frühen Abends erreichten Jan und seine Gefährten die Zuckermühle, wo sie verabredet waren. Den Weg durch die Wildnis hatten sie auf Don Miguels Maultieren bestritten. Der alte Tom hatte sie hergeführt und wollte es sich nicht nehmen lassen, an allem, was sie vorhatten, teilzunehmen. Ein Angebot, das Jan gerne angenommen hatte, war der Bukanier doch ein Mann, der sich auskannte.

Natürlich waren Hendriks und Jonkers mit von der Partie. Dazu der vierschrötige Geerke Buhr und Piet Möller, dessen Wade inzwischen verheilt war. Christjan Luttmann hatte ebenfalls mitkommen wollen, aber Jan hatte auf ihn verzichtet. Zu ungestüm war ihm der Bursche. Außerdem hatte man ihn in Santo Domingo ziemlich zugerichtet, obwohl er nicht zugeben wollte, dass er wahrscheinlich eine gebrochene Rippe davongetragen hatte. Zuletzt Enders, ihr bester Schütze, obwohl Jan natürlich hoffte, keinen Gebrauch davon machen zu müssen. Trotzdem waren sie alle mit Pistolen, Messern und Entersäbeln bewaffnet. Hendriks, Jonkers, Enders und auch der Bukanier Tom trugen Bandeliere und Musketen über den Rücken geschlungen.

Im Schatten der großen Schuppen stiegen die Männer von den Sätteln und banden die Tiere an. Der abnehmende Mond war nur noch eine schmale Sichel und spendete weit weniger Licht als noch vor Tagen. Genug aber, um die Umgebung der Mühle auszumachen.

Jan sah sich um. Der *ingenio* lag einsam und verlassen da. Die kupfernen Gefäße und Bottiche waren in der Werkstatt eingeschlossen, der Hof gefegt, die Eisenteile geölt, die stählernen Pressen unter schützenden Teerplanen verborgen. Nicht verbrauchtes Feuerholz lag ordentlich aufgeschichtet unter einem Schilfdach. Erst bei der nächsten Ernte würde hier das Leben neu erwachen, die Pressen rattern und die Kessel dampfen. Bis dahin war die Mühle ein stiller Ort. Am Flussufer lagen zwei flache Kähne, wie Don Miguel versprochen hatte, aber es war niemand zu sehen. Nur die Frösche quakten ohne Unterlass. Waren sie zu früh gekommen?

Jan beneidete Hendriks um seinen Gleichmut. Die Aussicht auf einen Kampf schien ihm nicht die gewohnte Gelassenheit zu nehmen. Jan dagegen war ziemlich unruhig, auch wenn er versuchte, es sich nicht anmerken zu lassen.

»Wo zum Teufel ist Olu?«, murmelte er. »Müsste längst hier sein.«

»Die haben jetzt wohl ganz andere Sorgen auf der *hacienda*«, erwiderte der alte Tom. »Da doch Don Miguel verwundet ist.«

Unterwegs waren sie Babatunde begegnet, der von dem Hinterhalt berichtet hatte. Das war ein herber Rückschlag. Nicht zuletzt, da Jan den Pflanzer schätzen gelernt hatte und ihm trotz kurzer Bekanntschaft freundschaftlich verbunden war. Doña Maria musste außer sich sein. Er stellte sich vor, was für eine Aufregung jetzt auf der *hacienda* herrschen musste. Man konnte nur beten, dass die Verwundung nicht allzu schwerwiegend war. Vor Antritt der Reise hatte er das

Schmuggeln nur als eine etwas andere Form des Handels betrachtet. Inzwischen war ihm bewusst geworden, dass es eine gefährliche Beschäftigung war, dass man seine Freiheit und sogar sein Leben verlieren konnte.

»Vielleicht ist das der falsche Moment für eine Befreiung«, sagte Jan. »Wäre fatal, den Soldaten in die Arme zu laufen.«

»Ich bin ja auch noch da«, knurrte Tom. »Und ich habe weiß Gott nicht die Angewohnheit, Soldaten in die Arme zu laufen. Wichtiger ist die Frage, ob die *Maria Carmen* bereitliegt. Die Boote sind hier, wie ich sehe, aber ohne Miguels Schiff sind wir aufgeschmissen.«

Plötzlich bewegten sich Schatten unter den Bäumen und kamen näher. Jan legte die Hand an seine Pistole. Doch dann erkannte er Olu in Begleitung zweier Sklaven. Ihre Hautfarbe machte sie in der Dunkelheit fast unsichtbar.

»Olu, du schwarzer Bastard.« Der alte Tom schlug ihm auf die Schulter. »Gut, dich zu sehen. Aber wir sind besorgt. Wie geht es deinem Herrn?«

Der Sklave ließ den Kopf hängen. »Er ist tot, Señor Tom.«

»Was?« Tom stöhnte auf, als hätte man ihn verwundet. »Verfluchte Scheiße! Ich glaub es nicht.«

»Ich hab ihn heimgebracht, Señor Tom. Aber er war schon tot, als wir ankamen. Gestern haben wir ihn beerdigt.«

»O nein! Und Doña Maria?«

»Es war ein schlimmer Schlag für sie. Für uns alle.«

Betroffen sahen sich die Männer an. »Und was jetzt?«, fragte Jan.

»Wir müssen auf die Señora warten«, erklärte Olu. »Es ist alles bereit, aber sie hat sich noch nicht entschieden. Ich glaube, sie will überhaupt Schluss machen mit dem Schmuggelhandel.«

»Verstehe«, murmelte Tom. »Ist ihr wohl zu gefährlich geworden.«

Olu nickte. »Und noch was. Auf der Tabakpflanzung sind Soldaten.«

»Wie bitte? Wie viele?«

»Sechs. Sie wechseln sich ab. Sind immer zwei auf Wache.«

Jan übersetzte für Hendriks. Der lauschte aufmerksam, schien aber nicht sonderlich besorgt zu sein. »Wir müssen sie überrumpeln. Sollte nicht allzu schwer sein.«

Da sie warten mussten, fragte Tom nach Einzelheiten zum Hinterhalt und zu Miguels Verwundungen. Außerdem berichtete Olu, dass man Babatunde beschuldigte, den Aufseher Fernandez ermordet zu haben.

»Kein Wunder«, sagte Tom. »Ich habe den Rücken des armen Jungen gesehen. An seiner Stelle hätte ich das Schwein schon längst kaltgemacht. Ich weiß nicht, was es ist. Aber sobald man manchen Kerlen Gewalt über andere gibt, werden sie zu Bestien.«

Danach waren sie lange still und warteten auf Doña Maria. Bis Hendriks leise fluchte. »Die verdammten Frösche gehen einem auf die Nerven.« Er war also doch nicht ganz so gelassen, wie er vorgab, dachte Jan nicht ohne Genugtuung.

Schließlich hörten sie fernen Hufschlag, und wenig später ritten Doña Maria und Faustino auf den Hof. Als sie vom Pferd sprang und sich näherte, war Jan überrascht, sie in Hemd, Reithosen und Stiefeln zu sehen, mit einem Hut auf dem Kopf, wie die *vaqueros* ihn trugen. Unter der Krempe des Huts lag ihr Gesicht im Schatten und war im Dunkeln kaum zu erkennen.

Ihre Stimme klang traurig und niedergeschlagen. »Capitán van Hagen. Wir haben leider sehr schmerzliche Neuigkeiten.« Auf der *hacienda* hatte sie ihn Juan genannt, jetzt war es wieder Capitán.

»Wir haben gehört«, entgegnete er unbeholfen. »Es tut mir sehr leid. Ich weiß wirklich nicht, was ich sagen soll.«

»Wir alle sind sprachlos. Wer hätte das erwartet.«

Sie begrüßte den alten Tom und Hendriks, den sie bereits kannte, und ließ sich auch die anderen Männer vorstellen.

Dann wandte sie sich wieder an Jan. »Ich weiß, wie wichtig Euch die Gefangenen auf Don Alonsos Pflanzung sind, aber unter den Umständen wäre es das Klügste, die Sache abzublasen. Schließlich habe ich meinen Mann verloren. Und noch mehr möchte ich nicht aufs Spiel setzen. Es wäre mehr als unverantwortlich, denke ich. Auch Euch gegenüber. Es sind Soldaten unterwegs, die Tabakpflanzung wird bewacht. Ich möchte nicht, dass Euch und Euren Männern etwas zustößt.«

Sie nahm den Hut ab, und als sie zu ihm aufschaute, erhellte das Mondlicht ihr ernstes Gesicht. Ihr Haar war im Nacken zu einem losen Knoten gebunden. Wie schön sie ist, fuhr es Jan durch den Sinn.

»Das ist nur verständlich, Doña Maria«, erwiderte er. »Aber ich bin fest entschlossen. Wir haben vielleicht nur diese eine Gelegenheit. Leiht uns das Schiff, wie besprochen, und dann seid Ihr uns los.«

Sie sah ihn lange an. Dann zuckte sie mit den Schultern und seufzte. »Padre Anselmo ist wohl der Einzige, der so denkt wie ich. Alle anderen sagen, jetzt erst recht!«

»Denkt an die Gefangenen, Doña Maria.«

»Natürlich. Wie könnte ich sie vergessen?«

Jetzt meldete sich Señor Faustino zu Wort. »Es tut mir leid, wenn ich mich wiederhole, Señora, aber wir halten ein

Vermögen an Einfuhrwaren versteckt, die wir an den Mann bringen müssen. Alles andere wäre ein zu großer Verlust für die *hacienda*. Besonders, da wir von unserem Zucker und Rinderhäuten noch nicht alles verkauft haben.«

»Ich verstehe nicht ganz«, sagte Jan.

»Señor Faustino glaubt«, erklärte sie, »dass Euer nächtliches Abenteuer während der nächsten Tage die nötige Ablenkung bieten wird, um ungestört unsere Abnehmer beliefern zu können. Um unsere Verluste auszugleichen.«

»Ich schätze, Señor Faustino hat recht. Es wird einen ziemlichen Aufruhr geben, und man wird unsere Verfolgung aufnehmen. Natürlich auf See und nicht zu Lande.«

»Und Ihr habt keine Angst, dass man Euch erwischt?«

»Nicht, wenn wir Euer Schiff, die *Maria Carmen*, für unsere Flucht verwenden dürfen. Aber dazu müssten wir uns jetzt gleich auf den Weg machen. Damit wir noch in der Dunkelheit davonsegeln können.«

Sie zögerte noch einen Augenblick, schien sich dann aber zu einem Entschluss durchzuringen. »*Bueno*, Capitán. Ich gebe mich geschlagen und will Euch nicht länger aufhalten.« Ihre dunklen Augen hielten ihn gefangen, während sie, ohne zu lächeln, ihm die Hand reichte. Ihre Haut fühlte sich samtweich an, und doch war ihr Händedruck fest. »Ich wünsche Euch und Euren Männern viel Glück für heute Nacht. Gott beschütze Euch, Capitán. Es täte mir sehr leid, wenn Euch etwas zustieße.« Sie ließ ihre Hand länger als gebührlich in der seinen liegen, bevor sie zögernd losließ. »Und vielleicht sehen wir uns ja eines Tages wieder.«

»Das hoffe ich, Doña Maria. Und vielen Dank für alles.«

Sie drehte sich um, ging zu ihrem Pferd und saß auf.

»¡*Buena suerte*, Capitán!«, sagte auch Faustino und stieg in den Sattel. Die beiden Schwarzen, die Olu begleitet hatten, banden die Maultiere los, um sie zur *hacienda* zurückzubringen. Auch sie saßen auf und folgten ihrer Herrin. Langsam entfernten sich die Hufschläge. Nun war alles gesagt, nun mussten sie handeln.

MARIA BENIGNA

D er alte Tom rieb sich die Hände. »Also los, Olu. Jetzt
bist du dran.«

Die Männer gingen zum Flussufer, wo Olu ihnen auftrug,
zur Tarnung Gesicht und Hände mit schwarzem Ufer-
schlamm einzureiben. Erst als er mit ihrem Aussehen zufrieden war, stiegen sie in die Kähne. Möller, Enders und Geerke
würden ihm rudern helfen. Bei ihnen achtete er besonders
darauf, dass kein Streifen weißer Haut zu sehen war. Die
anderen legten sich samt ihren Waffen flach auf den Boden
der Boote und zogen Sackleinen über sich. Falls sie beobachtet würden, wäre es weniger verdächtig, wenn es so aussähe,
als würde man Zucker oder Tabak in Ballen transportieren.
Die Ruderer schoben die Boote in den Fluss, legten die Riemen ein und begannen, die Strecke in Angriff zu nehmen.

Die Strömung war gemächlich, der Fluss vor ihnen lag
ruhig im bleichen Mondlicht, kein Mensch war zu sehen.
Nur die Frösche quakten, Mücken tanzten über dem Wasser,
und hier und da sah man die flinken Schatten von Fledermäusen am Nachthimmel. Zuerst ging es den Río Ozama
hinunter bis zum Zusammenfluss, dann den schmaleren Río
Isabela flussaufwärts an Don Diegos Pflanzung vorbei, bis
sie den Landeplatz fanden, von wo aus der Weg zur Tabak-

pflanzung hinaufführte. Auch hier war alles still. Sie vertäuten die Boote an Ufersträuchern und machten sich leise auf
den Weg. Außer Olu, der zurückblieb, um auf sie zu warten.
Schließlich wollte er nicht erkannt werden, um keinen Verdacht auf seine *hacienda* zu lenken.

Es musste etwa zwei Stunden vor Mitternacht sein, als sie
sich dem Haus auf dem Hügel näherten. Im Nebenhaus
brannte noch Licht, gelegentlich hörte man undeutliche
Männerstimmen. Wahrscheinlich wurde dort wieder gezecht
und Karten gespielt. Ansonsten war alles dunkel, nichts regte
sich auf den Feldern oder bei den Hütten weiter oben auf
dem Hügel, in der Küche oder dem Haupthaus. Don Alonso
war also nicht zugegen. Auch von den schwarzen Dienern
war nichts zu sehen.

Sie schlichen sich näher heran bis zur Einfahrt, die nur aus
ein paar Pfosten mit einem Querbalken bestand. Im Gebüsch
gegenüber versteckten sie sich und prüften ihre Waffen. Alle
Feuerwaffen hatten Steinschlösser und benötigten keine
Lunten. Jetzt war nichts weiter zu tun, als zu warten und die
Augen offen zu halten.

Im Anbau, wo das Kartenspiel zugange war, schliefen auch
die Aufseher. Die Soldaten nächtigten im Pferdestall, wie
Olu herausgefunden hatte. Einer von ihnen kam jetzt aus
dem Anbau und marschierte über den Hof, um am Brunnen
zu trinken. Im Schein der offenen Tür waren Helm, Brustpanzer und Säbel gut zu erkennen, aber keine Feuerwaffe.
Nachdem er sich erfrischt hatte, ging er zurück zu der Stelle,
wo seine Hellebarde an der Mauer lehnte, und schulterte sie.
Dann rief er etwas in den Anbau, woraufhin ein Zweiter
erschien und ebenfalls eine Hellebarde zur Hand nahm. Sie
begannen, ihre Runden zu gehen. Zuerst den Hang hinauf zu
den Sklavenhütten, wo sie sich im Dunkeln bald verloren.

»Wie seht Ihr die Lage, Hendriks?«, flüsterte Jan ihm zu. »Ist es zu machen?«

»Mit den beiden werden wir schon fertig. Und die anderen sollten nichts merken, solange wir leise sind. Mit Glück sind wir längst auf dem Schiff, bevor jemand Alarm schlägt.«

Der Plan war, zu warten, bis die Aufseher und restlichen Soldaten schliefen, danach die beiden Wachen zu überwältigen, um dann heimlich die Holländer zu befreien und zu den Booten zu bringen. Eine Schwierigkeit waren natürlich die Fußeisen und Ketten der Gefangenen. Aber komplizierte Schlösser wurden im Allgemeinen nicht verwendet. Die meisten dieser Art ließen sich mit einem stählernen Schlüssel öffnen, der aus einem Vierkantstift mit Griff bestand. Olu hatte ihnen einen solchen mitgegeben.

Inzwischen waren die vier übrigen Soldaten aus dem Haus gekommen, streckten sich und gähnten. Sie trugen weder Helme noch Brustpanzer, und ihre Tuniken waren aufgeknöpft. Einer pinkelte ausgiebig ins Gemüsebeet neben dem Haus und schwatzte dabei mit seinen Kameraden, die über sein Gerede lachten. Dann gingen sie gemächlich zum Pferdestall hinüber, wahrscheinlich, um sich schlafen zu legen. Am Gang merkte man, dass sie getrunken hatten. Auch einer der Aufseher zeigte sich kurz, um frische Luft zu schnappen, verschwand jedoch gleich wieder im Haus. Der Arbeitstag begann früh auf den Pflanzungen. Die Tür ließ er hinter sich offen. Bald darauf ging das Licht aus, und nur noch der Mond schien auf den Hof.

Jan musste immer wieder an Doña Maria denken. Erst vor Tagen hatte sie ein fröhliches Fest gegeben, nun war sie so unerwartet Witwe geworden. Was für ein Schicksalsschlag! Es musste schrecklich für sie sein, obwohl sie ihm trotz ihres Verlustes recht gefasst vorgekommen war. Nun lag die Verwaltung der *hacienda* allein bei ihr. Wie hätte Greetje unter solchen Umständen reagiert? Ob sie noch an ihn dachte, fragte er sich plötzlich schuldbewusst, denn er selbst hatte in der letzten Zeit kaum einen Gedanken an sie verschwendet. Zu viel war seit seiner Ankunft auf Hispaniola passiert. Natürlich, das musste der Grund sein, sagte er sich. Und dann waren seine Gedanken wieder bei Doña Maria und wie sie sich von ihm verabschiedet hatte.

Sie ließen noch gut ein Glasen vergehen, etwa eine halbe Stunde also, dann machten sich Hendriks und Jonkers bereit. Ihre Musketen und Säbel ließen sie zurück, trugen nur Pistolen im Gürtel und Messer. Sie schlichen über den Weg bis zur Toreinfahrt, wo sie sich zu beiden Seiten der Torpfosten im Gebüsch versteckten.

Es dauerte nicht lange, da tauchten zum wiederholten Mal die beiden Wachen auf. Ihre Helme glänzten im Mondlicht, als sie sich näherten. Sie trugen immer noch ihre Hellebarden geschultert und unterhielten sich leise. Kurz vor dem Tor machten sie kehrt, um ihren Wachgang von neuem zu beginnen. Jan sah, wie zwei Schatten sich aus dem Gebüsch lösten und ihnen auf leisen Sohlen folgten. Wie aufeinander eingespielte Jagdhunde schlugen sie zu. Klingen blitzten im Mondlicht auf, man hörte ein leises Röcheln, eine Hellebarde fiel klappernd zu Boden, einer der Wachen knickte in die Knie, dann der andere. Aber noch bevor sie fielen, hatten Hendriks und Jonkers sie schon am Kragen gepackt und schleiften die Leichname zum Tor hinaus, um sie zwischen den Sträuchern zu verstecken.

Es war so schnell und lautlos abgelaufen, dass es schon vorüber war, bevor Jan sich recht bewusst wurde, dass gerade zwei Männer gestorben waren. Sein Herz klopfte heftig, denn nun hatten sie eine Grenze überschritten. Wenn man sie jetzt erwischte, würden sie alle am Galgen enden. Aber es war unvermeidlich gewesen. Mit ihren Eisenhelmen hätte man die Soldaten nicht mal bewusstlos schlagen können.

»Die beiden machen das wohl nicht zum ersten Mal«, murmelte Tom anerkennend. »Ich hätt's nicht besser gekonnt.«

Hendriks und Jonkers verschwanden im Schatten des Pferdestalls, um zu horchen, ob die Soldaten schliefen. Dann schlichen sie über den Hof und verschwanden im Schuppen, wo der Tabak trocknete, und dem anderen, wo die Blätter verarbeitet wurden. Auch hier, um sich zu vergewissern, dass sich niemand darin versteckte. Schließlich tauchten sie wieder auf und winkten. Es war so weit. Tom und Enders nahmen ihre Stellungen beiderseits des Tors ein, wo sie mit ihren Musketen den ganzen Hof überblicken konnten. Die anderen folgten Jan hinter dem Pferdestall vorbei durch die Felder, bis sie Hendriks und Jonkers bei den Schuppen erreichten und ihnen ihre Musketen und Säbel zurückgaben.

»Ihr könnt Euch jetzt um die Gefangenen kümmern, Käptn«, flüsterte Hendriks. »Wir bleiben hier und halten Euch den Rücken frei.«

Jan, gefolgt von Geerke und Piet, schlich sich den sanften Hügel zu den Sklavenunterkünften hinauf. Kaum hatten sie die erste Hütte erreicht, als ein Schatten völlig überraschend aus der Tür trat und ihnen in die Arme lief. Eine Schwarze mit einem Korb unter dem Arm. Sie stieß vor Schreck einen spitzen Schrei aus. Geistesgegenwärtig packte Jan sie am Arm und hielt ihr die Hand über den Mund, bevor sie noch mehr Lärm machen konnte. Der Korb fiel scheppernd zu Boden.

Die Augen der Frau waren vor Schreck so groß wie Taubeneier, und sie kämpfte einen Augenblick lang mit ihm, bis

Geerke sie am anderen Arm festhielt und sie merkte, dass Widerstand sinnlos war.

»Muss die Köchin sein«, raunte Jan. »Hoffentlich hat es keiner gehört.«

»Benigna, *qué pasa?*«, ließ sich eine besorgte Stimme aus der Hütte vernehmen.

»Ist das Martin?«, flüsterte er der Schwarzen zu. »Wir suchen Señor Martin.«

Ihre Augen waren immer noch weit aufgerissen, aber sie nickte heftig und machte ein Zeichen, dass sie nicht schreien würde. Vorsichtig nahm Jan ihr die Hand vom Mund.

»*Sí*, Señor. *Es Martín*«, sagte sie leise und wiederholte es ein paarmal. Und dann hatte sie ein breites Grinsen im Gesicht, hatte verstanden, warum sie hier waren. Und es schien ihr zu gefallen. »Bist du auch *holandés?*«, fragte sie.

»Nein. Aber wir sind gekommen, um ihn zu holen.« Zu den anderen sagte er: »Lasst sie los, Jungs. Sie wird uns nicht verraten.«

Benigna rieb sich die Arme, wo man sie hart angefasst hatte. Dann griff sie nach seiner Hand und zog ihn bis zur Hüttentür. »*Martín está aquí*«, flüsterte sie aufgeregt. »Hier drin.«

Jan duckte sich durch den niedrigen Eingang. Innen war es dunkel, und es roch nach Moder, Männerschweiß und Rattenscheiße. Ein wenig Mondlicht trat durch das winzige Fenster, und er konnte die Schatten von drei Männern erkennen, die auf dem Boden lagen. Und dann das Klirren ihrer Ketten, als sie sich abrupt aufsetzten. Schemenhafte Gesichter, die ihn verwirrt und verwundert anstarrten.

»Ist einer von euch Martin van Doorn?«, fragte er leise. »Euer Vater schickt mich. Wir sind gekommen, euch Jungs nach Hause zu holen.«

»Oh, mein Gott«, klang es aus der Dunkelheit. »Oh, mein Gott!«

Dann eine andere Stimme. »Aber Ihr seid keine Holländer. Ihr hört Euch anders an. Wer seid Ihr?«

»Wir sind Schmuggler aus Bremen. Van Doorn ist mein Partner.«

Piet war hinter ihm in die Hütte gekrochen. Jan reichte ihm Olus Schlüssel. »Mach sie los, Piet.« Und zu den Gefangenen: »Welcher von euch ist van Doorn?«

Einer rechts von ihm regte sich. »Ich bin Martin van Doorn. Ist es denn wirklich wahr, dass mein Vater euch schickt?«

»Ja, es ist wahr. Wir bringen euch alle auf ein Schiff, und dann geht es heim nach Amsterdam.«

»Dem Herrn sei Dank! Aber wie wollt Ihr das anstellen?«

»Fragt nicht so viel. Und vor allem, keinen Lärm machen.«

Aber irgendetwas stimmte nicht, denn Piet stieß Verwünschungen aus. »Verdammt«, knurrte er. »Es geht nicht.«

»Was geht nicht?«

»Der verfluchte Schlüssel passt nicht!«

»Bist du sicher? Gib mal her.«

Jan nahm Martins Kette und verfolgte sie bis zum Fußeisen. Dort befand sich ein längliches Schloss. Jan musste das Ding abtasten, aber dann fand er an einem Ende die Öffnung für den Schlüssel. Er fummelte lange daran herum, aber sie war zu klein oder brauchte vielleicht einen Schlüssel mit anderen Kanten. Egal, was er probierte, öffnen ließ sich das Ding nicht.

»Herrgott noch mal!«, murmelte er vor sich hin. Konnte es denn möglich sein? So nah am Ziel und nun dies. Was war zu tun? Sie mussten irgendwie den richtigen Schlüssel in die Finger kriegen.

Maria Benigna, die ebenfalls in der Hütte hockte, hatte seine fruchtlosen Bemühungen beobachtet. Jetzt raunte sie ihm zu: »*La llave*. Ich weiß, wo einer ist, Señor. Ich kann ihn holen.«

»Das ist zu gefährlich«, sagte Martin. »Man wird dich erwischen.«

Aber sie lachte nur. »Niemand erwischt Benigna.« Sie stand auf, um die Hütte zu verlassen.

»Warte!«, sagte Jan. »Ich komme mit.« Und zu Piet und Geerke: »Ihr bleibt hier.«

Jan und die Sklavin schlichen den Hang hinunter, bis sie zu Hendriks und Jonkers kamen. Der eine hockte hinter einer Regentonne, der andere mit dem Rücken an der Wand des Schuppens. Beide hatten ihre Musketen im Anschlag.

»Das ist die Köchin«, flüsterte Jan. »Sie weiß, wo die Schlüssel sind. Der andere passt nicht.«

»Ihr schickt sie, um die Schlüssel zu holen?« Hendriks sah ihn zweifelnd an. »Ich hoffe, Ihr wisst, was Ihr tut, Käptn.«

»Sie wird uns nicht verraten. Außerdem haben wir keine Wahl. Denn sonst war alles umsonst, Johan. Also los, Benigna. Aber sei leise!«

Sie schenkte ihm ein Grinsen, in dem alle Zähne leuchteten, und schlich sich davon. Sie sahen zu, wie sie den Hof überquerte, sich einmal umsah und dann in der Tür des Anbaus verschwand. Mutiges Mädchen, dachte Jan. Alles hing jetzt von ihr ab. Ihm war überhaupt nicht wohl dabei, aber was sollten sie machen? Man konnte nur hoffen, dass sie nicht erwischt wurde. Hendriks musste das Gleiche denken, denn er zischte Jonkers zu, ihr sicherheitshalber zu folgen. Der stand auf und stahl sich mit der Muskete in der Hand in den Hof, wo er sich nicht weit von der Tür des Anbaus im Schatten des Hauses hinhockte.

»Ich hoffe, die Soldaten wachen nicht auf«, flüsterte Jan.

»Enders und Tom schießen jeden nieder, der rauskommt.«

Jan betete, dass es nicht dazu kommen würde. Plötzlich hörten sie es im Haus poltern, und eine wütende Männerstimme ließ sich vernehmen. Gleich darauf kam Benigna aus dem Anbau gestürmt, verfolgt von einem der Aufseher. In der Faust hielt sie ein Metallstück, das im Mondlicht glänzte. Das musste der Schlüssel sein. Aber der Mann war ihr dicht auf den Fersen. Und plötzlich stolperte sie und fiel mit einem Schrei auf die Knie. Der Schlüssel flog ihr aus der Hand. Der Mann packte sie rauh am Handgelenk und verdrehte ihr den Arm auf den Rücken, so dass sie vor Schmerz kreischte.

Jan starrte wie gebannt auf die beiden. Der Mann schien älter zu sein. Das Mondlicht fiel auf schütteres Haar. »Hab ich dich erwischt, du verdammte Schlampe!«, brüllte er und drehte ihr weiter schmerzhaft den Arm auf den Rücken. »Was zum Teufel hast du vor?«

Aber da war schon Jonkers zur Stelle. Die Muskete hielt er jetzt in der linken Faust und den blanken Entersäbel in der Rechten. Der Aufseher fuhr herum und erschrak sichtlich, als er den Fremden auf sich zukommen sah. Sofort ließ er die Köchin los. Aber da hatte Jonkers ihm schon den Säbel so heftig in den Leib gerammt, dass die Spitze hinten hervortrat. Die Hände des Aufsehers krallten sich um die blanke Klinge vor seinem Bauch. So standen sie einen Augenblick, Auge in Auge und fast bewegungslos. Dann zog Jonkers die Klinge heraus, und der Mann brach wimmernd in die Knie.

Benigna hatte nur einen kurzen Blick für ihn übrig, dann griff sie sich den Schlüssel und rannte, so schnell sie konnte, an Jan und Hendriks vorbei und zu den Hütten hinauf.

Jan war noch ganz starr vor Schreck, als Hendriks ihm zuraunte: »Schnell, die Gefangenen, Käptn! Wir kümmern uns um die Soldaten.«

Jan sprang auf und lief hinter Benigna her, die schon in Martins Hütte verschwunden war. Dieser Schlüssel passte. Aber während Piet und Geerke den Gefangenen, einem nach dem anderen, die Fesseln abnahmen, gab es einen Tumult unten im Hof. Pferde wieherten im Stall, und aufgeregte Männerstimmen waren zu hören. Kurz darauf fiel ein Schuss. Jemand schrie. Und dann noch ein Schuss.

»Was ist da unten los, Käptn?«, rief Piet besorgt.

»Kümmert euch nicht drum. Beeilt euch lieber!« Jan half Martin aus der Hütte. »Könnt ihr gehen, Martin?«

»Geht schon«, sagte der, obwohl er humpelte.

Mehr und mehr Gefangene versammelten sich vor den Hütten und starrten ungläubig um sich. »Ich will verflucht sein«, knurrte einer und grinste dabei von einem Ohr zum anderen. »Wer hätte das gedacht?«

»Das ist Brouwer, unser Steuermann«, sagte Martin.

»Wie viele seid ihr?«

»Vierzehn. Zwei sind gestorben.«

»Dann folgt mir. Und beeilt euch.«

»Wartet noch«, sagte Martin. »Benigna kommt mit.« Er stand da, auf die Sklavin gestützt und hatte einen Arm um sie geschlungen. »Ich lass sie nicht hier. Die Bastarde bringen sie um.« Und dann erklärte er es dem Mädchen auf Spanisch.

Sie sah ihn mit großen Augen an. »Ich soll mitkommen? Aber wohin?«

»Weiß nicht. Aber hier kannst du nicht bleiben. Der verfluchte Carlos schlägt dich tot.«

Sie blickte hinunter auf den Hof. »Señor Carlos ist tot.«

»Egal. Ich will, dass du mitkommst.«

Sie lächelte schüchtern. »Also gut.«

Diesmal liefen sie quer durch die Felder bis hinunter zum Weg. Jan hatte keine Ahnung, wie es beim Anwesen aussah. Er konnte nur hoffen, dass Hendriks die Dinge im Griff hatte. Auf dem Weg angekommen, blieben sie stehen und lauschten. Nach den Schüssen war es wieder still geworden. Er steckte zwei Finger in den Mund und stieß einen gellenden Pfiff aus. Kurz darauf kamen Hendriks und die anderen angelaufen.

»Ich hoffe, nicht noch mehr Tote«, sagte Jan.

»Einen haben wir angeschossen. Danach hat sich keiner mehr ins Freie getraut.«

»Und die Haussklaven?«

»Die haben sich wohl versteckt. Aber wir sollten uns jetzt beeilen, das Schiff zu erreichen, denn im Stall stehen zwei Pferde. Die Soldaten werden versuchen, die Garnison in Santo Domingo zu alarmieren.«

Und wie um seine Warnung zu bestätigen, hörten sie auf dem Hügel Hufschläge, die sich rasch entfernten.

»Eine halbe Meile flussaufwärts ist eine Furt«, sagte Tom. »Die werden sie wohl nehmen.«

»Also los, Leute!«, rief Jan. »Rennt, so schnell ihr könnt!«

Zum Glück waren die Boote nicht weit, und die Gefangenen, endlich von ihren Ketten befreit, gaben ihr Bestes, um mitzuhalten, auch wenn sie ab und zu anhalten mussten. Sogar Tom, mit der Muskete über der Schulter, lief wie ein Junger.

Am Flussufer gönnten sie sich keine Pause, sondern stiegen in die Kähne und stießen ab. Die Gefangenen legten sich dicht gedrängt auf den Boden der Boote und wurden mit Sacktuch bedeckt, damit es aussah, als wären die Kähne hochbeladen. Benigna drängte sich an Martins Rücken und wagte kaum zu atmen. Die Ruderer legten sich in die Riemen, und nun ging es rasch flussabwärts. Zum Glück half die Strömung.

Kurz bevor sie den Zusammenfluss bei der Isla Ozama erreichten, erschraken sie, als jemand vom Ufer aus herüberrief. »¡*Hola, negro!* Wohin so eilig, mitten in der Nacht?«

»Eilige Lieferung, Bruder«, rief Olu ungerührt zurück.

»Von wo?«

»Don Diegos Pflanzung.«

Sie waren schon fast an der Stelle vorbei, wo der Mann, ein Afrikaner, in den Fluss pinkelte. »Hab gehört, dort haben sie diesen Fernandez umgebracht«, rief er ihnen hinterher.

»War nicht mein Freund.«

Sie hörten den Mann kichern. »Dem wird wohl keiner nachtrauern. Pass auf dich auf, Bruder!«

Jetzt waren sie um die Biegung und ruderten auf Santo Domingo zu. »Wie weit ist es noch bis zur *Maria Carmen*, Olu?«, fragte Jan.

»Wir sind bald da, Capitán.«

Das Schiff war ihre einzige Hoffnung für eine erfolgreiche Flucht. Oder vielleicht doch nicht? Plötzlich hatte Jan einen wilden Einfall.

»Martin«, sagte er. »Sind Eure Männer fähig, ein Schiff zu handhaben?«

»Sie sind schon mal gesünder gewesen. Aber zur Not müsste es gehen. Warum? Was habt ihr vor?«

Aber Jan hörte ihm kaum noch zu, sondern wandte sich schon wieder an Olu. »Wir steigen bei der *Maria Carmen* noch nicht aus, Olu. Ich will erst mit dem Fischer reden, der uns aufs Meer segeln soll.«

Olu sah ihn erstaunt an, nickte aber nur, ohne seine Mühen an den Riemen zu unterbrechen. Sie befanden sich im ersten Kahn und ruderten jetzt entlang des Ostufers, wo Don Miguels Schiff lag. Obwohl er mit dem Rücken zur Fahrtrichtung ruderte, musste Olu sich nicht umdrehen, um zu wissen, wo er war, so gut kannte er den Fluss. Schließlich tauchte der Steg mit dem kleinen Schiff auf, und Olu bedeutete den Matrosen, mit dem Rudern aufzuhören. Er drehte sich um und ließ die Strömung das Übrige tun. Wenig später stießen sie sanft an den Schiffsrumpf, wo sie sich außenbords an den Befestigungen der Wanten festhielten. Auch das zweite Boot war herangekommen.

»Olu, bist du das?« Ein wildzerzauster Kopf mit Bart ragte über die Bordwand der *Maria Carmen*. »Hab schon gedacht, ihr kommt nicht mehr.«

»Frag ihn, ob die *Albatros* noch da ist«, sagte Jan. »Oder *Santa Catalina*, wie sie jetzt heißt.«

»Die liegt hier auf dem gleichen Ufer, Señor«, erwiderte der Fischer. »Eine halbe Meile flussabwärts.«

»Wie viel Mann sind an Bord?«

»Nicht viele. Halbes Dutzend Marinesoldaten. Und ein Bootsmann. Vielleicht ein oder zwei Matrosen, wenn's hoch kommt. Soll wohl demnächst auf große Fahrt gehen, hab ich gehört. Aber sie haben noch keine Mannschaft zusammen.«

Martin van Doorn, der zugehört hatte, riss sich das Sackleinen vom Kopf und setzte sich auf. »Die *Albatros* ist hier? Könnten wir sie kapern?«, fragte er mit leuchtenden Augen.

»Das will ich gerade feststellen«, erwiderte Jan. Und den Fischer fragte er: »Und nachts. Wie viele Wachen?«

Der Mann lachte. »Würd mich wundern, wenn da überhaupt einer Wache steht. Manchmal haben sie ein paar Huren an Bord. Man kann ihr Gekicher hören, wenn man vorbeigeht.«

Plötzlich hörten sie auf dem gegenüberliegenden Ufer einen Reiter herangaloppieren. Ein Säbel hing an seiner Seite. Das musste einer der Soldaten von Don Alonsos Pflanzung sein, der vorhatte, die Festung zu alarmieren. Es blieb keine Zeit, lange nachzudenken.

»Jungs, wir holen uns die *Albatros* zurück. Sind alle dabei?«

»Keine Frage, Käptn«, grinste Piet. »Natürlich sind wir dabei.« Und auch die anderen Seeleute stimmten mit Begeisterung zu.

»Also gut. Wir entern sie vom Wasser aus. Das wird keiner erwarten. Meine Leute von der *Sophie* haben Waffen und gehen als Erste, um die Wachen zu überrumpeln. Sobald wir in Besitz der *Albatros* sind, kommen die anderen nach. Martin, Ihr übernehmt dann das Kommando. Eure Männer kennen ihr Schiff ja am besten. Wir setzen Segel und halten direkt aufs offene Meer zu.«

»Einverstanden. Aber was ist mit Wasser und Proviant für die Heimfahrt?«

»Keine Sorge. Ich weiß einen Ort, wo wir das bekommen.«

Jan erklärte Olu und dem Fischer in seinem holprigen Spanisch, was sie vorhatten. »Falls es uns gelingt, Olu, dann sag deiner Herrin, sie soll uns in der Mückenbucht treffen. Mit der *Albatros* haben wir genug Stauraum, um auch den Rest ihres Zuckers und all ihre Häute an Bord zu nehmen.«

Olu grinste. »Geht in Ordnung, Capitán.«

Der Fischer und seine beiden Matrosen kletterten zu den Kähnen herab, die sie später mit Olu zurückbringen würden. Dann ging es weiter zu der Stelle, wo die *Albatros* am Kai lag.

Nichts regte sich auf den Decks der Pinasse. Still lag sie im Mondlicht auf dem Wasser. Olu und die Fischer ließen die

Boote herantreiben und hakten sich an den Wanten fest. Einer nach dem anderen kletterten die Männer der *Sophie* an der Bordwand hoch und spähten vorsichtig in alle Richtungen. Natürlich hatte niemand an Bord mit einem Angriff gerechnet. Die meisten der Spanier lagen in ihren Kojen und schliefen. Selbst der einzige Wachmann schien es sich auf dem Vorschiff gemütlich gemacht zu haben. Man hörte sein leises Schnarchen.

Jan und Hendriks waren die Ersten an Deck und tasteten sich im Dunkeln vor. Andere folgten. Der Wachmann fluchte, als er rüde geweckt wurde, und erstarrte gleich darauf vor Schreck, als man ihm eine Pistole ins Gesicht hielt.

Plötzlich kam ein halbnackter Kerl mit einem Säbel in der Faust aus der Achterkajüte gerannt und brüllte lautstark Alarm. Doch Geerke, der hinter ihm stand, schlug ihn mit dem Pistolengriff nieder, und Piet Möller entwaffnete ihn. Auch einem Zweiten, der auftauchte, erging es nicht besser. Dennoch war das nicht ohne Lärm abgegangen. Die restlichen Spanier waren aufgewacht. Man hörte ihre aufgeregten Stimmen in der Kajüte, wo sie sich verbarrikadierten. Es bedurfte kostbarer Minuten und Martin van Doorns Überredungskünste, um sie zur Aufgabe zu überzeugen. Die Alternative wäre, wie er ihnen grimmig versicherte, sie auf hoher See über Bord zu werfen.

Nachdem sich die Spanier ergeben hatten, durchsuchten Geerke und Piet rasch alle Kajüten, ob sich nicht doch noch jemand versteckt hatte. Derweil enterten Martins Männer an den Masten auf, um die Toppsegel vorzubereiten. Die Gefangenen standen in einer kleinen Gruppe zusammen und blickten mit verängstigten Mienen auf die fremden Seeleute, die sie mit Pistolen in Schach hielten.

»Wer hat das Kommando hier?«, fragte Jan.

Ein junger Mann trat vor und starrte ihn wütend an. Jan erkannte in ihm den Kerl, der zuerst Alarm geschlagen hatte. Er schien sich von dem Schlag auf den Kopf erholt zu haben. »Das wäre wohl ich, Sargento Lopez, wenn's beliebt.« Dann fiel sein Blick auf Maria Benigna, die sich unsicher auf dem großen, fremden Schiff umsah. »Die da hat Euch wohl geholfen«, zischte er. »Man sollte sie aufhängen!«

»Das wird nicht geschehen, Sargento, denn wir verlassen jetzt Hispaniola.«

»Das glaube ich kaum, *pirata maldito!* In der Mündung liegen zwei Kriegsschiffe Seiner Majestät. Und dazu die Kanonen der Festung. Die werden Euch zu Kleinholz schießen.« Letzteres spuckte er ihm förmlich ins Gesicht.

Aber Jan lachte nur. »Sagt Eurem Gouverneur, wie heißt er noch?«

»Don Alonso.«

»Richtig. Sagt also Eurem Don Alonso, dass er früher aufstehen muss, wenn er Männer wie uns fangen will. Jan van Hagen ist mein Name. Er wird ihn so schnell nicht vergessen, nehme ich an.«

Damit ließen sie die Gefangenen von Bord gehen. Sofort wurden die Leinen eingeholt, Toppsegel fielen von den Rahen und füllten sich im nächtlichen Nordostpassat. Die *Albatros* nahm Fahrt auf. Martin selbst stand breitbeinig am Ruder. Seine Wunden und schmerzenden Knöchel spürte er kaum noch in der Aufregung des Augenblicks. Klüver, Groß- und Besansegel wurden gesetzt, und schon legte sich die *Albatros* über und schoss mit Geschwindigkeit auf die Flussmündung zu.

Aber noch waren sie nicht auf dem offenen Meer. Vor ihnen lag der massige Rumpf der *Trinidad* auf dem Wasser und auch ein kleinerer Schatten, das zweimastige Patrouillenboot. Und rechter Hand kam die dunkle Fortaleza Ozama rasch näher. Alles schien ruhig, bis es auf einmal von der Festung her aufblitzte. Musketenfeuer. Die Männer duckten sich hinter die Reling. Zwei, drei Schüsse, dann eine ganze Salve. Kugeln schlugen in die Bordwand oder pfiffen durch die Takelage. Eine schwirrte dicht an Jans Ohr vorbei. Plötzlich waren ein paar Löcher in den Segeln. Und auch von der *Trinidad* fielen die ersten Schüsse.

Aber das Wichtigste, die großen Kanonen schwiegen noch immer. Martin machte eine leichte Kursänderung, um die geankerten Schiffe zu vermeiden. Es sah so aus, als würden sie es an Festung und Kriegsschiffen vorbeischaffen, bevor die Spanier überhaupt ihre Geschütze geladen hatten.

Doch dann, sie hatten gerade die *Trinidad* hinter sich gelassen, erhellte ein Mündungsblitz für einen winzigen Augenblick die Festung und die dahinter liegenden Dächer. Und schon folgte der Kanonendonner, und die schwere Kugel eines Vierundzwanzigpfünders zischte gefährlich nahe am Bug vorbei.

Die *Albatros* war jetzt aus der Mündung heraus, und Martin änderte erneut die Richtung, diesmal nach Steuerbord, um die Geschützmannschaften zu verwirren. Mit Erfolg, denn als das Mündungsfeuer erneut aufblitzte, heulte die Kugel knapp am Heck vorbei und verlor sich in der Dunkelheit. Der dritte Schuss war besser gezielt und hinterließ ein Loch im Besansegel, was allen an Bord einen Schrecken einjagte. Denn den Luftzug hatte man deutlich spüren können. Martin änderte erneut die Richtung und segelte nun mit folgendem Wind direkt nach Süden, aufs weite Meer hinaus.

Noch dreimal donnerten hinter ihnen die Kanonen, aber langsam wurden sie leiser. Und die *Albatros* war inzwischen ein zu kleines Ziel geworden, wenn man sie in der Dunkelheit überhaupt noch ausmachen konnte. Schließlich gaben die Spanier auf und stellten das Feuer ein. Wahrscheinlich würden jetzt die Kriegsschiffe auslaufen und die Verfolgung aufnehmen, doch die *Albatros* war ein schnelles Schiff und bei dem Vorsprung, den sie hatten, sicher nicht mehr einzuholen.

Nie hatte das Rauschen der Wellen sich so gut angehört, das Salz auf den Lippen besser geschmeckt oder der frische Wind in den Haaren so herrlich befreiend gewirkt wie in diesem Augenblick. Jan und Martin fielen sich in die Arme, und die Männer jubelten.

EPILOG

Als die *Albatros* im Morgengrauen in die Bucht am Río Higuamo segelte, war die Erleichterung bei den dort Zurückgebliebenen riesengroß. Kaum war der Anker auf dem Grund, als Köppers, Erikson, Ole Penning und auch der Doctor sich hinüberrudern ließen und an Bord kletterten.

»Capitán, erlaubt mir, dass ich Euch umarme«, rief Doctor Emanuel und kam auf Jan mit einem ausgebreiteten Arm zu, der andere hing noch in der Schlinge, und drückte ihn, so gut es ging, an seine Brust. »Ihr seid ein Held, mein Lieber, ein wahrer Held! Ihr müsst uns alles haarklein erzählen.«

»Gut gemacht«, sagte Köppers, und auch Ole und Erikson grinsten übers ganze Gesicht, als wäre es Weihnachten.

»Nein, nein«, wehrte Jan lachend ab. »Die wahren Helden waren Hendriks und Jonkers. Ohne die beiden hätten wir gar nichts zustande gebracht. Und natürlich Tom hier.« Er legte dem Bukanier einen Arm auf die Schulter. »Er hat uns durch den Dschungel geführt und uns Mut gemacht. Und der blonde Kerl hier neben mir ist Kapitän Martin van Doorn, auch wenn er nicht so aussieht. Na ja, und der Rest der ausgemergelten Halunken auf diesem Kahn, das ist seine Mannschaft.«

Nach dieser kurzen Rede klatschten alle begeistert Beifall. Die Offiziere der *Sophie* schüttelten viele Hände und beglückwünschten die Neuankömmlinge.

Als sich der Trubel ein wenig gelegt hatte, bemerkte Jan die Sklavin Maria Benigna, die etwas verloren an der Reling stand. Er winkte sie heran, nahm sie bei der Hand und sagte zu den Männern: »Das ist Maria Benigna, die Köchin. Sie war eigentlich die Tapferste von uns. Sie hat Martins Männer heimlich und über Wochen auf eigene Gefahr vor dem schlimmsten Hunger bewahrt und Martin sogar vor dem Tod, denn er war sehr krank gewesen. Und auch letzte Nacht hätte es ohne ihren Mut einen bösen Ausgang genommen. Das sollten wir ihr niemals vergessen.«

Auch Martin stimmte wortreich und lautstark in das Lob ein. Natürlich hatte Benigna nichts von dieser seltsamen Sprache verstanden, aber nachdem Martin das Nötigste übersetzt hatte, sonnte sie sich im anerkennenden Lächeln dieser vielen Weißen, die ihr offensichtlich gewogen waren. Und besonders gefiel ihr, dass ihr Käptn Martin ihr noch einmal herzlich dankte, sie in den Arm nahm und auf beide Wangen küsste. Nur, was nun aus ihr werden sollte, das wusste sie nicht. Und dazu hatte er ihr noch nichts gesagt.

Die Männer von der *Sophie* halfen, die *Albatros* tiefer in die kleine Bucht zu ziehen und zu tarnen. Dann wurde Wein ausgeteilt, und alle Seeleute tranken auf die erfolgreiche Befreiung der holländischen Kameraden und auf die Wiederherstellung der *Albatros* als ordentliches Handelsschiff. Was die Stimmung etwas dämpfte, waren die Rufe der Männer im Ausguck, die mehrmals am Tag vor spanischen Schiffen warnten. Einmal kam das Patrouillenboot gefährlich nahe, segelte direkt an der Flussmündung vorbei und folgte dann weiter der Küste in östlicher Richtung. Später tauchte es noch einmal auf, diesmal weit draußen am Horizont, wo es bald außer Sichtweite war.

»Frage mich, wie lange die nach uns suchen werden«, sagte Martin.

Sie saßen auf dem Achterdeck der *Sophie* unter einem Segel, das die Männer gegen die Sonne aufgespannt hatten. Ab und zu mussten sie sich der Mücken erwehren, die ziemlich zudringlich waren.

Jan zuckte mit den Schultern. »Solange es nur das Patrouillenboot ist. Dagegen können wir uns wehren. Besonders mit der *Albatros*.«

Martin lachte. »Die spanische Marine hat mir vier nagelneue Geschütze geschenkt.« Er bezog sich auf die zusätzliche Ausrüstung, die Don Alonso angeordnet hatte.

Mit seinen Sommersprossen im Gesicht und der kurzen Nase sah Martin recht jungenhaft aus, besonders wenn er lachte, obwohl er mindestens vier Jahre älter war als Jan. Daran änderte auch nicht, dass er immer noch erschreckend dünn war, dass noch verkrustete Wunden von der Peitsche zu sehen waren und sein Haar ihm viel zu lang und in wirren Strähnen ins Gesicht hing. Zum Haareschneiden war noch keine Zeit gewesen. Trotzdem war er guten Mutes und hatte Pläne für die Zukunft. Auf Förmlichkeiten hatten sie inzwischen verzichtet und duzten sich.

»Ich habe ihre Kanonen, die Spanier aber haben mir die ganze Ladung geraubt. Erstaunlich, was die alles geplündert haben. Mein Geld, private Dinge, sogar die Habseligkeiten der Mannschaft. Aber mit Don Miguels Rinderhäuten und zusätzlichem Zucker wird die Reise vielleicht doch noch Gewinn abwerfen.«

Für Jan hatte die Reise sich schon jetzt mehr als gelohnt. Zucker und Häute an Bord der *Sophie* würde er in Amsterdam mit beträchtlichem Profit veräußern können. Aber nun ging es darum, auch die *Albatros* zu beladen. Deshalb waren sie überhaupt noch hier und riskierten, von den Spaniern entdeckt zu werden. Aber es war nicht das, was Jan so unruhig machte. Es war das zu erwartende Wiedersehen mit Doña Maria, das ihn ständig auf und ab gehen ließ, in der Hoffnung, sie und Faustino am Fluss bald auftauchen zu sehen, obwohl damit vor zwei oder drei Tagen nicht zu rechnen war.

»Ich hoffe nur, dass Doña Maria uns Kredit gewährt«, sagte er, »denn genug Geld für eine zweite Ladung habe ich nicht.«

Würde sie selbst kommen oder alles Faustino überlassen? Und würde sie ihnen überhaupt ohne Geld die Ware anvertrauen und warten, dass man ihr die Schulden erst bei der nächsten Reise zurückzahlte? Aber im Grunde war es nicht das, was ihn bewegte. Er hoffte vielmehr darauf, sie noch einmal wiederzusehen, bevor er die lange Fahrt antrat, so unsinnig und aussichtslos das vielleicht auch sein mochte.

Aber das konnte er Martin gegenüber natürlich nicht zugeben. Sich selbst eigentlich auch nicht. Wenn er an Greetje dachte, war ihm nicht wohl zumute. Aber Maria Carmen lag ihm inzwischen im Blut, ob er es wollte oder nicht. Besonders jetzt, da sie Witwe geworden war. Und dann wieder fand er es abscheulich, so zu denken. So kurz nach Don Miguels Tod.

»Für mich, den jahrelangen Geschäftspartner ihres verstorbenen Mannes, sollte sie schon eine Ausnahme machen«, sagte Martin. »Besser, als wenn das Zeug hier verrottet. Und sobald wir dann alles an Bord haben, segeln wir nach Tortuga. Dort kenne ich mich aus. Da wirst du den Rest deiner holländischen Ware loswerden. Und ein bisschen Spaß gibt's dort auch zu haben. Aber vor allem bekommen wir den nötigen Proviant für die Heimreise.«

»Ich habe daran gedacht, Tortuga als Stützpunkt für weitere Reisen zu wählen«, sagte Jan. »Dort herrschen keine Spanier, und es ist weit genug von Santo Domingo entfernt. Vielleicht könnten wir sogar einen kleinen Handelsposten einrichten.«

»Warum nicht? Ist aber eine reichlich gesetzlose Insel. Für einen Handelsposten brauchte man ein paar verlässliche Kerle, die auch mit Waffen umgehen können.«

Ob Hendriks oder Jonkers dafür zu gewinnen wären, fragte sich Jan. Aber dann fiel ihm etwas anderes ein. »Sag mal, was willst du eigentlich mit der armen Köchin machen? Du kannst sie wohl schlecht nach Holland mitnehmen. Deine Mutter würde der Schlag treffen.«

Martin lachte bei dem Gedanken an seine Mutter. Aber dann wurde seine Miene nachdenklich. »Ich frag mich selbst schon die ganze Zeit. Vielleicht könnte sie in Tortuga bleiben. Ich fürchte nur, bei den ungezügelten Verhältnissen dort riskiert sie, als Hure zu enden. Allein, um zu überleben.«

Tortuga schien überhaupt irgendwie in der Luft zu liegen. Vielleicht waren es die Geschichten vom alten Tom, die er jedem auf die Nase band, der zuhören wollte, während er und Babatunde für die Schiffe Fleisch räucherten. Vom ungebundenen Leben auf der Insel erzählte er, von den Abenteuern der Bukanier, vom Aufbau einer freien Siedlung ohne Einmischung kolonialer Mächte. Tortuga, die Insel der Schildkröte, die Insel der Freiheit. Schon das spanische Wort übte bei vielen einen gewissen Reiz aus. Man war neugierig, diesen mythischen Ort kennenzulernen.

Als Jan am nächsten Tag am Fluss spazieren ging, verstellte Elsje ihm den Weg. »Auf ein Wort, Kapitein, wenn's recht ist«, sagte sie ein wenig schüchtern.

»Schieß los. Was hast du auf dem Herzen?«

»Ich hab so viel von Tortuga gehört, Kapitein, und würd gern dort bleiben. Da ist es warm, und das Wetter ist immer schön. Nicht so kalt und miesepetrig wie bei uns in Amsterdam.«

Jan hob erstaunt die Brauen. »Aber so ganz allein? Tortuga ist ein gefährliches Pflaster, besonders für Huren, nehme ich mal an.«

Aber da schüttelte sie ganz energisch den Kopf. »Mit der Hurerei ist es vorbei, Kapitein. Die Wichser und Zuhälter können mir für immer gestohlen bleiben, das hab ich mir geschworen. Und allein wär ich dann auch nicht.«

»Nicht allein?«

»Nun«, sie machte ein verlegenes Gesicht. »Der Doctor will auch auf Tortuga bleiben und sich dort als *medicus* niederlassen. Und ich soll ihm zur Hand gehen. Als Hebamme oder so.«

Jetzt war Jan ernsthaft erstaunt. »Du und der Doctor?«

Elsje war plötzlich ganz rot geworden. »Er ist doch ein stattlicher Mann, findet Ihr nicht? Außerdem hat er mich lieb, sagt er.«

»Na, das sind ja Neuigkeiten! Du und der gute Doctor. Aber das müssen wir feiern!«

»Ihr habt also nichts dagegen?«

»Natürlich nicht.« Doch dann fiel ihm etwas ein. »Aber nur unter einer Bedingung, Elsje.« Er sah sie streng an. »Ihr müsst euch um Maria Benigna kümmern. Sie ist bestimmt eine gute Köchin und hat ein Herz wie Gold. Aber ab jetzt ist sie keine Sklavin mehr, hast du gehört, sondern ein freier Mensch.«

»Oh, ich habe schon mit ihr geredet. Das heißt, der Doctor hat mir dabei geholfen, wegen Spanisch und so. Sie hat gesagt, sie ist einverstanden, bei uns zu arbeiten. Aber sie hofft, dass der Kapitein Martin sie ab und zu besuchen kommt.«

»Ganz bestimmt. Da bin ich mir sicher. Er hat sie gern.«

»Und der alte Tom meint, Baba und er helfen uns, ein Haus zu bauen.«

Jan schüttelte erstaunt den Kopf. »Ich sehe, du warst schon wirklich emsig zu Werke, meine liebe Elsje. Und der Doctor ist mit allem einverstanden?«

Sie nickte treuherzig. »Ist er, Kapitein.«

»Nun gut. Ich werde euch eine reguläre Heuer zahlen für die Zeit an Bord. Besonders du hast uns sehr geholfen. Ich schätze, ein bisschen Geld wird für die erste Zeit nützlich sein.«

»Danke, Kapitein.«

Manchmal regeln sich die Dinge ganz von selbst, dachte Jan zufrieden. Jetzt müsste er nur noch Hendriks überreden, der kleinen Kolonie beizutreten, dann hätten er und die van Doorns vielleicht schon ihren Handelsposten.

Zwei Tage später kam Doña Maria mit ihrem Gefolge ins Lager am Fluss geritten. Señor Faustino, der *mestizo* Pérez und einige *vaqueros* begleiteten sie. Und natürlich Olu. Der hatte ihr alles berichtet. Nun machte sie die Runde unter den Männern und beglückwünschte sie. Martin van Doorn hatte ihre besondere Aufmerksamkeit. Und sogar mit Elsje und Benigna unterhielt sie sich ausführlich. Unter anderem beruhigte sie Elsje, dass Abeni und ihr Säugling sich gut eingelebt hatten. Nur Jan gegenüber schien sie seltsam zurückhaltend, fast ein wenig kühl. Oder war das nur sein Eindruck? Ganz ohne Zweifel lastete Trauer über ihren Verlust auf ihr. Dennoch hatte sie ihn einmal, als sie sich unbeobachtet fühlte, lange forschend angesehen, und er hatte so etwas wie eine

Verbindung gespürt. Er musste mit ihr reden. Besonders, da er bald für lange Zeit fort sein würde.

Die grundsätzlichen Eckpunkte der Verhandlungen waren rasch vereinbart. Doña Maria machte einen etwas steifen Eindruck, schien noch unsicher zu sein, solche Geschäftsent-scheidungen zu treffen, obwohl Señor Faustino sie nach Kräften beriet. Jedenfalls stimmte sie zu, die *Albatros* zu beladen, auch wenn das bedeutete, dass sie auf ihr Geld bis zur nächsten Reise warten musste. Sie beruhigte auch Martin mit der Zusicherung, dass sie die Geschäfte ihres Mannes übernehmen und weiterführen würde. Sie schulde es all den Menschen auf der *hacienda* und vor allem auch dem Gedenken ihres verstorbenen Gemahls. Sie habe sogar einige Ideen, wie man die Sache noch besser und sicherer angehen könnte. Dann begannen Matrosen und *vaqueros* die mühselige Arbeit, die Fracht an Bord zu bringen.

Während dies geschah, nutzte Jan eine unbeobachtete Gelegenheit, mit ihr allein zu sprechen. Die Einzelheiten der Befrachtung könne man nun getrost Señor Faustino und den beiden Steuerleuten überlassen, meinte er, er dagegen hätte etwas auf dem Herzen. Etwas, das er mit ihr besprechen wollte, bevor sie morgen Abend segelten.

Etwas zögerlich folgte sie ihm, als er sie auf einem schma-len Pfad, den er entdeckt hatte, durch Urwald und Mangro-ven bis zum nahen Meer führte. Doña Maria war in weite Männerhosen aus grobem Tuch gekleidet, die bis zum Knie gingen, an den Füßen trug sie hohe, lederne Reiterstiefel, die gegen Schlangen und Disteldornen schützten. Darüber eine bequeme Leinenbluse und um die Taille einen breiten Gürtel, in dem ein langes Messer steckte. Ein breitkrempiger Schlapp-hut vervollständigte ihre Ausrüstung. Schmuck oder Ähnli-ches trug sie nicht.

Jan ging voran und bog Zweige aus dem Weg, um sie wohlbehalten durchzulassen. Dabei konnte er nicht umhin, die Geschmeidigkeit zu bewundern, mit der sie sich trotz der uneleganten Kleidung eines *vaqueros* durch den Wald bewegte, ganz als gehöre sie hierher. Ab und zu fing er einen Blick aus ihren dunklen Augen auf, einmal schenkte sie ihm ein kleines Lächeln, aber sie sprach kein Wort, so dass er anfing, zu zweifeln, ob es nicht doch ein unpassender Einfall gewesen war, sie weit weg von den anderen herzuführen.

Doch sobald sie aus dem Dämmerlicht des Dschungels traten und der weiße Strand vor ihnen lag, verließ ihn diese Unsicherheit. Die leuchtenden Farben des späten Nachmittags erfreuten das Auge. Sanfte Wellen rollten murmelnd an den Strand. In Ufernähe war das Meer türkisfarben und ging dann langsam in ein tiefes Blau über bis zum fernen Horizont. Kleine Krabben liefen über den Sand, Möwen schwebten im Wind, und hoch über ihnen wiegten sich die Palmenkronen. Und das Beste – Doña Maria lächelte.

»Wie schön es hier ist«, sagte sie und schlenderte ihm voraus am Rande des nassen Sandstreifens, den die zurückfallenden Wellen hinterließen.

Jan hatte sie unter einem Vorwand hergelockt. Aber nun wusste er nicht recht, was er sagen sollte. Beiläufig und mangels eines Besseren erwähnte er, dass Doctor Emanuel beschlossen hatte, sich zusammen mit Elsje Smit auf Tortuga einzurichten. Er hatte es ihm selbst bestätigt.

»Ein ungleiches Paar«, sagte er. »Ziemlich unerwartet, das Ganze.«

»Gewiss, sie ist nur ein Mädchen aus dem Volk. Aber die Liebe lässt sich keine Vorschriften machen, Capitán.« Dabei sah sie ihn von der Seite auf eine Art an, die ihn noch verlegener machte.

»Ich glaube, er bleibt hier, weil er mit diesem Don Diego noch nicht fertig ist. Er will den Mann unbedingt zur Rechenschaft ziehen.«

»Das ist nur verständlich. Auch ich habe geschworen, den Mord an meinem Mann zu rächen.« Bei diesen Worten hatte ihre Stimme düster geklungen. Und auch ihre Miene war entsprechend. »Das ist mit ein Grund, warum ich so froh bin, dass es Euch gelungen ist, diesem Calderón ein Schnippchen zu schlagen.«

»Die Gefangenen zu verlieren und dazu das Schiff. Eher peinlich für den Vizegouverneur.«

Sie nickte. »Anscheinend hat es in den Casas Reales eine heftige Auseinandersetzung gegeben. Richter Molina soll ihn für unfähig erklärt haben und habe vor, entsprechend nach Madrid zu berichten.«

»Wird man ihn abberufen?«

»Ich denke nicht. Eine Panne allein wird dazu nicht reichen.«

»Ich bereue nur eines dabei«, sagte er. »Drei Männer mussten sterben, und einer wurde verwundet. Wer weiß, wie es dem geht. In Santo Domingo halten sie uns jetzt für Piraten, da bin ich mir sicher. Vielleicht hat man sogar einen Preis auf meinen Kopf ausgeschrieben.« Warum zum Teufel redeten sie nur von so finsteren Dingen? Er hatte sich etwas anderes vorgestellt.

Doña Maria war unvermittelt stehen geblieben. Und ganz unerwartet spürte er ihre Hand auf seinem Arm. »Ich bin so froh, Juan, dass Ihr gesund und heil davongekommen seid. Es hätte auch anders ausgehen können. Ich hatte mir solche Sorgen um Euch gemacht.«

Sie sah zu ihm auf, mit einem Ausdruck im Gesicht, der sie verwundbar erscheinen ließ. Da war ihm plötzlich alles egal.

Er schlang seine Arme um sie und küsste sie ganz ohne Vorwarnung auf den Mund. Dass sie es zuließ, war noch erstaunlicher als die Tatsache, dass er es überhaupt gewagt hatte. Was mehr, sie riss sich den Hut vom Kopf und erwiderte seinen Kuss. Stürmischer, als er es sich je hätte erhoffen können.

Heftig atmend ließ sie von ihm ab. »¡*Madre mía!*«, stöhnte sie. »Was ist nur in mich gefahren?« Aber statt auf eine Antwort vom Himmel zu warten, warf sie die Arme erneut um Jan und küsste ihn noch wilder als zuvor. Danach sanken sie mit klopfenden Herzen auf den Sand und hielten sich umschlungen. Jan war noch ganz benebelt von der plötzlichen Wendung. Nach einer Weile, in der nur das Rauschen der Wellen zu hören gewesen war, machte sie sich von ihm los.

»Verzeih mir, Juan.«

»Aber warum?«

»Ich hätte das nicht tun dürfen. Schließlich bin ich eine ehrbare Witwe, die erst vor Tagen ihren Mann zu Grabe getragen hat. Wenn mich jemand sehen könnte, wie ich mich auf einem Strand herumtreibe und einen Mann küsse, nicht auszudenken.«

»Einen Mann?«

»Na dich, Capitán.« Trotz ihrer Worte zwinkerte sie ihm belustigt zu. Plötzlich war der Ton zwischen ihnen ein ganz anderer geworden. Als wäre ein Knoten gelöst oder eine Mauer niedergerissen, die steife Höflichkeit über Bord geworfen. »Außerdem sprichst du ein so schauderhaftes Spanisch, dass ich mich dauernd anstrengen muss, nicht in lautes Gelächter auszubrechen.«

Er zog eine Grimasse. »Und du in deinen komischen Hosen und Stiefeln. Ich hatte da eigentlich diese feine Dame in Santo Domingo kennengelernt, die hat ganz anders ausgesehen.«

»Ach, dir gefallen meine Stiefel nicht? Dann zieh ich sie eben aus.« Und sie tat es auf der Stelle, warf die Stiefel achtlos hinter sich und steckte die nackten Zehen in den Sand. »Und merk dir eines, deine feine Dame in Santo Domingo, die würde sich mit keinem Piraten auf dem Strand herumwälzen. Das tun nur verruchte Schmugglerinnen.«

Er betrachtete ganz angetan ihre schlanken Füße.

Als er wieder ihren Mund suchte, wehrte sie ab. »Ich weiß nicht, Juan. Das ist alles so plötzlich. Mir schwirrt der Kopf. Und in meiner Lage ganz und gar unschicklich. Es gehört sich nicht. Bilde dir deshalb bloß nichts ein, hörst du? Das hier war eine Ausnahme.« Er sagte nichts, legte nur den Arm um sie und streichelte ihr sanft über die Wange, strich ihr eine Strähne aus der Stirn, küsste ihre Schläfe. Sie legte den Kopf auf seine Schulter. »Außerdem segelst du morgen fort und kommst nie wieder.«

»Natürlich komme ich wieder. Ich schulde dir doch einen Haufen Geld.«

»Ein guter Grund, sich aus dem Staub zu machen.«

»Von wegen! Der beste Vorwand, um dich wiederzusehen.«

»Ach, Juan«, seufzte sie. »Wehe, du machst dich aus dem Staub. Dann bring ich dich um.«

Er legte sich zurück in den Sand und zog sie an sich.

»Küss mich lieber!«

ENDE